CRIATURAS EXTRAORDINARIAMENTE BRILHANTES

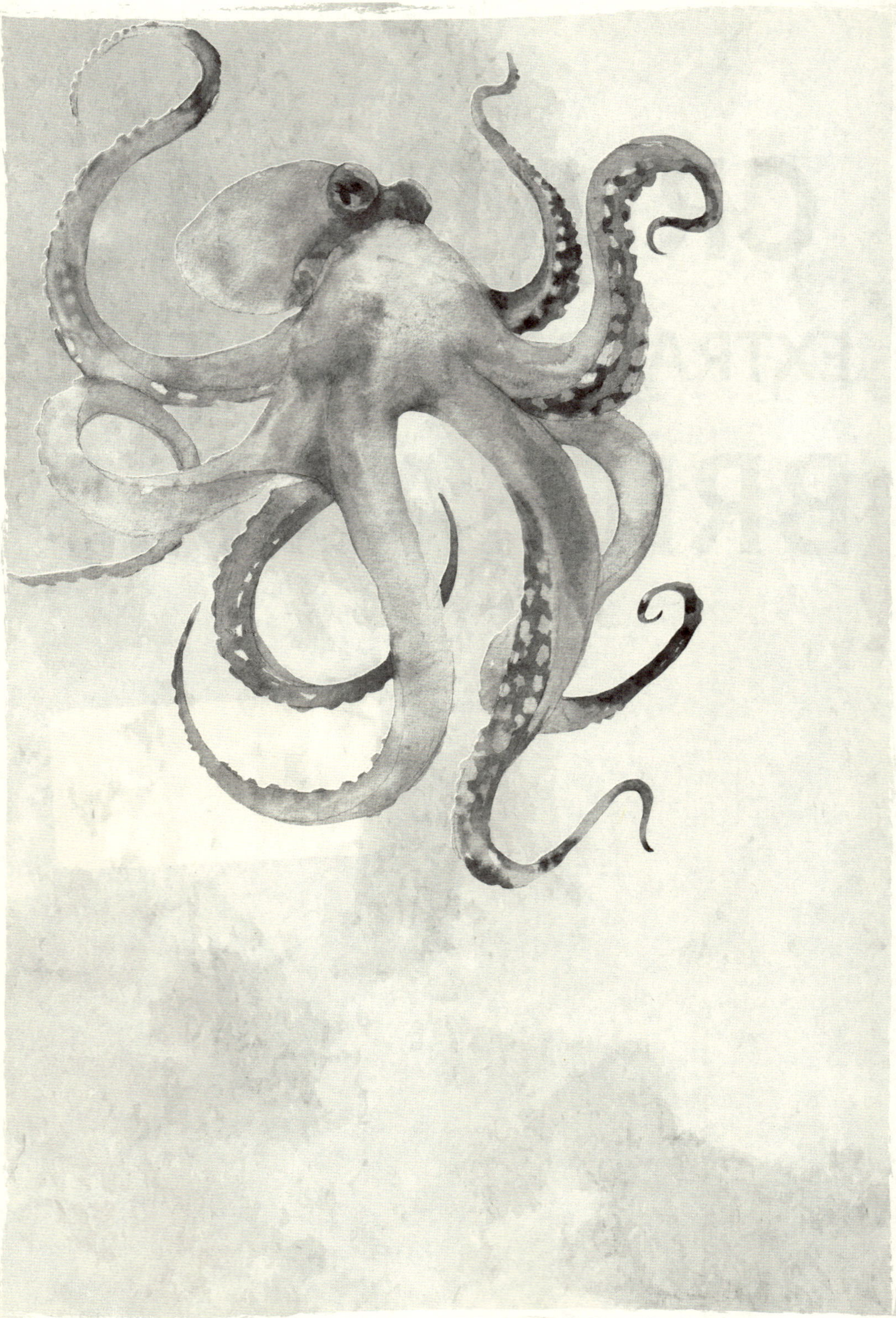

CRIATURAS EXTRAORDINARIAMENTE BRILHANTES

SHELBY VAN PELT

TRADUÇÃO DE GIOVANNA CHINELLATO

ALTA BOOKS
GRUPO EDITORIAL
Rio de Janeiro, 2023

Criaturas Extraordinariamente Brilhantes

Copyright © **2023** ALTA NOVEL
ALTA NOVEL é um selo da EDITORA ALTA BOOKS do Grupo Editorial Alta Books (Starlin Alta e Consultoria Ltda.)
Copyright © **2022** SHELBY VAN PELT
ISBN: 978-85-508-2004-0

Translated from original Remarkably Bright Creatures. Copyright © 2022 by Pelt, Inc. ISBN 9780063204157. This translation is published and sold by permission of Ecco Press., the owner of all rights to publish and sell the same. PORTUGUESE language edition published by Starlin Alta Editora e Consultoria Ltda., Copyright © 2023 by Starlin Alta Editora e Consultoria Ltda.

Impresso no Brasil – 1ª Edição, 2023 – Edição revisada conforme o Acordo Ortográfico da Língua Portuguesa de 2009.

Dados Internacionais de Catalogação na Publicação (CIP) de acordo com ISBD

V217c   Van Pelt, Shelby
          Criaturas Extraordinariamente Brilhantes / Shelby Van Pelt ; traduzido por Giovanna Chinellato. - Rio de Janeiro : Alta Books, 2023.
          320 p. ; 16cm x 23cm.

          Tradução de: Remarkably Bright Creatures
          ISBN: 978-85-508-2004-0

          1. Literatura americana. 2. Romance. 3. Ficção. I. Chinellato, Giovanna. II. Título.

2023-203   CDD 813.5
                                          CDU 821.111(73)-31

Elaborado por Odilio Hilario Moreira Junior - CRB-8/9949

Índice para catálogo sistemático:
1.! Literatura americana : Romance 813.5

Todos os direitos estão reservados e protegidos por Lei. Nenhuma parte deste livro, sem autorização prévia por escrito da editora, poderá ser reproduzida ou transmitida. A violação dos Direitos Autorais é crime estabelecido na Lei nº 9.610/98 e com punição de acordo com o artigo 184 do Código Penal.

O conteúdo desta obra fora formulado exclusivamente pelo(s) autor(es).

Marcas Registradas: Todos os termos mencionados e reconhecidos como Marca Registrada e/ou Comercial são de responsabilidade de seus proprietários. A editora informa não estar associada a nenhum produto e/ou fornecedor apresentado no livro.

Material de apoio e erratas: Se parte integrante da obra e/ou por real necessidade, no site da editora o leitor encontrará os materiais de apoio (download), errata e/ou quaisquer outros conteúdos aplicáveis a obra. Acesse o site www.altabooks.com.br e procure pelo título do livro desejado para ter acesso ao conteúdo.

Suporte Técnico: A obra é comercializada na forma em que está, sem direito a suporte técnico ou orientação pessoal/exclusiva ao leitor.

A editora não se responsabiliza pela manutenção, atualização e idioma dos sites, programas, materiais complementares ou similares referidos pelos autores nesta obra.

Alta Novel é um selo do Grupo Editorial Alta Books

Produção Editorial: Grupo Editorial Alta Books
Diretor Editorial: Anderson Vieira
Vendas Governamentais: Cristiane Mutüs
Gerência Comercial: Claudio Lima
Gerência Marketing: Andréa Guatiello

Produtoras da Obra: Illysabelle Trajano & Mallu Costa
Tradução: Giovanna Chinellato
Copidesque: João Costa
Revisão: Ana Omuro & Natália Pacheco
Diagramação: Joyce Matos

Rua Viúva Cláudio, 291 – Bairro Industrial do Jacaré
CEP: 20.970-031 – Rio de Janeiro (RJ)
Tels.: (21) 3278-8069 / 3278-8419
www.altabooks.com.br – altabooks@altabooks.com.br
Ouvidoria: ouvidoria@altabooks.com.br

ALTA BOOKS
GRUPO EDITORIAL

Editora **afiliada à:**

Para Anna

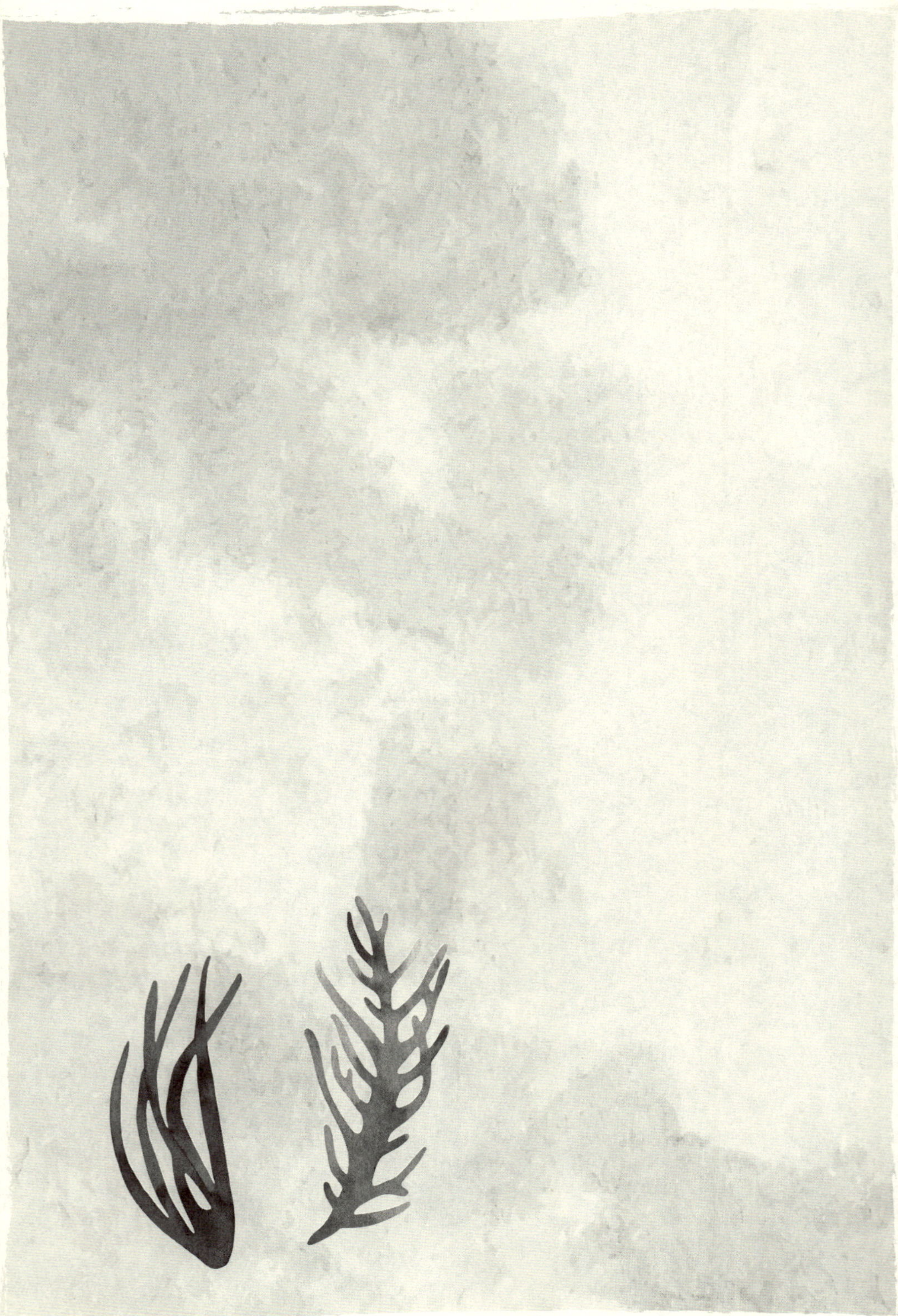

Dia 1.299 do meu cativeiro

EU GOSTO DA ESCURIDÃO.

Todas as noites espero pelo clique das luzes de teto, e então resta apenas o brilho do tanque principal. Não é perfeito, porém é aceitável.

Escuro quase total, como nas profundezas do oceano. Vivi lá antes de ser capturado e aprisionado. Não me lembro de como era, porém ainda posso sentir o gosto das correntes indomáveis do gelado mar aberto. A escuridão corre em minhas veias.

Quem sou eu, você pergunta? Meu nome é Marcellus, porém a maioria dos humanos não me chama assim. Normalmente, chamam-me de "aquele ali". Por exemplo: "Olhe aquele ali, lá, atrás da pedra, dá para ver só os tentáculos."

Eu sou um polvo-gigante-do-Pacífico. Sei disso por causa da placa na parede ao lado de meu recinto.

Sei o que você está pensando. Sim, eu sei ler. Sei fazer muitas coisas que você não imaginaria.

A placa diz mais: meu tamanho, alimentação preferida e onde eu viveria se não fosse um prisioneiro aqui. Menciona também minha proeza intelectual e inclinação à inteligência, o que, por algum motivo, parece surpreender os humanos: *Polvos são criaturas extraordinariamente brilhantes*, diz a placa. Ela alerta os visitantes sobre minha camuflagem e recomenda que me procurem com atenção redobrada no caso de eu ter me disfarçado a fim de me parecer com a areia.

A placa não diz que meu nome é Marcellus. Porém, o humano chamado Terry, o responsável por este aquário, às vezes conta para os visitantes que se aglomeram perto de meu tanque: "Estão vendo ali no fundo? O nome dele é Marcellus. Ele é um bicho especial."

Um bicho especial. De fato.

Foi a filha pequena de Terry quem escolheu meu nome. Marcellus McLulallus, na verdade. Sim, é ridículo. Faz muitos humanos pensarem que sou uma lula, o que é um insulto do pior tipo.

Como deve se referir a mim, você pergunta? Bom, a escolha é sua. Talvez acabe optando por "aquele ali", como todos os outros. Eu espero que não, porém não guardarei rancor. Você é apenas humano, afinal.

Devo avisar que nosso tempo juntos pode ser breve. A placa traz mais uma informação: a expectativa de vida de um polvo-gigante-do-Pacífico. Quatro anos.

Minha expectativa de vida: Quatro anos, 1.460 dias.

Fui trazido para cá quando era jovem. E morrerei aqui, neste tanque. Faltam no máximo 160 dias para que minha pena seja cumprida.

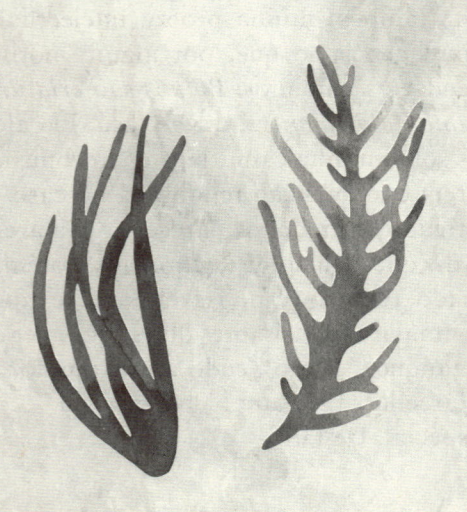

CICATRIZ EM FORMA DE MOEDA

Tova Sullivan se prepara para a guerra. Quando ela se inclina para estudar o inimigo, uma luva de borracha amarela se eriça em seu bolso de trás como a crista de um canário.
Chiclete.
— Pelo amor de Deus. — Ela golpeia a massa cor-de-rosa com o cabo do esfregão. Camadas de marcas de solas de tênis carimbam a superfície e a encardem com sujeira.

Tova nunca entendeu o propósito de mascar chiclete. E as pessoas os perdem com tanta facilidade. Talvez aquele mascador estivesse conversando, sem parar, e a goma simplesmente caíra para fora, arrastada por um lodo de palavras supérfluas.

Ela se inclina e empurra a lateral da coisa com a unha, mas a massa não solta do chão. Tudo isso porque alguém não pôde dar quatro passos até a lixeira. Certa vez, quando Erik era pequeno, Tova o pegou colando um pedaço de goma debaixo da mesa de um restaurante. Foi a última vez que ela lhe comprou chiclete, embora como ele tenha usado a mesada na adolescência estava, como tantas outras coisas, além do seu controle.

Armamento especializado será necessário. Uma lima, talvez. Nada em seu carrinho conseguirá arrancar o chiclete.

Quando ela se levanta, suas costas estalam. O som ecoa pela curva deserta do corredor, que reluz sua usual luz azul enquanto Tova anda em direção ao almoxarifado. Ninguém a culparia, é claro, por passar por cima da massa de chiclete com o esfregão. Aos 70 anos de idade, não esperam que ela faça uma limpeza tão pesada assim. Mas precisa, ao menos, tentar.

Além disso, é algo com o que se ocupar.

TOVA É A funcionária mais antiga do Aquário de Sowell Bay. Todas as noites, ela passa pano no chão, lustra os vidros e esvazia as lixeiras. A cada duas semanas, pega um contracheque em seu armário na sala dos funcionários. Catorze dólares a hora, menos as deduções e impostos obrigatórios.

O envelope é enfiado ainda fechado numa caixa de sapato no topo de sua geladeira. O depósito rende diretamente numa poupança esquecida no banco de Sowell Bay.

Ela anda em direção ao almoxarifado agora, com uma agilidade determinada que seria impressionante para qualquer um, mas que é totalmente espantosa para uma senhorinha de costas curvadas e ossos fracos como os de um passarinho. Acima dela, a chuva respinga na cúpula de vidro, iluminada pelo brilho dos holofotes de segurança das velhas docas de balsa ao lado. Gotas prateadas correm pelo vidro como fitilhos cintilantes no céu coberto pela névoa. Havia sido um terrível mês dejunho, todos diziam. O tempo nublado não incomoda Tova, mas seria ótimo se a chuva desse uma trégua longa o bastante para secar seu jardim da frente. O cortador de grama entope com a lama.

No formato de um *donut*, com teto em redoma, um tanque principal ao centro e recintos menores do lado, o prédio do aquário não é particularmente grande ou impressionante, talvez para combinar com Sowell Bay, que também não é grande nem impressionante. Do local onde Tova teve o encontro com o chiclete até o almoxarifado é uma meia volta completa no círculo. Seu tênis branco chia contra uma seção que ela já limpou, deixando pegadas opacas no piso reluzente. Sem dúvida, passará o esfregão de novo ali.

Ela para na alcova baixa, onde há uma estátua de leão-marinho-do--Pacífico. Os pontos lustrosos em suas costas e na cabeça lisa, gastos pelas décadas de ser acariciado e escalado por crianças, apenas contribuem para o realismo. Acima da lareira na casa de Tova, há uma foto de Erik, talvez com 11 ou 12 anos de idade, montando nas costas da estátua com um sorriso largo e uma mão erguida como se estivesse prestes a jogar um laço. Um cowboy do mar.

É uma das últimas fotos em que ele aparece com cara de criança e despreocupado. Tova organiza todos os retratos em ordem cronológica: uma montagem de sua transformação de bebê com sorriso banguela em um adolescente bonito, mais alto que o pai, posando em sua jaqueta de couro. Colocando um broche florido no vestido da garota que levou ao baile da escola. No topo de um pódio improvisado no cascalho da margem azul--escura de Puget Sound, erguendo o troféu de uma regata do colégio. Tova toca a cabeça gelada do leão-marinho ao passar e reprime a tentação de mais uma vez imaginar como seria a aparência de Erik agora.

Ela segue em frente, como é devido, pelo corredor pouco iluminado. À frente do tanque dos guelras-azuis, ela faz uma pausa:
— Boa noite, queridos.
Os caranguejos-japoneses são os próximos:
— Olá, meus amores.
— Como você está? — pergunta ela ao peixe *sculpin* de focinho pontudo.
Tova não é muito fã das enguias-lobos, mas acena com a cabeça. Não se deve ser rude, mesmo que elas lembrassem os filmes de horror da TV a cabo a que o falecido marido de Tova, Will, assistia no meio da madrugada quando a náusea da quimioterapia não o deixava dormir. A maior enguia desliza para fora da caverna entre as rochas, com sua característica fisionomia carrancuda e prognata. Dentes afiados se projetam para cima da mandíbula inferior como pequenas agulhas. Um aspecto lamentável, para dizer o mínimo. Mas as aparências enganam, não é verdade? Tova sorri para ela, mesmo que o peixe não possa lhe sorrir de volta, nem se quisesse, com uma cara daquelas.

O próximo recinto é o preferido de Tova. Ela se inclina para chegar mais perto do vidro.
— E então, senhor, como foi o seu dia hoje?
Ela leva um momento para encontrá-lo: um tiquinho de laranja atrás da rocha. Visível, mas sem querer, como o erro de uma criança brincando de esconde-esconde: o rabo-de-cavalo de uma menina que pula de trás do sofá, ou um pé de meias que sobra para fora do vão embaixo da cama.
— Está tímido esta noite? — Ela se afasta e espera; o polvo-gigante-do-Pacífico não se mexe. Tova imagina o movimento do dia, as pessoas batucando os nós dos dedos no vidro, dispersando-se para longe quando não veem nada. Ninguém mais sabe ser paciente hoje em dia.
— Não posso dizer que culpo você. Realmente parece confortável aí no fundo.
O braço laranja se revira, mas o corpo continua enfiado no esconderijo.

O CHICLETE ARMA uma defesa valente contra a lima, mas eventualmente se solta.
Quando é arremessada na lata de lixo, a massa endurecida desliza contra o plástico num satisfatório farfalhar.
Agora Tova passa pano no chão. De novo.
O cheiro de vinagre com algumas gotas de limão tinge o ar, evaporando do azulejo úmido. Muito melhor do que o produto detestável que usavam

quando Tova começou a trabalhar ali, uma porcaria verde brilhante que queimava suas narinas. Ela se opôs logo de cara. Para começar, o produto a fazia ficar tonta e, além disso, deixava marcas feias no chão. Mas talvez o pior de tudo fosse que cheirava como o quarto de Will no hospital, como seu falecido marido doente, embora Tova tenha omitido essa parte de sua argumentação.

As prateleiras do almoxarifado do aquário estavam abarrotadas daquela porcaria verde, mas Terry, o diretor, finalmente deu de ombros e disse que ela poderia usar o que quisesse desde que providenciasse por conta própria. Com toda certeza, concordou Tova. Então todas as noites ela chega carregando um galão de vinagre e seu frasco de óleo de limão.

Agora, mais lixo a coletar. Ela esvazia os cestos no saguão e as latas do lado de fora dos banheiros, e então termina na sala dos funcionários, com suas intermináveis migalhas no balcão. Não faz parte de seu trabalho, já que uma equipe profissional de Elland toma conta disso a cada quinze dias, mas Tova sempre passa sua flanela ao redor da base da cafeteira antiga e dentro do micro-ondas manchado de respingos, que cheira a espaguete. Hoje, entretanto, há algo mais urgente: embalagens de comida vazias no chão. Três delas.

— Inacreditável — diz Tova, ralhando com a sala deserta. Primeiro o chiclete, agora isso.

Ela pega as embalagens e as joga na lixeira, que, estranhamente, fora arrastada alguns metros para longe de seu lugar usual. Depois de esvaziá-la no saco de seu carrinho, Tova a coloca de volta no lugar certo.

Perto do lixo há uma pequena mesa de refeições. Tova alinha as cadeiras. Então ela vê.

Algo. Debaixo da mesa.

Um montinho marrom-alaranjado, encolhido no canto. Um moletom? Mackenzie, a simpática jovem que trabalha no quiosque da entrada, sempre deixa o dela pendurado no encosto de uma cadeira. Tova ajoelha e se prepara para pegá-lo e enfiá-lo no armário de Mackenzie. Mas então o montinho se mexe.

Um *tentáculo* se mexe.

— Ai, meu Deus!

Os olhos do polvo se materializam de algum lugar na massa de membros. As pupilas cor-de-mármore se arregalam, e então as pálpebras se estreitam. Reprovação.

Tova pisca, não se convencendo de que seus olhos estão funcionando direito. Como pode o polvo-gigante-do-Pacífico estar fora de seu tanque?

O braço se mexe de novo. A criatura está enroscada na bagunça de cabos de energia. Quantas vezes Tova amaldiçoara aqueles fios? Eles tornam impossível varrer direito.

— Você está preso — sussurra ela, e o polvo levanta, com esforço, a grande cabeça bulbosa, forçando um dos braços, ao redor do qual um cabo fino, do tipo usado para carregar celulares, está enrolado várias vezes. A criatura puxa com força e as cordas apertam mais, a pele inchada entre cada volta. Erik tinha um brinquedo assim, de uma loja de mágica. Um pequeno cilindro trançado em que se coloca um indicador em cada ponta e então se puxa para soltá-los. Quanto mais a pessoa puxa, mais apertado fica.

Tova se aproxima. Em resposta, o polvo chicoteia o chão com um de seus braços como se dissesse: *"Afaste-se, mulher."*

— Está bem, está bem — murmura ela, saindo de debaixo da mesa.

Ela se levanta e acende a luz, inundando a sala dos funcionários com um brilho florescente. Então começa a se abaixar de novo, mais devagar desta vez. Mas, como sempre, suas costas estalam.

Com o som, o polvo se irrita de novo, arremessando uma das cadeiras com uma força alarmante, fazendo-a deslizar pela sala e ricochetear na parede oposta.

De debaixo da mesa, os olhos impossivelmente claros da criatura estão brilhando.

Determinada, Tova chega mais perto e tenta controlar as mãos trêmulas. Quantas vezes passou pela placa debaixo do tanque do polvo-gigante-do-Pacífico? Ela não consegue se lembrar de nada dizendo que polvos sejam perigosos para humanos.

Está a apenas um braço de distância. Ele parece se encolher, e sua cor se tornou pálida. Polvos têm dentes?

— Meu amigo — diz ela suavemente —, vou colocar a mão atrás de você e tirar o plugue da tomada.

Ela olha ao redor e vê exatamente qual cabo é a fonte do infortúnio. Dá para alcançar.

Os olhos do polvo acompanham cada um de seus movimentos.

— Não vou machucar você, meu bem.

Um dos braços livres bate no chão como o rabo de um gato doméstico.

Quando o plugue se solta da tomada, o polvo recua depressa. Tova recua também. Esperava que ele deslizasse pela parede até a porta, na direção em que estivera puxando.

Mas, em vez disso, ele se aproxima.

Como uma cobra alaranjada, um de seus tentáculos se arrasta, sinuoso, na direção dela. Em segundos, enrola-se em seu braço e então se torce ao redor de seu cotovelo e bíceps como na dança de um pau de fitas. Ela consegue sentir cada ventosa se fixando na pele. Por reflexo, tenta puxar o braço, mas o polvo o aperta com mais força, quase ao ponto de causar desconforto. Seus olhos têm um brilho divertido, como os de uma criança travessa.

Embalagens vazias. Lixeira fora do lugar. Agora faz sentido.

Então, num instante, ele a solta. Tova observa, incrédula, enquanto ele desliza para fora da sala dos funcionários, usando as ventosas da parte mais grossa de cada uma de suas oito pernas. Seu manto parece se arrastar atrás e está mais pálido agora, movimenta-se com esforço. Tova corre atrás dele, mas, quando chega ao corredor, o polvo não está mais à vista.

Ela passa a mão no rosto. Está perdendo a lucidez. É, é isso. Assim que começa, não é? Com alucinações de um polvo?

Anos atrás, ela acompanhou a mente de sua falecida mãe se desfalecer aos poucos. Começara com esquecimentos ocasionais, nomes de familiares e datas. Mas Tova não esquece números de telefone e não precisa caçar nomes no fundo da memória. Ela olha para baixo, para o braço que está coberto de minúsculos círculos. Marcas de ventosas.

Um tanto atordoada, termina as tarefas da noite e então dá sua costumeira volta final pelo prédio para dizer boa noite.

"*Boa noite, guelras-azuis, enguias, caranguejos-japoneses, sculpin. Boa noite, anêmonas, cavalos-marinhos, estrelas-do-mar.*"

Após a curva, ela continua: "*Boa noite, atum, linguado e arraias. Boa noite, águas-vivas, pepinos-do-mar. Boa noite, tubarões, seus coitadinhos.*" Tova sempre teve um pouco de empatia pelos tubarões, com suas voltas intermináveis ao redor do tanque. Ela sabe como é nunca poder parar de se mexer, sob risco de se sufocar.

Lá está o polvo, escondido atrás de sua rocha de novo. Um punhadinho do corpo sobrando para fora. O laranja está mais vívido agora, em relação a sua aparência na sala dos funcionários, mas continua mais pálido que o comum. É, talvez seja bem-feito para ele. Precisa se comportar. Como foi que saiu, afinal? Ela espia pelas ondinhas da água, correndo os olhos pelo topo do tanque, a tampa, mas nada parece fora do lugar.

— Encrenqueiro — diz ela, balançando a cabeça, e se demora um momento a mais em frente ao recinto antes de ir embora.

O CARRO *HATCH* amarelo faz *bip-bip* e pisca as luzes laterais quando Tova aperta o controle, uma função à qual ainda não está acostumada. Suas amigas, o grupo de senhoras elegantes que chamam a si mesmas de Tricoteiras Criativas, convenceram-na de que precisava de um carro novo quando começou no emprego. Um perigo, argumentaram, dirigir à noite num carro velho. Ficaram atormentando Tova por semanas.

Às vezes, é mais fácil simplesmente ceder.

Depois de colocar o galão de vinagre e o frasco de óleo de limão no porta-malas, como sempre, porque, não importa quantas vezes Terry lhe diga que pode guardá-los no almoxarifado, não dá para prever quando um tanto de limão e vinagre farão falta, ela olha de relance para o píer lá embaixo. Está vazio a esta hora, os pescadores do início da noite já foram embora faz tempo. A antiga doca de balsas fica na direção oposta ao aquário, como uma máquina antiga a se deteriorar. Cracas cobrem seus pilares despedaçados. Na maré alta, algas ficam presas nas cracas e se transformam em placas secas de um verde escurecido quando a água do mar recua.

Tova cruza as tábuas de madeira gastas pelo tempo. Como sempre, a antiga cabine da bilheteria está a exatos 38 passos da vaga onde parou o carro.

Ela olha ao redor mais uma vez para se certificar de que não há ninguém se escondendo nas sombras compridas, pressionando a mão contra a janela de vidro da cabine. Sua trinca em diagonal é como uma cicatriz antiga na bochecha de alguém.

Então caminha para o píer, até o banco de sempre. Está escorregadio com respingos da água salgada e sujo de cocô de gaivota. Ela se senta, arregaça a manga e olha para as estranhas marcas redondas, quase esperando que tivessem sumido. Mas lá estão. Ela passa a ponta do dedo ao redor da maior delas, bem na parte interna do pulso. É mais ou menos do tamanho de uma moeda de um dólar. Por quanto tempo ficará ali? Vai formar um hematoma? É tão fácil ficar com a pele roxa esses dias, e a marca já está ficando vermelho-escura, como uma bolha de sangue. Talvez vire algo permanente. Uma cicatriz em forma de moeda.

A névoa se dissipou, gentilmente empurrada pelo vento até o interior, na direção das montanhas. Ao sul, um cargueiro está ancorado, o casco baixo sob as fileiras de contêineres empilhados como blocos de criança em seu deque. O luar dança sobre a água, milhares de velas ondulantes na superfície. Tova fecha os olhos e o imagina lá no fundo, segurando velas para ela. Erik. Seu único filho.

Dia 1.300 do meu cativeiro

CARANGUEJOS, AMÊIJOAS, CAMARÕES, VIEIRAS, berbigões, abalones, peixes, ovas de peixes. Essa é a dieta de um polvo-gigante-do-Pacífico, de acordo com a placa ao lado do meu tanque.

O mar deve ser um buffet maravilhoso. Todas essas iguarias, disponíveis para pegar à vontade.

Porém, o que é que eles servem aqui? Cavala, alabote e, principalmente, arenque. Arenque, arenque, tanto arenque. São criaturas detestáveis, peixinhos magrelos e nojentos. Tenho certeza de que o motivo para sua abundância aqui é o preço baixo. Os tubarões no tanque principal são recompensados por sua chatice com garoupa fresca, e eu recebo arenque descongelado. Às vezes, até meio congelado ainda. É por isso que preciso tomar uma atitude e me virar por conta própria quando desejo a sublime textura de ostra fresca, quando almejo sentir o estalo de meu bico quebrando a casca de um caranguejo, quando tenho ânsia pela doce e crocante carne de um pepino-do-mar.

Eventualmente meus captores atiram uma vieirinha de dar dó no meu tanque, quando estão tentando me fazer cooperar com um exame médico ou me subornar a jogar um de seus jogos. E, de vez em quando, Terry me dá um mexilhão ou dois sem motivo nenhum.

É claro que eu já provei caranguejos, amêijoas, camarões, berbigões e abalones várias vezes. Só que preciso me virar sozinho para buscá-los à noite. Ovas de peixe são um lanche ideal, tanto em termos de nutrição quanto de prazer gastronômico.

É possível fazer uma terceira lista aqui, que consiste em coisas que os humanos adoram, porém consideradas totalmente inadequadas para consumo por formas de vida mais inteligentes. Por exemplo, cada um dos itens disponíveis na máquina de produtos no saguão.

Porém, esta noite, outro cheiro me atraiu. Doce, salgado, saboroso. Encontrei sua fonte na lixeira, as sobras escondidas numa frágil embalagem branca.

Seja lá o que fosse, estava delicioso. Porém, se eu não tivesse tido sorte, poderia ter sido meu fim.

A mulher da limpeza. Ela me salvou.

COOKIES DE FALSIDADE

Antes, existiam sete Tricoteiras Criativas. Agora, são quatro. Os anos vão passando, e lugares à mesa vão vagando.

— Meu Deus, Tova! — Mary Ann Minetti coloca o bule sobre a mesa de jantar, com o olhar fixo no braço de Tova. O bule está envolto em uma capa de crochê amarelo, provavelmente um projeto que alguém tricotou algum dia, lá quando tricotar ainda era algo que as Tricoteiras Criativas faziam em seus encontros semanais. O bule combina com a presilha amarela de *strass* na têmpora de Mary Ann, que segura cachos castanhos para trás.

Janice Kim observa o braço de Tova enquanto enche sua caneca:

— Alergia, talvez? — Uma espiral de vapor de chá *oolong* embaça seus óculos redondos, e ela os tira e limpa na barra da camiseta, que Tova suspeita ser do filho de Janice, Timothy, porque é ao menos três tamanhos acima do dela e tem estampado o logo do shopping center coreano de Seattle onde Timothy abriu um restaurante anos atrás.

— Essa marca? — Tova pergunta e abaixa a manga do suéter. — Não é nada.

— Você deveria ir ao médico. — Barb Vanderhoof joga um terceiro cubo de açúcar no chá. Seu cabelo grisalho curto foi penteado com gel no formato de espinhos, um dos seus estilos preferidos ultimamente. Quando apareceu com o look pela primeira vez, brincou que *barb* é espinho em inglês, então nada mais apropriado para uma Barb do que ter espinhos. As Tricoteiras Criativas riram.

Não é a primeira vez que Tova se imagina espetando o dedo em uma das pontas na cabeça da amiga. Será que a espetaria, como um dos ouriços-do-mar no aquário, ou se desfaria com o toque?

— Não é nada — repete ela, sentindo um rubor subir pelas orelhas.

— Mas escuta só. — Barb toma mais um gole do chá e continua: — Sabe minha Andie? Ela teve uma brotoeja ano passado quando veio passar a Páscoa aqui. Tudo bem que eu nunca vi ao vivo, era num lugar meio inconveniente, se é que me entendem, mas não era o tipo de coisa que alguém pega por causa de comportamentos indecentes, de jeito nenhum. Não, era só uma brotoeja. Enfim, eu disse que ela tinha que ir no meu dermatologista. Ele é maravilhoso. Mas minha Andie é mais que teimosa, vocês sabem. E aquela brotoeja foi piorando e...

Janice a corta:

— Tova, você quer que o Peter recomende alguém? — O marido de Janice, Dr. Peter Kim, está aposentado, mas mantém contatos com a comunidade médica.

— Eu não preciso de um médico. — Tova força um sorriso sutil. — Foi um acidente de nada no trabalho.

— No trabalho?!

— Um acidente?!

— O que aconteceu?

Tova respira fundo. Ainda consegue sentir o tentáculo enrolado em seu pulso. Quando acordou, as marcas estavam mais fracas, mas continuavam escuras o suficiente para se ver com clareza. Ela abaixa a manga de novo.

Deveria contar para elas?

— Um contratempo com um dos equipamentos de limpeza — diz finalmente.

Ao redor da mesa, três pares de olhos se estreitam na direção dela.

Mary Ann limpa uma mancha imaginária na toalha com um de seus panos de prato:

— Esse seu trabalho, Tova... Da última vez que fui ao aquário, quase perdi o apetite na hora do almoço, por causa do cheiro. Como você dá conta?

Tova pega um cookie com gotas de chocolate da travessa que Mary Ann serviu mais cedo. Ela esquenta os cookies no forno antes das outras chegarem. Não se pode tomar chá, comenta sempre, sem algo caseiro para beliscar. Os cookies vêm prontos em um pacote comprado na Mercearia Shop-Way. Todas as Tricoteiras Criativas sabem disso.

— Aquele lixão velho. É claro que fede — diz Janice. — Mas é sério, Tova, você está bem? Trabalho braçal, na sua idade... Por que tem que trabalhar?

Barb cruza os braços.

— Eu trabalhei na St. Ann's por um tempo depois que o Rick morreu. Para passar o tempo. Eles me pediram para tomar conta do escritório inteiro, sabem?

— Papelada — murmura Mary Ann. — Você cuidava da papelada.

— E saiu porque eles não conseguiam mantê-la organizada do jeito que você queria — diz Janice, a voz seca. — Mas o que importa é que você não estava abaixada, de joelhos, lavando o chão.

Mary Ann se inclina para frente:

— Tova, espero que você saiba que, se precisar de ajuda...

— Ajuda?

— Sim, *ajuda*. Não sei como o Will deixou as suas finanças.

Tova fica tensa:

— Obrigada, mas não preciso de ajuda.

— Mas, se precisasse... — Os lábios de Mary Ann se fecham, sérios.

— Não preciso — responde Tova, calma. E é verdade. Sua conta bancária cobriria as despesas várias e várias vezes. Não precisa de caridade: não de Mary Ann nem de ninguém. E, além disso, que assunto mais indelicado para trazer à tona, e tudo por causa de algumas marquinhas no braço.

Depois de se levantar da mesa, Tova coloca a caneca no balcão e se inclina sobre ele. A janela acima da pia da cozinha dá vista para o jardim de Mary Ann, onde os arbustos de azaleia se agacham sob o baixo céu cinzento. As delicadas pétalas roxas parecem estremecer quando uma brisa balança os galhos, e Tova deseja poder colocá-las de volta em seus botões. A friagem no ar é inesperada para meados de junho. O verão está realmente sem pressa para chegar este ano.

No beiral da janela, Mary Ann arrumou uma coleção de artefatos religiosos: anjinhos de vidro com rostos celestiais, velas e um pequeno exército de reluzentes crucifixos de prata, de vários tamanhos, alinhados como soldados. Mary Ann deve poli-los todos os dias para manter o brilho.

Janice coloca a mão no ombro da amiga:

— Tova? Terra para Tova?

Tova não consegue conter um sorriso. O tom de voz animado faz com que ela pense que Janice voltou a assistir *sitcoms*.

— Não fique chateada, por favor. Mary Ann não quis ofender. Nós só estamos preocupadas.

— Obrigada, mas estou bem. — Tova dá palmadinhas carinhosas na mão dela.

Janice ergue uma das sobrancelhas bem feitas e a empurra de volta para a mesa. Ela deixa claro que compreende o quanto Tova deseja mudar de assunto, pois puxa uma conversa mais trivial:

— E então, Barb, como estão as meninas?

— Ah, eu já contei? — Barb inspira fundo de forma dramática. Ninguém nunca precisou lhe perguntar duas vezes sobre as filhas e bisnetas. — Andie ia trazer as crianças para passar as férias de verão aqui. Mas *tiveram um imprevisto* e cancelaram os planos. Foi exatamente assim que ela disse: um *imprevisto*.

Janice limpa os óculos com um dos guardanapos bordados de Mary Ann.

— Sério, Barb?

— Elas não vêm desde a última Ação de Graças! Ela e o Mark levaram as meninas para *Las Vegas* no Natal. Acreditam? Quem passa as férias em *Las Vegas?* — Ela pronuncia as duas palavras, Las e Vegas, com iguais peso e desprezo, da forma como alguém diria *leite estragado*.

Janice e Mary Ann balançam a cabeça, e Tova pega outro cookie. As três assentem enquanto Barb se empolga com uma história sobre a família da filha, que mora a duas horas dali, em Seattle, mas que poderia ser considerado outro hemisfério dado o quanto Barb reclama de vê-los pouco.

— Eu disse que espero abraçar aquelas netinhas logo. Só Deus sabe quanto tempo ainda estarei por aqui!

Janice suspira:

— Já deu, Barb.

— Com licença. — A cadeira de Tova arrasta pelo chão.

COMO SE PODE deduzir pelo nome, as Tricoteiras Criativas começaram como um grupo de tricô. Vinte e cinco anos atrás, um pequeno grupo de mulheres de Sowell Bay se juntou para trocar lã. Com o tempo, as reuniões se tornaram um refúgio para escaparem de casas solitárias, vazios agridoces de filhos que cresceram e se mudaram. Por esse motivo, entre outros, inicialmente Tova resistiu e não quis participar. Seu vazio não tinha nada de doce, apenas o amargor; à época, Erik estava desaparecido havia cinco anos. Como eram delicadas aquelas feridas, quão pouco era preciso para perturbar a casca e fazê-las sangrar de novo.

A torneira no lavabo de Mary Ann guincha quando Tova aciona o registro. As reclamações não mudaram muito com o tempo. Antes, era *"que pena que a faculdade é tão longe"* e *"que tristeza só recebermos ligações no domingo à tarde"*. Agora, são netos e bisnetos. Essas mulheres sempre vestiram a maternidade bem visível no peito, com orgulho, mas Tova mantém a dela lá dentro, enterrada bem no fundo do coração como uma bala antiga. Privada.

Alguns dias antes de Erik desaparecer, Tova fez um bolo de amêndoas para seu aniversário de 18 anos. A casa ficou com aquele cheiro de marzipã por dias. Ela ainda se lembra de como pairou pela cozinha como um convidado sem noção que não sabe quando ir embora.

No início, o desaparecimento de Erik foi considerado um caso de fuga de casa. A última pessoa que o viu foi um dos auxiliares de convés que estava trabalhando na balsa sul das 23h, a última embarcação da noite, e ele não relatou nada fora do comum. Erik deveria trancar a cabine da bilheteria depois de seu turno, o que sempre fazia, sem falhas. Estava tão orgulhoso por terem confiado nele com as chaves; afinal, era só um trabalho temporário de férias. O xerife disse que encontraram a cabine destrancada, com o dinheiro todo ainda na máquina registradora. A mochila de Erik estava debaixo da cadeira, junto de seu toca-fitas portátil e fones de ouvido, com a carteira inclusive. Antes de descartarem a possibilidade de um crime, o xerife especulou que talvez ele tivesse saído por um tempo breve e planejasse voltar logo.

Por que deixaria a cabine sozinha se estava em serviço? Tova nunca compreendeu. Will sempre tivera a teoria de que havia uma garota envolvida, mas nenhum traço de uma garota — ou garoto, tanto faz — foi encontrado. Seus amigos insistiram que ele não estava vendo ninguém à época. Se Erik estivesse saindo com alguém, o mundo todo saberia. Era um menino popular.

Uma semana depois, encontraram o barco: um antigo veleiro Sun Cat, todo enferrujado, que ninguém notara estar faltando na pequena marina que ficava ao lado da doca da balsa. Apareceu na praia com a corda da âncora cortada. As digitais de Erik estavam no leme. A evidência era frágil, mas tudo apontava para suicídio, disse o xerife.

Os vizinhos disseram.
Os jornais disseram.
Todo mundo disse.
Tova nunca acreditou nisso. Nem por um segundo.

Ela seca o rosto e pisca os olhos para o reflexo no espelho do lavabo. As Tricoteiras Criativas têm sido suas amigas há anos, mas algumas vezes ela ainda se sente como a peça de um quebra-cabeças que foi parar na caixa errada por engano.

TOVA PEGA A caneca na pia, se serve de um pouco de chá *oolong* fresco e desliza de volta para sua cadeira e para a conversa. É uma discussão sobre o vizinho de Mary Ann que está processando o ortopedista depois de uma cirurgia malfeita. As senhoras concordam que o médico deve ser responsabilizado. Depois, há uma rodada de "*awns*" e "*owns*" para fotos do pequeno Yorkshire de Janice, Rolo, que costuma ir às reuniões das Tricoteiras Criativas dentro de uma bolsa. Hoje, ficou em casa, com o estômago irritado.

— Coitadinho do Rolo — diz Mary Ann. — Você acha que ele comeu alguma coisa ruim?

— Você tinha que parar de dar comida de gente para ele — argumenta Barb. — Rick costumava dar restos do prato para a nossa Sully, pelas minhas costas. Mas eu descobria todas as vezes. Ah, aquela merdinha fedida!

— Barbara! — diz Mary Ann, com os olhos arregalados. Janice e Tova riem.

— Ah, me desculpe o palavreado, mas aquela cachorra podia deixar um cômodo todo fedendo. Que descanse em paz. — Barb junta as mãos em posição de reza.

Tova sabe quanto carinho e amor Barb tinha pela golden retriever, Sully. Talvez mais do que tinha pelo falecido marido, Rick. E, num período de poucos meses, ano passado, ela perdeu os dois. Às vezes, Tova se pergunta se é melhor assim, ter as tragédias acumuladas, para aproveitar a dor existente. Superar tudo de uma vez só. Ela sabia que existe um limite naquelas profundezas do desespero. Uma vez que sua alma está encharcada de tristeza, qualquer tanto a mais simplesmente passa reto, transborda, da mesma forma que o xarope de *maple* sempre formava cascatas ao redor das panquecas de sábado quando deixava que Erik se servisse sozinho.

Às 3 da tarde, as Tricoteiras Criativas estão pegando seus casacos e bolsas dos encostos das cadeiras quando Mary Ann chama Tova de lado.

— Por favor, avise a gente se precisar de ajuda. — Ela aperta a mão de Tova com os dedos comparativamente mais macios, de aparência mais jovem e pele italiana bronzeada.

Os genes escandinavos de Tova, tão gentis em sua juventude, se voltaram contra ela conforme envelhecia. Aos 40 anos de idade, seus cabelos dourados como milho estavam grisalhos. Aos 50, as linhas em seu rosto pareciam esculpidas em barro. Agora, ela às vezes vislumbra o próprio perfil refletido na vitrine de uma janela, a forma como os ombros começaram a curvar, e se pergunta como é possível que aquele corpo seja seu.

— Eu não preciso de ajuda, prometo.

— Se aquele trabalho ficar pesado demais, você vai parar, não vai?

— Claro.

— Está bem. — Mary Ann não parece convencida.

— Obrigada pelo chá, Mary Ann. — Tova veste a jaqueta e sorri para o grupo todo. — Foi uma tarde adorável, como sempre.

TOVA DÁ TAPINHAS no painel e pisa no acelerador, incentivando o carro a reduzir a marcha mais uma vez. O motor ronca ao subir a ladeira.

A casa de Mary Ann fica em um grande vale onde antes não havia nada além de campos de narciso. Tova se lembra de passar por eles quando era menina, ao lado do irmão mais velho, Lars, no banco de trás do Packard da família. O pai ao volante, a mãe no passageiro com a janela aberta, segurando o cachecol debaixo do queixo, para que não voasse. Tova girava a manivela para abrir sua janela também e colocava a cabeça o mais para fora que sua coragem permitia. O vale cheirava a esterco doce. Milhões de flores amarelas se mesclavam em um mar de raios de sol.

Hoje em dia, o vale é um subúrbio. A cada dois anos, há grandes alvoroços no condado para arrumar a estrada que sobe a colina sinuosamente. Mary Ann está sempre escrevendo cartas ao conselho sobre isso. Muito íngreme, argumenta ela, o risco de deslizamentos é muito grande.

— Bom, não é íngreme demais para a gente — diz Tova quando o carro chega ao topo.

Do outro lado, um ponto de sol brilha na água, espremendo-se por um vão entre as nuvens. E então, como se fosse puxado por fios de uma marionete, o vão se abre, banhando Puget Sound em claridade.

— Olha só! — Tova diz e abaixa o quebra-sol. Apertando os olhos, ela pega a direita na Sound View Drive, que segue pelo topo da colina acima do nível do mar. O caminho para casa.

Sol, finalmente! Seu áster precisa de poda e, por semanas, o tempo frio e úmido, fora de época mesmo para os padrões do Noroeste Pacífico, tirou todo seu ânimo para trabalhar no jardim. Com a ideia de fazer algo produtivo em mente, ela pisa mais fundo no acelerador. Talvez possa terminar o canteiro de flores antes do jantar.

Entra rápido em casa para pegar um copo de água a caminho do quintal dos fundos e se detém para apertar o botão vermelho que pisca na secretária eletrônica. Aquela máquina está sempre cheia de besteiras, pessoas tentando lhe vender coisas, mas Tova sempre ouve tudo assim que chega. Como alguém consegue funcionar com uma luz vermelha piscando ao fundo?

A primeira gravação é de alguém pedindo doações. *Apagar*.

A segunda mensagem é claramente um golpe. Quem seria tolo o suficiente para ligar de volta e passar o número da conta bancária? *Apagar*.

A terceira é engano. Vozes abafadas, e então um clique. Uma *ligação das nádegas*, como Janice Kim as chama. Um perigo latente ao hábito ridículo de colocar telefones em bolsos. *Apagar*.

A quarta mensagem começa com um silêncio prolongado. O dedo de Tova está prestes a apertar o botão de apagar quando uma voz de mulher diz:

— Tova Sullivan? — Ela pigarreia. — Meu nome é Maureen Cochran. Da Casa de Repouso Charter Village?

O copo de água tilinta ao encostar no balcão.

Com um clique rápido, Tova aperta o botão para acelerar a gravação. Não precisa ouvir o restante. É uma mensagem que estava esperando já há algum tempo.

Seu irmão, Lars.

Dia 1.301 do meu cativeiro

É ASSIM QUE EU FAÇO.
    Perto do topo de meu recinto, há um furo no vidro por onde a bomba de ar entra. Existe um espaço entre o suporte da bomba e o vidro, largo o suficiente para eu passar a ponta de um tentáculo e desparafusar o suporte. A bomba flutua em meu tanque, expondo um vão. O vão é pequeno. Cerca de dois ou três dedos humanos.
    Você dirá: *"Mas isso é minúsculo! Você é grande demais."*
    É verdade, porém não tenho problemas em moldar meu corpo para passar. Essa é a parte fácil.
    Eu deslizo pelo vidro para a sala das bombas atrás de meu tanque. Aí começa o desafio. O relógio está correndo, pode-se dizer. Quando saio, preciso voltar em menos de 18 minutos ou terei que lidar com As Consequências. Dezoito minutos: é o tempo que posso sobreviver fora da água. Esse fato não está na placa ao lado do recinto, é claro. Eu o descobri sozinho.
    No gelado chão de concreto, preciso decidir se ficarei na sala das bombas ou arrombarei a porta. Cada escolha tem suas vantagens e seus custos.
    Se escolher ficar na sala das bombas, tenho acesso fácil aos tanques próximos do meu. Infelizmente, eles têm um apelo limitado. As enguias-lobos simplesmente não são uma opção, por motivos que deveriam ser óbvios. Aqueles dentes! As águas-vivas-do-Pacífico são muito picantes; os vermes, nemertinos de barriga amarela, são borrachentos. Aos mexilhões-azuis falta inspiração, em termos de sabor, e, embora os pepinos-do-mar sejam deliciosos, preciso me controlar. Se pegar mais do que alguns, arrisco chamar a atenção de Terry para minhas atividades.

Por outro lado, se escolher arrombar a porta, tenho todo o corredor e o tanque principal a meu dispor. Um menu mais robusto. Porém há um preço: primeiro, tenho que investir um bom tempo no processo de abrir a porta para sair. Então, dado que ela é pesada e se fecha sozinha, preciso passar vários minutos abrindo-a de novo na volta.

"Por que você não coloca algo para segurar a porta aberta?"

Bem, é um tanto óbvio.

Eu coloquei um peso, uma vez. O banquinho que fica sob meu tanque. Com aqueles minutos extras de liberdade, saqueei um balde de pedaços de alabote fresco deixado por Terry debaixo do alçapão do tanque principal. (Presumo que fossem ser o café da manhã dos tubarões no dia seguinte. Porém, aqueles cabeças-ocas mal sabem diferenciar o dia da noite. Zero arrependimentos aqui.)

Sob a ilusão de tempo livre, foi uma noite quase agradável. Talvez o dia mais bem aproveitado desde que fui aprisionado. Porém, ao voltar, descobri algo que até hoje não consigo compreender: por algum truque do destino, o banquinho falhou em segurar a porta.

Lição aprendida: não posso confiar em nada para segurar a porta.

Quando consegui abri-la, eu estava declinando rápido. As Consequências estavam com força total.

Meus membros se moviam devagar, e minha visão estava turva. Meu manto se tornou pesado e tombava em direção ao chão. Através da névoa, consegui ver que minha cor empalidecera, um tom fraco de cinza amarronzado.

Conforme me arrastava pela sala de bombas, não sentia mais o chão gelado. Não conseguia registrar a temperatura de nenhuma superfície. De alguma forma, minhas ventosas descoordenadas me apalparam vidro acima.

Forcei os tentáculos e o manto pelo vão. Na metade do caminho, parei, pendendo acima da superfície. Meus tentáculos estavam completamente anestesiados, privados de qualquer sensação.

Por um momento, considerei essa opção. O nada era alguma coisa. O que estaria do outro lado da vida?

Quando a água me abraçou, eu me recuperei. Minha visão mostrou nítidos os familiares limites de minha prisão. Enrolei um tentáculo na bomba e a coloquei no lugar, tapando o vão. A cor voltou à minha pele enquanto eu enfiava um braço pelo furo para parafusar o suporte. Meu manto deslizou pela água gelada, e eu nadei, com força e rapidez, para a toca atrás da rocha. Meu estômago, cheio a ponto de explodir com alabote, doía agradavelmente.

Depois disso, enquanto eu descansava na toca, meus três corações batiam com força. O pulsar ritmado de meu alívio silencioso. Um instinto básico desencadeado pela surpresa da vitória sobre a morte. Suponho que seja como um berbigão se sente ao se enterrar na areia debaixo do estalar de meu bico. Nasceu de novo, como vocês, humanos, costumam dizer.

As Consequências. Aquela não foi a única vez que sofri com elas. Houve outras situações em que extrapolei os limites de minha liberdade. Porém nunca mais tentei aproveitar aqueles minutos extras ao deixar um peso segurando a porta.

É claro que não preciso explicar que Terry não sabe sobre o vão. Ninguém além de mim sabe. E, como eu gostaria que continuasse assim, agradeço desde já por sua discrição.

Você perguntou. Eu respondi.

É assim que eu faço.

O WELINA MOBILE PARK É PARA AMANTES

Cameron Cassmore pisca os olhos atrás do para-brisa para protegê-los do sol ardente. Deveria ter pegado os óculos escuros. Arrastar sua ressaca até o Welina no maldito horário das 9h, num sábado de manhã... credo. Depois de estacionar, ele pega uma lata aberta do porta-copos da picape de Brad e vira tudo de uma vez. Algum energético ruim. Com um resmungo, cospe pela janela aberta, limpa a boca na manga da camisa e então amassa a lata e a arremessa no banco vazio do passageiro.

— Precisa ir lidar com o quê? — Brad piscou os olhos cansados quando Cameron pediu o carro emprestado. Ele dormira no sofá de Brad e Elizabeth depois de tocar metal experimental num show épico do Moth Sausage, no Dell's Saloon, na noite anterior.

— Uma clematite — disse Cameron. Pela ligação desesperada de sua tia Jeanne, parecia que o babaca do síndico estava enchendo o saco dela de novo por causa das trepadeiras. Da última vez, as coisas terminaram com o cara ameaçando expulsá-la dali.

— Que diabos é clematite? — Um sorrisinho torto se abriu no rosto de Brad. — Parece uma doença venérea.

— É uma planta, idiota. — Cameron não se deu ao trabalho de acrescentar que era uma trepadeira perene que dá flores, membro da família dos ranúnculos. Nativa da China e do Japão, trazida para o ocidente via Europa na Era Vitoriana e valorizada por sua habilidade de subir em treliças.

Por que se lembra dessas merdas? Se pudesse ao menos esvaziar o cérebro de todo conhecimento inútil que o está entupindo... Pegando velocidade ao virar na rodovia que dá no parque de trailers de tia Jeanne, Cameron abaixa todas as janelas e acende um cigarro, o que não tem mais o hábito de fazer, a não ser quando está se sentindo um lixo; e nesta manhã ele está se sentindo como um grande lixo quente e fedido. A fumaça escapa num rastro pela janela e desaparece pelas fazendas planas e empoeiradas de Merced Valley.

MARGARIDAS BALANÇAM COM a brisa no jardim de tia Jeanne, que também tem um arbusto imenso cheio de flores brancas, um negócio que parece um véu de pisca-piscas de Natal e uma fonte de água que Cameron sabe que funciona com seis pilhas D porque a tia sempre pede ajuda para trocá-las, aparentemente todas as vezes que ele a visita.

E sapos. Há sapos para todo lado. Pequenas estátuas de sapos de cimento com musgo crescendo nas rachaduras, vasos em formato de sapo e uma biruta que tremula num poste de metal enferrujado com o desenho de três sapos sorridentes num patriótico fundo vermelho, branco e azul.

Sapos sazonais.

Se o Welina Mobile Park tivesse um prêmio de melhor jardim, tia Jeanne certamente concorreria. E ganharia. Mas o estranho sobre o jardim imaculado é seu contraste gritante com o desastre que Cameron sabe que está dentro do trailer.

Os degraus da varanda rangem sob suas botas pesadas. Um pedaço de papel está enfiado no vão entre o batente e a porta de tela. Ele ergue a beirada para espiar: um panfleto do Campeonato de Bingo do Welina Mobile Park. Ele o amassa e enfia no bolso. De jeito nenhum que tia Jeanne vai a essas coisas ridículas. Este lugar todo é tão horrível. Até o nome. *Welina*. Significa "bem-vindo" em havaiano. Com toda certeza do mundo, isso aqui não é o Havaí.

Cameron está prestes a tocar a campainha, que tem o formato de um sapo, é claro, quando gritos transbordam de trás do trailer.

— Se aquela ogra velha da Sissy Baker parasse de se meter na vida dos outros, ninguém ia aparecer com essas ideias ridículas, não é? — A voz de tia Jeanne é ameaçadora, e Cameron pode imaginá-la ali, vestindo seu moletom cinza preferido, com as mãos no quadril em forma de barril e a testa franzida. Ele não consegue conter um sorriso ao dar a volta pela lateral do trailer.

— Jeanne, por favor, tente entender. — A voz do síndico é baixa, paternalista. Jimmy Delmonico. Um babaca de primeira, sem dúvidas. — Os outros moradores estão preocupados com a possibilidade de termos cobras por aqui. Você entende isso, não entende?

— Não tem cobra nenhuma ali! E quem é você para me dizer o que fazer com o meu arbusto?

— Existem regras, Jeanne.

Cameron trota para o quintal dos fundos. Delmonico tem os olhos fixos em tia Jeanne, que está de fato usando aquele moletom cinza. Com o rosto vermelho, ela segura um punhado dos densos e cerosos galhos que cobrem a treliça encaixada na parte de trás do trailer. Sua bengala, com a desbotada bola de tênis verde enfiada na ponta, está apoiada na parede.

— Cammy!

Tia Jeanne é a única pessoa em todo o planeta que tem autorização para chamá-lo assim.

Ele corre e sorri quando ela o envolve num longo abraço. Está cheirando a café velho, como sempre. Então Cameron se vira para Delmonico, sério como uma pedra, e pergunta:

— Qual é o problema aqui?

Tia Jeanne pega a bengala e a aponta de forma acusadora na direção do síndico:

— Cammy, fala para ele que não tem cobra nenhuma na minha clematite! Ele está tentando me fazer arrancá-la. Tudo porque Sissy Baker disse que viu algo. Todo mundo sabe que aquela morcega velha é quase cega.

— Você ouviu minha tia. Não tem cobra ali — diz Cameron, firme, e inclina a cabeça na direção da grande massa da trepadeira, que engrossou e aumentou desde sua última visita. Quanto tempo faz? Um mês?

Delmonico coça o nariz.

— É bom ver você também, Cameron.

— O prazer é todo meu.

— Olha, isso vem direto do regulamento do Welina Mobile Park — diz o síndico, que depois respira fundo. — Quando um morador faz uma eclamação, eu preciso investigar. E a Sra. Baker disse que viu uma cobra. Que viu, bem ali naquela planta, olhos amarelos piscando para ela.

Cameron bufa:

— Ela está obviamente mentindo.

— Obviamente — reforça tia Jeanne, mas lhe lança um olhar curioso com o canto do olho.

— Ah, é? — Delmonico cruza os braços. — A Sra. Baker faz parte desta comunidade há anos.

— Sissy Baker tem mais merda na cabeça do que uma privada entupida.

— Cammy! — Tia Jeanne dá uma cotovelada em seu braço, reprovando o linguajar, o que é memorável, vindo da mulher que lhe ensinou que "B é de Babaca" quando estava aprendendo o alfabeto.

— Como é que é? — Delmonico ajusta os óculos no nariz.

— Cobras não piscam. — Cameron vira os olhos para cima. — Elas não têm como piscar. Não têm pálpebras. Pesquisa aí.

O síndico abre a boca e a fecha de repente.

— Caso encerrado. Sem cobras aqui. — Cameron cruza os braços, que têm ao menos o dobro do diâmetro dos do outro homem. Os dias de bíceps têm rendido bem na academia ultimamente.

Delmonico realmente parece que preferiria ir embora. Analisando os próprios sapatos com atenção, ele murmura:

— Mesmo que isso seja verdade, sobre pálpebras e cobras... existem leis. Ponha a culpa no condado se quiser, mas se alguém registrar uma ocorrência dizendo que uma das minhas propriedades tem uma infestação...

— Eu já disse que não tem cobra nenhuma aqui! — Tia Jeanne joga as mãos para cima. A bengala cai na grama. — Você ouviu meu sobrinho. Elas não têm pálpebras! Quer saber a verdade? Sissy Baker tem ciúmes do meu jardim.

— Calma, Jeanne. — Delmonico ergue uma mão. — Todo mundo sabe que você tem um jardim maravilhoso.

— Sissy Baker é uma mentirosa, e cega como uma porta!

— Seja como for, existem regras de segurança. Se algo cria uma situação perigosa...

Cameron dá um passo na direção dele.

— Acho que ninguém quer começar uma situação perigosa aqui. — É um blefe, quase. Cameron odeia brigar. Mas o idiota ali não precisa saber.

Quase que comicamente espantado, Delmonico apalpa o bolso e, então, faz um movimento exagerado para pegar o celular.

— Ahn, desculpa, preciso atender.

Cameron solta uma risadinha de deboche entre os dentes. A falsa ligação, que coisa velha. Esse cara é um tédio.

— Só poda um pouco para diminuir o volume. Pode ser, Jeanne? — Delmonico grita por sobre os ombros enquanto desce pelo caminho de cascalho até a rua.

CAMERON LEVA QUASE uma hora para podar a clematite, lidando com as instruções exigentes de tia Jeanne enquanto se equilibra numa escada de madeira. *"Um pouco mais ali. Não, não tanto! Corta um pouco pra esquerda. Não, quis dizer direita. Não, esquerda mesmo."* Lá embaixo, tia Jeanne junta os galhos cortados e as flores roxas num saco reutilizável.

— É verdade aquilo das pálpebras, Cammy?

— Claro que é. — Ele desce a escada.

Tia Jeanne franze a testa:

— Então é sério mesmo, não tem cobras na minha clematite, tem?

Cameron a olha de lado enquanto tira as luvas.

— Você viu uma cobra na sua clematite?

— Ahn... não?

— Pronto, está aí a resposta.

Tia Jeanne sorri, abre a porta dos fundos e empurra uma pilha de jornais com a ponta da bengala.

— Fica um pouco, meu bem. Quer café? Chá? Uísque?

— Uísque? Sério?

Não são nem 10 da manhã. O estômago de Cameron se revira com a ideia de álcool. Ele se abaixa para passar pela porta e pisca para ajustar os olhos à penumbra, deixando escapar um suspiro aliviado ao ver o estado do lugar. É ruim, claro. Mas não pior que da última vez. Por um tempo, parecia que o lixo estava procriando consigo mesmo como um punhado de coelhos safados.

— Café preto, então — diz tia Jeanne, com uma piscadela. — Você está ficando velho, Cammy. Nada divertido ultimamente.

Ele murmura algo sobre ter passado dos limites na noite anterior, e tia Jeanne concorda, com seu jeito divertido. Claramente percebeu que hoje ele não está nos melhores dias. Talvez realmente esteja ficando velho. Os 30 têm sido um porre até agora.

Tia Jeanne procura a cafeteira no meio de caixas e papéis em cima do minúsculo balcão. Cameron pega o livro no topo de uma pilha de lixo que quase enterrou uma frágil escrivaninha, e um antigo computador de gabinete zumbe de algum lugar debaixo da bagunça. O livro é um romance, um daqueles que tem um cara musculoso sem camisa na capa. Ele o joga de volta no lugar, fazendo um monte de porcarias deslizar para o chão.

Quando começou isso? A coleção, como ela a chama. Nunca fora assim quando ele era menor. Às vezes, Cameron passa pela antiga vizinhança deles em Modesto, pela casa de dois quartos onde ela o criou. Aquela casa estava sempre limpa. Alguns anos atrás, foi vendida para pagar as contas do hospital do verão anterior. Aparentemente, um nocaute no estacionamento do Dell's Saloon custa uma fortuna, e não foi nem culpa de tia Jeanne. Uns turistas idiotas estavam causando problemas, ela só tentou fazer todo mundo se acalmar. Sabe-se lá como, tomou um soco na têmpora e caiu desmaiada no asfalto. Uma concussão feia, um quadril estilhaçado, meses de fisio e de terapia ocupacional. Cameron negara um trabalho decente em uma empresa de reformas, um serviço que poderia ter levado a um programa de aprendiz, para cuidar dela, dormindo no sofá para lembrá-la dos remédios e dando carona para o especialista em traumas cerebrais em Stockton. Toda as tardes, ele encontrava o carteiro na varanda, abrindo a porta silenciosamente para que ela não percebesse. A poupança patética dele segurou as pontas por um tempinho.

Quando tia Jeanne finalmente vendeu a casa, havia acabado de completar 52 anos, a idade mínima para morar em Welina. Por motivos que ainda surpreendem Cameron, em vez de ir atrás de um apartamento normal ou coisa parecida, ela decidiu usar o pouco de dinheiro que sobrara para comprar este trailer e se mudar para cá. Foi aí que começou a coleção? É este lixo de parque que está causando tudo?

Ainda reclamando de como Sissy Baker está no seu pé desde a discussão no almoço comunitário do Welina verão passado (Cameron não pergunta detalhes), tia Jeanne coloca duas canecas fumegantes na mesa de centro e gesticula para que ele se sente ao seu lado.

— E como está o trabalho?

Cameron dá de ombros.

— Você foi mandado embora de novo, não foi?

Ele não responde.

Os olhos de tia Jeanne se estreitam:

— Cammy! Você sabe que eu tive que mexer uns pauzinhos no escritório do condado para conseguir essa vaga no projeto.

Tia Jeanne ainda trabalha meio período na recepção do escritório. Está lá há anos. É claro que conhece todo mundo. E, sim, o projeto era grande. Um complexo empresarial na entrada da cidade. Mas não importava: dez míseros minutos de atraso no segundo dia, e o chefe carrasco o mandou embora. E a culpa por acaso era de Cameron se o cara tinha zero capacidade de sentir empatia?

— Não é como se eu tivesse pedido para você mexer pauzinhos — murmura ele, e a seguir explica o que aconteceu.

— Então você vacilou. Feio. E agora?

Os lábios de Cameron se curvam numa careta. Tia Jeanne deveria estar do lado dele. Um silêncio carregado se forma entre os dois; ela toma um gole do café. Sua caneca tem vários desenhos de sapo e, em letras de um vermelho vivo, a frase "Quem soltou os sapos?" Ele balança a cabeça e tenta mudar de assunto.

— Gostei da bandeira nova. Aquela lá fora.

— Gostou mesmo? — A expressão dela suaviza um pouco. — Comprei de um daqueles catálogos, pelo correio.

Cameron assente com a cabeça. Não está surpreso.

— E a Katie? — pergunta a tia.

— Está bem — responde Cameron, com a voz distante.

Na verdade, não vê a namorada desde que se despediram com um beijo antes de ela sair para o trabalho, na manhã anterior. Ela deveria ter ido ver o show do Moth Sausage, mas aparentemente estava cansada demais para sair, então ele ficou até mais tarde do que planejava e acabou dormindo na casa de Brad. Mas é claro que ela está bem. Katie é o tipo de garota que nunca se mete em encrencas, está sempre bem.

— Ela é um bom partido para você.
— É, ela é ótima.
— Só quero que você seja feliz.
— Eu sou feliz.
— E seria bom se conseguisse ficar num serviço por mais do que dois dias.

Maravilha, lá vem o sermão de novo. Cameron franze a testa e passa a mão no rosto. Sua cabeça está explodindo. Deveria beber mais água.

— Você é tão inteligente, Cammy. *Tão* inteligente...

Ele se levanta do sofá e olha para fora da janela. Depois de um longo segundo, diz:

— Você sabe que ninguém ganha dinheiro só por ser inteligente, não sabe?

— Bom, você deveria ganhar.

Ela dá tapinhas no espaço vazio ao seu lado no sofá, e Cameron desmorona ali, apoiando a cabeça latejante no ombro da tia. Ele ama tia Jeanne, é claro que ama. Mas ela não entende.

NINGUÉM DA FAMÍLIA sabe de quem Cameron puxou a inteligência. E com "família" ele quer dizer ele mesmo e tia Jeanne. Essa é a família toda.

Mal se lembra do rosto da mãe. Tinha 9 anos quando ela lhe pediu que fizesse as malas para passar o final de semana com a tia, que o buscou como sempre. Não era nada incomum. Ele costumava dormir lá de vez em quando, mas, daquela vez, a mãe nunca foi buscá-lo. Ele se lembra de ela se despedir com um abraço, das lágrimas deixando um rastro de maquiagem borrada em seu rosto. Ele se lembra, perfeitamente, de como os braços dela pareciam só pele e osso.

Aquele final de semana virou uma semana inteira e, então, um mês. Um ano.

Em algum lugar da cristaleira, tia Jeanne guarda umas bugigangas de cerâmica que a mãe dele colecionava quando era criança. Em forma de coração, estrela, animais. Algumas têm o nome dela gravado: **DAPHNE ANN CASSMORE**. Tia Jeanne vive perguntando se ele não quer ficar com elas, e, toda vez, ele responde que não. Por que ia querer aquele lixo se a mãe sequer conseguiu se desintoxicar por tempo o suficiente para ser de fato sua mãe?

Pelo menos Cameron sabe de quem puxou o gene do desastre.

Tia Jeanne entrou com o pedido de custódia, que lhe foi dada sem contestação alguma. Muito melhor assim, ele se lembra de ouvir o promotor dizer, que Cameron fique com a família em vez de "entrar para o sistema".

Uma década mais velha que Daphne, tia Jeanne nunca se casou, nem teve filhos próprios. Ela sempre diz que Cameron é a benção que nunca esperava receber.

Com ela, a infância foi boa. Ela nunca se deu exatamente bem com as mães de seus amigos. Quem poderia esquecer o Halloween em que apareceu no seu desfile do fundamental vestida de Marge Simpson, no ano em que ele foi de Bart? Mas, de alguma forma, as coisas deram certo.

Na escola, Cameron até que se saiu bem. Conheceu Elizabeth lá e, depois, Brad. Surpreendentemente equilibrado, ouvia os outros dizerem, para uma criança que passou pelo que ele passou.

O pai? É possível que seja daí que Cameron herdou a inteligência.

Qualquer coisa é possível quando o assunto é seu pai. Nem ele, nem tia Jeanne fazem a menor ideia de quem seja. Quando Cameron era criança, antes de entender como nascem os bebês e a necessidade de, no mínimo, um doador de esperma, costumava achar que simplesmente não tinha um pai.

"Conhecendo o grupo de pessoas que andava com a sua mãe, você provavelmente está melhor sem ele", diz tia Jeanne toda vez que o assunto vem à tona. Mas Cameron sempre duvidou disso. Tem certeza de que a mãe ainda não era usuária quando ele nasceu. Já viu as fotos, o cabelo dela caindo em cachos castanho-claros ao empurrá-lo na balança de bebê no parque. O vício, os problemas, Cameron tem certeza, vieram depois.

Por causa dele.

Tia Jeanne começa a se levantar.

— Mais café, meu bem?

— Fica aí, eu busco — diz ele, chacoalhando a dor de cabeça. Ao atravessar a bagunça até a cozinha, escolhe cada passo com cuidado.

Enquanto ele serve as duas canecas, tia Jeanne grita do sofá:

— E como está Elizabeth Burnett? O bebê é para o final do verão, não é? Encontrei a mãe dela no posto de gasolina uns dias atrás, mas não tivemos tempo para conversar.

— É, ela está prestes a explodir. Mas está bem. Ela e o Brad, os dois estão bem. — O creme forma uma espiral branca quando Cameron o coloca no café.

— Sempre foi uma menina tão boazinha. Nunca entendi por que ela escolheu ficar com o Brad, e não com você.

— Tia! — resmunga Cameron. Já deve ter explicado um milhão de vezes; Elizabeth sempre foi como uma irmã para ele.

— Estou só comentando.

Cameron, Brad e Elizabeth eram amigos de infância: os três mosqueteiros. Agora, por algum motivo, os outros dois estão casados e prestes a ter um bebê. Cameron está ciente de que o pequeno vai assumir o lugar dele no trio.

— Falando nisso, tenho que ir. O Brad precisa da picape de volta antes do almoço.

— Ah, só uma coisa, antes de você ir.

Com esforço, tia Jeanne usa a bengala para se alavancar para fora do sofá. Cameron tenta ajudar, mas ela o enxota com a mão.

Pelo que parece uma década, ela remexe a bagunça no outro cômodo. Enquanto isso, ele não consegue resistir e fuça uma pilha de papéis sobre a mesa. Conta de luz velha (paga, ainda bem), uma página rasgada de um *Guia de Programação da TV* (ainda existe isso?) e um monte de recibos da farmácia popular da cidade, com uma receita grampeada no topo. Droga, coisas pessoais. Mas, antes que ele consiga enterrar o negócio de volta na pilha, vê algo que faz suas bochechas arderem em vermelho. Não, não pode ser.

Tia Jeanne? Clamídia?

A bengala dela batuca na direção da sala. Cameron tenta colocar as coisas no lugar, mas, para seu horror, a pilha toda desmorona, deixando-o só com a receita na mão. Ele segura o papel com a ponta dos dedos, como se estivesse infectado. Uma doença transmissível pela celulose.

— Ah, isso. — A tia dá de ombros, casual. — Está dando no parque.

Cameron sente o estômago revirar. Engole em seco e diz:

— Bom, essa merda não é brincadeira, tia Jeanne. Ainda bem que você está se tratando.

— Claro que estou.

— E talvez você possa começar a usar, ahn, proteção? — Está realmente tendo essa conversa?

— Bom, eu sou do time do látex, mas Wally Perkins, ele não...

— Pare. Desculpe, eu não devia ter perguntado.

Ela ri.

— Bem feito. Ninguém mandou bisbilhotar minhas coisas.

— Ponto para você.

— Enfim... Isso. — Com a pantufa, ela aponta uma caixa que Cameron não notara no chão. — São algumas coisas da sua mãe. Achei que você gostaria de ficar com elas.

Cameron se levanta.

— Não, obrigado — diz, sem sequer olhar para a caixa.

Dia 1.302 do meu cativeiro

MEU PESO ATUAL É 27 QUILOGRAMAS. SOU UM *ME-NINÃO*.

Como sempre, meu exame começou com o balde. A Dra. Santiago removeu o topo do recinto e ergueu o grande balde amarelo até que estivesse na altura da água. Havia sete vieiras lá dentro. A doutora empurrou meu manto até a beirada do tanque com a rede, porém não era necessário. Por vieiras frescas, eu teria entrado voluntariamente.

A anestesia correu suave por minha pele. Os membros ficaram imóveis. Os olhos se fecharam.

Meu primeiro encontro com o balde foi há muito tempo, no dia 33 do meu cativeiro. Naquela época, achei a sensação alarmante. Porém, aprendi a gostar do balde. Com ele, vem uma sensação de completo nada, o que, em sua maioria, é mais agradável que o tudo.

Meus braços arrastaram pelo concreto enquanto a Dra. Santiago me carregava até a mesa. Ela me dobrou num montinho em cima da balança de plástico e exclamou:

— Uau, que meninão!

— Quanto? — perguntou Terry, cutucando-me com suas grandes mãos morenas que estão sempre com gosto de cavala.

— Quase um quilo e meio a mais que o mês passado — respondeu Dra. Santiago. — A dieta dele mudou?

— Não que eu saiba, mas posso conferir.

— Faça isso, por favor. Esse tipo de ganho de peso é no mínimo inesperado.

O que eu posso dizer? Sou um cara especial, afinal.

JUNHO CINZENTO

Nesta noite há um novo menino empacotando as compras na Mercearia Shop-Way.

Tova repuxa os lábios em reprovação quando ele coloca as geleias de morango e laranja uma ao lado da outra na sacola. Elas tilintam perigosamente enquanto o restante das coisas é amontoado sem muito cuidado: grãos de café, uvas verdes, ervilhas congeladas, um jarro de mel em formato de urso e uma caixa de lenços de papel. Tova começou a comprá-los para Will quando estava internado no hospital, onde os lenços pareciam lixas. Agora está acostumada demais para trocar por uma marca mais em conta.

— Nem precisa disso, meu bem — diz Ethan Mack quando Tova apresenta o cartão fidelidade no caixa. É um sujeito de forte sotaque escocês que ama conversar e, por acaso, também é o dono da mercearia. Ele batuca um dedo cheio de calos na têmpora enrugada e sorri. — Tenho tudo guardado aqui. Já digitei seu número assim que você passou pela porta.

— Obrigada, Ethan.

— Disponha! — Ele lhe entrega o cupom fiscal e abre rapidamente os lábios em um sorriso torto, porém carinhoso.

Tova confere os valores para ter certeza de que a promoção das geleias foi aplicada. Lá está: compre uma, leve outra por metade do preço. Não deveria ter duvidado; Ethan é muito atencioso. A Shop-Way melhorou muito desde que ele se mudou para a cidade e comprou o lugar alguns anos atrás. Não vai demorar para que treine o menino novo a empacotar direito. Ela enfia o cupom fiscal dentro da bolsa.

— Mas que junho este ano, *né*? — Ethan se inclina para trás e cruza os braços na frente da barriga. São mais de 10 da noite, as filas do caixa estão vazias, e o menino novo se refugiou no banco próximo ao balcão de frios.

— Tem chovido bastante — concorda Tova.

— Você me conhece, meu bem. Eu sou tranquilo, nada me abala. Mas juro que já nem lembro mais como é ter um dia de sol.

— É, pois é.

Ethan alinha pilhas de cupons em perfeitos tijolinhos amarelos, enquanto seus olhos se demoram na marca circular no pulso de Tova, um hematoma roxo que mal clareou desde o dia em que o polvo a segurou ali. O homem pigarreia:

— Tova, sinto muito pelo seu irmão.

Ela abaixa a cabeça, mas não diz nada. Ethan continua:

— Se precisar de qualquer coisa, me fale.

Ela o olha nos olhos. Conhece Ethan há anos, alguém que não se esforça para ficar fora da vida dos outros. Tova nunca conheceu outro homem para lá dos 60 anos de idade que gostasse tanto de fofoca. Então ele com certeza sabe que ela e o irmão não se falavam. Com o tom de voz controlado, diz:

— Lars e eu não éramos muito próximos.

Algum dia foram? Tova tem certeza de que sim, em algum momento. Quando crianças, certamente. Depois de adultos, na maior parte do tempo. Lars estava ao lado de Will, ambos de terno cinza, no casamento dela. Na festa, ele fez um discurso lindo que deixou todos de olhos marejados, até o pai estoico. Por muitos anos depois, Tova e Will passaram todos os réveillons na casa de Lars em Ballard, comendo arroz-doce e brindando à meia-noite enquanto Erik dormia debaixo de um cobertor de crochê no sofá-cama.

Mas as coisas começaram a mudar depois que Erik morreu. De vez em quando, uma das Tricoteiras Criativas tenta sondar o assunto, perguntando o que aconteceu entre ela e o irmão, com Tova sempre dizendo *"nada, mesmo"*, o que é verdade. Foi gradual. Não houve uma briga monumental, nem punhos erguidos em ameaça ou gritos. Certo final de ano, Lars telefonou dizendo que ele e Denise tinham outros planos. Denise, a esposa dele, por um tempo pelo menos. Quando vinham jantar, ela ficava plantada perto da pia da cozinha, enquanto Tova tinha detergente até os cotovelos, insistindo que estava *ali* caso ela quisesse *conversar*. *"Bom, não é um crime ela se importar com você, mesmo que não se conheçam tão bem"*, é o que Lars dizia quando Tova deixava claro seu incômodo.

Depois daquele réveillon fracassado, houve um almoço de Páscoa adiado, uma festa de aniversário cancelada, um Natal cujos planos não passaram do estágio de *"vamos marcar alguma coisa"*. Os anos se estenderam em décadas, transformando irmãos em estranhos.

Ethan remexe na pequena chave pendurada na gaveta da caixa-registradora. Sua voz é suave ao dizer:

— Mesmo assim, família é família.

Ele sorri, abaixando sua estranha silhueta ao se sentar na cadeira giratória do caixa. Tova sabe, por acaso, que a cadeira ajuda suas costas ruins. Não é o tipo de fofoca da qual ela vai atrás, é claro, mas às vezes não pode evitar ouvir sem querer. As Tricoteiras Criativas gostam desses assuntos.

Tova suspira. *"Família é família."* Ela sabe que a intenção de Ethan é boa, mas que ditado mais ridículo. É claro que família é família, o que mais poderia ser? Lars era seu último parente vivo. Família, mesmo que não se falassem há anos.

— Preciso ir — diz ela enfim. — Meus pés estão muito doloridos do trabalho.

— Ah, é! Aquele bico no aquário. — Ethan parece aliviado por mudar de assunto. — Mande lembranças para as vieiras.

Tova assente, séria.

— Vou dizer que você mandou um oi.

— Fale para elas que são muito sortudas em comparação com as primas aqui, no balcão de frutos do mar. — Ethan inclina a cabeça na direção do departamento de peixaria aos fundos da loja, aquele que, com exceção de poucos pescados locais, oferece principalmente opções congeladas. Ele apoia os cotovelos no balcão do caixa com um olhar confuso.

As bochechas de Tova ficam vermelhas ao perceber a brincadeira com um instante de atraso. As vieiras no freezer, formas redondas de branco translúcido... Pelo menos Sowell Bay é pequena demais para ter uma peixaria que venda *polvo*. Ela pega a sacola de compras. Previsivelmente, o conteúdo se amontoa no fundo, e os vidros de geleia tilintam outra vez.

Às vezes, existe uma forma certa de se fazer as coisas. Simples assim.

Encarando com reprovação o novo empacotador, que está sentado confortavelmente no banco perto dos frios, socando os dedos no telefone, Tova coloca a sacola no balcão e coloca a geleia de laranja do outro lado das uvas. Do jeito que deveria ter sido feito desde o começo.

Ethan acompanha seu olhar. Então se levanta e grita:

— Tanner! Eu não falei para você repor os laticínios na geladeira?

O menino enfia o telefone no bolso e vai batendo os pés para os fundos da loja.

Tova tenta conter um sorriso ao ver o quanto Ethan está orgulhoso de si mesmo. Quando ele percebe, passa a mão sobre a barba curta e espessa, que está quase toda branca ultimamente, apesar de um tom ruivo ainda resistir em alguns pontos. Logo ele vai deixá-la crescer para as festas de fim de ano. Ethan Mack é um Papai Noel escocês muito convincente. Todo sábado de dezembro, ele se senta em uma cadeira no centro comunitário, vestindo uma fantasia de poliéster, e tira fotos com as crianças da cidade, ou ocasionalmente com um ou outro cachorro de colo. Janice leva Rolo para ver o Papai Noel todos os anos.

— As crianças precisam de um pouco de orientação de vez em quando — diz Ethan. — Mas, pensando bem, acho que todos precisamos.

— É, imagino que sim. — Tova pega a sacola de novo e se vira na direção da porta.

— Se você precisar de qualquer coisa...

— Obrigada, Ethan, de verdade.

— Dirija com cuidado, meu bem — diz ele, e os sininhos da porta ressoam.

EM CASA, TOVA desamarra os tênis e liga a televisão no canal quatro. O noticiário das 23h só é tolerável no canal quatro. Craig Moreno, Carla Ketchum e a meteorologista Joan Jennison. O canal sete é um tabloide sem noção, e quem suporta assistir àquele intragável do Foster Wallace no treze? O canal quatro é a única opção sã.

O som da vinheta chega até a cozinha, onde Tova descarrega as compras. Não comprou muita coisa, a geladeira já está cheia de caçarolas, deixadas na varanda nos últimos dias pelas Tricoteiras Criativas e outras pessoas bem-intencionadas que querem confortá-la pela morte de Lars.

— Ah, pelo amor de Deus — diz ao se inclinar e remexer nas prateleiras, tentando encontrar um espaço para as uvas perto de uma travessa imensa de gratinado de presunto e queijo que Mary Ann lhe entregou ontem.

Um som de arranhões a assusta. Ela se levanta.

Está vindo da varanda. Outra caçarola? E a essa hora... Tova atravessa a sala, onde um comercial estridente de seguro de vida grita da televisão. A porta da frente ainda está aberta por causa das compras, então ela força os olhos pela tela, esperando ver uma oferenda no capacho, mas está vazio. E também não há nenhum carro na rua.

A porta range ao abrir.

— Olá?

Mais arranhões. Um guaxinim? Um rato?

— Quem está aí?

Um par de olhos amarelos. E a seguir um miado de desaprovação.

Tova solta o ar que sequer percebera estar segurando. Gatos abandonados perambulam pela vizinhança, mas ela nunca havia visto esse cinzento antes, agora sentado em sua varanda como um rei no trono. O gato pisca, olhando fixo para ela.

— O que foi? — Ela franze a testa, enxotando-o com a mão. — Xô, xô!

O gato vira a cabeça de lado.

— Eu disse "xô"!

O gato boceja.

Tova põe as mãos na cintura, e ele se aproxima, relaxado, e começa a trançar o corpo esbelto entre seus pés. Ela consegue sentir cada uma das costelas contra seu tornozelo e solta um muxoxo.

— Bom, eu tenho um gratinado de presunto. Estaria adequado para o senhor?

O ronronar do gato tem um tom agudo. Desespero.

— Está bem. Mas, se eu pegar você fazendo meu canteiro de flores de caixa de areia... — Ela desliza para dentro da casa, deixando Gato, como decide que deve chamá-lo, espiando pela porta de tela.

Depois de voltar com um prato cheio, Tova se senta e fica olhando Gato devorar presunto, queijo e batata frios. Quando for devolver a travessa para Mary Ann, não vai mencionar quem foi que comeu o gratinado.

— Seria uma pena ter que jogar fora, então fico feliz em dividir com você — confia a Gato. E está falando sério. Quanta comida suas amigas pensam que ela consegue consumir? Faz uma nota mental para se lembrar de pegar o prato na varanda no dia seguinte e entra, fechando a porta atrás de si.

Da sala vem o som do noticiário, que está de volta dos comerciais.

— Bom, Carla, eu sei que já estou pronto para um pouco de clima de verão aqui em Seattle. — Craig Moreno dá uma risadinha.

— Eu estou mais do que pronta, Craig! — A risada de Carla é forçada. A seguir, ela vai apoiar o antebraço na mesa e olhar para a câmera antes de se virar para o outro apresentador. Estará vestindo azul, já que parece achar que lhe cai bem. E, como choveu, seu cabelo loiro na altura dos ombros estará ondulado em vez de liso. É claro que Tova não consegue ver tudo isso da cozinha, mas não tem dúvida alguma.

— Bom, veremos o que Joan tem a dizer sobre isso, depois dos comerciais!

Agora a câmera voltará em panorâmica para Craig Moreno. Seu tom vai subir um pouco quando disser o nome de Joan. Começou algumas semanas atrás. Provavelmente quando ele e a moça do tempo entraram em um relacionamento.

Tova não fica para ouvir a previsão. Não precisa, vai continuar nublado e chuvoso. É um junho cinzento, de fato.

CORRENDO ATRÁS DE UMA GAROTA

Um pouco de sol cairia bem ultimamente, mas Ethan Mack não se importa com noites de neblina. Halos se formam ao redor dos postes de luz; uma balsa buzina de algum lugar na bruma. O ar frio da meia-noite desce por seu colarinho quando ele se senta no banco em frente à Mercearia Shop-Way, soprando seu cachimbo.

Em teoria, isso não é permitido. Segundo as regras, os funcionários da Shop-Way devem bater o ponto nos intervalos em que saem para fumar. É claro que o próprio Ethan escreveu essas regras, porém, mesmo assim, tenta não se colocar acima delas. Mas ele e Tanner são os únicos ali, e o menino está distraído nos fundos.

Ver Tova se afastar noite adentro sempre o deixa tenso. De acordo com seu rádio sintonizado no canal da polícia, as ruas ficam cheias de lunáticos quando anoitece. Por que ela precisa fazer compras tão tarde?

Faz quase dois anos desde que ela começou a aparecer nesse horário. Desde que Ethan começou a abotoar o colarinho flanelado antes do turno, tentando se arrumar um pouquinho melhor. Ficar mais apresentável.

Ele puxa o cachimbo na direção do peito e exala. A fumaça se dissipa em meio à névoa.

O tempo assim traz lembranças de casa: Kilberry, no estreito de Jura, oeste da Escócia. Ainda é sua casa, mesmo que more nos Estados Unidos há quarenta anos. Quarenta anos desde que fez as malas e saiu do emprego no porto de Kennacraig. Quarenta anos desde que correu atrás de uma garota.

As coisas deram errado com Cindy. O plano era uma porcaria desde o começo, morar com uma turista americana, desperdiçando suas economias em uma passagem de Heathrow até o aeroporto internacional John F. Kennedy. Ele ainda se lembra de como as ilhas foram diminuindo e diminuindo pela janelinha oval.

Tanner coloca o cabeção para fora da porta. Se percebeu que Ethan está quebrando as regras, não demonstra. O menino não é nenhum gênio. Diz:

— É para eu arrumar todas as geladeiras?

— Claro que sim. Acha que estou pagando você para quê?

Tanner resmunga e volta para dentro. Ethan balança a cabeça. Esses jovens de hoje...

A cidade de Nova York era cinza demais nos anos 70, e logo Ethan e Cindy tinham novos planos. Ela saiu do apartamento no Brooklyn para comprar uma Kombi que eles dirigiram pelo país, cuja extensão deixou Ethan de queixo caído. Pennsylvania, Indiana, Nebraska, Nevada. A Escócia inteira caberia dentro de qualquer um desses estados.

Quando reencontraram o oceano do outro lado, Ethan ficou aliviado. Enrolaram na costa norte da Califórnia por semanas, fazendo amor debaixo das sombras de sequoias gigantescas, antes de retomar o caminho pela Pacific Coast Highway. Em uma capela caindo aos pedaços em algum lugar perto da fronteira com Oregon, ele e Cindy trocaram alianças.

Semanas depois, o câmbio da Kombi finalmente quebrou em Aberdeen, no estado de Washington. Ethan tentou consertá-lo, mas o negócio já era. E o casamento deles também. Quando amanheceu, Cindy havia partido.

E foi isso.

Ethan se deu bem em Aberdeen. Nunca havia visitado a cidade de mesmo nome na costa norte da Escócia, mas a sensação era familiar. Céu baixo e nublado. Pessoas sérias e trabalhadoras. Ele arrumou um emprego nas docas. Conseguiu uma cama numa pensão. Tomava seu chá cedo de manhã, enquanto observava a neblina deslizar pelos mastros dos navios.

O sindicato foi generoso, aposentaram-no com uma remuneração modesta aos 55 anos. Por necessidade, mudou-se relutante para o interior, mais perto da cidade e dos fisioterapeutas de que precisava para consertar a coluna depois de anos carregando cargas pesadas para dentro dos navios. Mas o ócio o deixava impaciente. A Shop-Way tinha uma vaga vespertina e colocou de boa vontade uma cadeira ergonômica no caixa. Ele superou expectativas, juntou as economias e comprou o lugar.

Agora, dez anos depois, ainda não precisa do dinheiro. Não exatamente. A aposentadoria cobre o aluguel, a comida, a gasolina da picape. Mas os trocados que ganha na mercearia são o suficiente para comprar novos discos de vinil para sua coleção e uma boa garrafa de uísque de vez em quando. Uísque escocês de verdade, de Islay, não aquele lixo que fazem nas Terras Altas.

Faróis refletem no chão molhado quando um carro entra bruscamente no estacionamento. Ethan guarda o cachimbo e volta para dentro.

Ele assume seu lugar no caixa quando um homem e uma mulher jovens cambaleiam pela porta, os braços tão enroscados um no outro que os dois se mexem como se fossem uma pessoa só. Eles andam de um lado para o outro pelos corredores, como bolinhas de pingue-pongue, e dão risada ao trombar e ricochetear com os *stands* de salgadinho e refrigerante. Têm dificuldades para pagar com um cartão de débito. Saem depressa para a rua, banhando as vitrines com a luz branca do farol.

"*Idiotas. Vão acabar matando alguém.*" Alguém como a irmã de Ethan, Mariah, que foi atropelada por uma caminhonete quando mal tinha 10 anos de idade. Pescadores voltando do pub. "*O mundo está repleto de idiotas.*"

A ideia de o carro de Tova lá fora na mesma estrada faz Ethan ficar inquieto. Queria poder dirigir até a casa dela e garantir que chegou bem. Talvez as luzes já estejam acesas.

Mas não. Ele já se ferrou uma vez, correndo atrás de uma garota.

Dia 1.306 do meu cativeiro

SOU MUITO BOM EM GUARDAR SEGREDOS.
Pode-se dizer que eu não tenho escolha. Para quem os contaria? Minhas opções são escassas.

Até onde é possível me comunicar com os outros prisioneiros, as conversas tediosas mal valem o esforço. Mentes tolas, sistemas neurais rudimentares. Eles são programados para sobreviver, possivelmente especialistas nisso, porém, nenhuma outra criatura aqui tem uma inteligência como a minha.

É solitário. Talvez não fosse tanto se eu tivesse alguém com quem compartilhar meus segredos.

Segredos estão em todos os lugares. Alguns humanos são cheios deles. Como não explodem? Parece ser um recorde da espécie humana: habilidades de comunicação absurdamente limitadas. Não que as outras espécies sejam muito melhores, é verdade, porém, até um arenque sabe para qual direção seu cardume está indo e segue de acordo. Por que os humanos não podem usar suas milhões de palavras para simplesmente dizer uns aos outros o que sentem?

O mar também é muito bom em guardar segredos.

Um em especial, do fundo do oceano, carrego comigo até hoje.

VÍBORAS FILHOTES SÃO
ESPECIALMENTE MORTÍFERAS

A caixa está no balcão da cozinha de Cameron, intocada, há três dias.

Tia Jeanne a arrastara sozinha para fora do trailer. *"Jogue fora se quiser, mas pelo menos olhe o que tem dentro antes"*, disse. *"Família é importante."*

Cameron vira os olhos. *"Família."* Mas quando aquela mulher está realmente determinada, não adianta argumentar. Então a caixa viajou para casa com ele. Agora, Cameron a encara do sofá, considerando desligar o *SportsCenter*, para dar uma olhada. Pode haver algo ali que valha a pena penhorar. Logo Katie vai precisar da metade dele do aluguel de julho.

Talvez depois do almoço.

O micro-ondas zumbe e gira o copo de macarrão instantâneo enquanto ele espera. Cozinhar usando radiação eletromagnética, fazer as moléculas da comida espancarem umas às outras: quem inventa essas coisas, descobre como vendê-las? Quem quer que seja esse cara, deve estar nadando pelado, numa pilha de dinheiro, em algum lugar, cercado de supermodelos. A vida é injusta.

Trim.

Cameron pega o copo fumegante. Está levando-o de volta para o sofá, com cuidado, para não derramar, quando a porta do apartamento se abre, e ele pula num susto.

— Merda! — Líquido escaldante escorre por sua mão.

— Cam! Está tudo bem? — Katie larga a bolsa e corre na direção dele.

— Tudo certo — murmura. O que ela está fazendo em casa, numa tarde de terça-feira? Bom, mas, para ser justo, ela pode lhe fazer a mesma pergunta. Ele tenta pensar rápido. Será que disse que estaria trabalhando hoje? Ela chegou a perguntar?

— Espera aí — ela diz e entra na cozinha, com o traseiro perfeito e delicado balançando debaixo da saia cinza. Katie é recepcionista do hotel Holiday Inn, na margem da rodovia. É ótimo que esteja trabalhando no turno do dia ultimamente. Já teria descoberto a mentira dele se não estivesse.

Ela volta apressada, carregando dois panos úmidos.

— Valeu — diz Cameron quando ela lhe entrega um. A sensação gelada é um alívio bem-vindo em sua mão.

Katie se abaixa para limpar o caldo derramado com o outro pano.

— Então... você voltou mais cedo hoje — diz ele, forçando a voz para que soe casual, e se inclina para ajudar.

— Eu tenho dentista, lembra? Conversamos sobre isso semana passada.

— Ah, é, verdade. — Cameron concorda com a cabeça, lembrando-se vagamente.

— Não me lembro de você dizer que estaria de folga hoje. — Ela lhe lança um olhar desconfiado enquanto pega um fio de macarrão perdido no tapete e coloca em cima do pano.

— Ahn... É, me deram folga hoje. — Ele não acrescenta: "e amanhã, e no dia seguinte, e no seguinte."

— Estranho darem folga. É sua terceira semana ainda.

— É feriado, na verdade. — Merda, por que disse isso?

Ela fica de pé.

— Feriado?

— Isso. — É uma péssima mentira. — Dia Internacional do Pedreiro. Folga para todo mundo. — Mesmo, o que poderia falar? A verdade? Só precisa de tempo. Alguns dias para conseguir um novo serviço. E então tudo ficará bem.

— Dia Internacional do Pedreiro.

— Isso.

— Folga para todo mundo?

— Todo mundo.

— Bizarro eles ainda estarem trabalhando no telhado do vizinho, então, não é?

Cameron abre a boca, mas o *bangue bangue* de um pregador pneumático ecoa do prédio ao lado, fazendo-o ficar quieto.

A expressão de Katie é fria, neutra.

— Você foi demitido de novo.

— Ah, tecnicamente...

— O que aconteceu?

— Bem, eu...

— Quando você ia me contar? — interrompe ela.

— Estou tentando contar agora, se você deixar!

— Quer saber? Tanto faz. — Ela pega a bolsa e vai até a porta, batendo os pés. — Não tenho tempo para isso. Estou atrasada para a minha consulta e cansei de lhe dar chances.

CHANCES. SE A vida tivesse um registro de chances, estaria devendo feio para Cameron. O que Katie sabe sobre ter uma mãe viciada? O que sabe sobre esse ódio que o consome por dentro e nunca vai embora?

Katie, que tem pais que lhe compraram um carro quando se formou no ensino médio. Katie, com sua saia cinza apertadinha e dentes brancos perfeitos, que agora estão passando por limpeza em algum dentista estúpido. Ela vai ganhar uma escova de dentes na saída. E vai enfiar direto na gaveta do banheiro, ainda fechada, porque só usa uma escova elétrica chique.

Cameron está jogado no sofá, assistindo a um filme de ação barato, quando ela finalmente volta. Ele percebe então que faz um tempo. Horas e horas; está quase escuro lá fora. Muito mais tempo do que uma consulta no dentista deveria durar. Não que ele saiba de fato, faz anos que não vai ao dentista. Talvez Katie tivesse um monte de cáries ou algo assim. Precisou fazer canal. Tia Jeanne fez um canal ano passado e reclamou da dor por uma semana. A imagem de Katie, toda perfeitinha, sendo cutucada na boca por uma broca elétrica é um tanto satisfatória e faz com que ele se sinta uma pessoa horrível.

— Ei! — chama, esperando pelo suspiro de lamento dela, aquele que significa que ainda está irritada, mas não tanto. Ele vai pedir desculpas, ela vai franzir a testa, mas não de verdade, então ele colocará a mão na perna dela, ela se inclinará na direção dele, e eles vão se deitar ali, abraçados, enquanto ele termina de assistir a esse filme bobo, antes de irem para a cama para um ótimo sexo após uma discussão.

Mas ela não responde. Em vez disso, vai direto para o quarto. Cameron sorri. Direto para a cama então?

A seguir, ele escuta o primeiro *tum*. Mas o quê...? Precisa investigar.

Quando entra no quarto, vê sua bota voar pelo guarda-corpo da sacada e aterrissar no pequeno quadrado de grama lá embaixo.

Tum.

O outro pé bate na calçada e então quica algumas vezes pelo mato que cresce entre as rachaduras, os cadarços arrastados atrás.

— Katie! Não podemos conversar?

Ela não responde.

— Olha, foi mal. Eu deveria ter contado.

De novo, sem reposta.

Fiuuuu.

Um boné de beisebol passa raspando por sua orelha e plana para baixo. Seu boné preferido do Niners. Chega. É, ele deveria ter contado para ela que havia sido demitido. Mas não podem só se sentar e conversar por um mísero segundo antes de ela jogar fora tudo o que ele tem?

— Katie — diz devagar. Como se ela fosse um animal selvagem, ele estica o braço e coloca uma mão no ombro dela, receoso.

— Não — murmura Katie, desvencilhando-se. Ela pega um par de cuecas de dentro da cômoda, amassa-o num montinho e o arremessa na direção da porta da varanda. Mas é leve demais. Elas se desenrolam e caem no chão.

Cameron se inclina para pegá-las:

— Não dá *pra* gente conversar?

— Não aguento mais isso, Cam. — Pela primeira vez desde que saiu para o dentista à tarde, ela o olha nos olhos. Parece que está emitindo faíscas, como as fogueiras que costumavam fazer perto do Jeep dele quando acampavam no deserto. Mas aqueles dias ficaram para trás, muito para trás. Os caras do banco levaram o Jeep há meses. Cameron ia ligar para eles, para fazer o pagamento da tal da renegociação. Ele jura que ia, mas não, simplesmente enviaram aqueles babacas e guincharam o carro, sem segundas chances. Outra dedução do registro de chances.

— Eu juro que ia contar. E não foi culpa minha.

— Claro, não foi culpa sua. Nunca é, não é?

— Exato! — O alívio que toma conta dele frente à empatia inesperada acaba logo. Ela está sendo sarcástica, obviamente. As bochechas dele queimam de vergonha. — É que... é complicado.

É claro que ela o está colocando para fora. Ele provavelmente também se colocaria para fora.

Katie fecha os olhos:

— Cameron, não é complicado. Eu vou explicar do jeito mais simples possível, para que o seu cérebro adolescente entenda: Estou. Terminando. Com. Você.

— Mas eu tenho dinheiro para o aluguel — insiste ele, com a caixa misteriosa de tia Jeanne em mente. O desespero é perceptível em sua voz. Segue Katie do quarto até a cozinha, ainda segurando as cuecas.

— Isso não tem a ver nada a ver com o aluguel! Tem a ver com a sua incapacidade de ser uma pessoa honesta. — Ela pega a caixa misteriosa do balcão e volta para o quarto. Na direção da sacada. Para sua surpresa, ele sente o peito apertar.

— Eu fico com isso.

— Que seja. Só vai embora daqui. — Katie solta a caixa, que cai com um pesado *tum* no tapete. O rosto dela mudou, o fogo desapareceu de seus olhos. Parece cansada.

— Tipo... agora? — Cameron dá uma risadinha abafada. Ela não pode estar falando sério.

— Não, sábado que vem. Eu joguei suas coisas lá embaixo porque sim. — Ela revira os olhos. — É claro que agora.

— E para onde eu vou?

— Não. É. Problema. Meu. — Ela ri, de nervoso. — Não que eu me importe, mas algum dia você vai ter que crescer, sabe?

A CAIXA É um assento razoavelmente confortável. Melhor que a sarjeta, pelo menos. No escuro, com os pertences amontoados ao lado, Cameron espera Brad vir buscá-lo.

E espera e espera. Por uma hora.

Péssimo momento para não ter um carro.

Finalmente, faróis viram a esquina.

— Que merda, o que aconteceu? — Brad bate a porta da picape ao sair.

— Que merda digo eu! Por que demorou tanto?

— Ahn, vamos ver... Que tal porque eu estava dormindo? Porque são quase 11 da noite, numa terça? — Brad começa a colocar as coisas dele na caçamba. — Tem gente que trabalha amanhã, sabe.

— Vai se foder.

A expressão de Brad se suaviza num sorriso.

— Cedo demais? Desculpa.

— Tanto faz. Vamos logo?

Enquanto ergue um saco plástico cheio de roupas, Cameron olha para a sacada, onde Katie ainda não fechou a porta nem apagou a luz do quarto, sem dúvida acompanhando o desfecho da cena na calçada. Ele lança um último olhar para o apartamento antes de acomodar o case da guitarra em cima da pilha na caçamba e levantar a tampa traseira, que range alto e se fecha com um *bangue* metálico.

— Vem — diz Brad, destravando a porta do passageiro. — Entra aí.

— Valeu — Cameron murmura e pula para o banco com a caixa no colo.

A casa de Brad e Elizabeth fica na saída da cidade, onde bairros surgem da noite para o dia igual uma brotoeja feia. Colunas desnecessárias de gesso, fachadas de tijolinho falso e garagens para quatro carros. Falsa ostentação de merda. Os pais de Elizabeth deram uma boa grana para ela pagar a entrada da casa alguns anos atrás, depois do casamento. Deve ser legal.

Mas Cameron não reclama de nenhuma dessas coisas na viagem de 15 minutos de seu apartamento até lá. Seu *antigo* apartamento. É o apartamento de Katie agora. O aluguel está no nome dela. Quando ele foi morar lá, ela ficava insistindo para ele ligar para o proprietário e pedir para incluí-lo oficialmente, porque Katie sempre segue as regras. Mas, depois de um tempo, desistiu. Talvez tenha previsto o que aconteceria.

— O que tem na caixa? — pergunta Brad, cortando a linha de raciocínio dele.

— Víboras filhotes — responde Cameron, sério, sem hesitar. — Dúzias delas. Espero que Elizabeth goste de cobras.

Meia hora depois, Brad desliza um porta-copos pela mesa de centro antes de entregar um caneco suado a Cameron, que está terminando de contar o que aconteceu.

— Ela vai esquecer — diz Brad, bocejando. — Só espera uns dois dias.

Cameron levanta o rosto.

— Ela jogou as minhas coisas na rua, como se fosse um daqueles filmes de menininha. Todas as minhas coisas.

Brad olha de relance para a pilha no canto:

— Isso é tudo que você tem? Mesmo?

— Não, não *literalmente*. Mas, você sabe... — Cameron franze a testa. E o Xbox, ainda no rack embaixo da TV de Katie? Ele teve que pagar juros do cheque-especial para comprar aquela coisa logo que saiu. Mas agora é dela. Nem ferrando que voltará lá para implorar pelo aparelho.

Talvez aqueles dois sacos e uma caixa duvidosa sejam *mesmo* tudo o que ele tem.

Os olhos de Cameron se fixam na janela saliente de tamanho exagerado de Brad e ele continua:

— Nem todo mundo tem condições de morar numa mansão pré-fabricada, sabe? — Era para ser uma brincadeira, mas as palavras saíram ácidas. Ele tenta aliviar o tom: — É que eu tenho investido no meu lado minimalista.

Brad ergue uma sobrancelha, fica encarando Cameron por um bom tempo e então ergue seu caneco.

— Bom, a novos começos.

— Valeu de novo, por me deixar ficar aqui. Fico devendo essa. — Cameron brinda, e um bom tanto de cerveja transborda para a mesa.

Brad pega uma toalha de papel, aparentemente do além, e se inclina para secar a bagunça.

— Você me deve, tipo, dez contos. Tem um extra pelo *check-in* depois da meia-noite. — Ele sorri, mas os olhos estão sérios. — E eu sei que não preciso falar de novo, mas vai ficar me devendo uma mobília nova se estragar qualquer coisa.

Cameron concorda. Escutou o mesmo discurso na semana passada, quando dormiu no sofá depois do bar. Elizabeth acabou de comprar móveis novos para a sala de estar, e aparentemente seu uso para qualquer atividade normal de "estar", como se sentar e passar o tempo, é um assunto delicado. Ele costumava dormir no quarto de hóspedes quando ficava aqui, mas agora foi redecorado para o bebê. Mês passado mesmo Cameron consertou a *drywall* do closet, por pagamento em pizza, depois que Brad arrancou um pedaço tentando instalar umas prateleiras ridículas. Cameron podia consertar uma *drywall* dormindo e, na verdade, já até fez isso uma vez. Ou meio dormindo, pelo menos. Ou assim disse o chefe daquele trabalho antes de demiti-lo na hora.

— E, Cam, é sério... — continua Brad. — Duas noites no máximo.

— Entendido, senhor.

— Então, para onde você vai? — Brad dobra o papel encharcado de cerveja e o coloca com cuidado no canto da mesa.

Cameron apoia um pé no próprio joelho e fica enrolando o cadarço gasto do tênis no dedo.

— Talvez um daqueles apartamentos novos no centro?

Brad suspira.

— Cam...

— O que foi? Tenho um conhecido que trabalhou naquele projeto. Ele diz que é bonito por dentro. — Cameron se imagina relaxando em um grande sofá de couro, remexendo os dedos do pé no carpete novinho. Vai precisar de uma TV, claro, pelo menos 80 polegadas. Ele vai fixá-la na parede e passar os cabos por dentro, para não ficarem aparentes.

Brad se inclina para a frente, juntando as mãos.

— Nem ferrando que vão alugar um deles para você.

— Por que não?

— Cara, você não tem emprego.

— Não é verdade. Estou entre projetos agora.

— E em algum momento você não está *entre projetos*?

— A construção civil é uma indústria cíclica. — Cameron endireita as costas, e um tom irritado começa a aparecer na sua voz. O que Brad sabe sobre trabalho de verdade, trabalho pesado? Passa o dia todo perdendo tempo em um escritoriozinho de merda, embaralhando papeis para a empresa local de energia elétrica.

Brad costumava dizer que ia sair de lá, ir para São Francisco ou coisa parecida. Mas nunca mais vai sair, e Cameron sabe o motivo. Os pais dele estão aqui, os de Elizabeth também, e agora os quatro estão prestes a ser avós. O grupo todo se encontra para jantar aos domingos. Devem comer rosbife com mel caramelado ou uma dessas porcarias. Por que iria embora? Cameron se pergunta se existe algum tipo de conexão especial à qual crianças de famílias normais têm direito. Se tem, ele nunca foi elegível para recebê-la.

— Cam, como está seu crédito com o banco?

Ele hesita. A verdade é que não faz ideia. Vai chover canivetes antes que consulte. Quando pegou o Jeep, estava mal, mas isso foi antes de algumas escolhas ruins acontecerem. Com um sorriso sarcástico, reponde:

— Tenho um empréstimo pré-aprovado de 120 dólares.

Brad balança a cabeça.

— Essa pode ser sua pontuação no boliche, impossível ser seu crédito no banco.

— Bom, o que é que eu posso dizer? Eu sou muito bom no boliche.

— Obviamente.

Cameron corre os dedos sobre uma série de furinhos na lateral do tênis. Provavelmente culpa do cachorro de Katie, um sabe-lá-o-quê em miniatura apaixonado por sapatos, dele em especial. O cachorro é tão terrível que Katie o deixou na casa dos pais, mas eles o trouxeram junto todas as vezes que visitaram. Pelo menos não vai mais precisar lidar com esse tipo de lixo.

— Por que você não volta a estudar? — sugere Brad, não pela primeira vez. — Faz um curso técnico, sei lá.

Cameron resmunga. Brad deveria ser esperto o suficiente para saber que faculdade custa um dinheiro que ele não tem. Mas, de repente, Cameron tem uma ideia. Uma boa ideia:

— Sabe aquele apartamento em cima do Dell's?

Brad assente. Todos os frequentadores assíduos do bar sabem sobre o apartamento. Brincam de vez em quando que o Velho Al, o dono, poderia fazer uma fortuna se o alugasse por hora.

— Outro dia ouvi o Velho Al dizer que está vago — continua Cameron. — Talvez ele alugue para mim.

— Ele vai fazer você acertar sua conta antes. Mas talvez.

— Vou perguntar quando formos lá para o show da semana que vem.
Brad pigarreia:
— Semana que vem?
— *Tá*. Vou amanhã.
— Ótimo — Brad diz e abaixa os olhos. — Falando nisso, tem uma coisa que preciso contar. Eu estava esperando a gente juntar todo mundo, mas...
— Mas o quê? — Cameron franze a testa. — Desembucha logo.
— Ahn... Nosso show do Moth Sausage semana que vem? Vai ser meu último.
— O quê? — Cameron sente como se tivesse levado um chute no peito.
— É, estou saindo da banda. — Brad faz uma cara de insatisfação. — Com o bebê vindo, Elizabeth e eu achamos que é melhor...
— Você é o vocalista — explode Cameron. — Não pode sair!
— Foi mal. — Brad parece estar encolhendo na cadeira. — Você consegue não contar para os outros ainda? Eu realmente queria esperar até estar todo mundo junto.
Cameron fica de pé e caminha até a janela.
— É que com o bebê... as coisas vão ser diferentes — continua Brad.
Cameron olha para o jardim de frente do casal, suas luzes decorativas brilhando, a grama de campo de golfe, o caminho de tijolinhos. Para seu horror, um nó se forma na sua garganta. É claro que Brad sairia do Moth Sausage quando o bebê chegasse. Deveria ter previsto isso.
— Eu entendo — diz finalmente.
— Eu vou continuar indo aos shows.
Cameron segura uma risada irônica. Sem Brad, não vai haver mais nenhum show do Moth Sausage.
— A Elizabeth também. Talvez dê para a gente levar o bebê. — Brad suspira fundo. — Desculpa, de verdade.
— Tudo bem. — Cameron volta para o sofá e começa a tirar as almofadas decorativas, tomando cuidado para empilhá-las perfeitamente. — Está tarde. Preciso dormir.
— É, beleza. — Brad enrola por mais um momento antes de pegar os canecos vazios da mesa. — Espera, vou pegar o lençol — diz, antes de desaparecer pelo corredor.
Lençol? Para um sofá? Desde quando?
Um minuto depois, Brad reaparece com uma embalagem fechada de jogo de cama, que arremessa para o amigo. O tecido tem listras roxas e

brancas, e Cameron apostaria qualquer coisa que foi Elizabeth quem escolheu. Roxo sempre foi a cor preferida dela.

Brad continua enrolando como um mosquito irritante:

— Precisa de ajuda para ajeitar aí?

— Não. — Cameron dá um rápido sorriso torto. — Boa noite.

— *Tá.* Ahn... boa noite. — Da cozinha, Brad grita: — E não deixa aquelas víboras filhotes escaparem.

Cameron não responde.

Dia 1.307 do meu cativeiro

OS HUMANOS TÊM POUCAS QUALIDADES QUE OS redimem, porém, suas impressões digitais são obras de arte em miniatura.

Sou especialista nelas. Imagino que você possa dizer que é um efeito colateral positivo de lidar com humanos o dia todo, suas melecas escorrendo e sovacos encharcados, as palmas das mãos grudentas que cheiram a loção de flores e restos de picolé.

Porém, quando as portas são trancadas à noite e a luz se apaga, eles deixam para trás um intricado e fascinante mural no vidro de meu tanque.

Às vezes, passo bastante tempo olhando, estudando. Pequenas obras-primas ovais. Traço visualmente as voltas da beirada até o centro, e então para fora de novo. Cada uma é única. Eu me lembro de todas.

Impressões digitais são como chaves, com sua forma específica.

Eu também me lembro de todas as chaves.

DENTES GRANDES

Sra. Sullivan?

Tova abre o porta-malas, preparando-se para iniciar o trabalho, quando um homem baixinho balançando um envelope pardo atravessa correndo o estacionamento do Aquário de Sowell Bay, desviando dos poucos carros que pertencem a pescadores e às últimas pessoas do dia a se exercitar por ali. Carros reconhecíveis de Sowell Bay, em sua maioria. Por algum motivo, Tova havia deixado passar o sedã cinza desconhecido do qual esse sujeito acabou de sair.

— Tova Sullivan? — grita ele de novo ao se aproximar.

Ela fecha o porta-malas com um baque.

— Em que posso ajudar?

— Que bom que finalmente encontrei a senhora! — diz ele, ofegante. Quando recupera o fôlego, abre um sorriso grande demais para o rosto, com imensos dentes brancos. Eles fazem Tova pensar nas cracas que ficam presas nas rochas cheias de algas na praia. — A senhora não é uma pessoa fácil de encontrar, sabia?

— Ahn?

— Seu endereço fez meu GPS se perder em círculos, e o telefone da sua casa só toca, não tem caixa postal. Achei que fosse precisar de um investigador particular.

Tova tem calafrios ao pensar que pode ter deixado a secretária eletrônica ficar cheia, agravados pelo fato de que a acusação é provavelmente verdade. Mas sua voz é neutra quando diz:

— Um investigador?

— É mais comum do que a senhora imagina. — Ele balança a cabeça e estende a mão. — Bruce LaRue. Sou o advogado do espólio de Lars Lindgren.

— Como vai você?

— Antes de mais nada, por favor, deixe-me dizer: meus pêsames. — O tom dele não soa particularmente pesaroso.

— Não éramos próximos — explica Tova. De novo.

— Certo... Não vou tomar muito do seu tempo, mas precisava lhe entregar isso. — Ele passa o envelope a Tova. — Seu irmão tinha alguns bens pessoais, como você provavelmente sabe.

— Sr. LaRue, eu não sei o que meu irmão tinha ou não tinha. — Ela desliza um dedo pela abertura do envelope e espia dentro. É um documento, algum tipo de lista, em um papel timbrado da Charter Village.

— Bom, agora a senhora sabe. Precisamos nos reunir em algum momento, para ver a questão financeira, mas, por enquanto, essa é uma lista dos pertences dele. Só alguns itens pessoais.

— Entendo. — Tova coloca o envelope debaixo do braço.

— A senhora pode ligar para eles e avisar quando vai buscar.

— Buscar? Charter Village fica em Bellingham. É uma hora de viagem. LaRue dá de ombros.

— Olha, a senhora pode buscar as coisas, ou não. Eles descartam depois de um tempo se ninguém aparecer para pegar.

"Se ninguém aparecer para pegar." Até onde Tova sabe, Lars nunca se casou depois de se separar de Denise, mas sempre imaginou que ele deve ter saído com uma ou outra moça. Ter um amigo próximo, pelo menos. Não é em partes por isso que as pessoas se mudam para essas casas? Pelo convívio social? Mas esse tal de LaRue parece estar insinuando que ninguém aparecera por Lars. Nunca aparecera, talvez. Será que ele morreu só com a companhia de uma enfermeira entediada? Uma cuidadora contando as horas para o final do turno?

— Eu vou — diz ela, com a voz baixa.

— Ótimo. Então meu trabalho aqui está feito, por enquanto. Vamos manter contato. — LaRue abre aquele sorriso de novo. — Alguma pergunta?

Muitas perguntas estão rodopiando na mente de Tova, mas a que consegue escapar é:

— Como foi que você me encontrou aqui?

— Ah, foi o senhor simpático que fica no caixa daquela mercearia na colina. Eu parei para tomar um café depois de não conseguir encontrá-la em casa, e, quando começamos a conversar, ele disse que a senhora estaria aqui embaixo. Cara bacana. Tem um sotaque pesado, como um *leprechaun*?

Tova suspira. Ethan.

POR ALGUM MILAGRE, o aquário está num estado decente esta noite. Nenhum chiclete seco para batalhar. Nada grudento nas latas de lixo. Nenhuma bagunça indescritível no banheiro.

E, que alívio, todo mundo parece estar em seus devidos tanques.

— Estou vendo você aí atrás. — O vidro do recinto do polvo está repleto de impressões digitais oleosas, as quais Tova atinge com seu spray e limpa com a flanela, enquanto a criatura a observa de um dos cantos superiores. Agora está acostumada a encontrar o tanque vazio e vê-lo no recinto dos pepinos-do-mar ao lado, que parecem ser seu lanche preferido. Tova não pode dizer que aprova, mas o fato a faz sorrir. É o segredo deles.

Ele desenrola os braços e flutua até o vidro, nunca desviando o olhar.

— Não está com fome hoje, é?

Ele pisca.

— Uma hora. Na rodovia — murmura ela, inclinando-se mais perto para esfregar um ponto teimoso no vidro. — Não gosto muito de dirigir na estrada, sabe?

De seu jeito lento, quase pré-histórico, o polvo gruda um dos braços no lado de dentro do tanque e puxa o corpo para perto. Suas ventosas estão de um tom azul-arroxeado hoje, fixas no vidro.

Tova torce a flanela.

— E não gosto desses lugares também. Casas de repouso, clínicas de hospedagem... tudo igual, não é? Sempre têm cheiro de gente doente.

Com os olhos brilhando como mármore de outro mundo, o polvo acompanha cada um de seus movimentos enquanto ela dobra e guarda a flanela.

Tova se inclina sobre o carrinho.

— Lars sempre deixava tudo uma bagunça. Agora deixou uma última coisa para eu arrumar, mesmo depois de morrer. A vida dele sempre foi um tanto desorganizada. Mas fique sabendo que não foi por isso que paramos de nos falar. Não, não foi esse o motivo.

Ela solta um *tsc tsc* para si mesma. O que está fazendo, conversando com esse polvo? Não que ela não fale oi todos os dias para todas as criaturas ali, com o tanto que gosta delas, mas isso é diferente. Isso é *conversar*. Mas, por céus, não é que parece que ele está mesmo *escutando*?

De todas as coisas impossíveis, logo isso.

Enfim, não houve um motivo. *"Nada, mesmo."*

— Bom, boa noite, senhor. — Tova inclina educadamente a cabeça para o polvo e então segue em frente.

No recinto dos cavalos-marinhos, há um aviso escrito à mão, colado no vidro com fita adesiva. Tova reconhece o garrancho de Terry: **ACASALANDO! DÊ PRIVACIDADE!**

— Ah! — Tova leva uma mão ao peito, espiando com cuidado ao redor do papel. *"É aquela época de novo?"*

Ano passado, Terry organizou um "chá de bebê" para toda a equipe, todos os oito, quando os cavalos-marinhos nasceram. Mackenzie ficou até depois do horário para encher bexigas e pintar um banner: "**UPA, UPA, PEQUENOS COWBOYS!**". Dra. Santiago, a veterinária, apareceu com um bolo escrito "**IPI, IPI, HURRA PARA OS BEBÊS HIPPOCAMPUS!**"

Normalmente, Tova evita festas, mas aquele bolo a intrigara. No segundo ano do ensino médio, Erik fizera um projeto em cartazes para a aula de biologia avançada sobre o hipocampo do cérebro humano. Ele dedicou um painel inteiro para a etimologia do termo, sua origem no grego antigo, o significado compartilhado com o termo científico para o gênero dos cavalos-marinhos e sua conexão mitológica com monstros do mar. *"Talvez todos nós tenhamos monstros vivendo nas nossas cabeças"*, brincou Erik enquanto colava recortes na cartolina sobre a mesa de jantar.

De qualquer forma, se Terry e Mackenzie fossem repetir a festa este ano, já estaria para acontecer. Tova não ouviu nada, embora tenha certeza de que jamais a excluiriam. Não intencionalmente.

Se houver uma celebração, ela supõe que verá a bagunça depois. É absurdo, de qualquer forma. Foi o que as Tricoteiras Criativas disseram ano passado, quando ela lhes contou.

Talvez ela seja a única pessoa na Terra que pensa que os filhotes de cavalos-marinhos são mais interessantes do que os humanos.

ETHAN ESTÁ LIMPANDO a caixa registradora da Shop-Way quando ela entra. Ele abre um sorriso.

— Tova!

As cestas de compra ficam empilhadas perto do expositor de jornais, mas Tova passa reto por elas e pelos poucos carrinhos alinhados a seguir, continuando em passos decididos direto para o caixa. Não está aqui para fazer compras.

— Boa noite, Ethan.

O rosto dele começa a ruborizar. Em alguns segundos, está quase tão vermelho quanto sua barba.

— Acabei de receber uma visita no trabalho. Sabe algo sobre isso?

— Ah, sim, o sujeito com dentes grandes. — Ethan dobra a flanela e a guarda no bolso do avental, parecendo envergonhado. — Eu não teria dito nada se ele não tivesse falado que era importante. A propriedade do seu irmão e tal.

Tova estala a língua:

— Propriedade. Foi isso o que ele disse para você?

— Ahn, é. Quem não ia querer uma casa?

Tova suspira. Será que existe algum drama local que não interesse a Ethan? Tensa, ela continua:

— Aparentemente, meu irmão deixou alguns pertences pessoais na casa de repouso onde morreu. Nada valioso, tenho certeza, mas agora preciso ir buscá-los.

Ethan parece genuinamente arrependido. A culpa ofusca seus grandes olhos verdes.

— Caramba, Tova. Me perdoe.
— É pelo menos uma hora de viagem.
— É, meio longe — diz ele, cutucando um calo na mão.

Tova inspeciona o próprio tênis. Não tem o hábito de pedir ajuda, mas Ethan pareceu sincero em sua oferta, e a ideia de passar duas horas na estrada a deixa desconfortável.

— Eu vou aceitar a sua oferta.
— Oferta? — Ethan levanta os olhos, a voz um pouco mais animada.
— Sim. Se eu *precisar de qualquer coisa*, você disse. Bom, tem uma coisa.
— Com certeza, meu bem. O que é?

Tova engole em seco:
— Uma carona até Bellingham.

Dia 1.308 do meu cativeiro

OS CAVALOS-MARINHOS ESTÃO NAQUELA DE NOVO.
Os humanos demonstram choque e empolgação, como se fosse uma surpresa. Garanto que não é. Cavalos-marinhos nascem na mesma época todos os anos. Eu já presenciei quatro dos seus ciclos de reprodução durante meu cativeiro aqui.

Haverá centenas de bebês cavalos-marinhos. Milhares, talvez. Eles começam como uma nuvem de embriões e, ao longo de vários dias, se transformam em uma massa com membros, nada parecidos com os pais. Na verdade, se parecem com versões em miniatura das minhocas do mar que ficam perambulando pela areia do tanque principal.

É fascinante o quanto uma criatura recém-nascida pode ser tão diferente de seu criador.

Obviamente, este não é o caso com humanos. Observei humanos em todos os estágios da vida, e eles são, em todos os momentos, definitivamente humanos. Mesmo que seus bebês sejam completamente dependentes e precisem ser carregados pelos pais, seria impossível confundi-los com qualquer outra coisa. Humanos crescem de pequenos a grandes e depois, às vezes, diminuem de novo conforme se aproximam do final da vida, porém, sempre têm quatro membros, vinte dedos, dois olhos na frente da cabeça.

Sua dependência dos pais é excepcionalmente prolongada. É claro que faz sentido que uma criança menor precise de assistência com as tarefas mais básicas: comer, beber, urinar, defecar. Sua baixa estatura e membros descoordenados tornam essas atividades difíceis. Porém, conforme ganham independência física, estranhamente, a dificuldade continua. Eles convocam a mãe ou o pai à menor necessidade: um cadarço desamarrado, uma caixa de suco fechada, um pequeno conflito com outra criança.

Jovens humanos seriam um fracasso total no oceano.

Não sei como um polvo-gigante-do-Pacífico se reproduz. Como seriam os meus bebês? Somos metamorfos como os cavalos-marinhos, ou monótonos como os humanos? Suponho que nunca saberei.

Amanhã haverá multidões. Talvez Terry até permita que as portas principais fiquem abertas por mais tempo, para acomodar os humanos extras que querem ver os cavalos-marinhos nascerem. Esses desordeiros passarão reto por meu tanque, apressados, a maioria com um único interesse em mente.

Às vezes, um ou outro para aqui. Com esses, eu sempre jogo um jogo. Desenrolo meus braços e deixo que flutuem com a corrente artificial da bomba. Uma a uma, grudo as ventosas dos tentáculos no vidro, e o humano se aproxima. Então puxo meu manto para a frente do tanque e o olho nos olhos. O humano chama seus companheiros para ver. Assim que escuto os passos ao redor da curva, disparo para trás de minha rocha, deixando nada para trás além de uma perturbação na água.

Como são previsíveis, vocês, humanos!

Com uma exceção. A fêmea idosa que limpa o chão não cai nos meus jogos. Em vez disso, ela fala comigo. Nós... conversamos.

FINAIS FELIZES

Pela enésima vez, a mente de Ethan circula de volta para as Tricoteiras Criativas. Qualquer uma daquelas senhoras poderia ter dado carona até Bellingham para Tova. Com certeza estão cientes da relutância dela em dirigir na estrada. Mas ela pediu para *ele*.

Esta manhã, Ethan acordou uma hora mais cedo, para ter tempo de tomar banho e aparar a barba, ficar limpo e arrumado. Todo mundo sabe o quanto Tova gosta de coisas limpas e arrumadas. Como acordou ao nascer do sol, tomou uma caneca extra de chá, e talvez seja por isso que agora não consegue parar de batucar os dedos no volante como se estivesse tocando piano.

— Está tudo bem? — pergunta Tova de novo, do banco do passageiro. Ela deita o lápis sobre as palavras-cruzadas do jornal que está no seu colo e tira um fiapo solto do estofado do carro.

Ele deveria ter tirado a bunda da cama às 5 da manhã em vez de às 6. Assim teria tido tempo para arrumar a picape também.

— Claro, tudo certo. Por quê?

Um sorriso bonito se abre no rosto dela.

— Mãos de abelhinha.

— Mãos do quê?

— Mãos de abelhinha. Você sabe… inquietas. É o que eu costumava dizer quando Erik não conseguia parar de mexer os dedos.

Espantado com a menção do nome, Ethan respira fundo e afasta o nervosismo dos membros.

— Mãos de abelhinha. Inteligente.

Em sua mente, ele prepara uma explicação sobre cafeína em excesso de manhã, mas, quando olha para o lado um momento depois, ela voltou a se concentrar nas palavras-cruzadas, batendo a borracha no queixo enquanto estuda o jornal dobrado.

Explicação cancelada, então. Ele procura entre os outros assuntos para iniciar uma das conversas que passou metade da noite ensaiando, mas, por algum motivo, não se lembra de nenhum. Os únicos temas que surgem estão fora de cogitação: irmão morto, marido morto, filho morto. Caramba, ainda está em choque que ela tenha falado de Erik um instante atrás, mas claramente o momento já passou.

Em vez disso, o que sai é:

— O que você está fazendo? — Que é uma pergunta ridícula. Qualquer um pode ver que são palavras-cruzadas.

Ela franze a testa:

— São de ontem. Estou atrasada.

— Atrasada? — Ele ri por dentro. — Quer dizer que você faz todos os dias?

— Mas é claro. São as palavras-cruzadas *diárias*. Eu faço diariamente.

— E se perder um dia? Você... corre atrás, para compensar?

O lápis arranha a folha quando ela completa um conjunto de quadradinhos.

— Naturalmente.

A CASA DE Repouso Charter Village está enfiada no meio de uma série de colinas verdes cortadas por uma longa estrada sinuosa. Conforme manobram pela área, pequenos estacionamentos se bifurcam do maior, cada um com uma placa. **CENTRO DE MEMÓRIA. COMPLEXO DE TÊNIS. CUIDADO INTENSIVO. SEDE SOCIAL.** Este lugar tem tudo. Por fim, uma setinha indica **RECEPÇÃO**, e Ethan pisa no acelerador. Ele deixa escapar um assobio baixo enquanto estaciona no pátio circular da entrada, depois de um par de colunas de tijolinho marrom cobertas por heras. Extremamente elegante. Parece um colégio ou universidade chique, não um lugar infeliz onde os velhos vão para jogar tênis antes de definhar e morrer.

— É aqui, meu bem?

O rosto de Tova está sério como uma pedra.

— Parece que sim.

Ethan desliga o carro e olha intrigado para ela.

— Você nunca veio aqui antes?

— Não.

Ele resiste à urgência de deixar outro assobio escapar. Tova disse que Lars vivera ali por uma década. Realmente ela não havia visitado nem uma vez?

Ela pega a bolsa e enfia o jornal dentro.

— Vamos?

— Sim, senhora. — Ethan sai, um tanto atrapalhado, apressando-se para dar a volta na picape, com esperanças de chegar ao lado do passageiro a tempo de abrir a porta para ela, mas, quando finalmente chega, Tova já está caminhando a passos largos em direção ao imponente prédio.

Pela primeira meia hora, Ethan espera na recepção, e os minutos se arrastam lentamente. As cadeiras de couro são surpreendentemente requintadas, mas a pilha de revistas para ler é uma completa porcaria. *National Geographic*, coisas de autoajuda e jornais vagabundos de Wall Street. Não podiam ter disponibilizado algo minimamente mais interessante, como uma *Rolling Stone*, ou até a *People*? Fofocas de celebridades sempre foram o ponto fraco de Ethan. Suas mãos de abelhinha começam de novo, batucando impacientemente a mesa de centro. Ele se levanta e inspeciona a mesinha de aperitivos num canto do salão, que, inexplicavelmente, oferece café, mas não chá. Todo esse couro e hera e não podem bancar um sachê de Earl Grey? Que lixo!

Ele pega um copo descartável da pilha e se serve de descafeinado mesmo assim, porque é de graça. Não gosta muito de café. Quando tinha 19 anos de idade, trabalhou por um tempo em um zoológico de Glasgow, limpando o recinto dos elefantes. Uma vez, de brincadeira, dois dos outros caras que trabalhavam lá pegaram fezes e passaram pela centrífuga de suco. O resultado se parecia muito com... café. Desde então, café nunca mais foi o mesmo.

Quando Tova desapareceu prédio adentro, ele insistiu para que ela não tivesse pressa em olhar as coisas do irmão, mas agora percebeu que não faz ideia de quanto tempo algo assim pode demorar. Ficaria esperando o dia todo? Deveria ter levado um livro.

Perto da mesa da recepção, há um murmúrio de vozes. Pessoas se preparando para fazer um tour pelo lugar, aparentemente.

A mulher à frente deles, de terno cinza e um rabo de cavalo liso cor de âmbar, fala ao pequeno grupo com uma voz clara e confiante:

— Bem-vindos a Charter Village. Finais felizes são nossa especialidade.

Ethan quase cospe o café. Finais felizes? Quem teve essa ideia?

A Senhorita Terno Cinza franze a testa para ele:

— Senhor?

— Sim? — Ethan limpa o café escorrido do queixo com a manga da camisa.

— Você vem com a gente?

— Eu? — Ele olha por cima dos ombros, como se pudesse ter outro "senhor" atrás de si. Então dá de ombros: — Claro, por que não?

É algo para passar o tempo, afinal.

— Por aqui, então. — Com um sorriso educado, ela gesticula para que ele se junte ao grupo.

ETHAN PRECISA ADMITIR: os moradores parecem mesmo felizes. Talvez aquele slogan ridículo não esteja tão fora da realidade.

Há uma sala de sinuca, uma cafeteria com um self-service quilométrico e até uma piscina e uma Jacuzzi. Os moradores podem pedir comida no quarto, e as camas são arrumadas diariamente com lençóis de seiscentos fios. Quando o tour chega ao fim, Ethan percebe que está quase convencido a se mudar para cá. Como se pudesse pagar... sua aposentadoria não cobre um lugar assim.

QUANDO TOVA REAPARECE uma hora depois, carregando uma caixa, Ethan salta da cadeira de couro da recepção.

— Tudo ok, então, meu bem?

— Certamente. — Tova parece tão pequena em seu cardigã roxo, de modo que a caixa faz sua silhueta parecer ainda mais frágil.

Desta vez, ele consegue chegar antes à porta do carro. Cortês, abre-a e dá passagem para Tova entrar, ao que ela agradece de maneira educada. Então ele pega a caixa e encontra um lugar para colocá-la atrás do banco do passageiro. Mas há algo mais, também. Um papel brilhante com fotos da sede social e da quadra de tênis. Um sujeito com todos os cabelos grisalhos e shorts branco balançando uma raquete.

Enquanto Tova se ajeita com o cinto de segurança, ele olha por mais um momento.

Não é só um papel. É um pacote completo. Um folder de Charter Village com aquele slogan horrível: "Somos especialistas em Finais Felizes!"

Há um sulfite saindo de dentro do folder.

Um formulário de cadastro para novos moradores.

Dia 1.309 do meu cativeiro

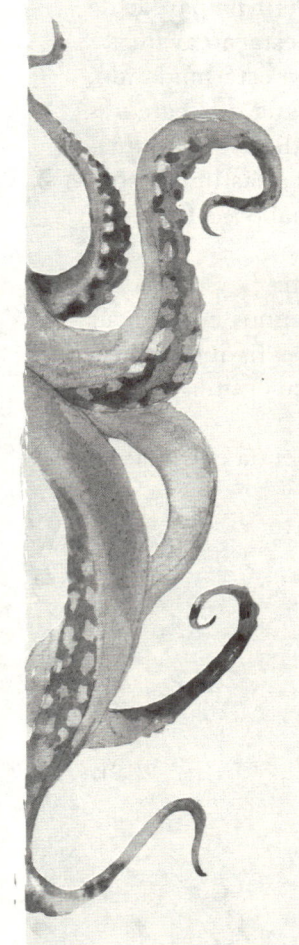

VOCÊS HUMANOS AMAM *DOCINHOS*. IMAGINO QUE saiba de qual comida estou falando?

Especialmente aquele circular, mais ou menos do tamanho da concha de uma amêijoa-comum, os *cookies*. Alguns têm pedaços de coisinhas escuras, outros são pintados ou salpicados com pó. Docinhos podem ser sutis e quietos, movendo-se silenciosamente em sua jornada até as mandíbulas humanas. Docinhos podem ser barulhentos e fazer sujeira, soltando pedaços com a mordida, migalhas caindo pelo queixo e se juntando aos destroços no chão que a mulher idosa chamada Tova deve varrer. Eu observei muitos docinhos em minha estadia aqui. Eles são vendidos perto da entrada.

Logo, imagine minha confusão frente ao comentário da Dra. Santiago esta tarde.

— O que é que eu posso dizer, Terry? — Ela ergueu os ombros e colocou as mãos para cima. — Eu já vi vários polvos, mas este aqui é um docinho, tão esperto!

Eles estavam discutindo o chamado "quebra-cabeças": uma caixa articulada de plástico transparente com fecho na tampa. Havia um caranguejo dentro. Terry a colocou em meu tanque. Ele e Dra. Santiago se inclinaram para observar pelo vidro. Sem delongas, peguei a caixa, abri o fecho, ergui a tampa e comi o caranguejo.

Era da espécie sapateira-de-rocha-do-Pacífico e estava trocando a casca. Macio e suculento. Eu o consumi em uma única mordida.

Isso não agradou Terry e Dra. Santiago. Eles franziram a testa e discutiram. Imagino que esperassem que eu demorasse mais para abrir a caixa.

Eu sou um *"docinho, tão esperto"*. Bom, é claro que sou inteligente. Todos os polvos são. Eu me lembro de cada rosto humano que já parou para olhar meu tanque. Eu entendo padrões com facilidade. Eu sei como o pôr do sol irá refletir na parede de cima ao final da tarde, mudando a cada dia conforme a estação avança.

Quando escolho ouvir, ouço tudo. Sei quando a maré está mudando, lá fora das paredes da prisão, com base no ressoar da água que bate nas rochas. Quando escolho ver, minha visão é precisa. Sei dizer qual humano em particular tocou o vidro de meu recinto por causa das impressões digitais deixadas para trás. Aprender a ler suas letras e palavras foi fácil.

Eu sei usar ferramentas. Sei resolver quebra-cabeças.

Nenhum dos outros prisioneiros tem habilidades assim.

Meus neurônios beiram o meio bilhão e estão distribuídos entre meus oito braços. Eventualmente, pergunto-me se não tenho mais inteligência em um único tentáculo do que um humano em todo o seu crânio.

"*Docinho, tão esperto.*"

Eu sou esperto, porém, não sou um petisco que vendem na entrada.

Que coisa mais absurda para se dizer.

TALVEZ NÃO MARRAKESH

A vizinhança está quieta demais. Não há passos do apartamento de cima ressoando no teto. A bateria do celular de Cameron pisca vermelha, quase no fim. Ele procura pelo carregador na mochila, mas está na mesa de cabeceira de Katie. Pode praticamente vê-lo ali. Abandonado, deixando-o literalmente sem energia.

Talvez Brad ou Elizabeth tenham um sobrando. Ele vai até a cozinha, nas pontas dos pés, e abre as gavetas o mais silenciosamente possível. Talheres alinhados, um organizador aramado todinho para luvas de forno. Quem precisa de tantas luvas assim? Estão cozinhando para um exército? A maioria tem iniciais bordadas. Elizabeth e Bradley Burnett: EBB. Como em *ebb tide*, a maré em recuo. Como se os dois estivessem se distanciando em direção ao mar, acenando enquanto ele é deixado sozinho, na praia.

— Ei — ressoa uma voz do corredor.

— Elizabeth! — Cameron empurra depressa a porta do armário para fechá-la. Como se estivesse zombando dele, as dobradiças deslizam devagar e suaves, como esses armários chiques costumam fazer.

— Juro que não queria assustar você. — Ela sorri, com um copo vazio numa mão e a outra apoiada na barriga, que está tentando explodir para fora de um robe azul-claro. — Só levantei para matar a sede, o que significa que vou precisar fazer xixi de novo daqui uma hora. Minha bexiga está do tamanho de uma jujuba ultimamente. — Ela acende as luzes, vai até a geladeira e pressiona o copo contra a saída de água.

— Não acredito que vocês vão ter um bebê — diz Cameron. Brad e Elizabeth estão casados há três anos, e é claro que ele foi padrinho no casamento, mas ainda assim é... estranho. Elizabeth era sua melhor amiga desde o infantil, e Brad é um cara bacana, mas estava sempre pairando na periferia do grupo. Nunca foi bom o suficiente para Elizabeth no ensino médio, mas, de alguma forma, acabaram juntos alguns anos depois. Agora casados, agora com um bebê.

— Um bebê? Achei que fosse só inchaço. — As laterais dos olhos dela se enrugam, provocadoras. — Mas por que você ainda está acordado?

— Meu celular morreu. — Ele levanta o aparelho moribundo. — Vocês têm um carregador sobrando?

Elizabeth aponta.

— Gaveta de cima.

— Valeu. — Ele puxa um cabo perfeitamente enrolado.

Com uma careta de desconforto, Elizabeth se senta em uma das banquetas da ilha e toma um grande gole de água.

— Sinto muito por você e Katie.

Ele sobe na banqueta ao lado dela.

— Eu vacilei.

— Percebi.

— Valeu pela empatia, Liza-lagarto.

— Disponha, Cam-camelo — diz ela com um sorriso, revivendo o apelido de infância. — E agora, como vai ser?

Cameron cutuca o ponto que está descosturando no capuz de seu moletom preferido e junta fiapos de linha verde numa pilha no balcão.

— Vou encontrar um lugar novo. Talvez o apartamento em cima do Dell's.

— Do Dell's? Que nojo. — Elizabeth torce o nariz. — Você consegue coisa melhor. Além disso, quem vai querer o tio Cam cheirando a cerveja velha quando vier visitar o bebê?

Cameron abaixa a cabeça, apoiando-a no granito fresco por um momento antes de olhar de volta para cima.

— Não estou exatamente nadando em opções aqui.

Elizabeth se inclina sobre o balcão e recolhe os fiapos na mão.

— Esse moletom também está nojento, por sinal. Brad jogou o dele fora faz tempo.

— O quê? Por quê? — Não é um produto oficial Moth Sausage, não exatamente, mas a banda toda os comprou. Anos atrás. Sempre planejaram estampar em serigrafia.

— Quando foi a última vez que você lavou isso?

— Semana passada — diz Cameron, bufando. — Não sou um animal.

— Bom, continua sendo nojento. Está caindo aos pedaços. E eu nunca vou entender por que vocês escolheram essa cor de cocô de neném.

— É verde-mariposa, de *moth*!

Elizabeth o encara por um bom tempo.

— Por que você, sei lá, não vai viajar ou algo do tipo? — diz ela, séria. — O que está segurando você aqui?

Ele dá uma piscadela.

— Para onde eu iria?

— São Francisco. Londres, Bangkok, Marrakesh.

— Ah, claro. Deixa só eu chamar meu jatinho. Voar *pro* outro lado do mundo.

— *Tá*, talvez não Marrakesh. — Ela abaixa a voz: — Na verdade, eu nem sei onde fica. Estava naquele jogo de roleta ontem, na TV.

— É no Marrocos — responde Cameron quase que automaticamente. Não é um lugar aonde tenha ido ou para o qual um dia irá.

— Certo, senhor gênio. Talvez eu tivesse aprendido isso, se eu e Brad não tivéssemos dormido no sofá antes de acabar.

Cameron torce o nariz.

— Me lembre de nunca me casar.

— Seria um choque. — Ela balança a cabeça e então passa um braço por baixo da barriga enorme, estremecendo. — Bom, preciso voltar para a cama. A boa notícia é que — diz ao atravessar a cozinha e colocar o copo na pia — já está na hora de fazer xixi de novo. Valeu pela conversa. Dois coelhos com uma cajadada só.

— De nada. — Ele caminha de volta para a sala, segurando o carregador. — A gente se vê de manhã.

— Até lá. — Ela apaga a luz e desaparece pelo corredor.

UMA HORA.

Duas.

Três.

A luz azul do celular banha o rosto de Cameron. Katie teve uma fase em que tentou banir telas do quarto depois de ler um artigo sobre como essa iluminação era viciante. Bagunça as ondas cerebrais de algum jeito. Ele sempre presumiu que fosse viagem, mas agora seus olhos ardem com o brilho, e a sensação é mesmo de ter o cérebro bagunçado.

É claro que não tem nada novo em nenhuma das redes sociais de Katie. Ele rolou o feed de todas elas, várias vezes. Ela não o bloqueou. Ainda. O indicador dele paira sobre o nome dela. Um toque para fazer a ligação. Mas ela provavelmente está dormindo, e melhor que nunca — sem ele.

Cameron nunca sentiu que pertencia àquele lugar. Nunca fora o espaço dele. Precisa deixar passar.

Ele baixa um aplicativo para aluguel de apartamentos e desliza o dedo pelas fotos: grandes janelas ensolaradas e balcões de pia reluzentes. Todas têm uma fruteira na cozinha, duas laranjas, uma única banana amarela e um punhado de brilhantes maçãs vermelhas. É exatamente a mesma fruteira, como se tivessem levado o negócio de apartamento em apartamento. Quem fica com as frutas quando terminam de fotografar? E, mesmo assim, quem é que come maçãs vermelhas? Uma pizza quente e um fardo de cerveja fariam um marketing bem melhor.

Esses apartamentos chiques com fruta não são para ele. O andar de cima do Dell's vai dar conta do recado. Mas o Velho Al não é idiota. Vai querer um depósito antecipado. Hora de abrir aquela caixa e ver se sua mãe desnaturada deixou alguma coisa que valha a pena penhorar.

Enquanto ele a pega na sala, uma luz de segurança pisca do lado de fora, no jardim da frente. Cameron gela, mas é só um guaxinim. O mais rápido que ele já viu na vida. Até as pragas vivem a boa vida aqui. Ele quase espera que o bicho olhe com uma cara feia através da janela e pergunte o que é que ele está fazendo acordado a essa hora, como um pai protetor na meia-idade.

A caixa faz uma série de barulhinhos conforme ele a carrega, atravessando a sala de meias. Ele se joga no sofá, e uma nuvem de poeira o faz tossir assim que levanta a primeira aba da tampa. O médico de tia Jeanne está sempre culpando seu hábito de fumar pela tosse crônica, mas a imundície do trailer deveria levar no mínimo metade da culpa. Agora que a semente foi plantada, a ideia de um cigarro paira tentadoramente. Ele realmente deveria parar. Mas pega a caixa, enfia seu último maço no bolso da calça de moletom e vai para o quintal.

O luar ilumina o conteúdo da caixa enquanto ele começa a separar os itens, um a um, na mesa externa. O suspense é surpreendentemente empolgante. Talvez aqueles *reality shows* de leilão em contêineres estejam no caminho certo.

Mas a emoção dura pouco. Essa merda não tem nada de especial.

Uma caixa de batons usados e nojentos.

Uma pasta de papéis escritos à mão que parecem redações de ensino médio. Entediante e inútil.

O canhoto do ingresso de um show da banda Whitesnake, no Seattle Center Coliseum. 14 de agosto de 1988. Totalmente inútil e, além disso, um gosto musical questionável.

Um milhão de chuquinhas ou seja lá como se chamam aquelas coisas que meninas usam para prender o cabelo.

Um punhado de fitas cassete antigas. Glam metal, a maioria. Algumas em branco, do tipo que se usava para gravar um mix. Poderia ser interessante, mas quem é que tem um toca-fitas hoje em dia? E, mesmo assim, zero valor de venda.

Cameron traga o cigarro. Decepção suprema. Por que tia Jeanne queria lhe dar esse lixo? Nada conjura nem um mínimo de carinho por sua mãe. E, mais importante ainda, nada vai lhe render nem um centavo.

Ele vira a caixa, e uma pequena bolsinha preta de amarrar cai. Joias. Bingo! Quatro pulseiras, sete colares, dois relicários vazios, uma corrente quebrada de prata. Nada com cara de diamantes, infelizmente, mas tem coisa que parece ouro legítimo. Vale penhorar, de qualquer forma.

Cameron apalpa a bolsinha para ter certeza de que está vazia, mas não está. Há algo preso no fundo. Ele a chacoalha, e a coisa finalmente se solta. É um pedaço de papel... mas pesado demais para ser só um papel. Não, é uma foto velha e amarelada, dobrada em volta de um anel de formatura grande e pesado. Levando-o a alguns centímetros do rosto, ele lê a gravação.

COLÉGIO DE SOWELL BAY, TURMA DE 1989.

Ele alisa a foto e, mesmo na penumbra, reconhece uma versão adolescente da mãe, sorrindo, os braços ao redor de um homem que ele nunca vira antes.

BUGATTI E BLONDIE

Antes de Will adoecer, Tova costumava preparar um piquenique para dois: queijo, frutas, às vezes vinho com dois copos térmicos de plástico. No Parque Hamilton, se a maré estivesse baixa, eles se sentavam na praia, perto do muro de pedras. Enterravam os pés descalços na areia áspera e deixavam a espuma gelada das ondas lamber seus calcanhares conforme avançava.

Tova para o carro no estacionamento vazio. "Parque" sempre foi um termo generoso para o pequeno trecho de grama encharcada, suas duas mesas de piquenique gastas pelo tempo, e o bebedouro que nunca funciona.

Agora, Tova vem aqui para ficar sozinha, quando precisa descansar da solidão da casa. Quando nem a televisão consegue quebrar o silêncio insuportável.

A mesa de piquenique está surpreendentemente quente ao toque, torrando sob o céu agora azul, bronzeando-se com a súbita chegada do verão. Ela abre o jornal nas palavras-cruzadas e espana restos de borracha com a mão. A maré está baixa, e a água, calma; as ondas varrem a praia com movimentos lentos e pesados. Em poucos minutos, Tova se arrepende de não ter trazido um chapéu; o sol está tão forte que queima o topo da cabeça.

— Vejamos. — Ela se volta para as palavras-cruzadas. Metade dos quadradinhos já está preenchida, fruto do café da manhã. Ela retoma com *"Seis letras: Harry, de Blondie."*

Passa o lápis por cima da dica. A banda de rock Blondie. Houve um Natal em que ela comprou uma fita cassete deles para Erik. Ele tinha perto dos 10 anos de idade, então talvez fosse 1979 ou 80? Ele escutou aquela fita sem parar, por meses, até que ela enrolou. Tova consegue visualizar a capa: uma loira de lábios vermelhos em um vestido cintilante. Não consegue imaginar que o sobrenome daquela moça seja Harry. Talvez a dica seja sobre outra coisa.

Tova segue em frente, como é seu costume.

A pista seguinte é *"Sete letras: característica da flanela."*

— Fichinha — murmura ao preencher os quadrados: **C, A, R, D, A, D, A**.

O assobio de uma bicicleta interrompe a contemplação de Tova sobre *"Seis letras: Bugatti, montadora italiana."* Então dois cliques se soltando de pedais. As caras sapatilhas com clipe fazem o homem andar estranho conforme atravessa o caminho até o bebedouro. Ele é alto e magro, mas seu caminhar desengonçado lembra um pinguim.

— Sinto muito, mas acho que está quebrado — diz Tova.

— Ahn? — O homem vira na direção dela como se estivesse surpreso de ver alguém ali.

— O bebedouro. Não funciona.

— Ah. Ahn, obrigado.

Tova espia por cima do ombro e o vê colocar a boca sobre o bico. Ele solta um palavrão ao apertar inutilmente o botão.

— O prefeito deveria arrumar isso — reclama. O homem tira os óculos escuros e olha para o mar com uma expressão de sede, como se estivesse se perguntando o quão ruim a água salgada poderia ser.

Tova pega uma garrafa lacrada do fundo da bolsa. Sempre tem uma à mão, para garantir.

— Quer um gole?

Ele levanta uma mão esticada:

— Ah, não, imagina.

— Por favor, eu insisto.

— Bom, pode ser. — O homem se aproxima com o *splash splash* dos clipes da sapatilha sobre as poças na grama. Ele abre a garrafa e bebe a água toda num gole só, esvaziando-a em segundos. — Obrigado. Está mais quente aqui do que eu esperava.

— É, devo concordar. O verão finalmente chegou.

Ele coloca os óculos escuros sobre a mesa e se senta de frente para ela.

— Nossa, não sabia que as pessoas ainda faziam palavras-cruzadas. — Ele se inclina sobre o papel, esticando o pescoço, para olhar o passatempo.

Relutante, Tova gira o jornal de forma que fique de lado para ambos. Eles olham juntos. De algum lugar na enseada, uma gaivota grita, reverberando no silêncio. Tova se segura para não estremecer quando uma gota de suor cai do queixo do homem e mancha a coluna de anúncios do jornal.

— Ettore — diz ele de repente.

— Perdão?

— Ettore. Seis letras para montadora italiana. Ettore Bugatti — diz o homem, com um sorriso. — Aquilo, sim, é carro.

Tova escreve as letras. A palavra se encaixa.

— Obrigada — diz.

— Ah, e aqui é Debbie. Debbie Harry, do Blondie.

É claro. Tova estala a língua em desaprovação de si mesma conforme escreve. Quando as letras se encaixam, o homem ergue a mão para ela tocar. Tova hesita e então bate sua palma pequena contra a grande e molhada do homem.

Um gesto tolo, mas ela se permite sorrir.

— Nossa, eu era apaixonado pela Debbie Harry quando era mais novo — diz ele, com uma risadinha, os olhos formando pés de galinha na lateral.

Tova assente.

— É, meu filho gostava dela também.

O homem a encara, e seus olhos se arregalam.

— Puta merda — sussurra.

— Perdão?

— Você é a mãe do Erik Sullivan.

Tova fica tensa.

— Sim, eu sou.

— Uau — diz o homem, baixo e soprado.

— E você é...? — Tova se força a fazer esta pergunta específica, engolindo com esforço todas as outras que ameaçam sair numa cachoeira, o interrogatório interminável de *"você o conhecia, estava lá, o que você sabe?"*

— Meu nome é Adam Wright. Eu era da escola do Erik. Tivemos algumas aulas juntos, no último ano, antes de ele...

— Antes de ele morrer — Tova preenche o vazio de novo.

— Isso. Eu... sinto muito. — Ele prende os clipes nos pedais. — Ahn, preciso ir. Obrigado pela água.

A corrente da bicicleta zumbe ao se afastar.

Por um bom tempo, Tova fica sentada na mesa de piquenique com o passatempo incompleto, pensando em todas as perguntas que deveria ter feito. Tentando respirar.

Esse Adam Wright. Foi um dos que foram ao velório? Que se sentou naquela vigília à luz de velas que fizeram no campo de futebol americano da escola?

EM CASA, A roupa suja a aguarda. É quarta-feira, o que significa tirar a roupa de cama e lavar os lençóis, junto com as toalhas da semana.

Dobrado, em um montinho bem alinhado sobre a máquina de lavar, está o roupão de banho que ela pegou em Charter Village semana passada. Lars o usou direto por anos, disse a enfermeira. Tova queria ter deixado lá. Por que ia querer um roupão velho do irmão morto? Não poderiam lavá-lo e passar para outra pessoa? Doar para a caridade? Cortar em pedaços e usar para faxina, que é o que Tova costuma fazer com as próprias roupas quando chegam ao final de suas vidas úteis?

"*Muitas pessoas valorizam coisas assim*", explicou a enfermeira ao perceber a hesitação dela.

Então agora o roupão está em sua casa, um lembrete do quanto ela não é como *"muitas pessoas"*.

Na semana passada, estava com a tesoura sobre a gola, pronta para fazer panos de chão, antes de mudar de ideia, concluindo que já tem panos demais por hora.

O conjunto de itens pessoais de Lars também inclui uma pequena pilha de fotografias. Algumas muito antigas, fragmentos da infância que ambos compartilharam. Essas, Tova guardou nas caixas de recordações de família no sótão, enfiando-as entre os próprios álbuns.

Outras eram relativamente novas, com rostos que ela não reconheceu. Fragmentos da vida que Lars teve após se afastarem. Adultos de meia-idade sorrindo em uma festa, um grupo de escaladores numa montanha, posando perto de uma cachoeira. Esse é o Lars que ela nunca conheceu. Essas, ela jogou fora.

Havia uma foto que não se encaixava em nenhuma dessas duas categorias. Lars com um Erik adolescente em um barco à vela, sentados lado a lado, na beirada. Dois pares de pernas compridas penduradas, o bronzeado contrastando com a quilha branca e brilhante.

Foi Lars quem ensinou Erik a velejar. Mostrou todos os truques que existem, uma solução para cada situação náutica improvável. Como cortar a corda de uma âncora, por exemplo.

Doía olhar para aquela foto. Tova quase a jogou no lixo, mas desistiu no último minuto e a enterrou na gaveta da cozinha onde ficam os panos e pegadores de panela, mesmo que não se encaixasse ali também.

Dia 1.311 do meu cativeiro

SE EXISTE UM ASSUNTO DO QUAL OS HUMANOS nunca se cansam é a condição climática de seu ambiente externo. E, pelo tanto que o discutem, sua descrença é... bem, incrível. Aquela frase ridícula: *"Dá para acreditar nesse tempo?"* Quantas vezes escutei isso? Umas 1.910, para ser preciso. Uma vez e meia ao dia, em média. Nem venha me falar de novo sobre a inteligência humana. Eles não conseguem compreender nem eventos meteorológicos previsíveis.

Imagine se eu fosse até as minhas vizinhas, as águas-vivas, e, enquanto balançasse meu manto em descrença, fizesse um comentário como *"Dá para acreditar nas bolhas que esses tanques estão fazendo hoje?"* Ridículo.

(É claro que isso seria ridículo também pelo fato de que as águas-vivas jamais responderiam. Elas não sabem se comunicar nesse nível. E não é possível ensiná-las. Acredite, eu tentei.)

Sol, chuva, nuvens, nevoeiro, granizo, chuva congelada, neve. Os humanos estão andando pela Terra, com seus dois pés, há centenas de milênios. Seria de se esperar que já acreditassem nessas coisas.

Hoje, suor com cheiro salgado se acumulou nas testas deles. Alguns transformaram os panfletos entregues na entrada em leques e os abanaram na frente dos rostos. Quase todos usavam vestimentas mais curtas, mostrando pernas carnudas e calçados com tiras, que voltam estapeando a sola de seus pés a cada passo.

E eles se recusaram a parar com sua baboseira incessante sobre o calor. *"Dá para acreditar nesse tempo?"* Dezessete vezes hoje.

A estação mudou. Estava mudando há um tempo, como de costume, com períodos mais longos de luz e mais curtos de escuro. Logo verei o dia mais longo do ano. O solstício de verão, os humanos o chamam.

Meu último solstício de verão.

NADA PERMANECE NAUFRAGADO PARA SEMPRE

Na tarde seguinte, Tova está sentada ao lado de Barbara Vanderhoof, debaixo de um secador de cabelos no Salão da Colette, que ocupa o mesmo prédio com porta pintada de rosa no centro de Sowell Bay há quase 50 anos. A própria Colette está na casa dos 70 anos de idade, como as Tricoteiras Criativas, mas se recusa a se aposentar e deixar o salão para as cabeleireiras mais jovens que contratou ao longo dos anos.

Ainda bem. Embora Tova não seja uma mulher muito vaidosa, permite-se essa indulgência. E não há mais ninguém em quem confie para fazer seu penteado do jeito certo. Alguns minutos antes, observou Colette cortar o cabelo de Barb com suas mãos ágeis e precisas. Ela realmente é a melhor cabeleireira da região.

— Tova, querida, como você *está*? — Barb se inclina o máximo que o secador em forma de capacete permite, colocando uma ênfase desnecessária na palavra "está", como se estivesse cortando preventivamente qualquer tentativa de Tova fingir que está "bem". Barbara sempre foi muito eficiente em cortar as baboseiras dos outros e ir direto ao ponto, uma qualidade que Tova não pode deixar de admirar.

Mas Tova também se orgulha de não manter falsas aparências. Ela responde, sincera:

— Estou muito bem.

— Lars era um bom homem. — Barb tira os óculos, deixando-os pender pela cordinha de contas em seu pescoço, e seca a lateral dos olhos lacrimejantes com um lenço.

Tova se segura para conter uma bufada de desaprovação. Não é a primeira vez que vê a amiga se meter na tragédia dos outros assim. Barb e Lars não devem ter se encontrado mais do que duas ou três vezes, lá atrás, naqueles primeiros anos, antes de os irmãos começarem a deslizar para fora da vida um do outro.

— Ele partiu sem dor — diz Tova com um ar de autoridade, sem mencionar que é uma informação de segunda mão. Mas a mulher em Charter

Village apertara seu braço com muita intensidade ao garantir que Lars não havia sofrido no final.

— É uma benção partir sem dor — diz Barb, com as mãos no peito.

— E o lugar era bacana.

— Ah, é? — Barb inclina a cabeça de lado. Essa informação é nova para ela. Tova não mencionara sua viagem a Bellingham para as Tricoteiras Criativas, e parece que, pela primeira vez na vida, Ethan Mack fechou o bico sobre algo enquanto passava produtos pelo caixa da Shop-Way.

— É, eu fui buscar alguns pertences pessoais dele. Não tinha muita coisa. Mas a casa de repouso era limpa e bem administrada.

— Onde ele estava?

— Charter Village. Em Bellingham.

— Ah! — Barb enfia os óculos de volta e corre o dedão pelas folhas da revista em seu colo. — Este lugar aqui? — Ela ergue um anúncio de duas páginas com uma foto das instalações imponentes de Charter Village, seu jardim de um verde sobrenatural sob o céu azul.

— É, esse mesmo.

Barb ergue a revista a centímetros do próprio nariz, forçando os olhos para decifrar as letras pequenas.

— Olha! Diz aqui que eles têm uma piscina de água salgada. Um cinema.

Tova não olha.

— É mesmo?

— E um spa!

— Era realmente mais chique do que eu esperava — concorda Tova.

Com um suspiro, Barb fecha a revista.

— Mesmo assim... Minha Andie jamais me colocaria em uma casa de...

— É claro que não. — Tova assente. Seus lábios não formam bem um sorriso, nem uma careta de desaprovação.

Barb se abana com a revista. Fica quente debaixo dos capacetes dos secadores.

— É, bom. — Tova pega uma edição bem gasta da *Seleções Reader's Digest* da mesinha ao seu lado e finge ler o índice. É claro que ela sabe sobre a piscina de água salgada, o cinema e o spa. O folder que pegou em Charter Village está na sua mesa de centro, em casa. Ela leu tudo três vezes, no mínimo.

— Pronta, Tova? — A voz animada de Colette chama do outro lado do salão.

Tova ergue o capacete de astronauta e pega sua bolsa, despedindo-se de forma educada de Barbara Vanderhoof antes de ir terminar o cabelo.

NAQUELA NOITE, NO aquário, as luzes da sala de Terry estão acesas. Tova enfia a cara na porta para dizer oi.

— Ei, Tova! — Terry gesticula para que ela entre.

Uma embalagem branca de delivery está no topo da pilha de papéis em sua mesa, e um par de *hashis* se sobressai como antenas, espetados no que Tova sabe ser arroz *chop suey* de vegetais do único restaurante chinês da região, em Elland. O mesmo tipo de embalagem que atraiu o polvo para fora de seu tanque naquela noite.

— Boa noite, Terry. — Ela inclina a cabeça.

— Descanse um pouco — diz ele, apontando com a cabeça para a cadeira do outro lado da mesa, e ergue um biscoito da sorte ainda fechado. — Quer um? Eles sempre me dão pelo menos dois, às vezes três ou quatro. Não sei quantas pessoas acham que eu poderia estar alimentando com esse punhadinho de arroz.

Tova sorri, mas não se senta e continua à porta.

— Ah, muito obrigada, mas não precisa.

— Como quiser. — Ele dá de ombros e joga o biscoito de volta na bagunça.

O estado da mesa de Terry, com suas pilhas desorganizadas e papéis espalhados, sempre faz Tova ficar inquieta. Quando voltar mais tarde com o carrinho de limpeza, vai esvaziar o lixo e espanar os três porta-retratos na parede. A filha dele bem novinha, num balanço no parque. Ele com o braço nos ombros de uma mulher mais velha: sua mãe, com a pele de um marrom escuro, uma coroa de cachos pretos e o mesmo sorriso largo que ele. Uma brisa invisível levantando a manga de sua beca, com um cordão roxo e dourado pendendo do capelo. Ao lado da foto, está o respectivo diploma: bacharel em ciências, *summa cum laude*, em biologia marinha, concedido a Terrance Bailey pela Universidade de Washington.

Esse tipo de foto está ausente do suporte que fica acima da lareira na casa de Tova. Erik teria começado a faculdade no outono se aquela noite de verão nunca tivesse acontecido.

Terry pega os *hashis* e se serve de uma bocada de arroz de uma forma tão natural e precisa que chega a ser impressionante para um menino que, Tova sabe, cresceu em um barco de pesca na Jamaica. Os jovens aprendem as coisas com tanta facilidade. Depois de mastigar e engolir, ele diz:

— Sinto muito pelo seu irmão.

— Obrigada. — A voz dela é baixa.

Terry limpa os dedos em um fino guardanapo de restaurante.

— Ethan comentou.

— Está tudo bem — diz Tova. Deve ser um desafio para Ethan, ficar cozinhando assuntos para puxar enquanto passa produtos pelo caixa. Só Deus sabe o quanto ela odiaria um trabalho assim, precisar conversar o dia todo.

— Enfim, ainda bem que encontrei você, Tova. Preciso pedir um favor.

— Sim? — Ela olha para cima, grata pela rápida mudança de assunto. Finalmente, alguém que não insiste em ficar tagarelando por horas sobre sua perda.

— Acha que dá para limpar os vidros da entrada hoje? Só a parte de dentro.

— Com certeza — responde ela. E acrescenta: — Será um prazer.

É verdade. As grandes janelas de vidro da entrada estão sempre encardindo com gordura, e neste momento nada a faria mais feliz do que usar seu spray e flanela ali até que cada manchinha e risco desapareça.

— Quero que a fachada fique bonita. Esse final de semana vai encher. — Terry passa a mão no rosto. Parece exausto. — Se não der tempo de terminar o chão, não tem problema, está bem? A gente compensa semana que vem.

O final de semana do 4 de Julho é sempre o mais cheio no aquário. No auge de Sowell Bay, a cidade costumava ter um grande festival à beira-mar. Agora, ela fica só mais movimentada do que o normal.

Tova coloca as luvas de borracha. As salas das bombas ficarão limpas, e os vidros da entrada também. Ela terminará tarde da noite, mas nunca se incomodou com isso.

— Você está salvando a minha vida, Tova. — Terry lhe abre um sorriso agradecido.

— É algo com o que se ocupar. — Ela sorri de volta.

Terry remexe os papéis e a bagunça em sua mesa, e algo prateado chama a atenção de Tova. Um grampo-sargento de aparência pesada, a barra tem no mínimo a grossura do indicador de Terry. Ele o ergue distraído e então o coloca de volta na mesa, como um peso de papel.

Mas Tova tem a sensação de que não é um peso de papel.

— Posso saber para que serve isso? — Ela se apoia no batente da porta, com uma sensação desagradável se formando no estômago.

Terry suspira.

— Acho que Marcellus está se rebelando de novo.

— Marcellus?

— O PGP.

Tova leva um momento para entender a sigla. Polvo-Gigante-do-Pacífico. E ele tem nome. Como não sabia disso?

— Entendi — diz ela, quase num sussurro.

— Não sei como ele consegue. Mas desapareceram seis pepinos-do-mar este mês. — Terry pega o grampo de novo e o segura sobre a palma como se o estivesse pesando. — Acho que ele sai por aquele vão. Preciso achar um pedaço de madeira para colocar ali antes de prender isso.

Tova hesita. Deveria mencionar as embalagens vazias na sala dos funcionários? Ela olha para o grampo, agora de volta sobre a pilha caótica de papéis na mesa de Terry. Enfim, diz:

— Eu não sei como um polvo conseguiria sair de um tanque fechado.

E é verdade, tecnicamente. Ela não sabe como ele faz.

— Bom, tem alguma coisa suspeita acontecendo aqui. — Terry olha para o relógio. — Talvez eu consiga pegar a loja de material de construção aberta, se sair agora. — Ele fecha o notebook e começa a juntar suas coisas. — Tome cuidado com o piso molhado, tudo bem, Tova?

Terry está sempre lembrando-a de tomar cuidado. Fica preocupado que ela caia, quebre o quadril e leve um rim do aquário no processo trabalhista, ou pelo menos é o que dizem as Tricoteiras Criativas. Tova não consegue se imaginar processando ninguém, muito menos este lugar, mas não se dá mais ao trabalho de corrigir as amigas. E, além disso, ela sempre toma cuidado. Will costumava dizer que "cuidado" tinha que ser seu segundo nome.

Ela responde, sincera:

— Sempre tomo.

— **OLÁ, AMIGO** — diz Tova ao polvo.

Ao som da sua voz, ele se desenrola e sai de trás de uma rocha, uma explosão de laranja, amarelo e branco. Ele pisca para ela enquanto desliza em direção ao vidro. Sua cor está melhor esta noite, percebe Tova. Mais brilhante. Ela sorri.

— Não está se sentindo muito aventureiro hoje, não é?

Ele gruda os tentáculos no vidro, e seu manto bulboso incha por um instante, como se estivesse suspirando, mesmo que isso seja impossível. Então, com um movimento chocantemente ágil, se joga para o fundo do tanque, os olhos ainda fixos nela, e passa a pontinha de um tentáculo ao redor do pequeno vão.

— Ah, não, senhor. Terry está desconfiando de você — Tova chia e sai apressada para a porta que dá acesso à parte de trás de todos os tanques daquela seção da parede externa. Quando entra na pequena sala úmida, espera encontrar a criatura no meio da fuga, mas, para sua surpresa, ele continua no tanque. — Pensando melhor, talvez você mereça uma última noite de liberdade — diz, lembrando-se do pesado grampo-sargento sobre a mesa de Terry.

O polvo pressiona o rosto contra o vidro do fundo e estica o braço para cima, como uma criança pedindo para ser carregada.

— Você quer dar um aperto de mão — diz Tova, supondo.

O tentáculo dele se revira na água.

— Bom, vamos lá, então. — Ela arrasta uma das cadeiras de debaixo da longa mesa de metal e se equilibra ao subir, agora alta o suficiente para tirar a tampa do recinto. Quando está abrindo o fecho, percebe que ele pode estar se aproveitando dela. Fazendo-a abrir o tanque, para que ele escape.

Ela decide correr o risco e ergue a tampa.

Ele flutua logo abaixo, relaxado agora, todos os oito braços esticados ao seu redor como uma estrela alienígena. Então ele ergue um para fora da água. Tova estica a mão, ainda coberta com os pálidos hematomas redondos da última vez, e ele se enrola ao redor deles de novo, como se a estivesse cheirando. A ponta de seu tentáculo chega à altura do pescoço e toca o queixo dela.

Receosa, ela toca o topo do manto, como alguém faria para agradar um cachorro.

— Olá, Marcellus. É esse o seu nome, não é?

De repente, com o braço ainda ao redor do dela, ele dá um rápido puxão. Tova quase perde o equilíbrio em cima da cadeira e por um momento teme que ele esteja tentando puxá-la para dentro do tanque.

Ela se inclina até que o nariz quase toque a água, os olhos agora a poucos centímetros dos dele. A pupila de outro mundo é de um azul tão escuro que parece preto, uma bolinha de gude reluzente. Eles se encaram com atenção pelo que parece uma eternidade, e Tova percebe que outro tentáculo está enrolado sobre seu ombro, cutucando o cabelo recém-arrumado.

Tova ri.

— Não desarrume. Eu estive no salão hoje cedo.

Ele a solta e desaparece atrás de sua rocha. Perplexa, Tova olha ao redor. Ele havia escutado algo? Ela toca o pescoço, o ponto com água fria onde o tentáculo estava.

O polvo reaparece, deslizando para cima. A ponta de um dos braços está enrolada em um objeto prateado. Ele o estende para ela. Um presente. A chave da casa dela. A cópia que perdeu ano passado.

Dia 1.319 do meu cativeiro

ENCONTREI-A NO CHÃO, PERTO DO LUGAR ONDE ela guarda as coisas quando está limpando. Eu não deveria ter pego, mas não resisti. Havia algo de familiar ali.

Depois de voltar para o tanque, escondi-a em minha toca, junto com todas as outras coisas. Há um lugar, um bolsão na rachadura mais profunda da rocha oca, que mesmo os limpadores de tanque mais minuciosos não conseguem alcançar. É ali onde eu enterro os meus tesouros.

Que tipo de tesouro compõe a minha Coleção, você pergunta? Bem, por onde começar? Três bolinhas de gude de vidro, dois super-heróis de plástico, um anel com uma única esmeralda solitária. Quatro cartões de crédito e uma carteira de motorista. Uma presilha com brilhantes. Um dente humano. Para que essa cara de nojo? Não fui eu que o arranquei. O antigo dono ficou balançando-o durante um passeio da escola e então o perdeu.

O que mais? Brincos... muitos brincos de um lado só, nunca o par. Três pulseiras. Dois dispositivos cujo nome humano eu desconheço. Suponho que sejam... plugues? Os pais os enfiam em orifícios dos bebês para mantê-los quietos.

Minha Coleção aumentou consideravelmente ao longo de meu cativeiro, e eu me tornei mais seletivo. No começo, tinha muitas moedas, mas agora elas se tornaram comuns demais, e eu não as pego, a não ser que sejam diferentes das outras. Moeda estrangeira, como vocês humanos chamam.

Encontrei muitas chaves ao longo dos anos, naturalmente. Chaves acabaram caindo na mesma categoria que moedas. Por via de regra, deixo-as passar.

Porém, como disse, essa chave em especial era estranhamente intrigante, e eu sabia que devia pegá-la, embora não entendesse o que tinha de especial até mais tarde, naquela noite, quando corri a ponta de meu braço sobre seu recorte. Eu já havia visto aquela chave antes. Ou melhor, uma idêntica a ela.

Imagino que, de certa forma, chaves não são nada como impressões digitais. Chaves podem ser copiadas.

Segurei uma cópia desta quando era muito jovem. Antes de minha captura. Estava presa a um anel circular no fundo do oceano, escondida entre um montinho de riquezas que só pode ser descrito como restos humanos. Não ossos e carne, é claro, esses nunca duram muito, mas uma sola de tênis de borracha, um cadarço de vinil. Vários botões, como de uma camisa. Varridos juntos para debaixo de uma formação rochosa e preservados ali. Devem pertencer àquele por quem ela lamenta.

Tais são os segredos que o mar guarda. O que eu não daria para explorá-los de novo! Se pudesse voltar no tempo, pegaria tudo: a sola de tênis, o cadarço, os botões e a chave gêmea. Eu daria tudo para ela.

Eu sinto muito pela perda dela. Devolver a chave é o mínimo que posso fazer.

NÃO UMA ESTRELA DE CINEMA, MAS TALVEZ UM PIRATA

À s 9 da manhã, Cameron empurra a porta do Dell's Saloon, quase esperando encontrá-la trancada. Mas ela se abre com facilidade. Ele pisca, ajustando os olhos à meia-luz.
Dos fundos, Velho Al, o dono, estica o pescoço para ver quem é.
— Cameron — diz, um tanto surpreso. Sua voz rouca e grave parece saída de um filme de gângster, tão italiana e do Brooklyn que soa quase cômica aqui, no meio da Califórnia.
— E aí, cara? — Cameron desliza para uma das banquetas. Num canto, agora coberto por engradados de bebida, há o minúsculo palco onde o Moth Sausage toca. Costumava tocar, na verdade, agora que Brad foi lá e destruiu a banda. Um rádio antigo fica numa prateleira perto da mesa de sinuca, suas antenas tortas viradas para a única janela imunda do bar. Está ligado numa discussão, um homem e uma mulher gritando e debatendo sobre taxas de juros e o banco central ou alguma outra merda entediante.
— O de sempre? — Velho Al desliza uma bolacha de chopp pelo balcão.
— Nada, não é por isso que eu vim. — Cameron pigarreia. — Tenho uma proposta para você. Uma proposta imobiliária.
Velho Al cruza os braços e se apoia na pia do bar, erguendo uma sobrancelha.
— Sabe o apartamento aqui em cima? — Cameron endireita as costas. — Que está vazio?
— Que que tem?
— Eu quero alugar. Já pensei em tudo. Consigo o aluguel do mês que vem até a próxima semana e...
Velho Al ergue a mão.
— Pare, Cam. Não estou interessado.
— Mas você nem ouviu o resto!
— Não estou interessado em ter que administrar um aluguel.
— Você não precisa administrar nada! Eu... eu me administro sozinho. Você não vai nem saber que eu estou lá.
— Não estou interessado.
— Mas não tem ninguém morando lá!
— Eu gosto que seja assim.

— Quanto você quer por ele? — Cameron pega a bolsinha preta do bolso do moletom e despeja as joias no balcão. — Viu? Eu posso pagar.

Os olhos do Velho Al se demoram sobre o emaranhado de joias por um momento, e então ele balança a cabeça ao pegar um pano cinza na pia.

— O que foi que você fez? Roubou a casa de um parente velhinho?

Cameron bufa.

— Só preciso de um lugar para ficar por um ou dois meses. Por favor?

— Desculpa, garoto.

— Ah, vai, Al. Você sabe que eu sou boa gente.

— Cai na real, Cameron. Dá para escrever o próximo grande romance americano no verso da sua conta aqui. E você ainda não me pagou pela mesa que quebrou ano passado quando fez aquela manobrazinha. Se jogar do palco.

Cameron fecha a cara.

— Aquilo foi arte performática!

— Foi vandalismo, e eu fiz o favor de perdoar, porque as pessoas parecem gostar daquele barulho que você toca e porque sua tia é uma boa amiga. Mas tenho meus limites. Olha, não dá para cuspir dois passos pra frente nessa cidade sem acertar um prediozinho de apartamentos populares. Por que você não leva suas joias de família até um deles?

— Porque não. — Cameron deixa a resposta pairar como autoexplicável, como se fosse óbvio que toda a checagem do nome e histórico de crédito seja um problema.

— Você quem sabe. — Velho Al dá de ombros e passa o pano pelo balcão em movimentos circulares, parando de vez em quando para torcer água suja sobre a cuba. Ele finalmente para e joga o pano de volta na pia.

— Eram da sua mãe, não eram? As joias?

— É.

— Sua tia que deu?

— Foi.

O dono do bar pega a pulseira de ouro com brilhantes e segura para cima.

— Algumas dessas coisas não são tão ruins. — Então ele pega o anel do Colégio de Sowell Bay, turma de 1989 e diz: — Ah, olha só isso. Ninguém compra mais esses presentes de formatura, não é?

Cameron dá de ombros. Como saberia? Nunca terminou o ensino médio, um fato que Velho Al com certeza sabe.

— Sowell Bay. Fica em Washington, não fica?

— Acho que sim — diz Cameron. Ele sabe que sim. Procurou no Google, é claro. E daí? Até onde sabe, aquele anel é alguma coisa aleatória que a mãe roubou para pagar por hábitos ruins. Talvez o cara da foto fosse o cúmplice dela.

— Sabe, eu me lembro de quando Jeanne foi lá buscá-la.

— Buscar quem?

— Sua mãe.

— Do que você está falando?

— Sua tia nunca contou?

— Contou o quê? — Cameron deixa a bolacha de chopp que estava girando entre os dedos cair no balcão.

Velho Al suspira.

— Bom, eu nunca conheci a Daphne muito bem. Para mim ela sempre foi só a irmã mais nova da sua tia, uma irmãzinha do capeta. Mas, até onde eu sei, ela fugiu de casa quando estava no ensino médio. Foi parar em Washington, sabe-se lá porquê. Se meteu em alguma encrenca lá. Jeanne precisou faltar no trabalho para arrastar a irmã para casa. Lembro dela aqui um dia, falando sobre isso.

— Ah. — É tudo o que Cameron diz. Seu cérebro parece estranhamente anestesiado.

— De qualquer forma... — Velho Al segura o anel sobre a palma virada para cima e balança a mão como se o estivesse pesando. — Um namorado, talvez. Eu dei o meu para a minha garota no último ano. — Um sorriso lento se abre no rosto dele. — Ela usava numa corrente no pescoço, do comprimento certinho para ficar no ponto ideal, bem ali, no meio do vão. — Cameron torce o nariz. — É, provavelmente ainda está lá, vai saber. Nunca peguei de volta depois que terminamos — diz Velho Al, com um grunhido rouco.

A porta se abre, e um triângulo de luz atravessa o bar enquanto dois velhos entram. Cameron os reconhece da cidade. Os clientes do turno do dia. Eles o cumprimentam com um gesto de cabeça antes de se sentarem algumas banquetas mais adiante.

Sem que tenham pedido, Velho Al abre duas *longnecks* e as desliza pelo balcão. Ele levanta uma terceira na direção de Cameron.

— Vai uma? — E acrescenta, com a voz num tom mais suave: — Por conta da casa.

— Claro. Valeu.

Velho Al abaixa a cabeça de um jeito culpado, como se uma cerveja de 2 dólares compensasse o fato de ter sido um imenso cretino em não alugar o apartamento vazio. Então caminha até o rádio e arranca o plugue da tomada antes de enrolar o fio nos dedos. Um instante depois, a caixa de música no canto acende, e a guitarra vibra pelos alto-falantes.

Aparentemente, os clientes do turno do dia gostam de country, e o bar está oficialmente aberto para eles.

Cameron toma a cerveja gelada num gole só e pega o anel de cima do balcão antes de desaparecer porta afora.

COMO UM GRUPO, os formandos de 1989 do Colégio de Sowell Bay têm uma surpreendente e robusta presença online, provavelmente devido ao fato de que o reencontro de trinta anos será daqui alguns meses. Trinta anos, assim como Cameron. Sua mãe deve ter engravidado no mesmo verão em que todos esses adolescentes estavam se formando.

O anel de um namorado. Qual desses babacas levou a mãe dele *pra cama*?

Alguém se deu ao trabalho de escanear e enviar uma tonelada de fotos para essa página do reencontro. Todo o álbum estúpido, aparentemente. Os velhos têm tanto tempo livre. Cameron passa as fotos granuladas, parando de vez em quando ao encontrar cachos castanhos emplumados como os da mãe, mas, na verdade, está procurando outra pessoa. O cara que está com ela na foto amassada ao seu lado sobre o balcão da cozinha.

Ele vira o anel. Para sua surpresa, há uma gravação fraca na parte de dentro. **EELS**. Colégio de Sowell Bay... *Eels*? De enguias, em inglês? Bom, é um mascote meio estranho, mas faz sentido se estão perto do mar. Curioso que o álbum não parece ter tema de enguias, mas como é que seria isso de qualquer forma?

Ele continua olhando as fotos escaneadas. Imagens aleatórias de adolescentes e sua atitude característica, sorrindo para a câmera com cabelos armados e roupas exageradas dos anos 80. Algo chama sua atenção: uma foto de sua mãe que ele nunca vira antes, em um píer lotado com o mesmo braço do mesmo cara em volta dela. A cabeça do sujeito está de lado, o rosto escondido no cabelo esvoaçante dela, como se a estivesse beijando na bochecha, mas é ele, com certeza.

Com os dedos subitamente melados, Cameron dá zoom. Tem uma legenda. *"Daphne Cassmore e Simon Brinks."*

— Bingo. Simon Brinks. — Seu próprio sussurro áspero parece se arrastar pelas cordas vocais. Imediatamente abre uma nova janela e digita o nome.

Diversas páginas de resultados de busca deixam uma imagem muito clara: um investidor do mercado imobiliário e dono de uma casa noturna em Seattle. Há uma reportagem sobre a casa de férias dele no *Seattle Times*. Uma foto de duas páginas com sua maldita Ferrari.

Esse cara é coisa grande. Uma coisa grande, gorda e extremamente rica.

Cameron deixa escapar uma risada curta e cerra os punhos.

Simon Brinks. Cameron vai até a sala, se joga no sofá imaculado de Brad e Elizabeth e estuda a foto que estava dobrada em volta do anel. Será que aquele cara é mesmo seu pai? É só uma foto, porém é mais do que ele jamais teve. Ele estuda a imagem da mãe, seu sorriso despreocupado, o cabelo ao vento. Alta e magra, é claro, quase mais alta que Brinks, que por sua vez parece um sujeito de bom tamanho. Mas o que ele não consegue deixar de encarar são suas bochechas, que estão cheias e saudáveis, quase tão gordas quanto as de um bebê. Não é a Daphne Cassmore de suas memórias, sempre mirrada, só pele e osso.

Ele analisa o cenário da foto: uma jardineira imensa transbordando flores. Narcisos e tulipas. É abril, então. Talvez março, mas, com aquelas coisas florescendo assim, é mais provável que a foto tenha sido tirada em abril.

Cameron nasceu em 2 de fevereiro. Ele faz as contas. Poderia estar na foto também?

Em termos de gestação, os números batem.

— Ei! — chama Elizabeth, do corredor. — Como foi lá no Dell's?

Cameron se levanta e vai atrás dela, até a cozinha, contando seu fracasso em convencer o Velho Al a alugar o apartamento e a descoberta sobre Simon Brinks e sua Ferrari.

— Tem certeza que ele é seu pai? — Elizabeth começa a picar um pimentão vermelho. Fajitas para o almoço. Ela está aniquilando a pilha de pedacinhos vermelhos sem nem se preocupar em prestar atenção à lâmina, que chega perigosamente perto dos seus dedos cada vez que desce até a tábua. Cameron faria qualquer coisa para ter uma confiança assim.

— Quem mais seria? — Ele ergue a foto. — Olha isso aqui e me diz se esses dois não estão dormindo juntos.

Elizabeth ergue uma sobrancelha.

— Bom, tem uma galera fazendo isso. Não prova nada.

— Mas o *timing*. É perfeito.

— E ele se parece com você, por acaso?

Cameron inclina a cabeça, de lado, para a foto.

— Difícil saber, com esse cabelo dos anos 1980.

— Você não acabou de passar a tarde inteira *stalkeando* o cara na internet?

— É, mas agora ele só parece um tiozão de meia-idade. Tipo um pai.

— Claro, porque todos os pais têm a mesma cara. — Elizabeth vira os olhos.

— Mas olha só. Faz diferença? Digo, se ele acreditar que é meu pai...

— Você não pode arrancar dinheiro de uma pessoa aleatória só porque ele aparece em uma foto com a sua mãe. — Elizabeth joga o pimentão picado numa frigideira, que chia e levanta uma nuvem de vapor. — Além disso, você não quer saber a verdade? Não quer ter um relacionamento também?

— Relacionamentos são superestimados. — Ele pinça um pedaço de pimentão que sobrou na tábua e o enfia na boca. É surpreendentemente doce.

— Então você vai fazer o quê, exatamente? Ir até Washington para encontrar o cara?

— Pode apostar que sim. Por que não? — Cameron torce para que ela interprete a pergunta como retórica, porque existem um milhão de motivos para não ir. Para começar, como ele chegaria lá? Não imagina que Brad vá emprestar a picape para uma viagem de mais de mil quilômetros.

— Bom, vai ser uma aventura.

— Vai.

Elizabeth se inclina na geladeira, sobre a barriga, e puxa uma bandeja de carne de peru fatiada, que abre e joga na frigideira.

— Se eu não estivesse incubando esse minialienígena aqui, Brad e eu iríamos com você. — Ela mexe a panela, fazendo a carne chiar. — Lembra quando a gente era bem pequeno e ficava inventando histórias sobre o seu pai? Tudo bem que na verdade a gente achava que ele seria um pirata, ou ator de cinema, ou coisa do tipo. A gente era tão ridículo!

— Simon Brinks definitivamente não é uma estrela de cinema, mas pode ser que seja um pirata. E eu não me importo. Ele pode continuar um mistério, desde que pague pelos dezoito anos de pensão atrasada.

— Bom, mesmo que tudo dê errado, ouvi dizer que Seattle é bem bonita.

— É, claro — diz Cameron, assentindo com a cabeça. Bonita. Várias árvores. Quem se importa com isso? O oeste de Washington é o canto mais molhado do país, e Simon Brinks está prestes a fazer chover dinheiro.

Elizabeth pega uma jarra de limonada da geladeira e serve dois copos, deslizando um pelo balcão para ele antes de erguer o outro.

— Bom, Cam-camelo, um brinde pelos mistérios não solucionados.

— Pelos mistérios não solucionados.

Eles fazem os copos tilintarem.

NA MADRUGADA DE sua última noite na Califórnia, Cameron está deitado em claro, de novo, banhado pela luz azul da tela do telefone.

Dois cliques para baixar um aplicativo de viagens que ele viu em um comercial, com um truquezinho de garantir os melhores preços. Mas funciona. O voo para Seattle sai às 5h00 do aeroporto de Sacramento, o que é daqui a três horas. Dá tempo, se ele sair... ahn, agora.

Apressado, esvazia a mochila verde, remexe o conteúdo e então joga de volta para dentro cada par de cueca que tem, junto com o restante das roupas e a bolsinha de joias.

Malas feitas, ele volta para a tela do celular. De dedos cruzados para que o cartão de crédito libere a transação, toca no botão de comprar.

Simon Brinks, se realmente for seu pai, vai pagar por cada segundo precioso da paternidade que perdeu nos últimos trinta anos.

A HISTÓRIA TECNICAMENTE VERDADEIRA

Uma esfregada com bicarbonato tira quase toda a ferrugem do metal. Para a surpresa de Tova, apesar de tudo pelo que deve ter passado, a chave ainda entra com facilidade em sua porta da frente. Ela recoloca a original no chaveiro e joga a cópia na gaveta de bugigangas da cozinha, já que nunca superou o fato de a chave enroscar na fechadura vez ou outra.

Ela está prestes a retomar o café da manhã e as palavras-cruzadas quando sons suaves de arranhão na varanda a interrompem. Sua lombar estala quando se levanta da cadeira e, com uma mão sustentando as costas, ela vai arrastando os pés em direção à porta, a tempo de ver Gato se espremer por um rasgo solto na tela. Quando foi que esse pedaço se soltou? Outro pequeno reparo que precisa de atenção. Eles se acumulam tão depressa agora que Will se foi. Talvez dê para resolver com supercola.

Tova pode ir até a loja de material de construção para pegar um tubo. A mesma loja onde Terry foi buscar um pedaço de madeira para fazer o grampo-sargento funcionar. O mesmo grampo que caiu com um baque na lixeira onde ela o jogou.

Gato se senta no meio do hall de entrada, o rabo enrolado perfeitamente ao redor de seu corpo esbelto, piscando para Tova, como se estivesse perguntando o que ela faz ali, e não o contrário.

Qual é a das criaturas e pequenos vãos ultimamente?

— Bom, por aqui, então. Tomamos café da manhã na cozinha. Sinto informar que o delivery na varanda foi descontinuado.

AQUELA NOITE, NO aquário, os passos dela ecoam pelo saguão de entrada. Ela começa os preparativos usuais.

— Olá, queridos — diz aos peixes-anjos no caminho para o almoxarifado e, a seguir, cumprimenta também os guelras-azuis, os caranguejos japoneses, o *sculpin*, as fantasmagóricas enguias-lobos.

Ela mistura o limão e o vinagre e deixa o esfregão e o balde no corredor. Estarão prontos para quando voltar.

Como sempre, Marcellus está enfiado atrás de sua rocha. Tova entra apressada na sala das bombas, sentindo um alívio imediato ao ver que não há grampos no tanque. Uma sensação de culpa a inunda. Será que Terry presumiu que o esquecera em algum lugar?

A imagem de Gato onde o deixou quando estava saindo, enrolado no sofá, pipoca em sua mente. Um tanto sem perceber, decidiu não arrumar a tela, por hora.

Deixe que as criaturas tenham seus vãos, então. Ela ri alto. As bombas borbulham em aprovação.

Ela puxa um banquinho velho e sobe com cuidado para remover a cobertura da parte de trás do tanque. Olhando de cima, cerra os dentes, para resistir à tontura causada pelas ondas mecânicas da água. Então ergue a manga do blusão e paira um dedo sobre a superfície, imaginando se seu braço seria longo o suficiente para alcançá-lo no esconderijo se tentasse. Não que pretendesse tentar. Jamais. Esconderijos devem ser sagrados.

Mas não precisava ter considerado medidas tão drásticas, porque ele flutua para fora e desliza para cima, com os olhos fixos nela. Um de seus braços se move suavemente para frente e para trás, e Tova imagina que está acenando. Ela abaixa a mão e prende a respiração, seja pela água gelada ou pelo absurdo do que está fazendo, ou talvez pelos dois. Quase que instantaneamente, o polvo responde, enrolando dois tentáculos ao redor do pulso e do antebraço dela, de forma que faz sua mão parecer estranha e pesada.

— Boa noite, Marcellus — diz ela, formalmente. — Como foi o seu dia?

O polvo aperta os tentáculos com mais força, mas de uma maneira gentil que Tova interpreta como uma brincadeira divertida. O equivalente a *"Foi bom, obrigado por perguntar."*

— Você está se comportando, então — diz ela, assentindo com a cabeça. A cor dele está boa. Sem novas batalhas com a pilha de cabos na sala dos funcionários. — Bom menino — acrescenta e imediatamente se arrepende. *"Bom menino"* é o que Mary Ann diz a Rolo quando ele se senta por um biscoito.

Se Marcellus se ofende, não demonstra. A ponta do braço dele gruda na dobra interna do cotovelo de Tova, deslizando em seguida para o outro lado, e toca a pontinha do osso, como se estivesse tentando entender a mecânica da articulação. Quão estranha a anatomia dela deve ser para o polvo, cheia de encaixes e ossos duros. Ele cutuca a pele flácida que pende do tríceps dela, puxada pela mão da gravidade, que se torna mais insistente a cada ano.

— Pele e osso. É o que as Tricoteiras Criativas dizem quando pensam que não estou ouvindo. — Ela balança a cabeça. — Somos amigas há décadas, sabe? Nos encontrávamos para almoçar toda terça-feira, mas agora é semana sim, semana não. Quando Will era vivo, dava risada quando eu saía. *"Não sei por que você anda com aquele bando de peruas velhas"*, costumava dizer.

O polvo pisca.

— Elas podem ser terrivelmente fofoqueiras, mas são minhas amigas... — Tova deixa as últimas palavras pairarem no ar e serem engolidas pelos zumbidos e o borbulhar das bombas. Quão estranha sua voz soa aqui, abafada pelo ar quente e úmido. Ah, o que as Tricoteiras Criativas não diriam se pudessem vê-la agora. Seria um prato cheio para aquele bando de peruas velhas. Tova não as culparia. O que está fazendo aqui, contando sua vida para esta criatura estranha?

Ainda apertando firme seu pulso, Marcellus traça a marca de nascença no antebraço dela, a marca que Tova odiava quando era jovem e vaidosa. Naquela época, destacava-se como um pária em sua pele clara e macia, três manchas ultrajantes do tamanho de feijões. Agora, mal se pode notá-las entre as rugas e lentigos solares. Entretanto, parecem ser de grande interesse para o polvo, já que ele as cutuca novamente.

— Erik dizia que era minha pinta do Mickey. — Tova não consegue conter um sorriso. — Ele tinha ciúmes, eu acho. Dizia que queria ter uma também. Quando ele tinha 5 anos, encontrou um marcador permanente e desenhou marcas no braço dele, iguais às minhas. — Ela abaixa a voz. — Mas saiba que ele também decorou o sofá com aquela caneta. As manchas nunca saíram.

O polvo pisca de novo.

— Ah, eu fiquei tão chateada aquele dia! Mas vou contar para você... quando eu e Will finalmente nos livramos daquele sofá, anos e anos depois... — Tova apenas balança a cabeça, como se a frase devesse ter a decência de se terminar sozinha.

E ela não acrescenta que se escondeu no banheiro enquanto os carregadores saíam com o móvel pelo caminho de cascalho. Cada parte de Erik era uma nova perda, mesmo sua obra de arte não autorizada.

— Ele morreu quando tinha 18 anos. Aqui, na verdade. Bom, lá fora. — Ela inclina a cabeça para o final da sala, em direção à minúscula janela com vista para Puget Sound, agora escurecida pela noite.

Será que Marcellus já se ergueu até ali e olhou para fora? Será que ver o mar seria um conforto para ele? Ou um tapa na cara, ver seu habitat natural tão perto e, ao mesmo tempo, tão longe? Tova se lembra de quando sua vizinha, a Sra. Sorenson, colocava a gaiola dos papagaios na varanda, se o tempo estivesse bom. *"Eles gostam de ouvir os pássaros cantarem"*, explicava a senhora. Isso sempre fez Tova se sentir estranhamente triste.

Mas Marcellus não acompanha seu olhar até a janelinha. Talvez não saiba que existe. Seus olhos continuam fixos em Tova. Ela continua:

— Ele se afogou uma noite. Estava velejando num barco pequeno. Sozinho. — Ela muda a posição dos pés sobre o banco, aliviando a dor no quadril ruim. — Foram semanas de buscas, mas no fim encontraram a âncora. A corda estava cortada. — Ela engole em seco. — Continuaram procurando o corpo, mas Erik já tinha sido devorado àquele ponto, tenho certeza. Nada dura muito no fundo do oceano.

O polvo desvia o olho por um momento, como se assumisse parte da culpa por seus companheiros, pela posição deles na cadeia alimentar.

— Disseram que ele deve ter feito de propósito. Não tem outra explicação. — O ar tremula e falha quando ela respira. — Mas eu sempre achei muito estranho. Erik era feliz. Bom, ele tinha 18 anos. Vai saber o que se passava na cabeça dele. E, é verdade, nós tivemos aquela discussão... Ah, que tolice aquilo. Ele e os amigos estavam jogando futebol dentro de casa e derrubaram um dos meus cavalos de Dalarna. O meu preferido. Era velho, frágil... Minha mãe o trouxe da Suécia... A perna quebrou.

Ela endireita as costas, ainda sobre o banquinho.

— De qualquer forma, ele também estava chateado por eu tê-lo forçado a pegar aquele emprego na bilheteria. Mas o que é que eu ia fazer, deixar um adolescente ficar ocioso o verão todo?

Gostar de não fazer nada é uma característica que Erik herdara de Will. Os dois ficavam horas na sala, assistindo a futebol americano, beisebol ou qualquer tipo de esporte com bola que estivesse passando. Quando acabava o jogo, Tova aparecia com o aspirador e sugava as migalhas de chips de batata dos vãos das almofadas e deslizava um pano pelos círculos molhados que as latas suadas de refrigerante deixavam sobre a mesa de centro. Mesmo depois que Erik morreu, Will continuou fazendo isso toda vez que tinha um jogo: sentava-se no mesmo lugar, ao lado do vazio onde o filho costumava ficar. Não fazendo nada como sempre, como se tudo estivesse igual era antes. Tova sempre se irritou com isso.

Ocupar-se é um hábito muito mais saudável.

— Qualquer boa mãe insistiria para o filho procurar um trabalho temporário no verão — continua ela, com um suave tremor na voz. — É claro que se eu soubesse o que aconteceria...

Sem pensar, coloca a mão livre no bolso do avental, encontra a flanela e começa a esfregar as crostas brancas de calcificação que se formam na borda emborrachada do tanque. Mesmo teimosa, a gosma cede. O polvo continua segurando o outro braço, embora seus olhos brilhem de uma forma curiosa que Tova interpreta como: *"Que diabos você está fazendo, senhora?"*

Ela abafa uma risada.

— Não consigo me segurar, não é?

Do lado mais distante do tanque, as beiradas encardidas estão fora de alcance, mas é por pouco. Ela troca o apoio, estica o braço e, de repente, o banquinho começa a balançar sob seus pés. Em um instante, os tentáculos do polvo deslizam pela ponta de seus dedos, e ela cai com um baque doído, encolhida, no chão duro.

— Minha nossa! — murmura, enquanto faz um inventário mental de todas as partes do corpo. O tornozelo esquerdo está dolorido, mas consegue apoiá-lo quando se levanta. Ela pega a flanela onde ela caiu, debaixo do tanque.

O polvo espia de trás de sua rocha, para onde, com o barulho, deve ter corrido.

— Está tudo bem — diz ela, com um suspiro de alívio. Tudo intacto.

Com exceção do banquinho.

Está tombado contra uma pilha de coisas ao lado da bomba do tanque. Deve ter sido arremessado quando ela caiu. Agora, uma das travessas de sustentação está pendurada, solta de um dos pés.

— Ah, não acredito — murmura Tova, mancando pela sala, para buscá-lo.

Ela tenta colocar a travessa no lugar, mas falta alguma peça. Corre os olhos pelo chão, procurando algo que se pareça com um parafuso, agachada sob a pálida luz azul, e então pega os óculos do bolso do avental e olha de novo. Nada.

Tenta de novo, com mais urgência desta vez, colocar a travessa de volta, mas não adianta. Como vai explicar isso a Terry? Ela não deveria estar subindo em banquinhos, muito menos em banquinhos na sala de bombas. Por um breve momento considera se livrar da evidência. Arremessar o banquinho na lixeira junto com o lixo da noite. Ou, melhor ainda, remover completamente a prova do local do crime. Levá-la para casa e colocá-la na sarjeta no dia do lixeiro. Mas e se Terry passar pela casa dela e ver o negócio ali? Seu coração martela nervoso com a ideia.

— Não, não posso fazer isso — diz, determinada. E não pode mesmo. Tova Sullivan não é mentirosa. Vai ter de contar a ele.

Talvez Terry a despeça. Na sua idade, concluirá, o risco é grande demais. E ela não irá culpá-lo.

Algo espirra água atrás de Tova e, quando ela se vira, o polvo já está metade fora do tanque.

Tova congela, maravilhada.

— Terry tinha razão — sussurra, observando a criatura achatar um dos grossos braços e, de uma forma que parece desafiar as leis da física, espremê-lo pelo vão minúsculo entre a bomba e a tampa. Deveria ser impossível. O vão não deve ter mais do que 5 ou 6 centímetros. Quando ele, de algum jeito, transforma seu enorme manto, que tem fácil o tamanho de uma melancia, no que parece uma gosma líquida e passa com isso pelo vão também, Tova percebe que está prendendo a respiração com a expectativa.

Ela solta o ar quando o polvo desliza pelo vidro, e então ele se arrasta pelo chão e desaparece completamente debaixo de um dos armários que estão contra a parede. Quando não ressurge de imediato, Tova se pergunta se ele pretende voltar. Talvez esteja fugindo de vez. Ela engole em seco, surpresa com o aperto que sente no coração ao pensar nisso. Como se ele devesse ao menos ter se despedido.

— Ah, aí está você — diz quando ele reaparece debaixo do armário, um momento depois. Olhando-a direto nos olhos, ele desliza para perto e, com um de seus braços enrolados, coloca um pequeno objeto prateado na ponta de seu tênis.

Tova fica pasma. Um parafuso. A peça que faltava.

— Obrigada — diz ela, mas ele já está se esgueirando de volta para o tanque.

NA MANHÃ SEGUINTE, quando Tova acorda e veste as pantufas, cai de novo, encolhida, no chão.

— Mas o quê...? — Ela pisca, confusa. O tornozelo esquerdo. É só quando vê o hematoma roxo espalhado pelo pé que ela percebe estar latejando de dor.

Em uma segunda tentativa de se levantar, está melhor preparada. Cerrando os dentes, arrasta os pés do corredor à cozinha e prepara o café.

Aguenta até o horário do almoço antes de sequer considerar ligar para o Dr. Remy.

Ao final da tarde, já convenceu a si mesma a pegar a agenda telefônica que guarda no aparador da sala. Ela se senta no antigo lugar de Will, no sofá, a perna apoiada na mesa com um pacote de ervilhas congeladas equilibrado no tornozelo, e vira as páginas. A seguir, coloca o caderninho na almofada ao seu lado e liga a TV.

São quase 5 horas da tarde quando ela finalmente faz a ligação. O consultório do Dr. Remy fecha às 17h.

— Clínica Snohomish. — A voz soa com uma pitada de irritação. Tova visualiza Gretchen, a recepcionista, inclinada sobre a mesa, o telefone encaixado no ombro, enquanto remexe na jaqueta e na bolsa que já juntou para ir embora. Talvez não devesse ter ligado. Mas seu tornozelo inchou do tamanho e da cor de uma ameixa e, por mais que odeie admitir, precisa de um médico. Ela informa seu nome e data de nascimento e explica rapidamente o que aconteceu, omitindo a parte de que o acidente foi no trabalho. E definitivamente não menciona que aconteceu enquanto conversava com um polvo-gigante-do-Pacífico. Diz apenas que caiu de um banquinho enquanto fazia faxina, o que tecnicamente é verdade.

— Nossa, Sra. Sullivan, que horrível! — O tom de Gretchen se suaviza. — Espere um momento. Vou ver se o Dr. Remy ainda está no consultório.

A linha faz um clique e começa uma música estática, algum tipo de jazz suave que Tova imagina que deveria ser calmante.

Quando a recepcionista volta, sua voz é mais técnica:

— O doutor disse que, se a senhora conseguir aguentar a dor por hoje, vai vê-la logo cedo amanhã. Estou agendando o horário das 8h. Ele falou para manter o pé elevado. E não apoiar.

— Certamente — concorda Tova.

— Sra. Sullivan, isso significa nada de faxina no aquário esta noite.

Tova abre a boca para protestar, mas a fecha em seguida. Seu trabalho não é da conta de Gretchen. Primeiro, Ethan dando-lhe lições ao passar as compras, e agora isso. Será que existe alguém em Sowell Bay que sabe cuidar só da própria vida?

— É claro que não — responde finalmente.

— Ótimo. Até amanhã!

Tova desliga e a seguir disca outro número.

Batuca os dedos na almofada do sofá enquanto espera Terry atender. Será que ele já notou o banquinho danificado na sala das bombas? Ela colocou o parafuso de volta, mas aparentemente precisava de *outro* tipo de parafernália para fixar até o fim, então o topo continua torto. Havia considerado levar a antiga caixa de ferramentas de Will esta noite para ver se conseguiria consertar direito. Agora, quem sabe quando isso vai acontecer?

E tem a questão do piso. Quem vai passar o esfregão hoje? Alguém?

Será que Marcellus ficará preocupado com a sua ausência? Ele compreendia a importância de pegar aquele parafuso, afinal. Esse fato ainda deixa Tova de queixo caído.

— Tova? — atende Terry. — O que aconteceu?

Com um grave suspiro, ela repassa a mesma história tecnicamente verdadeira que contou à Gretchen.

É a primeira vez na vida que falta ao trabalho.

TEM BAGAGEM?

Cameron corre os olhos pela esteira, procurando sua bolsa verde de academia. Deveria ser fácil reconhecê-la entre as valises cinzas e pretas, mas, depois de alguns minutos, ele se assenta em um banco. Imagina que a dele será a última.

Com um olho ainda na esteira, pega o celular e confere de novo a lista de albergues. Tem um a alguns quilômetros de Sowell Bay, e é ali por onde vai começar sua busca, obviamente. De acordo com o registro imobiliário do condado, que ele investigou enquanto esperava para embarcar, Simon Brinks tem três propriedades na área. Ele dá zoom em uma das fotos do quarto de um albergue. Não é exatamente um lugar novo com um tapete felpudo e uma televisão, não é sequer um apartamento lixo em cima de um bar, mas parece razoavelmente limpo e é barato o suficiente para que ele consiga pagar por algumas semanas com o dinheiro que ganhará pela penhora das joias.

Falando nisso, cadê a bagagem? O anel de formatura está em seu bolso, mas todo o resto ficou na bolsa verde. A esteira ainda está cuspindo algumas valises, porém esporadicamente agora. Ele visualiza os funcionários de macacão laranja empilharem as últimas malas do compartimento de cargas do avião em um daqueles carrinhos que servem para atravessar a pista. Que sistema horrível. Um milhão de ineficiências, muitos pontos de manuseio. Um zilhão de oportunidades para dar merda.

— Ai, ai. Tudo dando errado conforme o esperado.

Um cara mais ou menos da idade dele, com óculos sem aro, despenca do outro lado do banco e abre um sanduíche de baguete, enfiando uma ponta na boca, que ele não se dá ao trabalho de fechar enquanto mastiga. O cheiro de pastrami temperado revira o estômago de Cameron. Quem come pastrami às 8 da manhã?

— Tenho certeza de que vão aparecer.

— Você não viaja muito com a JoyJet, *né*? — O Sr. Pastrami Temperado solta uma risada alta. Picles e alface passeiam por sua boca. — Vai por mim. Eles são famosos por perder malas. Temos mais chances de ganhar em Las Vegas do que de as nossas bolsas aparecerem nessa esteira.

Cameron respira fundo, preparando-se para explicar que uma grande empresa acabou de investir em uma avaliação multibilionária da JoyJet, e os acionistas estão inquietos com rumores de uma IPO, e mesmo uma companhia aérea de valores ultra-acessíveis não consegue se manter perdendo frequentemente as bagagens dos clientes. Mas então a esteira para.

— Merda — murmura Cameron.

Aquela bolsinha de joias. Por que não a colocou no bolso? Agora está em algum lugar entre Sacramento e Seattle, ou, mais provável, escondida no armário de algum funcionário. Ele deixa a cabeça cair nas mãos e grunhe.

— Viu? Eu sabia — diz o Sr. Pastrami Temperado, balançando a cabeça na direção da esteira, que continua tão imóvel quanto uma pedra. — Bom, vamos lá abrir uma reclamação.

Cameron olha para a fila que se forma do lado de fora de um pequeno escritório do outro extremo do salão. Obviamente, as letras miúdas no verso da passagem dizem que eles não se responsabilizam por itens de valor despachados na bagagem. Ele as leu por cima enquanto levavam sua bolsa, depois que a atendente insistiu que não caberia no maleiro da cabine. Mas ignorou qualquer possibilidade de que o caso pudesse se aplicar a ele. Essas regras existem para outras pessoas. Cameron Cassmore não tem *itens de valor.*

Quando chega ao escritório, a fila já tem vinte pessoas. Sr. Pastrami Temperado se apoia na parede ao lado dele, ainda atacando o sanduíche. Não acaba nunca.

— Meu nome é Elliot, por sinal.

— Prazer em conhecê-lo. — Cameron tenta fazer parecer que está se concentrando no celular, como se tivesse negócios muito importantes com que lidar ali.

— Tecnicamente, não nos conhecemos. Eu falei meu nome, mas você não falou o seu.

Esse cara não tem nada melhor para fazer da vida?

— Cameron.

— Cameron. Prazer. — Ele estende o sanduíche insuportável. — Com fome? Podemos dividir.

— Não, obrigado. Não sou muito fã de pastrami.

Os olhos de Elliot se arregalam.

— Ah, mas isso não é pastrami! É inhamiche.

— É o quê?

— Inhamiche! Sabe, vegano? Daquele lugar em Capitol Hill? Eles abriram um quiosque aqui, no aeroporto, ano passado.

Cameron olha para a baguete engordurada, com recheio de... alguma coisa desfiada.

— Você está me dizendo que isso aí é feito de inhame?

— Isso! É o *reuben* deles, é de matar. Tem certeza de que não quer?
— Eu passo. — Cameron reprime um grunhido de desaprovação. *Hipsters* de Seattle, vivendo à altura de seu estereótipo.
— Tem certeza? Tenho outra metade inteira aqui, nem abri...
— *Tá*, pode ser — concorda Cameron, mais para acabar com a conversa, mas também para apaziguar aquela vozinha lembrando-o de que não está em condições de recusar comida gratuita.
Elliot sorri.
— Você vai amar.
Enquanto mastiga o sanduíche, Cameron volta ao telefone. Katie postou uma selfie com o cachorro, com a legenda #MãeSolteira. Ele franze a testa, mas a expressão se suaviza com a crocância agradável em sua boca. Inhame? Sério? Na verdade... não é ruim.
Ele assente para Elliot.
— Valeu, cara. Até que é bom.
— Espera até você provar o de barbecue.
A fila se arrasta devagar. Finalmente, Elliot amassa o papel melado e o arremessa numa lata de lixo, acertando na mosca sem nem bater nas bordas, o que irrita Cameron mais do que deveria. O homem se vira para ele.
— Então... parece que você não é daqui. Veio a trabalho? Férias?
— Visitando parentes.
— Ah, bacana. Estou voltando para casa. Estava na Califórnia, *pro* funeral da minha vó.
Uma avó morta. Quem imaginaria. Cameron murmura:
— Meus pêsames.
— Na verdade ela era meio brava, mas amava os netos — diz Elliot, com a voz surpreendentemente suave. — Mimou a gente de um jeito que só uma vó consegue, sabe?
— É, sei — diz Cameron, jogando o próprio papel no lixo. É claro que nunca teve avós. O avô de Elizabeth costumava apertar a bochecha dele e lhe dar balas de caramelo quando visitava a neta e ele calhava de estar por lá também. As balas eram grudentas demais, doces demais, o aperto às vezes doía e o homem tinha cheiro de velho, tipo xixi seco e creme para artrite. Elizabeth dizia que a casa dele era praticamente um necrotério.
— De qualquer forma, acho que ela está em paz agora. — Elliot abre um sorriso triste.
Cameron desvia o olhar, sentindo-se mais uma vez como um intruso a espiar a experiência humana típica, um forasteiro assistindo à normalidade, que está sempre fora de seu alcance. Perder os avós, preocupar-se com itens de valor na mala: essas experiências pertencem a outras pessoas.

Elliot tira os óculos e os limpa na camiseta conforme avançam na fila.

— Sua família deve estar animada para receber você! Estão em Seattle?

— Não, Sowell Bay. Meu pai. — A palavra deixa um gosto seco e grudento na língua de Cameron, como uma daquelas balas de velho.

— Legal! Curtir um tempo de pai e filho, *né*?

— Algo assim.

— Sowell Bay é bacana. Bem bonito lá.

— Ouvi dizer.

Elliot vira a cabeça de lado.

— Você não conhece?

— Não. É que meu pai se mudou faz pouco tempo, então... — Cameron se permite dar um pequeno sorriso, surpreso com a facilidade com que a mentira sai.

— Isso aí. Sowell Bay... costumava ser bastante turística, mas agora está meio abandonada. Tem um aquário que ainda funciona, eu acho. Você deveria ir.

— Claro, valeu — diz Cameron, embora obviamente não tenha planos de perder tempo vendo peixes quando precisa rastrear Simon Brinks. A fila avança. O escritório de bagagens da JoyJet deve ser conduzido por uma equipe de lesmas e caracóis. Ele se vira para Elliot: — Você já passou por isso antes, *né*? Quanto tempo vamos ficar esperando aqui?

O outro dá de ombros:

— Ah, normalmente eles são bem rápidos. Duas, três horas, talvez.

— Três horas?! Você *tá* de brincadeira comigo.

— Bom, é um serviço à altura do preço, não é?

TIA JEANNE RESPONDE no terceiro toque.

— Alô? — bufa ela sobre o telefone, sem fôlego.

— Está tudo bem? — Cameron enfia um dedo na outra orelha, para bloquear o barulho de um grupo de turistas que, por algum motivo, decidiu se reunir a 3 centímetros dele, no canto do salão.

— Cammy? É você?

— Sou. — Ele se afasta dos turistas. — O que você está fazendo? Por que está respirando assim? — Uma imagem nada bem-vinda de Wally Perkins surge no cérebro de Cameron. Ele estremece, prestes a desligar o telefone.

— Estou limpando o segundo quarto — responde a tia.

— Caramba, que empenho.

— Bom, imaginei que você ia precisar de um lugar *pra* ficar. — Uma pausa longa. — Fiquei sabendo sobre você e a Katie.

— As notícias correm rápido.

Cameron morde uma unha. Ele e tia Jeanne precisam ter uma conversa séria sobre o motivo de ela nunca ter contado que sua mãe vivia em um maldito outro estado quando ele foi concebido. Aqui, no escritório de bagagens, não é o melhor lugar, e agora ela está se desgastando por ele... bom, precisa dizer ao menos onde está. Não tem outra opção.

— Tia Jeanne, eu jamais poderia ficar... — Ele se corta antes de completar o raciocínio. *"Jamais poderia ficar nesse trailer minúsculo cheio de lixo."* De todos os seus vacilos, este é um que sempre conseguiu evitar.

Se fosse só isso de que precisasse...

Do outro lado da linha, um som de líquido seguido por um chiado de sublimação lhe diz que tia Jeanne está se servindo de café e então colocando a cafeteira de volta no suporte de aquecimento.

— Eu sei, eu sei. Você jamais poderia viver aqui comigo — diz ela. — Mas, Cammy, não é como se você tivesse outro plano.

— Tenho, sim! — Por um momento, ele considera contar a ela toda a sua ideia genial. Mas não aqui, no aeroporto. — Eu tenho um plano. Mas é que...

— O quê?

— Eu preciso de ajuda. Uma ajudinha pequena. — Ele morde os lábios.

O suspiro de tia Jeanne percorre toda a costa oeste.

— O que foi agora?

Por onde começar? É um novo patamar na escala de golpes baixos, fugir assim e ligar para casa, para pedir dinheiro. Ele não está sendo melhor do que a mãe fracassada. Mas que escolha tem? Do outro lado do corredor, Elliot sai do escritório de bagagens e caminha em sua direção, acenando animado com uma mão e arrastando uma mala cinza com a outra. Sortudo de merda.

— Cammy, o que aconteceu? — insiste tia Jeanne.

De um alto-falante no teto baixo, uma gravação com voz de mulher faz um anúncio sobre atentar-se à bagagem e pertences pessoais a todo instante. Que desagradavelmente irônico.

Cameron respira fundo e explica, da forma mais sucinta que consegue, a descoberta do anel e da foto, a passagem de improviso, o plano do albergue.

Depois de um silêncio carregado, tia Jeanne diz suavemente:

— Ah, Cammy... Eu deveria ter contado.

— Tudo bem. Mas olha só a cereja desse bolo de merda... — diz ele, emprestando uma das metáforas dela. — A companhia aérea perdeu minha bagagem.

A gravação grita acima dele de novo.

— Fala mais alto! Não estou ouvindo.

— Eles perderam a minha bagagem! — Não pretendia gritar tão alto. Vários dos turistas olham feio para ele, e o grupo se afasta, escandalizado.

Tia Jeanne estala a língua:

— E daí? Você precisa de meias e cuecas?

— Mais que isso. Eu tenho, tipo, 4 dólares no total.

— O que aconteceu com as joias que eu dei? Eu tinha certeza de que você já teria penhorado tudo a esse ponto.

— As joias estavam na mala.

A linha fica em silêncio por vários longos momentos, então tia Jeanne suspira de novo.

— Para alguém tão inteligente, você consegue ser bem cabeça oca às vezes.

ELLIOT AINDA CHEIRA a pimenta e mostarda e segue Cameron pelo elevado sobre o estacionamento, fazendo infinitas perguntas, não se deixando impedir pelas respostas monossilábicas. A JoyJet realmente não faz ideia de onde está a sua bagagem? *"Não."* Para onde você vai, então? *"Algum lugar."* Como vai chegar lá? *"De ônibus."* Felizmente, Elliot não aborda a questão de como Cameron pagará por essas coisas, porque ele não tem uma maneira eficiente de resumir o empréstimo de 2 mil dólares de tia Jeanne em duas palavras.

Ela insistira que não é um empréstimo, e Cameron presumiu que isso significa que ele não é confiável para pagar de volta. Ai! Mas a JoyJet não pode deixar a bolsa dele no limbo para sempre. Vai penhorar as coisas e mandar o dinheiro direto para a poupança da tia, bem antes de vencer a parcela do cruzeiro dela. Ela não disse explicitamente, mas Cameron sabe que foi de lá que o dinheiro veio. Tia Jeanne tem poupado para um cruzeiro até o Alasca, sua viagem dos sonhos, há anos. A última cobrança vence no final de agosto, para viajar em setembro. Cameron vai pagá-la de volta, nem que tenha que vender um rim, antes de deixar que ela perca o cruzeiro por culpa dele.

— Precisa de carona? Eu posso dar carona — oferece Elliot pela milésima vez.

— Não, tranquilo.

— Sowell Bay é bem longe. Você vai passar o dia e a noite inteiros trocando de ônibus.

— Vou acampar na beira da estrada — diz Cameron, seco.

— Ei! — Elliot corre para alcançá-lo. — Tive uma ideia maluca.

"Mais maluca do que pastrami falso de inhame?" Cameron olha por cima dos ombros.

— Diga.

— Meu amigo tem essa van que ele converteu em motorhome e está tentando vender. É bem velha, mas funciona 100%. Você compra a van dele e aí vai ter um jeito de rodar por aí *e* um lugar para dormir.

Cameron franze a testa. Na verdade, não é uma ideia tão ruim. Mas... uma van convertida em motorhome? Provavelmente custa mais do que ele pode pagar. Ele puxa o celular do bolso e confere o aplicativo de transferências: lá estão, 2 mil dólares. Na parte de observações, há um aviso com emoji: *"Não me vá gastar com nenhuma 💩"*.

Quando foi que tia Jeanne aprendeu a usar emojis? E será que uma van convertida se enquadra em merda? Provavelmente. Mais para satisfazer a curiosidade, Cameron pergunta:

— Quanto ele quer por essa van?

— Não tenho certeza. Uns 2000?

— Será que fecha em 1500?

Elliot sorri:

— Acho que consigo negociar com ele.

DESVENTURADO, MAS LEAL

Ao pôr do sol, a praia pública de Sowell Bay fica repleta de caranguejos. Certo verão, quando Erik era pequeno, a família estava fazendo uma caminhada depois do jantar e encontrou um que, por algum azar do destino, perdera as pernas de trás de um lado. Naturalmente, ele insistiu em levá-lo para casa. Chamou-o de Eddie Oito-Pés, porque deveria ter dez membros, mas faltavam dois. Por algumas semanas, Erik e Will observaram o pobrezinho, com seu andar estranho, rodear pelo tanque de vidro cheio de cascalho do jardim. Tova guardava cascas de batata e restos de abobrinha para o jantar de Eddie Oito-Pés, e uma ou duas vezes Will foi até a pet shop em Elland para comprar artêmias, que o crustáceo devorou contente.

Para um caranguejo, Eddie sobreviveu por um bom tempo, mas, certa manhã, Tova o encontrou imobilizado em seu andar, as pupilas paradas permanentemente. Will pegou o corpo entre os dedos, pronto para lançá-lo ao jardim, quando Erik surgiu do quarto, em pânico, insistindo em um enterro digno. O menino se jogou no chão, segurando a perna do pai, e ficou lá, como um daqueles manifestantes hippies acorrentados ao tronco de uma árvore, determinado a impedir a injustiça.

A pedra de lápide que Erik fez à mão continua no jardim, sob as samambaias que cresceram demais. **"AQUI JAZ EDDIE OITO-PÉS. DESVENTURADO, MAS LEAL."**

Tova nunca sentira tanta empatia por aquele caranguejo quanto agora, arrastando-se pela cozinha com o pé esquerdo enfiado nessa bota ridícula de plástico pré-moldado. Seis semanas, dissera Dr. Remy. Seis semanas inúteis nas quais não poderá tirar os dentes-de-leão do canteiro de ruibarbos. Seis semanas enlouquecedoras nas quais os rodapés do corredor ficarão juntando poeira. Seis semanas insuportáveis nas quais o chão do aquário ficará nas mãos de quem quer que seja que Terry encontrará para substituí-la.

— Você tem quatro pernas boas — comenta ela com Gato enquanto se serve de café. — O que acha de me emprestar uma?

Ele responde lambendo a pata.

Antes que Tova tome o primeiro gole fumegante, a campainha toca.

— Ah, não acredito. — Ela vai até a porta.

— Tova! — grita a voz aguda e clara de Janice pela vidraça. — Desculpe incomodar. Você está em casa?

Relutante, Tova gira o trinco.

— Ah, ótimo! — diz Janice, entrando depressa com uma travessa. Sua voz tem a seriedade caraterística ao anunciar: — Você perdeu as Tricoteiras esta semana.

— Sim. Estive indisposta.

Janice bufa em desaprovação:

— Ah, claro! — Aí está a *sitcom* falando de novo. — O que aconteceu? Você caiu no trabalho? Foi isso que o Ethan da Shop-Way disse. — Ela coloca a travessa no balcão.

Tova fica pálida. Ethan? Como ele poderia saber?

— Olha só, não quero me intrometer — diz Janice, erguendo uma mão na defensiva —, mas, se você precisar de advogado, eu conheço um ótimo. — Ela mexe na bolsa. — Tenho o número dele aqui.

— Janice, por favor. É só uma torção.

— Uma torção feia. — Janice olha para a bota. A seguir, retira a echarpe e a pendura, junto com a bolsa, no encosto de uma das cadeiras da cozinha de Tova. Cantarolando para si mesma, ela pega a travessa, leva-a até a geladeira e começa a apalpar tudo, procurando espaço.

— Tente na prateleira de baixo — murmura Tova.

— Ah-há! Perfeito. — Janice esfrega uma mão na outra. — Barb fez para você. Batata e alho-poró, acho. Alguma coisa assim. Não parava de falar de uma receita que encontrou na internet.

— Que atencioso da parte dela. — Tova manca até a cafeteira. — Posso passar um café para você?

— Não, senhora! Você vai se sentar e pôr esse pé para cima. — Janice se apressa a entrar na frente dela e bloquear o caminho. — Eu faço o café.

O café da amiga está sempre um tanto fraco, mas Tova se senta conforme instruída, olhando com atenção enquanto Janice mede a quantidade de grãos e de água.

— Precisa pôr comida para esse gato? — Janice abaixa os óculos redondos e lança um olhar cético para Gato, que está estacionado debaixo da cadeira de Tova. Um gesto de solidariedade por parte do animal.

— Obrigada, mas ele já tomou café da manhã. — E, antes que Janice comece a ter ideias sobre cozinhar, acrescenta: — Nós dois já tomamos.

Gato se deita de lado, exibindo sua nova barriguinha redonda. Toda aquela caçarola o engordou, e lhe cai bem. Pneuzinho de empatia, Tova carinhosamente chama.

— Relaxa. Só estou tentando ajudar. — Janice coloca duas canecas fumegantes na mesa e se senta. — Você foi no Dr. Remy?
— Claro que sim — responde ela com uma bufada.
— E...?
— É o que eu disse, uma torção.
— Quanto tempo você vai ficar afastada do trabalho?
— Algumas semanas — responde Tova, honesta. Ela deixa de fora a parte em que Dr. Remy pediu um exame de densidade óssea e a alertou que, nessa idade, voltar ao trabalho pode não ser aconselhável. *Pode* não ser, disse ele. Nada é certo ainda. Então por que mencionar?
— Algumas semanas — repete Janice, olhando desconfiada para a bota.
— Bom, de qualquer forma, quis passar aqui por outro motivo. Além de conferir se você estava, ahn, viva.
— Entendo. — Ela toma um gole cauteloso para provar o café. Uma colher a mais de grãos não faria mal, mas está decente.
— Dois motivos, na verdade.
Tova assente, esperando.
— Bom, então, a primeira coisa que eu preciso contar... Se você estivesse no nosso encontro na terça-feira, teria escutado a novidade da Mary Ann, mas, já que não estava...
— O quê?
— Ela vai morar com a filha.
— Com a Laura? Em Spokane?
— Aham — confirma Janice.
— Quando?
— Antes de setembro. Está vendendo a casa.
Tova assente devagar.
— Entendi.
Janice tira os óculos redondos, puxa um guardanapo do suporte sobre a mesa e limpa as lentes. Forçando a vista, diz:
— Vai ser melhor para ela. A escada daquela casa é muito íngreme, você sabe, ainda mais com a lavanderia no porão...
— Sim, desafiador — concorda Tova. A lavanderia no porão é a culpada pelo tombo de Mary Ann no ano passado, do qual ela teve sorte de sair só com alguns pontos. — É maravilhoso que Laura a receba lá. E Spokane. Vai ser uma grande mudança.
— É, vai ser. — Janice recoloca os óculos. — Estamos planejando um almoço especial de despedida. Acho que vai ser daqui a algumas semanas, dependendo do andamento das coisas, mas você vai, é claro?

— É claro. Não perderia por nada, mesmo que precise ir me arrastando até lá. — E é a verdade.

— Ótimo. — Janice levanta os olhos, com uma expressão indecifrável. — Sabe... depois que a Mary Ann for embora, vamos ser só três Tricoteiras Criativas. Em algum momento, precisamos pensar qual é o nosso plano para o futuro.

Tova respira fundo, tentando imaginar como seriam os encontros do grupo só com Barb, Janice e ela. Sem Mary Ann e seus cookies comprados na mercearia, requentados no forno. Elas têm se encontrado há décadas. Ir às reuniões se tornou um hábito tão batido.

— Bom, é algo para nós três pensarmos. — Janice se levanta e enrola a echarpe sobre os ombros. O som da cadeira arranhando o piso faz Gato, que aparentemente caíra no sono, levantar a cabeça e abrir um olho desconfiado. — Melhor eu ir andando. O Timothy vai me levar para almoçar naquele restaurante mexicano que abriu em Elland.

— Que adorável — diz Tova, seguindo Janice até a porta da frente. O filho da amiga está sempre levando a mãe para almoçar. Ela os imagina mergulhando nachos em uma tigela compartilhada de guacamole.

— Ah, quase esqueci a segunda coisa! — Com uma risadinha, Janice se curva e tira um celular da bolsa. — Aqui. É seu.

Tova aperta os olhos.

— Eu não tenho celular.

— Agora tem. — Janice o empurra na direção dela. — É o aparelho velho do Timothy, nada muito chique. Mas vai funcionar numa emergência. — Ela desvia discretamente o olhar para a bota no tornozelo torcido.

Tova cerra os dentes.

— Quantas vezes tenho que explicar? Eu não preciso de um desse. Tem um telefone perfeitamente funcional bem ali, na sala. Não preciso carregar um na bolsa, por aí.

— Precisa, sim, Tova. Você mora sozinha. Sem mencionar que trabalha sozinha naquele aquário, seja lá quando for voltar. E se cair de novo? Nós todas conversamos. E concordamos. Você precisa de um celular.

Depois de uma longa pausa, ela estica o braço e deixa Janice colocar o aparelho em sua palma aberta.

— Obrigada — diz, com a voz baixa.

— Ótimo, ótimo. — Janice sorri. — Vou pedir para o Timothy ligar e ensinar você a usar o básico. E vamos manter contato para agendar a despedida da Mary Ann. Até lá, se precisar de alguma coisa...

— Pode deixar.

Tova passa o trinco na porta depois que Janice sai.

O JANTAR SERÁ caçarola de batata com alho-poró. Barb não é muito famosa por seus dotes culinários, mas o cheiro está delicioso e o prato borbulha tentadoramente quando Tova espia pela porta do forno. De qualquer maneira, é bom variar de seu jantar usual: arroz com frango. Precisa escrever um bilhete de agradecimento para a amiga.

O temporizador apita. Tova se inclina para puxar a travessa fumegante e está na metade do caminho, equilibrando-se cuidadosamente na perna boa, quando algo a ataca de dentro do bolso.

Zip!

A travessa de caçarola atinge o chão, arremessando queijo e gordura para todo lado. *Zip!* Tova dá um passo na direção do balcão e a bota escorrega, fazendo-a cair de bumbum pela segunda vez na semana.

Zip, zip, zip!

Ela puxa o maldito aparelho para fora. A telinha anuncia um número desconhecido chamando. Dentes cerrados, empurra o negócio para longe.

Por que as pessoas não conseguem simplesmente cuidar da própria vida?

Mas agora precisa se levantar, e isso será um desafio. Toda vez que tenta, escorrega na sujeira. O celular está de barriga para cima como um besouro, do outro lado da cozinha. Não que soubesse operá-lo, mesmo que conseguisse alcançar. Por fim, dá um jeito de usar uma das cadeiras para se impulsionar para cima.

— Pelo amor de Deus — murmura, gastando um número absurdo de guardanapos de papel para tirar toda a caçarola de batata e alho-poró das mãos.

ARROZ E FRANGO para o jantar. Ela come no sofá, com o prato equilibrado no colo. Da mesma forma que Will fazia quando tinha um jogo passando na televisão.

— Ai, ai, olhe a nossa situação. Estamos mal, não estamos, Gato? — Ela agrada sua cabecinha macia, pega o controle remoto e liga o noticiário.

Os âncoras estão falando sobre o mercado de ações e o clima, mas Tova não consegue manter o foco. Sua cabeça está na notícia de Mary Ann. O começo do fim de Mary Ann, a primeira frase de seu último capítulo. Incapaz de continuar vivendo sozinha. De volta a uma dependência infantil. Pelo menos a filha, Laura, tem a decência de acolhê-la, em vez de enfiá-la em uma daquelas clínicas.

Barbara receberia os cuidados das filhas e netas em Seattle. E Janice? Ela e Peter já moram na suíte no porão da casa de Timothy, enfiados debaixo das vidas corridas do filho e da nora acima. Todo mundo precisa ir para algum lugar em algum momento.

A expectativa de vida de um homem é, em média, bem mais curta do que a de uma mulher, e Tova sempre considerou isso uma injustiça silenciosa. A morte de Will foi bastante descomplicada, ao menos para ele mesmo. O câncer, as internações, os tratamentos: tudo isso foi terrível, mas quase tão ruim quanto a papelada, as brigas com o plano de saúde, as decisões. Tova passava horas sozinha na mesa da cozinha, tarde da noite, tentando resolver as coisas da melhor forma possível. Quem iria retribuir o favor quando a vez dela chegasse? Ou a papelada sufocante simplesmente desapareceria em um vácuo sem herdeiros?

Ela coloca a tigela de arroz e frango na mesa de centro (em cima de um suporte, é claro) e caminha até o aparador, com a bota de plástico raspando no tapete. Passa os dedos por suas lisas bordas de cedro, lixadas e envernizadas à mão por seu pai. A própria estrutura da casa fora talhada pelo machado dele, uma habilidade do mundo antigo, trabalho sueco de qualidade que durará séculos. Quanto tempo mais ela mesma aguentará até que algo coloque lenha na fogueira de sua fragilidade? As escadas estreitas, a entrada em desnível? Uma caçarola errante, um piso escorregadio com creme e batatas?

Alguém a encontrará no chão da cozinha? Chamará uma ambulância para levá-la ao hospital? Quem responderá os questionários de internação, fixados em sua prancheta? E isso será apenas o começo.

A não ser...

Aquele folder que pegou em Charter Village.

Talvez esteja na hora de preencher o formulário para admissão de novos moradores.

ESPECIAL
DA CASA

Cameron não é especialista em vans convertidas em motorhome, mas tem certeza de que esta aqui é uma porcaria.

O motor não para de crepitar, e uma correia solta resmunga conforme ele dirige devagar e aos solavancos pela Interestadual 5. O amigo de Elliot avisara que a van era um pouco dura e até mostrara uma correia de reposição, ainda fechada, no porta-luvas. Pelo menos Cameron conseguiu convencê-lo a abaixar o preço para 1.200 dólares.

E pode até ser uma porcaria, mas ter um carro é uma sensação boa. Mesmo que o não empréstimo de tia Jeanne tenha pagado por ele.

Agora, após gastar 6 de seus 800 dólares restantes em um café com leite de valor abusivo, Cameron avança sem pressa pela estrada, duas horas ao norte de Seattle, aproximando-se de seu destino. O banco do passageiro é de um tecido marrom mofado e rasgado, que de alguma forma faz suas costas coçarem através da camiseta. O colchão na parte de trás não é muito melhor, em termos de conforto e cheiro. A noite passada foi de pouquíssimo sono no canto mais remoto do estacionamento de uma empresa ao sul de Seattle. Ainda estava se revirando e contorcendo quando ouviu pneus sobre o cascalho e deu um salto para olhar pela minúscula janela da van. Um carro de polícia, sua silhueta inconfundível na luz do crepúsculo. Ele pulou depressa para o volante e desapareceu dali.

Não foi uma ótima primeira noite em Washington. Mas hoje é um novo dia.

Trinta quilômetros até Sowell Bay, de acordo com a última placa. Trinta quilômetros até Simon Brinks. Quanto duram 800 dólares? Um tempo, principalmente agora que não precisa pagar por alojamento. Até que ele encontre o velho Brinks ou que a bolsa verde encontre seu caminho de volta. Dá para se virar com 800 dólares.

Os limpadores da van são inúteis contra a garoa no para-brisas, então ele se inclina para frente, apertando os olhos na direção do asfalto liso. De repente a luz de freio tinge o painel de vermelho, e ele pisa no pedal até o fim quando um congestionamento se materializa adiante. Pelo menos os freios funcionam. Cameron batuca os dedos no volante conforme avança centímetro por centímetro, observando a mureta da pista coberta de musgo e o acostamento cheio de mato. E a floresta, as enormes árvores perenes amontadas tão próximas... Olhá-las deixa Cameron quase desconfortável, como se estivesse sentindo a claustrofobia por elas.

Quinze quilômetros, dez, cinco. Na saída da estrada, a placa "**BEM-VINDO A SOWELL BAY**" está desgastada e enferrujada. Ele vai direto ao endereço que encontrou para o escritório de Simon Brinks, que acaba sendo um espaço nada memorável em um prediozinho comercial perto da pista. "Brinks Desenvolvimentos, Inc.", diz a placa. Cameron tem um mau pressentimento ao perceber que não há mais nenhum outro carro no estacionamento. E, de fato, a porta está trancada.

Bom, ainda é cedo. Talvez Brinks e a equipe não sejam pessoas diurnas. Cameron também não é. Claramente é uma característica genética.

E agora? Talvez dar uma olhada no aquário? Pode ser que alguém lá saiba quando o escritório da Brinks Desenvolvimentos abre.

Rastros de fungo escorrem pelo condenado telhado de metal, intercalados com pontos de musgo e cocô de passarinho que lembram feridas antigas. Gaivotas circulam acima conforme ele atravessa o estacionamento, que também está estranhamente vazio. Quando empurra a porta e descobre estar trancada, Cameron entende o porquê.

— Abrimos ao meio-dia — murmura, lendo o aviso. Mas é claro.

Qual é o problema deste lugar? Parece estar quase dormindo, ou quase morto. Ele olha para a calçada deserta. Se não soubesse a verdade, acharia que há uma saída de esgoto por perto, porque, oh céus, o cheiro. Mas são só algas torrando nas rochas. Enxofre, como ovos podres. Uma após a outra, pequenas ondas quebram no muro de pedras da praia.

Falta uma hora para o meio-dia. Uma quantidade irritante de tempo. Tarde demais para tomar café da manhã, cedo demais para almoçar, mas poderia pegar um café. Havia uma lanchonete na rua principal.

Ele quase deixa a van morrer duas vezes ao subir a colina e suspira aliviado, soltando a embreagem, quando chega ao topo.

A LANCHONETE É continuação de uma pequena mercearia, que parece deserta. Entrar ali é como viajar no tempo. Depois de alguns instantes, um farfalhar se aproxima de algum lugar entre os corredores estreitos. Cameron está quase na expectativa de que um personagem de desenho animado, em preto e branco, pipoque à sua frente.

Em vez disso, é um sujeito envelhecido com barba meio vermelha. Um avental verde com o texto Shop-Way está amarrado em suas costas, e seus braços grossos estão carregados com pacotes de macarrão instantâneo, que ele aparentemente estava colocando nas prateleiras.

— Bom dia — diz ele. — Precisa de ajuda para achar alguma coisa?

— Café? Eu achei que isso aqui fosse um restaurante.
— A lanchonete é ali na frente. Vem comigo. — Ele abandona os pacotes em uma pilha no chão.
— Eu posso esperar — diz Cameron, gesticulando para o montinho. — Não estou com pressa.
Barba Ruiva se volta para ele e diz:
— Imagina. Vou chamar o Tanner. — Então, sem nem uma pausa para respirar, grita: — Taaanner!
De algum lugar entre os corredores estreitos e abarrotados, um adolescente desanimado, também de avental verde com o texto Shop-Way, se materializa. Ele se apressa a segui-los em direção à frente da mercearia.
— Aqui estamos — diz Barba Ruiva, acendendo as luzes da lanchonete.
Somado a um aroma de cloro, há um cheiro de comida velha. Como pimenta e cebola. Preparado para hambúrguer. Faz Cameron pensar em seu antigo apartamento, onde vivia antes de ir morar com Katie, onde sempre podia dizer do corredor o que os vizinhos estavam cozinhando para o jantar.
Tanner lhe entrega uma folha plastificada.
— Esse aí é o cardápio — diz Barba Ruiva desnecessariamente. — O menino vai anotar seu pedido depois que você der uma olhada.
Cameron corre os olhos pelo menu. Parece que o cachorro de alguém, ou talvez um bebê, mastigou as laterais.
— Café preto está bom — diz, apesar do ronco no estômago.
— Tanner, prepara um especial da casa para ele — ordena Barba Ruiva. Antes que Cameron possa reclamar, o menino concorda de forma um tanto dopada com a cabeça e se afasta.
De algum lugar, na cozinha que não está à vista, panelas se batem e um equipamento começa a funcionar. Barba Ruiva se inclina e sussurra:
— Sanduíche de pastrami.
Qual é a do pastrami ultimamente? Cameron só espera que este não seja feito de inhame.
— *Tá* — concorda, hesitante.
— Por conta da casa. Tanner ainda precisa amadurecer. Estou tentando colocar ele na cozinha, mas não temos recebido muitas vítimas ultimamente. — Barba Ruiva sorri e se senta no outro banco de vinil da mesa, passando uma mão na cabeça bulbosa e cheia de sardas. — Se importa se eu ficar para fazer companhia? — Cameron dá de ombros. — Eu sempre me esforço para receber bem o pessoal de fora. Dar as boas vindas direito.
— Barba Ruiva pisca um olho para ele.
— Como você sabia?

— Eu conheço todo mundo por aqui. — Ele dá uma risadinha. — De onde você é?

— Califórnia.

Barba Ruiva solta um assobio baixo.

— Califórnia. Não vá me dizer que você é um daqueles ricos idiotas do mercado imobiliário. Sabe, que compram tudo e depois revendem pelo dobro do preço?

Cameron ri para não chorar com a ideia de ser dono de uma propriedade.

— É, não. Estou aqui só procurando... minha família.

O cara vira a cabeça careca de lado:

— Ah, é? Achei que você parecia familiar mesmo.

Cameron se anima; por que não pensara nisso antes? Barba Ruiva está provavelmente na casa dos 60, então é mais velho do que seu pai seria, mas não por mais de uma década. E é o tipo de pessoa irritante que conhece todo mundo, ele mesmo disse.

— É — diz Cameron. — Procurando meu pai, na verdade.

— Qual é o nome dele?

— Simon Brinks. Conhece?

Os olhos de Barba Ruiva se arregalam ao ouvir o nome.

— Não pessoalmente, não. Sinto muito.

A batida de um contrabaixo pulsa da cozinha, uma música que Cameron ouviu um milhão de vezes, mas não sabe o nome. Isso é parte de estar na casa dos 30? Não conhecer as músicas da moda? Ele notara mesmo que a plateia parecia estranhamente velha no último show do Moth Sausage. Haviam se tornado rock clássico?

Bom, agora não eram mais nada.

Barba Ruiva franze a testa para o som:

— Vou mandar abaixar esse negócio. — E começa a se levantar.

Cameron ergue uma mão, sentindo uma onda de empatia pelo pobre Tanner.

— Pode deixar. Não me importo.

— Vocês, jovens, e esse barulho que chamam de música! — Barba Ruiva balança a cabeça.

— Bom, acho que não é tão ruim e, como guitarrista principal do Moth Sausage, sei do que estou falando. — Ele se arrepende das palavras assim que saem de sua boca. Que coisa mais idiota para se dizer.

— Moth Sausage? O Moth Sausage? Para valer?

— Você... conhece a gente? — Cameron deixa o queixo cair. A última música deles mal chegou a cem downloads, e presumiram que fossem os clientes regulares do Dell's, mas talvez Barba Ruiva fosse um deles. Brad vai mijar nas calças quando souber que alguém escuta Moth Sausage a mais de mil quilômetros de distância. Provavelmente vai implorar para juntarem a banda de novo.

Barba Ruiva assente, sério.

— Sou um grande fã!

— Uau. — Cameron está finalmente sem palavras.

— Ai, não faz essa cara. Agora estou me sentindo mal. — As bochechas dele enrubescem, para combinar com a barba. — Estava só brincando com você.

— Ah — diz Cameron, com as bochechas queimando também.

— Então era sério. Que diabos de nome é Moth Sausage? Salsicha Mariposa, mesmo?

Mesmo. É estúpido.

Tanner aparece ao lado deles.

— Especial da casa.

Com um suspiro de desinteresse, ele serve um prato cheio de batatas fritas. Em algum lugar debaixo do monte, presume-se, há um sanduíche. O cheiro é inacreditavelmente delicioso.

— E...? — Barba Ruiva olha bravo para o menino.

— E... bom apetite?

— E o café?!

Cameron ergue a mão.

— Ei, tá tudo bem.

— Não está, não. — Barba Ruiva bufa. — Nosso cliente pediu um café preto, não pediu? Anda logo! — Então ele se vira para Cameron: — Me desculpe.

Tanner volta mal-humorado para a cozinha, supostamente para preparar um café. Cameron só espera que ele não cuspa na caneca.

— Bom, o café vai ser por conta da casa também. Vou deixar você comer em paz. — Barba Ruiva desliza para fora da mesa. — Boa sorte na busca pelo seu pai.

CAMERON APERTA OS olhos para a luz cinzenta quando sai da mercearia. Como é possível que esteja nublado e ofuscantemente branco ao mesmo tempo? Ele procura o Ray-Ban no bolso, e pode ser por isso que não nota que há algo errado com a van até estar na metade do estacionamento da Shop-Way.

Está torta para um lado.

— Não. Não, não, não — resmunga Cameron, correndo para a parte de trás da van, para confirmar exatamente o que temia: o pneu traseiro do lado direito está completamente vazio. — Merda! — grita e chuta com força a calota, machucando o dedão.

Com expressão de dor, ele se senta na sarjeta. O dinheiro restante não vai durar muito depois de pagar um guincho e um pneu novo. Ele confere o telefone novamente, para ver se a JoyJet ligou com informações sobre sua bagagem. Não há nada além de uma mensagem de Elizabeth: *"Como estão as coisas por aí, Cam-camelo?"*

— Horríveis. Pior que horríveis — murmura a resposta para si mesmo. Então, humilhado, ele vê Barba Ruiva parado em frente à entrada da mercearia, olhando para o fundo do estacionamento com uma mão protegendo os olhos do sol como a aba de um boné, a barba vermelha voando com o vento.

— Parece que você precisa de uma mão aí, ein? — Barba Ruiva se aproxima, para na frente de Cameron e oferece literalmente uma mão. — Por sinal, meu nome é Ethan.

— Valeu, cara. — Cameron aperta a mão do homem e o segue de volta para dentro.

Dia 1.322 do meu cativeiro

EU GOSTO DE IMPRESSÕES DIGITAIS, MAS ISTO passou um pouco dos limites.

Ela não aparece para limpar há três dias. O vidro acumulou uma camada grossa e melada. O piso está opaco e coberto de pegadas. Isso não é nada bom.

Você sabe que eu tenho três corações, certo? Pode lhe parecer estranho, considerando que humanos e a maioria das outras espécies têm apenas um. Gostaria de poder alegar que sou de um nível espiritual mais elevado por conta de minhas múltiplas câmaras vasculares, porém, que pena, dois de meus corações controlam basicamente pulmões e guelras. O terceiro é chamado *coração sistêmico* e cuida de todo o resto.

Acostumei-me que meu coração sistêmico pare. Ele desliga quando estou nadando. É um dos motivos pelos quais eu normalmente evito o tanque principal: preciso nadar muito. Arrastar-se por uma superfície é muito mais gentil com meu sistema circulatório, porém o fundo do tanque principal, embora repleto de delícias gastronômicas, é patrulhado pelos tubarões. Nadar por longas distâncias me cansa, então suponho que você poderia dizer que estou apto à vida em uma caixinha pequena.

Os humanos dizem às vezes que o coração se esquece de bater e lhes falta ar por causa de uma emoção forte, como surpresa, choque, medo. No começo, isso me deixava confuso, porque meu coração sistêmico se esquece de bater várias vezes quando estou nadando. Porém, quando a mulher da limpeza caiu do banquinho, eu não estava nadando. E mesmo assim meu coração pareceu congelar, e o ar me faltou.

Espero que ela se recupere, e não é só por causa do caos no vidro.

O COLLANT
VERDE

Era uma quarta-feira, a noite em que Erik morreu.
Lá em 1989, as noites de quarta eram sinônimo de jazz fitness no Centro Comunitário de Sowell Bay, e Tova raramente perdia uma aula. Debaixo da calça de moletom esportiva, ela usava um collant verde-esmeralda, que abraçava sua cintura magra de 39 anos de idade. Will amava aquele collant. Sempre dizia que combinava com os olhos dela.

Naquela quarta-feira em particular, ela chegou em casa e começou a tirar as roupas de exercício, pronta para tomar banho, como de costume, mas Will interceptou-a. Os últimos raios de sol do dia filtravam pela janela do quarto, banhando-os num brilho estonteante enquanto faziam amor. "*Pensa só*", dissera Will, sorrindo para ela sobre os lençóis nus, a colcha amarrotada no pé da cama, "*logo teremos a casa só para nós o tempo todo.*"

Erik teria começado na Universidade de Washington naquele outono. Onde estava naquela tarde? Tova ainda não sabe. A polícia questionou e questionou, mas tudo o que ela pôde dizer era que ele provavelmente saíra com os amigos. Sempre saía com os amigos, naturalmente; tinha 18 anos. Tova havia parado de acompanhar a complexidade de sua vida social fazia algum tempo. Ele era um bom filho. Um filho maravilhoso.

O collant verde não chegou ao cesto de roupas naquela quarta-feira. Em vez disso, ficou pendurado no braço da poltrona da sala, exatamente onde Will o arremessara depois de tirá-lo do corpo da esposa. Quando a polícia de Sowell Bay foi à casa dos Sullivans na manhã seguinte, após o casal reportar que Erik não voltara depois de seu turno na bilheteria da balsa, o collant verde ainda estava lá, deslocado na sala perfeitamente organizada. Uma parte não oficial do registro.

Tova se lembra de olhar fixamente para ele enquanto os detetives falavam. Ela ainda não acreditava que pudesse ser verdade. Erik estava na casa de um amigo. Dormindo no sofá de alguém. Esquecera-se de ligar para avisar. Bons filhos faziam isso de vez em quando, não faziam? Até filhos maravilhosos.

Em algum momento, alguém levou o collant até o cesto. Tova deve tê-lo lavado, por que quem mais cuidaria da roupa suja? Com certeza, não Will. Mas ela não se lembra. A memória se perdeu num vácuo, como tantas outras coisas, depois que o desaparecimento de Erik se confirmou e ele foi presumido morto.

A poltrona ainda está lá, embora Tova tenha mandado trocar o estofado alguns anos depois. Escolheu um tecido com estampa em formato de gotas, tons de azul e verde, supostamente alegre. Mas de alguma forma o móvel sempre lhe pareceu um cúmplice, apesar das roupas novas.

Será a primeira coisa a ir embora quando ela se mudar.

TOVA NUNCA PLANEJOU passar a idade adulta na casa onde crescera. Mas, se fosse parar para pensar, muitas coisas na vida nunca aconteceram da forma que planejara. Tinha apenas 8 anos quando o pai construiu o sobrado de três andares.

O andar do meio era para viver. O de baixo, escavado na colina, era a adega, para estocar maçãs, nabos e latas de peixe *lutfisk*. O de cima era um sótão, para os baús da mãe.

Os baús eram cheios de coisas que os pais de Tova não conseguiram deixar para trás na Suécia: relíquias que não se encaixavam em sua nova vida americana. Roupas de cama de linho bordado; a porcelana que fora presente de casamento de alguma matriarca esquecida; estatuetas e caixas de madeira, pintadas cuidadosamente à mão com tons de vermelho, azul e amarelo. Nas tardes chuvosas, Tova e Lars subiam a escada de mão até o sótão e brincavam sob as vigas aparentes. Piqueniques em toalhas de renda com cavalos de Dalarna como convidados, louças lascadas de porcelana de ossos.

Então, certo verão, alguns anos depois, o pai decidiu que estava na hora de substituir a escada de mão por uma escadaria de verdade. Convocou dois dos melhores funcionários da oficina para ajudar. Eles trabalharam do amanhecer até a noite. A saúde do pai já estava começando a falhar àquela época. Tova se lembra de como ele descansou em uma cadeira no corredor enquanto os mais jovens pregavam tábuas de cedro.

Quando a escadaria ficou pronta, os funcionários preencheram o forro com lã de rocha e lixaram o piso. Enquanto isso, o pai trabalhou em extras para o sótão: construiu uma casa de bonecas num canto e uma mesa robusta no outro. Fez duas cadeiras de madeira, entalhou ramos de flor nas pernas e gravou uma série de estrelas no encosto.

Ao final do trabalho, a mãe apareceu com a vassoura. O pai arrancou as teias de aranha de um tapete que estivera enrolado no canto e o estendeu no centro da sala finalizada. Todos eles, Tova, Lars, os pais e os dois ajudantes, ficaram sobre o tapete, admirando o resultado. A luz do sol batalhava para entrar pelos vidros imundos da lucarna. A mãe atacou a janela com uma flanela ensopada de vinagre até que estivesse reluzindo.

— Agora — disse o pai, passando a mão pelo batente — vocês, crianças, têm um lugar adequado para brincar.

Mas eles não eram mais crianças. Lars era adolescente, e Tova estava apenas dois anos atrás. Usaram o espaço do sótão algumas vezes, mas logo perderam o interesse em quartos de brinquedo. Tova considerou um tanto misericordioso o fato de que o pai não viveu para vê-los abandonar o espaço em que trabalhara com tanto afinco.

Na verdade, deveria ter sido a brinquedoteca de um neto. Mas é claro que Will e ela nunca tiveram netos.

Erik era novo quando Will e Tova se mudaram de volta para a casa, para cuidar da mãe dela, que insistiu que a filha não doasse os brinquedos de bebê de Erik. *"Guarde para os seus netos brincarem um dia."*

Então Tova os enfiou no sótão. E eles continuaram ali depois que Erik morreu. Continuam lá até hoje.

A única coisa que mudou foi a janela do sótão. Will mandara trocar. Foi alguns anos depois de Erik morrer, e Will sofreu um *incidente*. O tipo de coisa que a dor da perda pode causar a uma pessoa. Tova não gosta de se lembrar do *incidente*. Não era o normal de Will. Mas, em verdade, nada é normal quando se perde um filho.

Tova, sempre prática, disse que a nova janela era um desfecho para o *incidente*. Maior, mais clara.

Agora, enquanto atravessa o sótão, tem a sensação de que pode continuar caminhando através do vidro e sobre o topo das árvores do outro lado. É um quarto realmente bonito. Tem a melhor vista para o mar.

Uma vez, Will e ela chamaram uma corretora imobiliária, só por curiosidade.

— Incrível — dissera ela, maravilhada. — Esta casa toda é incrível. Não dá nem para imaginar que existe tudo isso aqui atrás!

A corretora deslizou as pontas dos dedos pelo corrimão da escadaria e exclamou de espanto com as vigas aparentes, altas e polidas como de uma catedral. De uma prateleira no sótão, pegou um carrinho de brinquedo em que faltava uma roda. O carrinho de Erik. E disse:

— Vamos precisar nos livrar de tudo isso, é claro, antes de anunciar a casa.

Eles decidiram não vender.

O carrinho de brinquedo ainda está lá. Tova o pega e o coloca no bolso do robe.

Desta vez, será diferente.

É TARDE DA noite quando Tova vai para a cama. Gato está dormindo enrolado sobre a colcha; a barriga se move gentilmente para cima e para baixo. Ela puxa os lençóis com cuidado, para não o acordar, e sorri para si mesma. Nunca imaginara que dormiria com um animal na cama, mas está contente por tê-lo ali.

Ela flutua para um mundo estranho. Um sonho, só pode ser, mas não tem tanta certeza; parece-lhe tão mundano. No sonho, está deitada bem aqui, na cama maciça, abraçada pelos próprios braços, e, então, eles começam a crescer e envolvê-la como a um bebê. E têm ventosas, um milhão de minúsculas ventosas, cada uma puxando sua pele. Os tentáculos continuam a crescer até que criam um casulo, e tudo fica escuro e quieto. Um sentimento poderoso toma conta dela e, depois de um momento, reconhece que é alívio. O casulo é quente e macio, e ela está sozinha, felizmente sozinha. Enfim, sucumbe ao sono.

NÃO É UM TRABALHO GLAMOUROSO

Sem saber se deveria estar parado aqui ou ir embora, Cameron se senta à mesa da cozinha de Ethan, que chamara um amigo de uma empresa de reboque. Embora o cara não parecesse muito feliz com isso, guinchou a van, sem cobrar, até a casa de Ethan e a deixou na entrada da garagem. Cameron deve ter lhe agradecido um milhão de vezes. Ainda precisa lidar com o pneu furado, mas pelo menos não está mais preso no estacionamento de uma mercearia.

Tudo isso levou horas, entretanto. São 5 da tarde agora. Lá se vai o plano de voltar à Brinks Desenvolvimentos.

— Você tem certeza de que não tem problema eu estacionar aqui?

— Só não faça barulho de manhã.

— Não sou exatamente do tipo que acorda cedo — diz Cameron, rindo. Pelo menos agora não precisa mais se preocupar em achar alguma vaga de estacionamento sombria para passar a noite. Tomando outro gole de uísque, sente o peso aliviar infinitamente dos ombros. Pela primeira vez desde que deixou Modesto, está quase relaxado.

— Para ser sincero, estou gostando de ter companhia.

— Eu também — concorda Cameron.

E, mesmo que Ethan tenha dito que não conhece Simon Brinks, ainda pode ser útil. Parece conhecer todo mundo aqui. Quantos graus de separação podem existir? Mesmo caras ricos como Brinks precisam comprar leite de vez em quando.

De repente, Cameron tem uma ideia. Uma ideia brilhante.

— Ethan — arrisca.

— Ahn?

— A Shop-Way está contratando? — Cameron se inclina sobre a mesa. — Ou melhor, você me contrataria?

Ethan parece considerar por um momento.

— Eu posso ficar no caixa. — Cameron nunca usou uma registradora antes, mas quão difícil pode ser? — Arrumar as prateleiras. Limpar mesas. O que for.

— Sinto muito, mas não tem trabalho o suficiente para mais uma pessoa. — Ele balança a cabeça. — Eu teria que cortar o Tanner.

Desanimado, Cameron esvazia o copo.

— Tudo bem, deixa quieto.

— Mas, se você estiver procurando serviço, sei onde pode conseguir. — Ethan lhe serve mais uísque. O líquido cor de âmbar libera um odor quente e intoxicante ao criar um redemoinho no copo. — Posso colocar você em contato com o pessoal, se quiser.

Cameron apoia o queixo no punho cerrado. Maldito pneu. O amigo de Ethan assobiou ao se abaixar para ver a situação. Algo sobre um aro trincado, uma caixa de roda torta. Nada bom. Quando teve um problema com o aro do Jeep alguns anos atrás, o reparo custou várias centenas de dólares. Sem mencionar que sua bagagem ainda está desaparecida e que precisa devolver o dinheiro do cruzeiro para tia Jeanne. Ele tem que fazer algum dinheiro.

— É meio que uma vaga de manutenção — acrescenta Ethan. — Não é um trabalho glamouroso.

— Sem problemas. — Cameron ergue a cabeça. — Consegue me dar uma força com isso?

— Na verdade, acho que tenho o questionário para candidatos aqui, em algum lugar. Meu camarada me deu uma pilha para deixar no balcão da lanchonete. — Ethan se levanta e sai da cozinha, gritando por cima do ombro que já volta.

Pouco depois, reaparece, balançando uma folha de papel.

— Vou preencher já. — Cameron pega uma caneta que está sobre a mesa.

Um sorriso largo se abre no rosto de Ethan.

— Quer saber? Com a minha recomendação, você já está dentro, jovem. O que acha de nos divertimos um pouco com esse questionário?

NA MANHÃ SEGUINTE, às quinze para as onze, Cameron volta ao aquário. Desta vez, as portas se abrem.

Ethan aparentemente ligara para seu "camarada" logo cedo, naquela manhã, e batera na porta da van às 10h, tirando Cameron de um sono profundo. Seus olhos verdes brilhavam; parecia completamente imune ao fato de que haviam ficado acordados até tarde da noite. Animado, dissera a Cameron que a entrevista seria em uma hora.

— Lembre-se: o nome dele é Terry, e ele é meio que um nerd de peixes, mas é um cara fantástico — explicara Ethan pelo que parecia a décima vez. — Só relaxa, e tenho certeza de que ele vai contratar você na hora.

O cara que está girando na cadeira do escritório neste momento não é o que Cameron esperava de um nerd dos peixes. Ele é tão grande que poderia jogar na defesa de um time de futebol americano. Está claramente no meio de um telefonema, mas sinaliza com a cabeça para que Cameron entre.

"*Desculpe*", fala apenas com os lábios, sem emitir som, antes de voltar à ligação.

Cameron enrola na porta, pego na posição desconfortável entre não querer ouvir conversas alheias, mas ao mesmo tempo tentando seguir instruções. Não precisa começar uma entrevista de emprego ignorando ordens.

O nerd dos peixes abaixa a voz:

— Tova, olhe, eu vou dizer a mesma coisa que da última vez que você ligou. Se o médico falou seis semanas, insisto que sejam seis semanas. — Com a testa franzida, ele resmunga com a resposta qualquer que soa do outro lado. — Está bem. Quatro semanas, e reavaliamos. — Outra pausa. — Sim, é claro que irei garantir que sejam capazes.

Pausa.

— Sim, eu sei que junta limo em volta das latas de lixo.

Pausa.

— Sim, vou garantir que usem flanela 100% algodão. Poliéster risca o vidro. Entendido.

Pausa.

— Certo. Cuide-se também. — Neste ponto, um tom de carinho se torna perceptível em sua voz, o que desencadeia um vago sotaque que pode ser caribenho. Não que Cameron já tenha estado no Caribe.

Deixando escapar um longo suspiro, o nerd dos peixes coloca o telefone de volta no gancho, balança a cabeça e fica de pé com o braço estendido para um aperto de mãos.

— Terry Bailey. Você está aqui para a entrevista, suponho?

— Isso. — Cameron arruma a postura e se lembra do que Ethan dissera. — Digo, sim, senhor. A vaga para manutenção. — Ele passa o questionário por cima da mesa.

— Bom, bom. — Terry se recosta e começa a correr os olhos pelo papel.

Cameron se senta também, imediatamente arrependido de tudo o que escrevera. Ethan e ele haviam virado quase metade daquela garrafa de uísque, e Ethan lhe garantira que não importava o que escrevessem, pois sua indicação valia ouro.

Talvez tenham exagerado um pouco nas brincadeiras.

Terry franze a testa.

— Você foi coordenador de limpeza de tanques no SeaWorld?

— Sim. — Cameron assente.

— E você estava na equipe que construiu o recinto dos tubarões em Mandalay Bay? Tipo... em Las Vegas?

— É. — Cameron sente vontade de morder os lábios. Fora longe demais?

A voz de Terry fica séria:

— O recinto de tubarões em Mandalay Bay foi construído em... o que, 1994, se não me engano?

— Isso aí. Não tem como não amar os anos 90, cara. — Cameron ri, tentando a abordagem da despreocupação.

Terry não está caindo.

— Você não deveria nem ter nascido ainda.

Cameron nasceu em 1990, mas não parece inteligente apontar esse fato agora. Em vez disso, diz:

— *Tá*, pode ser que eu tenha exagerado algumas coisas aí.

— Tudo bem. Obrigado pela atenção. Você pode ir embora agora. — Cameron levanta o rosto, surpreso com o quanto as palavras o atingem. — É sério. — A voz de Terry é inflexível. — Você está desperdiçando o meu tempo.

— Espera! — diz Cameron, aterrorizado com o próprio tom patético e apelativo. Mas aquele maldito pneu. O cruzeiro de tia Jeanne. Precisa desesperadoramente de dinheiro, e rápido. Apontando para o questionário, diz: — *Tá*. Nada disso aí é verdade.

— Não me diga.

— Ethan falou que você acharia engraçado. — Terry suspira. — Mas, cara, me escuta — continua Cameron. — Estou no maior aperto. Eu posso fazer reparos, manutenção, o que você precisar... tenho anos de experiência em construção civil. Erguendo casas de luxo para ricos babacas na Califórnia. — Ele não acrescenta que foi demitido um zilhão de vezes, mas teme que isso esteja escrito em sua testa.

Terry se recosta na cadeira e cruza os braços, uma sobrancelha erguida. Código universal para *"tá, estou ouvindo"*.

Cameron se inclina para a frente, sincero.

— Eu já selei mais mármore de Carrara do que você poderia imaginar. O que você precisar que seja feito, eu faço. Prometo.

Terry fica olhando para o questionário pelo que parece um tempo absurdamente longo. Finalmente, ergue a cabeça, os olhos estreitos.

— Não me importo com a Califórnia ou mármore de Carrara. E não gostei desse joguinho.

Cameron fixa os olhos nas próprias mãos, que estão unidas sobre o colo. A sensação é estranhamente parecida com estar levando o maior esporro na sala do diretor por contrabandear cigarros debaixo das arquibancadas. Ele provavelmente merece agora, assim como mereceu àquela época.

Terry continua:

— Sabe, quando eu vim prestar o processo seletivo para uma universidade nos Estados Unidos, minhas notas não eram tão boas. Mas eu conhecia a vida marinha como a palma da minha mão. Cresci em um barco de pescadores perto de Kingston. — Ele remexe numa pilha de papéis em sua mesa bagunçada. — Eu sabia que queria vir aqui estudar biologia marinha, e muitas pessoas apostaram em mim para fazer isso acontecer.

Cameron olha de relance para um diploma enquadrado atrás da mesa. *Summa cum laude.* Aparentemente, Terry é mais do que um nerd dos peixes. Ele é algum tipo de gênio em peixes.

— Então você... quer me dar uma chance?

— Na verdade, não. — Terry o encara, sério. — Imagino que você seja do tipo que teve várias chances. Oportunidades que nem imagina. Mas as jogou fora. — *Ai!* — Mesmo assim, vou te dar uma chance, mas não porque acho que você mereça. É um favor para fazer o Ethan ficar quieto. Acabei com ele num jogo de pôquer um tempo atrás, e ele não para de me infernizar. — Terry ri alto.

— Obrigado, senhor — diz Cameron, endireitando as costas. — Não vai se arrepender.

— Você não quer saber o que é o trabalho de fato?

— Achei que era manutenção. — Com certeza Ethan mencionara a experiência de Cameron em construção civil. Ele se imaginara reparando telhados e arrumando vazamentos em torneiras.

— Bom, é. Cortar iscas. Limpar baldes. Esse tipo de coisa.

— Beleza. — Iscas. Quão difícil poderia ser? E, que seja, é só até sua bagagem aparecer, ou ele encontrar Simon Brinks, o que vier primeiro. É claro que não menciona isso a Terry.

— Vinte dólares a hora, vinte horas por semana.

O otimismo de Cameron vai por água abaixo quando faz as contas de cabeça. Depois dos impostos e gasolina para a van, só conseguirá pagar tia Jeanne de volta no final do verão, mesmo que possa poupar um pouco de grana se comer os produtos vencidos que Ethan pega da mercearia. Final do verão é tarde demais para o cruzeiro.

— Ah, eu aceito mais horas se você oferecer — diz Cameron.

Terry junta as pontas dos dedos e, depois de uma pausa para pensar, pergunta:

— Jovem, você, ahn... limpa?

Refletindo, Cameron olha para baixo, para a própria camiseta, que talvez devesse ter jogado na lava-roupas de Ethan. E então entende do que Terry deve estar falando. Da ficha dele, se é limpa.

— Bom, pode-se dizer que sim. Tem algumas ocorrências insignificantes. Uma vez, o bar estava fechando...

Terry balança a cabeça.

— Não. Eu quero saber se você limpa. Se você sabe, por exemplo, passar pano no chão?

— Ah. — Cameron considera por um instante. — Ah, claro, com certeza.

— Posso dar mais horas para você, então. À noite. Mas — Terry ergue um dedo de alerta — essa vaga é temporária. Preciso de alguém por algumas semanas, para substituir a senhora que faz a faxina para mim.

— Sem problemas.

— E, preste atenção, Cameron Cassmore: Ethan Mack pode não ser muito bom em dar conselhos sobre questionários de emprego, mas é um grande amigo meu. Estou dando uma chance porque ele pediu.

— Entendido. — Cameron concorda com a cabeça.

— Não o desaponte.

ENQUANTO ESPERA ETHAN buscá-lo, Cameron caminha sem rumo pelo píer. O sol alto do meio-dia derrama rastros prateados sobre a superfície da água. Um grupo de pessoas que praticam *stand up paddle*, remando de pé em suas grandes pranchas, faz pequenas ondinhas em direção à doca.

Dentro do bolso, os dedos dele encontram o cartão de acesso. Nunca tivera um chefe que lhe confiou uma chave antes. Ele ergue o cartão, tira uma foto com o mar ao fundo e envia para tia Jeanne.

Quando clica em enviar, recebe uma chamada. Cameron reconhece o número imediatamente; é o que discou umas mil vezes esta semana. Deixou meia dúzia de mensagens de voz. Seu coração acelera quando aperta o botão verde.

— Cameron falando — diz ele, assumindo um tom de negócios.

— Olá. Sou John Hall, da Brinks Desenvolvimentos, escritório de Sowell Bay. — A voz soa cansada. — Você deixou várias mensagens para nós. Posso ajudar?

— Sim! — Cameron respira fundo. — Digo, sim. Eu quero marcar uma reunião com o Sr. Brinks.

— Sinto muito, isso não é possível no momento.

— Por que não?

— O Sr. Brinks trabalha no escritório de Seattle a maior parte do tempo. Sugiro que você tente contato lá.

— Eu tentei! — Como se Cameron não tivesse tentado. É o número que está no maldito site deles. — Eles me disseram que ele não está disponível.

— Bom, então suponho que ele não esteja disponível. — A voz de John Hall é séria.

— Mas ele não pode estar indisponível! — Cameron odeia o quanto a própria voz tem um ar desesperado de súplica, como quando estava implorando para Katie não jogar as tralhas dele pela janela. — Por favor. É importante.

Do outro lado da linha, John Hall está revirando papéis ou algo assim. À distância, o apito de um trem soa, e Cameron pode jurar que escuta o mesmo trem, bem aqui, no píer. Como pode estar tão perto e ao mesmo tempo tão longe?

Por fim, Hall pergunta:

— Quem você disse que é mesmo?

— Cameron Cassmore. Eu sou... da família.

— Entendo. Bom, então... — Há uma longa pausa antes que Hall continue, a voz cautelosa. — Talvez você saiba que o Sr. Brinks pode ser encontrado na casa de verão dele nesta época do ano.

— Casa de verão? Onde?

Hall solta uma risada.

— Não posso simplesmente passar o endereço da casa dele. Talvez alguém da sua *família* possa.

Quando Cameron consegue terminar de processar isso, a linha está muda. Ele se joga em um banco, cabisbaixo. Como diabos vai encontrar uma mansão de veraneio?

Antes de colocar o celular de volta no bolso, vê a resposta de tia Jeanne: um emoji de champanhe seguido por *"Estou orgulhosa de você, Cammy"*.

Dia 1.324 do meu cativeiro

TERRY FEZ UMA SUBSTITUIÇÃO. TROCOU A MUlher idosa por um modelo mais novo, como vocês, humanos, costumam dizer.

Ele passou por meu tanque a caminho da entrevista. Os ombros colados nas orelhas, palmas suadas: claramente ansioso. Quando saiu, seu andar era fluido, relaxado. Pude deduzir que foi uma entrevista bem sucedida.

Algo na forma como ele andava parecia... familiar. Gostaria de poder analisar melhor, porém ele deixou o prédio muito rápido. Imagino que terei minha chance logo. Hoje, talvez.

Já estava na hora. Noite passada, aventurei-me para além da curva, a fim de ver se as sapateiras estavam trocando de casca, já que são mais deliciosas quando a carapaça está macia. O estado do chão estava, francamente, alarmante. Depois que voltei para meu tanque, passei um bom tempo tirando crostas de sujeira de entre as ventosas.

Espero mesmo que o jovem comece seu novo trabalho esta noite. As sapateiras ainda não estavam trocando a casca, porém amanhã estarão. A ideia de outra viagem naquele chão nojento não me é convidativa.

Em relação à mulher anterior, da limpeza, devo apenas presumir que não voltará mais. Sentirei falta dela.

UM PONTO FRACO POR CRIATURAS FERIDAS

A coluna de Cameron dá a sensação de ter sido moída por um taco de beisebol. Fatiar baldes cheios de arenque e arrastá-los por todo o aquário não é brincadeira. Sua lombar lateja, há um inchaço feio debaixo da escápula esquerda, e algo irritante insiste em saltar em seu pescoço toda vez que se vira para a direita, o que é muito frequente, já que o retrovisor do passageiro da van está quebrado.

O colchão também não ajuda. Depois de várias noites, Cameron finalmente não aguentou mais. O antigo dono da van deve tê-lo usado de mictório. O fedor de xixi velho estava tão ruim na noite passada que ele o arrastou para fora e o jogou na calçada de Ethan, preferindo dormir sobre a placa gordurosa de compensado. *"Quão ruim poderia ser?"*, pensou ele, quase dormindo. Resposta: muito ruim. Está envelhecendo. Trinta, afinal.

Pelo menos o pneu e a caixa de roda estão arrumados. Só custou 700 dos 800 dólares. Presumindo que sua bolsa não vá aparecer magicamente, precisa se esforçar para arrastar os últimos 100 até o primeiro pagamento do aquário, que será nesta sexta-feira. Mais três dias.

Fazendo uma careta de dor para outro estalo no pescoço, ele pega uma última direita e para no maior centro empresarial de Sowell Bay com sua lastimável faixinha de lojas. A imobiliária da qual Ethan falou é bem no meio. Ele estaciona na frente e passa por um parquímetro que parece ser impossível de estar funcionando. A porta de entrada soa um sino anêmico, como o brinquedo de uma criança com pilhas fracas, quando ele a empurra.

— Posso ajudar? — A corretora é uma mulher de meia-idade com cabelo loiro clareado, de rosto inexpressivo.

Cameron se apresenta e explica que está procurando Simon Brinks.

A corretora ri e balança a cabeça:

— Tudo bem, eu vi os anúncios dele, mas não posso dizer que o conheço.

— Ele está no ramo imobiliário, e você está no ramo imobiliário. Não tem jeito de me colocar em contato com ele? — Cameron olha de relance para uma placa sobre a mesa. **"JESSICA SNELL"**. — Ia me quebrar um bom galho, Jess.

— É Jessica — diz ela, séria, e corre os olhos pelo escritório vazio.

Há um calendário patrocinado por algum tipo de marca de roupas de turismo de aventura fixado na parede, já virado na folha de agosto, que tem uma figura solitária em um barco a remo lançando uma vara de pesca sobre um lago com neblina. É só a segunda semana de julho, e por algum motivo a virada prematura da folha o irrita profundamente.

— Por favor? — Sorrindo amavelmente, Cameron junta as palmas das mãos. — Eu realmente preciso encontrá-lo.

A corretora aperta os olhos, e uma expressão irritada começa a aparecer em seu rosto, cuja pele de papel cria vincos com facilidade demais, como uma antiga luva de beisebol. Ajustando os óculos, ela diz:

— Quem você disse que era mesmo?

Ele endireita as costas e fala seu nome de novo. Depois de hesitar por um instante, acrescenta:

— Eu sou filho do Brinks.

— Filho?

— Provavelmente. Ou, tipo... talvez. — Cameron endireita os ombros para mostrar confiança. — Digo, tenho bons motivos para acreditar que ele seja meu pai. — Jessica Snell ergue uma sobrancelha. — Evidência sólida. Tenho uma evidência sólida.

— Não entendo por que você precisa da minha ajuda, então. — A corretora dá de ombros. — Pergunta para alguém da família. Sua mãe?

— Minha mãe me abandonou quando eu tinha 9 anos.

— Céus. Isso é horrível! — Os olhos dela se abrem um pouco, e o maxilar relaxa. Anzol, linha, peso. Ele é o pescador daquela foto, e ela, um lebiste esperando no lago.

— E eu não tenho mais nenhum parente, entende? — Ao falar, Cameron cruza os dedos nas costas. Com certeza tia Jeanne compreenderia, dada a situação, a necessidade desta pequena distorção da verdade. — Jessica Snell assente, empatia cravada ao redor dos olhos. — Então, é... eu nunca conheci meu pai — continua Cameron. — Minha mãe nos manteve separados.

Bom, ela manteve, não foi? Em algum momento de seus nove anos com Cameron, poderia ter dito algo, qualquer coisa, sobre o pai dele. E, em qualquer ponto depois disso, poderia ter entrado em contato. Pelo menos tentar consertar o estrago que causara. Estar disponível para que Cameron pudesse fazer a pergunta. Então, sim, é verdade. Como tantas outras coisas, é tudo culpa de sua mãe. E, num sentido metafórico, *foi mesmo* ela que os manteve separados. Se a mulher não fosse uma pessoa tão caótica, talvez Simon — ou quem quer que seja seu pai, se não for o cara na foto — tivesse ficado por perto.

Snell morde o fino lábio inferior e olha depressa de um lado para o outro, como se estivesse se preparando para fazer algo errado.

— É o seguinte. Eu não consegui ir à convenção regional ano passado. — Soprando o ar, ela explica: — Assim... eu poderia ter ido, estava até inscrita, mas aí a minha filha teve um recital de piano e, mesmo que a convenção seja a maior feira de negócios da área, é difícil balancear essas coisas, sabe?

Cameron assente firme como se empatizasse profundamente com este dilema particular. Olhando para baixo, nota um peso de papel de cerâmica sobre a mesa de Jessica, uma grande e austera rã verde. Na base, em letras divertidas, lê-se: "**NADA DE TOUROS AQUI**". Tia Jeanne aprovaria.

A corretora empurra os óculos para cima de novo. Por que não os ajusta, para que sirvam? É tão fácil com uma microchave de fenda.

Ela continua:

— Então, essa convenção. Eu faltei, mas tenho certeza de que Brinks foi. Ele vive *pra* essas coisas, pelo que ouvi dizer. Fã do open bar, segundo os boatos. — Ela estende o dedinho e o polegar num gesto de *hangloose*.

Contendo a urgência de passar o dedo pelas costas redondas da rã-touro, que está coberta por uma camada de poeira, Cameron concorda com a cabeça de novo.

— Enfim, eles mandaram um registro dos presentes para todos os inscritos. Posso procurar o nome dele.

— Nossa, valeu, mesmo. Significaria muito para mim. — Cameron abre mais o sorriso, e as bochechas de Snell enrubescem de leve.

— Sente-se. Vou levar uns minutinhos para achar o documento.

Enquanto Snell desaparece em alguma sala dos fundos, Cameron se senta. Uma cena começa a se passar em sua mente: um homem de cabelos grisalhos vestindo terno de alfaiataria o conduz até um balcão de mogno polido e chama um barman. *"Você precisa conhecer a boa vida, filho"*, diz o homem, apoiando um cotovelo sobre o balcão reluzente e batendo na bancada ao seu lado com a outra mão, cujo estofado acolchoado é de um impecável couro vermelho, ao contrário dos bancos duros do Dell's, que têm manchas de nádegas encardidas e permanentemente encrustadas. O homem sorri de maneira carinhosa. Tem uma covinha na bochecha esquerda, a mesma que Cameron tem, e algo parece borbulhar dentro dele, prestes a transbordar, de modo que ele leva um momento para perceber que é um forte coquetel de alegria e alívio. Um líquido dourado se despeja silenciosamente em dois copos; conhaque talvez, ou uísque da melhor qualidade, como o que Ethan tinha. O líquido forma cascatas sobre os cubos de gelo, e o homem está pronto para lhe dar tapinhas carinhosos nas costas quando...

Ding dong!

Ele vira a cabeça e vê uma garota de pé, punhos cerrados, entrando pela porta da imobiliária. O cabelo dela está pingando de molhado. É bonita, de longe a mais atraente que viu em Sowell Bay. De alguma forma, sua expressão furiosa a deixa ainda mais bonita.

A garota chama, de uma forma cansada e exasperada que faz Cameron pensar se é uma ocorrência frequente:

— Jess!

Ainda admirando a intrusa, ele se parabeniza por acertar o apelido da corretora. Ergue um polegar para os fundos.

— Ela está lá atrás.

— *Tá.* Sabe quando ela volta? — Sua voz tem um tom impaciente.

Ela cruza os braços, o que aperta os pequenos, mas firmes e empinados peitos em direção ao decote do top, e, no mesmo instante, Cameron se vê revirando na cadeira. Ele tem o quê, 12 anos de idade? Mas, de fato, fazem *três semanas* desde Katie. Firma o maxilar e diz:

— Não sei. Logo?

— O que ela está fazendo?

— Ahn, me atendendo? Um... cliente?

A garota solta uma risada e anda na direção dele. Cheira a protetor solar.

— Você é um cliente?

— Por que não seria?

— Ah, não sei. Talvez porque Jessica Snell vende casas multimilionárias? Você fede mais que o banheiro de um estádio depois do quarto tempo de um jogo do Seahawks. E também porque você tem algo marrom, que eu sinceramente espero que, para o seu bem, seja chocolate, grudado no queixo.

A mão de Cameron voa para cima, lembrando-se da barra de proteína com chocolate que comera no café da manhã. Não tem um maldito espelho funcional naquela van. Como saberia?

— *Tá*, então eu não estou aqui para comprar uma mansão, mas a Jess está me ajudando com uma coisa.

— Que seja — murmura ela. Corre uma mão pelos cabelos ensopados e ergue a massa ondulada do pescoço, revelando a tira de um biquíni cor de rosa amarrada na nuca. Ela aponta o queixo na direção dos fundos e grita de novo: — **JESS!**

— Por céus, Avery. — Snell surge apressada do corredor, a expressão novamente fixa numa testa franzida natural demais.

Avery não mede as palavras:
— Você ferrou com a água quente de novo.
— Eu diminuí a temperatura do tanque.
— Diminuiu para quê, subártico?
— Só estou tentando abaixar o valor da nossa conta.
— Prefiro dar alguns dólares para a empresa de gás a congelar a bunda no banho!

Garota. Banho. Cameron tenta invocar outra imagem, literalmente qualquer uma, e vai parar no problema de clamídia do Welina Mobile Park.

Jessica Snell põe as mãos no quadril.
— Bom, a maioria das pessoas não toma banho no trabalho.
— Ah, nem vem — diz Avery, com uma risada ácida. — Você sabe que eu treino *stand up paddle* de manhã e tomo uma ducha antes de abrir a loja. Acabei de congelar a bunda.

Jessica Snell ergue o queixo desafiadoramente para a garota mais nova, que, a este ponto, Cameron associou ao comércio vizinho. Ele se lembra de ter visto uma loja de surf ali. Snell sopra o ar ao dizer:
— Em nenhuma cláusula o contrato de aluguel garante um fornecimento infinito de água quente.
— Acho que o contrato considera que os vizinhos sejam humanos decentes. — Avery olha esperançosa para Cameron, como se ele fosse interferir heroicamente a favor dela.

Mas há o papel na mão da corretora: um mapa até seu pai caloteiro. Ele dá de ombros, imparcial.

Avery o fuzila rapidamente com os olhos antes de voltar a encarar Snell:
— Que seja. Eu pago a diferença. Deixa a água quente no máximo.
— Com uma lufada de seu aroma de coco e outro desagradável soar dos sinos da entrada, ela sai rápido, batendo a porta da imobiliária.
— Sinto muito. — Um sorriso nervoso se abre no rosto da corretora.
— Sem problemas.
— Bom, boas notícias. Encontrei um endereço para Simon Brinks. — Entregando o papel, ela acrescenta com a voz suave: — Boa sorte, e vou rezar por você. Espero que o reencontro com seu pai seja repleto de alegrias.

Cameron agradece de novo e enfia o papel no bolso.

— **ERA CHOCOLATE.** — Cameron atravessa a pequena faixa de calçada entre si e onde Avery está abrindo um cavalete em frente à loja de surf, ou seja lá o que for este lugar.

— O quê? — Ela aperta os olhos na direção dele e ergue a mão para bloquear a luz forte da manhã.

— Aquele marrom no meu rosto. Não era merda. Era chocolate.

— Obrigada por me informar. — A voz dela é seca.

— Bom, você parecia um tanto preocupada com a minha situação ali.

— *Tá.* — Ela limpa as mãos e anda na direção da porta aberta da loja. **LOJA DE PADDLE DE SOWELL BAY,** diz o logo adesivado na vitrine. Quando a segue para dentro, Cameron é recebido por uma fileira organizada de pranchas grossas de um lado e, na parede oposta, canoas e caiaques.

— O que eu quero dizer é que não sou um esquisito — insiste ele. Mas está agindo como um e não parece ter capacidade de se impedir. E aquele maldito colchão! Provavelmente cheira mesmo a xixi. Recua um passo, colocando um pouco mais de distância entre si e a parte de trás do short desfiado de Avery, que lhe serve perfeitamente.

Ela se vira para ele, a expressão neutra.

— Posso ajudá-lo a encontrar algo aqui, ou...?

— Estou só dando uma olhadinha.

— *Tá.* Olhe. Mas não bagunce nada.

— Sou o que agora, uma criança?

Avery abre um sorriso malicioso.

— Chocolate na cara toda e tem cheiro de quem mijou nas calças. Então, se a carapuça serviu...

— *Tá*, não vou encostar em nada. Você pode garantir ao seu chefe que a mercadoria não será contaminada com a minha imundície.

— Eu sou a chefe. — Ela vira a cabeça de lado. — Essa loja é minha.

Cameron abre a boca, mas, para sua surpresa, não consegue encontrar uma resposta. Não pode ser muito mais velha do que ele mesmo. Tudo o que ele tem é uma van nojenta, e ela, uma loja inteira.

— Olha, eu conheço o seu tipo. — A voz dela está no limite agora. Ela cruza os braços apertados. — Não sei o que você quer, mas sei que jogou com a Jess para conseguir um favor.

— E daí? Vocês não têm exatamente uma boa relação de vizinhas.

— E daí que eu não suporto quem faz joguinhos. — Avery o analisa de cima a baixo. — Quem é você, afinal? Nunca apareceu por aqui antes.

— Eu só estava tentando conseguir ajuda daquela corretora — diz Cameron. Após uma pausa, acrescenta: — Estou tentando encontrar o meu pai.

— Ah. — A voz de Avery se suaviza um tanto, e os braços relaxam ao lado do corpo, o que melhora a vista de Cameron de seus pequenos peitos espetaculares. Ela respira fundo. — Desculpe. Eu não queria ter causado confusão. Meu dia começou com um pé frio.

— Acredite, sei como é. — Cameron sorri, e Avery abaixa a guarda mais um pouco, estendendo a mão para um aperto conforme ele se apresenta. Quando ele solta, seu maldito pescoço dá mais um de seus estalos de osso contra osso. Avery reage com uma careta de dor.

— Ai! Você está bem?

— Acho que sim. Dormi de mal jeito essa noite. — Ele se arrepende das palavras assim que saem de sua boca. São assim as cantadas depois dos 30? Reclamar de dor nas costas? É claro que não acrescenta que a fonte de seus males é a van mais nojenta do mundo.

Luz quente penetra pela vitrine da loja conforme o sol continua a subir pelo céu de meados da manhã. Ocorre a Cameron que deveria ter lavado o colchão antes de sair; poderia ter secado com o calor do dia. Por que nunca pensa nessas coisas na hora certa?

— Pescoço ferrado, então. Eu tenho um produto aqui *pra* isso. Só um minuto. — Avery se abaixa atrás do balcão e ressurge um segundo depois com uma embalagem na mão. Algum tipo de creme, com uma etiqueta laranja-neon na tampa: 19,95 dólares. — É totalmente natural — explica. — Eu uso sempre que uma sessão longa na prancha me deixa dolorida.

Cameron sente uma única sobrancelha se erguer. Vinte dólares por vaselina orgânica. Ele força um sorriso de leve:

— Valeu, mas eu passo.

— Por conta da casa.

— Está tudo bem, mesmo.

— Pega logo! — Um sorriso genuíno se abre no rosto de Avery ao empurrar o potinho na direção dele. — Eu tenho um ponto fraco por criaturas feridas.

Quando Cameron vai embora pouco depois, seu pescoço está melado de bálsamo caro, e o número de Avery está salvo no celular.

ETHAN ESTÁ SENTADO na varanda quando Cameron estaciona no caminho da garagem. Ele anda em direção à casa, ciente do sorriso tolo cravado em seu rosto.

— Alguém ligou para você agora há pouco — diz Ethan. — De uma companhia aérea? Deixaram um número para você ligar de volta quando chegasse.

— Valeu, Ethan.

O coração de Cameron acelera. Sua bolsa verde. Que bom que acrescentou o telefone fixo de Ethan à reclamação da última vez que conferiu o status. A bateria do celular dura uns dois segundos ultimamente. A possibilidade de trocá-lo estava fora de cogitação, mas, com as joias a caminho e um emprego, vai conferir o novo modelo que lançaram na primavera, o que tem seis câmeras ou coisa do tipo, aquele que pode praticamente cozinhar para você.

Ainda sorrindo, ele entra apressado na van e disca.

— JoyJet, serviços de bagagem — atende uma mulher, nada animada.

Cameron passa o número da reclamação:

— Então, quando vão entregar a minha mala?

— Um momento, senhor. — Ela digita no teclado pelo que parece uma hora. As teclas ecoam na ligação: *clique-clique-clique*. Está escrevendo um livro por acaso? Finalmente, diz: — Sim, nós localizamos seu item perdido.

— Ótimo. Quer meu endereço?

— Senhor, sinto muito. Seu item está em Nápoles.

— Naples? Na Flórida?

— Nápoles mesmo, na Itália.

— Itália?! — A voz de Cameron sobe uma oitava. — Mas a JoyJet nem voa para a Itália!

— Um momento, senhor... Deixe-me conferir. — O teclado da mulher soa ainda mais agressivo agora. — Ah, entendo o que aconteceu. Por algum motivo, seu item foi transferido para um de nossos parceiros europeus. — Ela solta um assobio baixo. — Uau, isso é bem extremo, até para nós.

— Ah, é? Você acha? — Cameron se esforça para manter a voz calma. — Então, como a consigo de volta? Tem algumas... algumas coisas lá que são... importantes.

— Senhor, nós aconselhamos todos os passageiros a remover pertences de valor antes de despachar...

— Mas eu não tive escolha! — explode Cameron. — Eles me fizeram despachar a bolsa no embarque, assim como milhões de outras pessoas, porque o bagageiro da cabine de vocês tem o tamanho de uma caixa de fósforo. As pessoas que desenham seus aviões não têm nenhuma ideia de como é uma valise, não?

Depois de uma longa pausa, a atendente diz:
— Senhor, vou precisar transferir você para o escritório do nosso parceiro europeu, que irá lhe designar um novo número de reclamação. Eu posso começar a preencher a papelada aqui e a seguir faço o encaminhamento. Se pudermos começar com seu sobrenome...

EPITÁFIOS E CANETAS

O dia de Tova começa cedo. Tem muito a fazer.
 Primeiro, dirige até o centro e estaciona o carro, o que não é uma tarefa fácil dada a decrépita van convertida em motorhome que ocupa duas vagas entre a imobiliária e a loja de *stand up paddle* ao lado, bloqueando a vista do trânsito. Não que haja muito trânsito às 9 da manhã de uma quinta-feira em Sowell Bay, mas é sempre importante tomar cuidado.

Lançando um último olhar perturbado ao veículo massivo, apressa-se ao seu destino. Jessica Snell vira a cabeça de lado, curiosa, quando ela entra pela porta.

— Posso ajudar, Sra. Sullivan?

— Sim, devo dizer que sim. — Tova calmamente recita a explicação que ensaiara e deixa a imobiliária meia hora depois com um agendamento para que a corretora conheça a casa esta tarde.

A seguir, caminha quadra abaixo até a agência bancária. Para dar entrada em Charter Village, precisa de um cheque assinado pelo banco e uma cópia do extrato da conta. A fim de provar que pode arcar com os custos, supõe Tova. Gostaria que aceitassem sua palavra de que finanças não serão um problema. Suas contas no Banco Comunitário de Sowell Bay sempre foram robustas; a quantia substancial que recebera do espólio da mãe mal fora tocada todos esses anos. Nunca precisou gastar muito.

Quando abre a porta da agência e entra no saguão, que cheira a tinta fresca e bala de menta, ocorre-lhe que Lars deve ter usado a maior parte de sua metade da herança dos pais com a estadia em Charter Village. Quando o advogado retornara sobre os outros bens, havia apenas algumas centenas de dólares. Na prática, Lars morreu só com o roupão do corpo. Por um momento, ela hesita. É um estilo de vida realmente extravagante que eles promovem em Charter Village. Não combina muito com ela. Mas ao menos é limpo. E Lars morou lá por mais de uma década. A soma das mensalidades bate com o valor.

— Obrigada, Bryan — diz ela ao atendente no caixa, que lhe entrega o cheque com uma sobrancelha levemente erguida. O pai de Bryan, Cesar, costumava jogar golfe com Will. Ela se pergunta se o jovem vai ligar para ele e contar sobre a transação de hoje.

Toma a decisão deliberada de não se importar. Essas coisas acontecem. As pessoas vão começar a falar. As pessoas sempre falam em Sowell Bay.

Sua próxima parada é a casa de Janice Kim. O filho dela tem algum tipo de scanner chique no computador, e quando Tova ligou de manhã perguntando se poderia passar lá para usá-lo, a amiga concordou imediatamente.

— Está aguentando firme aí? — Janice abaixa os óculos, olhando cética para a bota de Tova, que não é conhecida por solicitar visitas de última hora.

— Claro. Por que pergunta? — Tova mantém a voz neutra. O formulário de admissão exige uma cópia de sua carteira de motorista, mas, quando explica isso para a amiga, se recusa a dizer do que se trata.

Janice a ajuda a escanear o documento e mostra quais botões apertar na impressora. Quando terminam, ela pergunta:

— Quer ficar para um café?

Tova antecipara isso. Já havia considerado um atraso para tomar café com Janice em sua agenda.

Uma hora depois, após sair da casa dos Kim, Tova dirige até Elland. Seria uma viagem rápida de 10 minutos se fosse pela interestadual, mas, como sempre, prefere ir por dentro. Meia hora depois, chega à rede de farmácias listada sob "Fotos para Passaporte" na lista telefônica do condado de Snohomish. Precisará de duas fotos dessas, e, nunca tendo tirado um passaporte, Tova não possui algo do tipo.

Uma mulher que não poderia estar mais entediada com seu trabalho a conduz até uma parede branca e pede que remova os óculos, o que Tova faz sem argumentar, segurando-os com firmeza na mão e apertando os olhos para o flash da câmera, que pisca duas vezes.

— Dezoito e cinquenta — diz a vendedora, entregando uma pequena pastinha com as duas fotos quadradas, sem sorrisos, dentro.

— Dezoito dólares?

— E cinquenta centavos.

— Por céus! — Tova pega uma nota de vinte da bolsa. Quem poderia imaginar que duas fotografias minúsculas poderiam custar tanto?

Sua última parada a leva de volta para o trecho norte de Sowell Bay, uma viagem de quase uma hora de Elland ao Cemitério Fairview. A tarde está agradável, e os portões se abrem como que num abraço de boas-vindas sob o céu azul e limpo. Um caminho serpenteia pelo gramado, curvas gentis levando a este ou àquele lugar, nunca em linha reta. Como se fosse desenhado para fazer a caminhada parecer o mais suave possível. A grama é perfeita e beira meticulosamente as lápides idênticas.

Tova se ajoelha na relva e passa os dedos pela gravação na pedra dele. A rocha lisa, polida, está quente sob seus dedos, por tomar o sol tórrido de julho o dia todo. **WILLIAM PATRICK SULLIVAN: 1938–2017. MARIDO, PAI, AMIGO.**

Quando submeteu o epitáfio à coordenadora do Cemitério Fairview, a mulher teve a audácia de perguntar se ela não queria acrescentar mais nada. O pacote contratado incluía até 120 caracteres, explicara, e Tova havia usado apenas metade. Porém, às vezes, menos é mais. Will era um homem simples.

Ao lado da lápide dele está a de Erik. Tova não queria uma; Will insistira. Sempre a incomodou que a homenagem ao filho estivesse aqui, neste campo de grama, quando o corpo nunca deixou o mar. Mas eis a pedra, com sua fonte exageradamente detalhada, que diz: "**ERIK ERNEST SULLIVAN**". Quem quer que seja que Will designara para cuidar disso sequer havia se preocupado em escrever o nome certo. O sobrenome de solteira de Tova, Lindgren, é o terceiro nome do filho. Ela sempre fantasiou sobre roubar a lápide de Erik e arremessá-la do píer, mas não se pode fazer essas coisas, é claro.

A terceira pedra da fileira está em branco, a dela. Há uma série de perguntas sobre isso no formulário para novos moradores também. Desejos, preferências. Para servir de base para os arranjos legais, Tova supõe. Deixou suas escolhas claras em seus próprios documentos, é claro, mas e se alguém insistir em um velório? Consegue imaginar Barb, em especial, fazendo algo do tipo. Tova deve conversar sobre isso com ela, antes de partir. Uma placa pode ser, mas prefere que não haja velório.

Vozes deslizam pelo gramado. Ela se vira e vê a Sra. Kretch se aproximando pelo caminho. Por céus, a mulher deve estar com uns 95 anos. Mas está se virando bem, aparentemente. Trouxe a bisneta hoje, uma coisinha pequena com pernas tão longas e retas quanto um par de agulhas de tricô.

— Oi, Sra. Sullivan — diz a menina quando passam. A velha Sra. Kretch assente, os olhos encontrando os de Tova apenas por tempo o suficiente para transmitir um olhar de pena.

— Boa tarde — responde Tova.

A bisneta carrega uma cesta no bracinho magro. Elas param seis lápides adiante e armam um piquenique. Tova capta um aroma de frango processado enquanto se ajeitam. As duas conversam com seu falecido patriarca, não demonstrando ciência de estarem falando com a grama bem aparada, a fria pedra de lápide. Uma conversa de via única com o ar.

Tova nunca falou em voz alta com o túmulo de Will. Por que o faria? O corpo cansado e doente dele, virando pó debaixo da terra, não pode escutar. Carne com câncer não tem como responder. Ela não consegue imitar Mary Ann Minetti, que guarda as cinzas do marido em uma urna sobre a lareira e conversa com ele diariamente. *"Ele me escuta do céu"*, diz sempre, ao que Tova simplesmente concorda com a cabeça, porque conforta a amiga e não faz mal a ninguém. É o mesmo caso com as Kretches. Então por que a imagem delas confraternizando com o morto como se estivesse sentado em sua toalha xadrez vermelha e branca, tomando limonada bem no meio delas, faz com que Tova queira ser invisível?

Mas há uma primeira vez para tudo. As duas Kretches eventualmente se levantam, e a bisneta acena cansada ao partirem, suas sombras longas e altas com o sol da tarde. Tova precisa andar logo com o que veio fazer. Foca na lápide de Will, molha os lábios com a língua e, então, numa voz baixa, diz:

— Amor, eu vou vender a casa.

Ela passa um dedo pela lápide como se o gesto pudesse trazer lágrimas aos seus olhos.

NAQUELA NOITE, APÓS mostrar a casa para Jessica Snell e um jantar de caçarola requentada, ela organiza o formulário e os documentos.

Dez minutos depois, está dirigindo de novo. Havia um empecilho na primeira linha das instruções. *"Favor preencher com caneta preta."* Logo, mais uma saída hoje, para comprar uma caneta devidamente preta. Após testar todos os seus utensílios de escrita, determinou que nenhum continha tinta preta de verdade. Um olhar atento poderia apenas concluir que as amostras mais promissoras não passavam de cinza-escuro.

— Tova! Boa noite, meu bem — chama Ethan Mack, da lanchonete da Shop-Way, onde está limpando mesas.

— Olá, Ethan.

Bem na entrada da mercearia há uma variedade de utilidades domésticas em exposição, inclusive canetas. Ela corre os olhos pelas opções: *rollerball* ou ponta de feltro? Gel ou esferográfica?

Ethan enfia a flanela no avental e se aproxima, deslizando para seu lugar atrás do caixa.

— E aí, como está a perna?

Tova se apoia na bengala, sua única concessão.

— Sarando conforme o esperado, obrigada.

— Fico contente em saber! A medicina moderna é brilhante, não é? Consegue imaginar como era viver na época das cavernas? Um tornozelo torcido, e deixavam você para trás, para os dinossauros comerem!

Tova ergue uma sobrancelha. Ele não pode estar falando sério. Dinossauros nunca conviveram com os chamados homens das cavernas, ou com qualquer homem. Estão separados por 65 milhões de anos. Mas talvez Ethan nunca tenha tido a chance de aprender isso. Tova, como toda mãe de menino, recebeu uma educação abrangente sobre dinossauros quando Erik era pequeno. Houve um tempo em que pegou emprestado tantos livros de dinossauro que a biblioteca suspendeu a sua conta temporariamente.

Ethan se mexe, parecendo envergonhado.

— Enfim. Posso ajudar com alguma coisa?

— Preciso de uma caneta preta.

— Uma caneta? Não vou deixar você pagar por uma maldita caneta! Tome. — Ele tira uma de cima da orelha, onde deveria estar escondida entre seu emaranhado de frizz vermelho. — Só não lembro se é azul ou preta.

Ele tenta acordar a tinta, rabiscando em um pedaço de papel ao lado do caixa. A ponta de sua língua espia para fora dos lábios com a concentração.

— Obrigada, mas vou levar estas. E pago feliz por elas. — Tova coloca um kit de duas clássicas esferográficas no balcão.

A caneta de Ethan começa a cooperar e produz uma bagunça de riscos no papel.

— Ah, que pena, esta é azul. Mas pode ficar com ela, de reserva. Canetas nunca são demais! — Ele a oferece para Tova.

Ela ri.

— Permita-me discordar. Antes de morrer, Will costumava pegá-las em restaurantes e caixas do banco. Nossa gaveta da cozinha estava sempre lotada de canetas.

— Não me surpreende. Acho que devo ter feito vista grossa enquanto ele saía daqui com uma ou duas esferográficas da lanchonete ao longo dos anos. Costumava vir comer um sanduíche e ler um livro duas vezes por semana, mas tenho certeza de que você sabe isso.

O sorriso perdura no rosto de Tova por um bom tempo, como se não soubesse se deveria se fechar ou não. Por fim, ela diz, calorosa:

— Sim, ele gostava de sair de casa. Obrigada por não chamar a polícia por causa das canetas.

Ethan varre o ar com uma mão e diz:

— Ele era uma boa pessoa, Will Sullivan.

— É, ele era.

— Bom... — Algo na voz dele faz Tova pensar em um suflê que começou a murchar. — Então acho que você definitivamente não precisa disso. — Ele enfia a caneta que lhe oferecera no bolso do avental.

— Foi uma oferta muito generosa, mas o formulário especifica que precisa ser tinta preta.

— Um formulário? — Ethan empalidece; seu tom agora é de alerta. — Que formulário é esse, meu bem?

— Um cadastro — responde ela, neutra.

— Eu sabia! — Ethan cerra os dentes. — Você vai fazer. Vai se mudar para aquela... casa. Tova, meu bem, aquele lugar... não é você.

— Perdão?

Ethan inspira depressa:

— O que eu quero dizer é que... não é bom o suficiente para você.

— Charter Village é uma das melhores instalações em todo o estado.

— Mas Sowell Bay é a sua casa.

Para o horror de Tova, seus olhos marejam, ardentes. Ela trava o maxilar, desejando conter as lágrimas. Séria, explica:

— Sr. Mack, sou uma pessoa prática, e esta é uma solução prática. Não sou uma mulher jovem. Eu sou, bem...

O olhar dela se volta para a bota. Ethan segue, e Tova poderia jurar que, debaixo de sua grande barba, o queixo dele está tremendo. Ela coloca uma mão sobre seu braço sardento, os pelos grossos pinicando sua palma. A pele dele é surpreendentemente quente.

— Não estou me mudando nesse exato minuto, Ethan. — Tecnicamente, é verdade. Vai levar um tempo para vender a casa e para Charter Village confirmar seu extrato bancário, as fotos de 18 dólares e os formulários em tinta preta.

— Aham. — É tudo o que Ethan diz.

— E é a coisa certa a se fazer — acrescenta ela. — Quem mais tomará conta de mim?

A pergunta paira no ar por um longo momento. Finalmente, Ethan diz:

— Bom, é um formulário importante. Você não vai querer usar essas canetas, então. — Ele aponta para o kit de duas esferográficas. — São um lixo. — Depois de correr um dedo procurando pelo expositor, ele puxa um pacote diferente, com um logotipo mais chamativo. — Toma, Modelo Cadillac.

— Vou levar estas, então. Obrigada.

— Disponha, meu bem.

Ela pigarreia:

— Quanto?

Ele balança a mão no ar.

— Como eu disse, não vou deixar você pagar por uma caneta. É por conta da casa.

— Não, não. — Pela segunda vez hoje, Tova pega uma nota de vinte da bolsa. — Pode registrar depois e guardar o troco. Pela recomendação. Obrigada.

— Se quiser me agradecer — diz Ethan depressa —, poderia tomar um chá comigo qualquer dia.

Tova congela.

— Chá? Aqui? — Ela corre os olhos pela lanchonete.

— Bom, não, não aqui. O chá aqui não presta, para ser sincero. Mas pode ser, se você quiser. Não tinha pensado nessa parte ainda. — Ele morde o lábio debaixo e batuca os dedos grossos na caixa registradora. — Outro lugar, então? Ou nenhum lugar. Deixa quieto. Foi uma ideia estúpida.

— Não foi uma ideia estúpida. — Tova se surpreende com o coloquialismo que sai de sua boca. É assim que Janice pega seu linguajar de *sitcom*? Antes que consiga impedir a si mesma, percebe que está respondendo: — Certamente podemos tomar chá um dia. Ou café, talvez.

Ethan balança a cabeça.

— Vocês, suecos, e seu café.

Tova sente as bochechas corarem e pensa se deveria fazer uma brincadeira sobre ele ser escocês, mas, antes que consiga pensar em algo, ele lhe entrega um pedaço de papel, o mesmo que rabiscara. Em tinta azul, no verso, escrevera seu número de telefone.

— Me liga, meu bem. Vamos marcar alguma coisa. Antes de você... ir.

Tova concorda com a cabeça e sai apressada da Shop-Way, surpresa com o quão difícil se tornou respirar normalmente.

JÁ PASSA DAS dez agora, e a luz do dia finalmente deixou o céu. No caminho para casa, Tova faz uma curva não planejada.

Mais uma coisa a fazer hoje.

O estacionamento do aquário está vazio, com exceção de uma van decrépita, a mesma que estava parada na frente do escritório de Jessica Snell mais cedo. Talvez o dono seja um pescador. Ela corre os olhos pelo píer, procurando por uma figura com vara, mas está deserto.

Mancando até a porta de entrada, faz uma pausa. Terry a proibira de aparecer para limpar, naturalmente, mas não havia dito nada explícito sobre usar seu cartão de acesso para fazer uma visita social. Na verdade, quando tentou devolvê-lo, Terry insistiu que ficasse com ele, o que ela encarou não apenas como uma afirmação de sua honestidade, mas também como um voto de confiança em sua resiliência. *"Você estará de volta antes que perceba"*, dissera Terry.

A mesma força que a conduzira à lápide de Will mais cedo a trouxe aqui. Para se... comunicar. Para avisar ao polvo sobre seus planos de se mudar para Charter Village. Embora nem Will nem Marcellus, o polvo, possam compreendê-la, ambos merecem saber. E, com menos urgência, ele pode apontar uma solução para essa bagunça em que se meteu com Ethan Mack e seu chá. A não ser que queira guardar isso só para si; talvez, se fingir que nunca aconteceu, o convite simplesmente desapareça? Pode praticamente ver como o olho esperto e sábio de Marcellus brilhará, como seu braço cheio de ventosas irá se balançar em reprovação. Tova estala a língua para o próprio comportamento. Fingindo falar com quem não entende. Ela é dez vezes pior que Mary Ann Minetti e a velha Sra. Kretch juntas.

A porta se abre com um clique. Outras questões à parte, precisa admitir que está curiosa para ver como o lugar está se saindo, em termos de higiene, com a sua ausência.

Ela prende a respiração, preparando-se para um piso desleixado e vidros embaçados, mas, para seu choque, as coisas parecem decentes. Esse sujeito que Terry contratou para substituí-la está dando conta. Isso gera um pequeno desapontamento, perceber que ela não é indispensável. Mas, no geral, é algo bom. Mais de uma vez, a ideia de o aquário ser limpo de forma inadequada fez com que ela repensasse os planos de se mudar. Talvez esse sujeito novo possa continuar aqui depois que ela partir.

Atravessando o corredor na direção do tanque do polvo, Tova se movimenta da forma mais discreta que consegue com a maldita bota. O que é desnecessário, pois é o único ser humano ali. Sussurra cumprimentos aos seus velhos amigos, os caranguejos-japoneses, as enguias-lobos, as águas-vivas e os pepinos-do-mar, que se demoram por um momento no corredor escuro e então desaparecem no ar azul-esverdeado como pequenos rastros de fumaça. Mesmo se pudessem, jamais contariam a alguém que ela esteve aqui. Será o segredo deles.

Ela passa pela estátua do leão-marinho e, como sempre, faz uma pausa para afagar sua cabeça, contentando-se com a ilusão de que o filho está vivo dentro de si ao tocar algo de que ele gostava tanto.

Chegando perto da entrada para a parte de trás do recinto do polvo, Tova franze a testa. Um brilho fluorescente escapa pelo vão embaixo da porta. Alguém deixou a luz acesa.

E então um barulho terrível ressoa de dentro.

A CONSCIÊNCIA FAZ DE TODOS NÓS COVARDES

Cameron pisca. Com uma careta de dor, esfrega a têmpora, que está latejando onde ele deve ter batido na mesa ao cair. Limpa o rastro de sangue com a camiseta e dá no banquinho quebrado um bom chute vingativo. Se quisesse, provavelmente poderia processar esse lugar até os ossos. Equipamento sem manutenção adequada. Acidente de trabalho. Mas e se alguém perguntar o que é que ele estava fazendo aqui atrás para começar?

— Você! — diz ele, encarando a criatura ao se levantar. A coisa não se mexera. Está encolhida como uma tarântula gigante após se entocar na bagunça de tubos, jarros e partes de bombas de água no canto mais remoto da prateleira sobre os tanques. Escalara até lá, de algum jeito, enquanto Cameron tentava encurralá-la com o cabo de uma vassoura, que agora está apontado na direção da criatura de novo. — Mano, qual é o seu problema? Estou tentando ajudar!

O corpo massivo se infla, como num suspiro. Pelo menos ainda está vivo, mas provavelmente não por muito tempo. Um polvo pode sobreviver por um curto período fora da água (passou um documentário uma vez, em um canal de natureza), mas este está fora há quase 20 minutos, e isso contando só do momento em que Cameron o descobriu enquanto tentava escapar pela porta dos fundos que ele deixara aberta.

Alguém poderia tê-lo avisado que as atrações poderiam escapar. Tipo, como isso é sequer uma possibilidade? Tanques seguros deveriam ser uma expectativa razoável para um aquário turístico. Sinceramente, a situação está o deixando desconfortável com aqueles tubarões que circulam o grande tanque no meio, principalmente agora que sua testa está sangrando. Será que tubarões conseguem farejar através do vidro?

— Anda logo, parceiro — implora ele. Com a cabeça ainda latejando, ajusta as luvas que colocou depois que a coisa tentou estrangular seu pulso e aproxima o cabo de vassoura. Espera que o polvo... o que, exatamente? Deslize como que num poste de bombeiro? Mas não pode deixar o maldito teimoso simplesmente morrer ali e de jeito nenhum vai encostar nele de novo, nem com luvas. Tem a aparência de quem quer matá-lo. — Sai daí, vai. De volta para o seu tanque.

A ponta de um tentáculo se contorce, desafiadora, empurrando um par de latas finas e derrubando-as no chão. Elas caem com um som em dueto.

Pronto, é isso que fará Cameron perder o emprego. Quantas vezes uma pessoa pode ser demitida na vida? Deveria haver um limite legal.

Algo clica suave atrás dele. A seguir, uma voz feminina, trêmula, mas clara:

— Olá? Quem está aí?

Quase derrubando a vassoura, ele se vira. Uma mulher minúscula está à porta. Uma miniatura, quase: não deve ter mais do que 1,5m. É idosa, talvez um pouco mais velha do que tia Jeanne, na casa final dos 60 ou 70 anos de idade. Veste uma blusa roxa, e o tornozelo esquerdo está engolido por uma bota imobilizadora.

— Ah! Ahn... oi! Eu estava só...

A exclamação de susto da senhora o interrompe. Ela viu a criatura encolhida na prateleira alta.

Cameron torce as mãos.

— É, então, eu estava só tentando...

— Com licença, querido. — Ela o empurra para passar. A voz é baixa e calma; qualquer trepidação já desapareceu.

Movendo-se mais depressa do que ele imaginava que fosse possível, dada a idade e aquela bota, ela está do outro lado da sala em três passos, onde olha para o banquinho quebrado por um momento e balança a cabeça. A seguir, inacreditavelmente, sobe na mesa. Com o corpo esticado, está quase cara a cara com o polvo.

— Marcellus, sou eu.

O polvo se remexe um pouco de seu canto e a encara, piscando seu olho assustador. Quem é essa mulher? E como entrou aqui, afinal?

Ela abaixa e levanta a cabeça, encorajadora:

— Está tudo bem. — Estica a mão e, para o choque de Cameron, a criatura estende um dos braços e o enrola ao redor do pulso dela, que repete:

— Está tudo bem. Eu vou ajudar você a descer agora, pode ser?

O polvo assente.

"Não, espera. Ele não fez isso. Fez?" Cameron esfrega os olhos. *"Estão bombeando alucinógenos pelos dutos de ar aqui?"*

Isso explicaria tantas coisas esta noite.

Enrolado no braço da mulher minúscula, o polvo se arrasta pela prateleira. Ela manca sobre a extensão da mesa, chamando-o. Quando consegue colocar a coisa diretamente sobre o tanque vazio, aponta com o queixo para Cameron:

— Você pode tirar a tampa, por gentileza?

Ele obedece, deslizando a cobertura para trás e segurando-a o mais aberta possível.

— Para dentro, você — sussurra ela.

Água salgada e gelada espirra quando a criatura mergulha com um pesado *ploft*. Instintivamente, Cameron recua e vira a cabeça. Quando se volta para frente, o polvo desapareceu mais uma vez, deixando apenas pedras remexidas na entrada de sua toca no fundo do tanque.

A mesa range quando a mulher se abaixa. Cameron se aproxima depressa, sustentando seu cotovelo e guiando-a de volta para o chão.

— Obrigada. — Ela limpa as mãos, batendo uma na outra, ajusta os óculos e o analisa. — Você se machucou, querido? Esse corte precisa de cuidados.

Ela se vira e pega a bolsa que derrubara ao entrar, então procura por alguns instantes antes de oferecer-lhe um Band-Aid.

Cameron balança a mão, recusando:

— Não foi nada.

— Bobagem. Pegue — insiste ela. A voz não deixa brecha para negociações.

Ele pega o curativo, abre e fixa a faixa rosa-neon na lateral da cabeça. Deve estar uma beleza. Mas, bom, não é como se fosse se encontrar com alguém esta noite, a não ser Ethan.

— Ótimo. — Ela assente e, com a voz calma, diz: — Bom, resolvido. Talvez você possa me explicar o que aconteceu aqui?

— Eu não fiz nada! — Cameron balança um dedo na direção do tanque. — Essa coisa escapou. Eu tentei colocar de volta na água.

— O nome dele é Marcellus.

— Tá. *Marcellus* quis tirar vantagem. Eu estava tentando ajudar.

— Atacando-o com um cabo de vassoura?

Ele bufa.

— Não somos todos o Encantador de Polvos, ou seja lá o que tenha sido aquilo. Olha, eu estava fazendo o meu melhor. Se não fosse por mim, aquele polvo já estaria na metade do caminho para o oceano agora.

— Como assim?

— Como assim que, quando o encontrei, ele estava saindo pela porta dos fundos.

A idosa deixa o queixo cair.

— Minha nossa!

— Pois é.

Talvez não vá ser demitido. Talvez lhe deem um aumento. Se não fosse por ele, precisariam substituir o polvo, afinal. Quanto custa um polvo-gigante-do-Pacífico, será? Provavelmente não é barato.

O tom de voz da mulher idosa é mais severo quando diz:

— Por que a porta dos fundos estava aberta?

— Porque eu estava tirando o lixo? Sabe, tipo, fazendo o meu trabalho? Ninguém disse que eu não podia deixar aberta.

— Entendi.

— Mas vou fechar daqui *pra* frente.

— Sim, boa ideia.

Com as últimas palavras dela, Cameron se vê endireitando a postura. Por que tem a sensação de que ela é sua chefe? E o que está fazendo aqui? Melhor descobrir. A última coisa de que precisa é Terry acusando-o de deixar uma velha aleatória entrar no prédio durante seu turno. Ele olha para ela de novo. Não pode pesar mais do que 35 quilos. Um bandido improvável. Além disso, tem um passado com aquele polvo. Talvez seja uma bióloga marinha aposentada. Ou uma voluntária. Programa para a terceira idade.

— Poderia me dizer o que está fazendo aqui? — Ele tenta fazer a pergunta da forma mais educada possível. — Digo, a senhora parece bacana, mas não era para ter mais ninguém aqui, pelo menos não que tenham me dito.

— Por céus, mas é claro. Com certeza assustei você. Me perdoe. Sou Tova Sullivan, a faxineira. — Um sorriso apertado une seus lábios finos ao apontar para a bota. — A faxineira acidentada.

— Ah. Prazer em conhecê-la. — É o que diz, mas o que está realmente pensando é *"Caramba"*. Essa mulherzinha frágil faz o mesmo trabalho que ele mal consegue aguentar sem sentir que foi atropelado por um caminhão? Faz duas semanas, e seus pés continuam doloridos depois de cada turno. Acrescenta: — Sou Cameron Cassmore, o faxineiro atual. Ou faxineiro temporário, tecnicamente. Sinto muito pelo seu acidente. Quando me contratou, Terry disse que achava que você ficaria afastada por algumas semanas.

— Eu estou bem. Foi um acidente tolo. — Os olhos dela se desviam por um milésimo de segundo em direção ao banquinho quebrado. — Fico contente que Terry tenha encontrado você, Cameron. Pelo que pude ver, suas habilidades estão de acordo. E acontece que, por motivos não relacionados, pode ser que eu fique afastada por mais tempo do que o planejado. Esta será uma boa solução, talvez.

Cameron faz uma pausa, digerindo as palavras. Um bico prolongado aqui não seria o fim do mundo. Duas semanas, e ele não está mais perto de encontrar Simon Brinks do que quando chegou. O contato que Jessica Snell lhe dera devia estar desatualizado; quando ligou, a linha estava desativada.

— É, seria legal. Não é um trabalho ruim.

— É um trabalho adorável. — Tova sorri, mas com um aperto, como se estivesse contendo tristeza.

Tudo bem, então ela é bacana, mas quem em sã consciência ama tanto passar pano e esfregar o chão? Ele troca o pé de apoio.

— Então... você só, tipo, passa aqui por diversão, às vezes?

— Eu vim ver o Marcellus. — A voz dela abaixa um tom. — E sei que pode ser inadequado pedir isso, já que mal nos conhecemos, mas eu apreciaria sua discrição.

— Por quê? — Merda. No fim isso pode mesmo criar um problema com Terry.

Tova respira fundo.

— Veja bem, eu não gosto de mentiras. Mas, sabe... Marcellus é um pouco aventureiro à noite, embora até hoje eu não soubesse de sua preferência por abandonar o prédio. — Ela franze a testa. — Esta parte é nova e preocupante. Mas eu sei dos passeios dele tem um tempo. Ele é extraordinariamente adepto a escapar do recinto.

— E mais ninguém sabe. — Cameron assente, começando a compreender.

— Não, com certeza, não. Terry suspeita. Se tivesse certeza, certamente faria algo a respeito.

— Tipo pregar a tampa do tanque?

Tova concorda com a cabeça.

— Marcellus ficaria devastado. Mas o que me preocupa mais é pior que isso. Marcellus é idoso, Cameron, e um polvo passeando por aí pode ser um risco.

Ela está realmente sugerindo o que ele pensa que está? Terry, o nerd dos peixes, sacrificaria um de seus animais? Dureza. Mas e se o polvo saísse durante o dia e perseguisse alguma criança em um passeio de escola? A mulher provavelmente está certa sobre os riscos. Ele cruza os braços.

— Marcellus é seu amigo.

— Sim, suponho que seja.

— Quando você subiu lá para salvá-lo, não teve medo nenhum dele.

Tova estala a língua:

— Claro que não! Ele é tão gentil.

— Bom, mesmo assim, foi bem valente.

— Aprecio seu reconhecimento.

Ela olha brevemente para o chão e a seguir ergue os olhos, que são de um tom penetrante de verde-acinzentado, de volta para ele.

— Então? Pode ser nosso segredo?

Cameron hesita. Com certeza, se Terry descobri-lo agindo como cúmplice de... seja lá o que for isso tudo, seu emprego já era, e qualquer esperança de pagar tia Jeanne de volta já era junto. E encontrar Simon Brinks? Total já era. Não pode ser demitido. Não desta vez.

Porém, algo na ideia de essa senhorinha amável perder seu amigo faz com que ele se sinta horrível. E a forma com a qual aquele polvo o encarara com seu olho estranho e humano, a ameaça de eutanásia... Ele dá de ombros.

— *Tá*, nosso segredo.

— Obrigada. — Ela inclina a cabeça.

Cameron pega a vassoura de onde a deixara cair e empurra o banquinho quebrado para um canto da parede. Que outra pessoa o conserte.

— A consciência faz de todos nós covardes, não é?

Ela congela.

— O que foi que você disse?

— A consciência faz de todos nós covardes. — Ele se sente enrubescer. Como é que consegue sempre jogar essas merdas nerds no meio das conversas? Começa a explicar: — É só uma frase estúpida de Shakespeare. É de...

— *Hamlet* — diz ela, suave. — Era uma das preferidas do meu filho.

ESPERE O INESPERADO

As memórias que Tova tem de sua vinda da Suécia são falhas. Afinal, tinha apenas 7 anos à época, e Lars, 9. Uma viagem de trem de Uppsala, um duro adeus ao pai no hotel em Gothenburg; ele voou à América e chegou várias semanas antes da família, para garantir a papelada e o alojamento. O hotel tinha lençóis brancos e grossos que cheiravam à lavanda e, sobre a mesa, uma televisão que Tova e Lars assistiram por horas, todos os dias, enquanto esperavam a data de embarque. Havia um restaurante no saguão que servia pudim de chocolate em pequenas taças, e um dia Lars comeu tanto que teve dor de barriga e vomitou nos lençóis brancos. Ela se lembra de como o *SS Vadstena* se parecia com um grande bolo cinza em camadas ao lado da doca quando o motorista os deixou lá, naquela manhã clara, em 1956. Dois meses depois, chegaram a Portland, Maine, onde viveram em um apartamento por dois anos antes de se mudar novamente e se realojarem aqui, em Washington, em Sowell Bay, em tese para ficarem mais perto de um punhado de primos distantes, embora Tova nunca tenha conhecido esses supostos parentes. Sempre foram apenas eles quatro.

Aquelas semanas no transatlântico são um grande vazio em sua memória, o que é uma pena, dado que foram provavelmente a maior aventura de sua vida.

Entre as poucas lembranças a bordo do *SS Vadstena*, há o Sr. Morsa. Este não é seu nome verdadeiro, é claro, mas é como Tova e Lars chamavam aquele passageiro, com seu longo, grisalho e arrepiado bigode, que pendia de cada lado da boca como um par de presas.

Ele gostava de jogar cartas. Depois do jantar no grande salão, enquanto Lars alinhava seus soldadinhos de brinquedo contra os encostos de veludo vermelho, o Sr. Morsa tentou convencer Tova e a mãe a jogar *gin rummy*. Primeiro, a mãe disse que uma dama não deve jogar baralho, mas eventualmente cedeu. Sob a luz fraca dos abajures, Tova aprendeu *rummy*, copas e vinte-e-um. Às vezes, com uma piscadinha tímida, o Sr. Morsa fazia um truque com as cartas ao embaralhá-las, desafiando-a a descobrir qual carta estava segurando entre os dedos, e, então, girava-a só para mostrar que Tova estava errada antes de aparecer com a carta dela dentro do colarinho ou da manga.

"Sempre espere o inesperado, pequena", dizia o Sr. Morsa, rindo, quando a pequena Tova se irritava por ser enganada de novo.

Ela sente a testa franzir neste momento, ao observar o jovem pegar um par de latas caídas e recolocá-las na prateleira, sem parecer se importar com o fato de estarem de ponta-cabeça. Pelas duas últimas semanas, Barb Vanderhoof e Ethan Mack e toda a sua laia têm dado corda na maquininha de boatos com sua conversa sobre o sujeito da Califórnia, o sujeito *sem casa*, que a substituíra. Mas Cameron tem unhas limpas e dentes bonitos e brancos. E aparentemente conhece muito bem os trabalhos de Shakespeare. Ele prometera guardar seu segredo, e, por algum motivo que não consegue exatamente identificar, ela gosta dele. Pode até ser que confie nele.

Não é o que esperava.

Com a umidade da sala das bombas, o curativo cor-de-rosa já está se soltando, e agora pende caído da têmpora molhada do garoto. Tova resiste à urgência de se aproximar e apertá-lo de volta com o polegar. Quando ele nota que ela o observa, abre um sorriso tímido:

— Desculpa, juro que não costumo sair por aí citando bardos mortos. Foi uma noite estranha.

Ele pisca, como se estivesse se perguntando se isso está mesmo acontecendo, um sentimento com o qual Tova consegue facilmente se identificar.

Ela olha para trás de Cameron, para o tanque de Marcellus, onde a superfície da água tremula gentilmente ao redor da bomba. Sem sinal do polvo. O que teria acontecido se ela não tivesse chegado?

— Devo dizer que sim. — Ela pigarreia e endireita as costas. — De qualquer forma, o que você está achando daqui? Terry deu algum treinamento? E você precisa de... insumos?

O cheiro azedo daquele lixo verde já começou a impregnar. O frasco de vinagre no seu porta-malas pode consertar as coisas.

— Ahn, sim? Arrastar um esfregão pelo piso não é exatamente uma cirurgia no cérebro em termos de complexidade.

Tova estava a língua.

— Talvez não, mas há uma forma correta de se fazer as coisas.

— Estou fazendo algo... incorreto?

— Bom, vamos ver. Venha comigo, querido. — Tova abre a porta e gesticula para que Cameron a siga pelas curvas do corredor. O chão, como notara ao entrar, parece decente, mas os vidros dos recintos estão cheios de riscos e fiapos. Ela corre o dedo por um deles. — Você precisa usar uma flanela de algodão no vidro. Não poliéster.

Cameron cruza os braços de maneira defensiva:

— Parece tudo certo para mim.
— Precisa olhar com mais atenção, então.
— O que você é, algum tipo de especialista em limpeza de vidros?
Tova solta um *tsc, tsc* de desaprovação.
— Décadas de experiência.
— Bom, ninguém falou nada de poliéster, algodão ou o que seja — diz Cameron, bufando. — Estou usando os panos que estavam aqui. Como é que eu ia saber?
Ele tem razão. Tova precisa conversar com Terry sobre o treinamento do garoto se ele for substituí-la permanentemente. Ela anda até uma das lixeiras e aponta para a borda.
— E também, vê isso aqui? O saco precisa encaixar na volta toda, senão vai escorregar quando encher. E aí o lixo vai cair direto no fundo e fazer uma sujeira ainda pior.
— Ah, me poupe. Eu sei colocar um saco numa lixeira.
— Claramente não sabe. — O tom dela fica mais severo. — Eu não sei como instalam sacos de lixo na Califórnia, mas...
— Ei, espera aí — interrompe Cameron. — Como você sabe que eu sou da Califórnia?
— As pessoas de Sowell Bay têm o hábito de falar. — Tova repuxa os lábios em desgosto. Gostaria de poder recuar com o comentário. Quantas vezes ela mesma não foi vítima das fofocas da cidade?
— É, percebi. — Cameron faz uma pausa, e algo brilha em seus olhos. — Aposto que a máquina de boatos ia ter um prato cheio se soubesse que você está aqui esta noite. Visitando um polvo.
Tova deixa o queixo cair e rapidamente pressiona os lábios um contra o outro de novo.
— Não se preocupe, não vou contar para ninguém. Eu prometi — murmura ele. Ela continua o encarando com olhos estreitos. — Alguma outra dica divertida para mim, sobre o trabalho?
Tova endireita as costas.
— Sim, tem mais uma coisinha. A questão da porta. Acho que você deve concordar que quase deixar uma das atrações mais populares do aquário escapar seria inaceitável.
Cameron suspira, encurralado, e rapidamente revira os olhos, de maneira quase imperceptível. O gesto acorda algo enterrado fundo na memória de Tova; é quase a exata reação que o Erik adolescente tinha quando se irritava com ela. Estala a língua de novo. Esses jovens! Embora este pareça ter pelo menos 25 anos de idade, ela tem a distinta impressão de que ainda precisa crescer um pouco.

— Como alguém poderia me culpar por isso? — A voz de Cameron explode. — Talvez pudessem ter me avisado sobre a possibilidade de um *kraken* vagando solto por aqui? E talvez devessem colocar um cadeado no tanque dele.

— Marcellus sabe abrir fechaduras — observa Tova. — Como você acha que ele saiu da sala das bombas?

O garoto franze a testa. Não tem como retrucar. Em vez disso, pergunta:
— Por que ele faz isso?

Tova faz uma pausa, pensativa. É uma questão que já se perguntou diversas vezes e para a qual não tem uma resposta clara. Expõe sua melhor hipótese:

— Eu acho que ele está entediado.

Cameron ergue os ombros.

— É, seria um saco passar a vida toda num tanquezinho minúsculo.

— Sim.

— Ainda mais um bicho tão esperto.

— Marcellus é realmente brilhante.

Pânico percorre os olhos de Cameron.

— O que eu faço, se acontecer de novo? Se ele sair, digo. Enquanto estou limpando?

— Deixe-o em paz, é claro — recomenda Tova, porque o que mais pode dizer? Não vai dar certo, ter o garoto empunhando um cabo de vassoura na direção do coitado.

— Certo. Deixar o polvo em paz. — Cameron lança um olhar apreensivo para o corredor, como se Marcellus pudesse estar espreitando ali.

Mas algo incomoda Tova. Se o tivesse deixado sozinho quando o encontrou debaixo da mesa, na sala dos funcionários, desamparado, enrolado nos cabos, o que teria acontecido? Até a tentativa de sair do prédio hoje, ela teria pensado que Marcellus era cuidadoso o suficiente para evitar uma empreitada tão arriscada, que manteria suas travessuras noturnas dentro do usual: provocar os cavalos-marinhos, pipocar no tanque dos pepinos-do-mar para um lanchinho à meia-noite. Um pavor repentino toma conta dela ao imaginar Marcellus perecendo sozinho, acompanhado de uma vaga vergonha de sua própria impotência em protegê-lo, mesmo se estivesse trabalhando normalmente. Afinal, ele pode sair do recinto a qualquer hora da noite e se meter em encrenca no prédio vazio.

Talvez deixá-lo escapar do prédio seja um gesto de misericórdia. Ele poderia visitar Erik, lá embaixo, nas profundezas de Puget Sound. A ideia lhe parece absurdamente inapropriada. Não consegue conter um sorriso.

O garoto inclina a cabeça para ela.

— Qual é a graça?

— Nada.

— Ah, vai, Tova, conta para a classe toda. — Uma pequena faísca cintila nos olhos dele, uma brincadeira bem-intencionada.

— É sério, não é nada.

— Nada é nada! — Cameron sorri para ela.

É realmente um jovem encantador, quando não está sendo tão insolente. Erik era assim também. Will e ela ficavam frustrados com as atitudes dele, mas o filho era tão cativante sem nem se esforçar, o tipo de pessoa de quem todos querem ser amigos.

Uma ideia lhe surge à mente.

— Me segue — chama, em direção à sala das bombas. — Tenho um plano.

— Um plano? Para quê?

— Para a próxima vez que você encontrar Marcellus fora do tanque.

— Mas você não disse para deixar o polvo em paz? — Cameron trota atrás dela. — Vai me mostrar como capturá-lo?

Ela se vira de volta.

— Não exatamente. Vou mostrar como fazer amizade com ele.

— Amizade? — Cameron para de súbito. — Parece forçar um pouco as coisas. Cila, o monstro marinho, não estava sendo exatamente carinhoso e fofinho comigo quando nos encontramos mais cedo.

— Espere o inesperado, querido. — Tova sorri.

Dia 1.329 do meu cativeiro

MUITO DA LINGUAGEM HUMANA TRATA-SE DE pura baboseira, porém, talvez o mais ridículo dos lixos que cospem seja a tendência de glorificar a própria estupidez. Com isso, refiro-me a alegações absurdas, como *"O que os olhos não veem, o coração não sente."* Ou, pior, *"A ignorância é uma bênção."*

Talvez você rejeite minhas reflexões sobre o tema "bênção", considerando que estou aprisionado neste lugar detestável. O que um cefalópode cativo saberia sobre alegria? Nunca mais sentirei a emoção de uma caçada livre no mar aberto. Nunca mais poderei relaxar sob o trêmulo luar filtrado pela água de um céu infinito à meia-noite. Nunca copularei.

Porém, tenho conhecimento. Até onde a felicidade é possível para uma criatura como eu, ela jaz no conhecimento.

Como você já sabe, tenho aptidão para aprender coisas novas. Resolvi facilmente todos os quebra-cabeças e desafios que Terry ofereceu: a caixa fechada com uma vieira dentro, o pequeno labirinto de plástico com um mexilhão ao fim. *"Como tirar doce de uma criança"*, diriam os humanos. Então eu aprendi a abrir a tampa de meu tanque e destrancar a porta da sala das bombas. Aprendi a calcular precisamente quão longe posso ir e por quanto tempo antes de sofrer As Consequências.

Pode não ter sido uma bênção, se é que tal coisa existe, mas, com esse conhecimento, atingi algo próximo de contentamento. Ou, talvez, mais precisamente, uma suspensão temporária da miséria.

Ah, ser humano, para quem a felicidade pode ser alcançada com mera ignorância! Aqui, no reino dos animais, a ignorância é perigosa. O pobre arenque jogado no tanque desconhece a existência do tubarão que ronda abaixo. Pergunte a ele se o que os olhos não veem o coração não sente.

Porém, humanos também podem se ferir com seu desconhecimento. Eles não o percebem, mas eu, sim. Acontece o tempo todo.

Considere, por exemplo, a situação com um pai e seu filho que testemunhei recentemente, bem aqui, em frente ao meu tanque. Ele deu tapinhas nas costas do adolescente enquanto conversavam sobre um jogo esportivo que se aproxima. O pai tem certeza de que o filho prevalecerá, dizendo-lhe: *"Você puxou meu braço bom para arremessos, e eu joguei de quarterback nas estaduais."* Não sei o que é um quarterback, porém posso lhe garantir isto: o menino não tem relação genética alguma com o homem. O pai é *corno*. Uma das minhas palavras humanas preferidas, devo admitir.

Momentos depois, a mãe da criança se junta a eles, e os três caminham adiante, para encarar o recinto do *sculpin* ao lado, ignorantes da traição que um dia destruirá a família.

Como eu sei, você pergunta? Eu observo. Sou muito perspicaz, talvez para além de sua compreensão.

Milhares de genes modelam a apresentação física de um descendente, de modo que muitos desses caminhos genéticos são tão claros para mim quanto letras numa página são para você. Durante os 1.329 dias deste infeliz cativeiro, aprimorei minhas habilidades de observação. Naquele caso específico do filho esportista e seu guardião quarterback e corno, a lista de características seria longa demais para citar aqui, mas: formato do nariz, tom dos olhos, posição exata do lóbulo da orelha. A inflexão da voz, a forma de andar. Ah, o andar! Este é sempre fácil. Os humanos caminham de maneiras parecidas (ou, naquele caso, nada parecidas) muito mais do que percebem.

Mas a antiga mulher da limpeza e seu substituto. *Eles andam igual*.

Há também a covinha em forma de coração em suas bochechas esquerdas, que fica numa posição baixa, incomum para tal traço. E as pinceladas dourado-esverdeadas em cada um de seus olhos. A maneira desafinada com que ambos cantarolam ao esfregar o chão (bastante incômoda, para ser sincero, embora o zumbido de minha bomba abafe um pouco, felizmente).

"Circunstancial", você diz com um gesto de desprezo. Coincidências. A hereditariedade funciona de maneiras estranhas. Você cita o fenômeno do *doppelgänger*, humanos quase idênticos que não têm relação alguma e nascem em cantos opostos do mundo.

Você sabe, assim como eu, que aquela mulher não tem um herdeiro vivo. Você sabe que seu único filho morreu trinta anos atrás. Você sabe, também, de sua dor. A dor que moldou a sua vida. Uma dor que, por enquanto, a empurra para a reclusão. Eventualmente, temo, pode empurrá-la para algo além.

Seu ceticismo é compreensível. Parece desafiar a lógica.

Eu poderia continuar com mais evidências, embora, agora, precise descansar. Essas comunicações me deixam exausto, e esta está ficando bastante longa.

Porém, seria de bom tom que você acreditasse em mim quando digo: o jovem homem que assumiu recentemente as funções sanitárias é um descendente direto da mulher da faxina com o pé machucado.

ESQUERDA FECHADA, PEGUE RÁPIDO A DIREITA

Certa manhã no final de julho, Cameron finalmente consegue uma pista promissora.

O elusivo furacão do mercado imobiliário Simon Brinks passa os finais de semana de verão em sua propriedade nas Ilhas San Juan, uma luxuosa mansão de campo *à la Toscana*, enfiada num penhasco com vista para algum estreito obscuro. Isso de acordo com a antiga reportagem de revista que Cameron escavou em algum site também obscuro. Com o nome da cidade e a foto, foi fácil descobrir o endereço. É uma viagem de duas horas de Sowell Bay.

O que daria quatro horas só dentro do carro. Cameron corre pela lista de contatos do celular. Seu polegar paira sobre o número de Avery.

Acompanhá-lo para extorquir dinheiro de um homem que pode ou não ser seu pai biológico seria um encontro estranho? Seria. Avery é estranha o suficiente para topar o rolê? Possivelmente. Tudo parece uma chance de 50/50 com ela e, mesmo que tenha conseguido alguns encontros para tomar café e um jantar, uma vez, no bar em Elland, metade das vezes ela encontra algum imprevisto na agenda e precisa cancelar, o que parece estranhamente complicado para uma mulher solteira. Coisas da loja de *paddle*, presume Cameron. O que ele saberia sobre manter um negócio? Prendendo a respiração, faz a chamada.

— Oi, você! — Ela parece animada por falar com ele.

— Vou sair para uma pequena aventura hoje. Quer vir? — Cameron explica o plano.

O suspiro de Avery se faz ouvir do outro lado da linha:

— Não posso. Estou trabalhando na loja. Mas a gente deveria fazer algo mais para o final da semana.

— Claro. Mais para o final da semana.

— É sério — diz ela, animada. — Vamos praticar *stand up paddle*. Depois confirmo o dia.

Ele se despede e coloca o celular no para-choque da van, onde seus pés estão apoiados enquanto relaxa numa das cadeiras do quintal de Ethan. Estava chuvoso e desagradável quando chegara, mas agora o tempo está perfeito. Todas as cores parecem impossivelmente vívidas, do extenso céu azul às grossas árvores verdes. Nada como o forno opressivo, quente e empoeirado que é Modesto no verão. Ele estica a mão direita, examina os dedos, inclina o tronco e lança um soco de comemoração para cima, em direção ao céu limpo de verão.

A vida está finalmente sorrindo para ele.

Para começar, Avery. Ele nunca chamara a atenção de uma garota assim antes, e, de alguma forma, a estranha atitude evasiva dela apenas contribui para torná-la mais atraente.

Além disso, está prestes a encontrar seu possível pai cara a cara.

E terceiro: está no mesmo emprego há semanas já. E sequer o odeia. Quem poderia imaginar? Fatiar intestinos de peixe. E fazer faxina! Não é glamouroso, mas a solidão o agrada, principalmente à noite. Metade do tempo, é o único no aquário enquanto limpa. Nessas noites, chacoalha a máquina de produtos até que algo caia, um pacote de *cookies* ou bolinhos velhos que ninguém quer comprar de qualquer forma, coloca os fones de ouvido e se desliga do mundo enquanto lava o chão. Na outra metade do tempo, a estranha senhora está lá. Tova. Ela continua aparecendo, mesmo que supostamente devesse estar afastada por motivos médicos. Cameron prometeu que não abriria a boca sobre isso. Não se importa de tê-la por perto. A obsessão dela com aquele polvo é bizarra, e ele não conseguiu muito progresso na tentativa de *fazer amizade* com Marcellus, mas a companhia de Tova é curiosamente agradável.

Atrás dele, uma porta de tela abre num baque. Um segundo depois, Ethan aparece de trás da van. Veste uma camiseta desbotada do Led Zeppelin, um pouco justa no torso. Ele aperta os olhos contra o sol, na direção de Cameron:

— Manhã adorável, não é?

— É. E adivinha só! — Cameron conta sua descoberta sobre Simon Brinks e a conversa subsequente com Avery. Ethan assente.

— Bom, o que estamos esperando, então? Vamos com a minha picape.

Cameron inclina a cabeça de lado.

— O quê?

— Seu ouvido está entupido, jovem? Eu disse que vamos com a minha picape!

— Você quer vir comigo?

— Claro, *ué*! Achou que eu ia deixar você dar uma lição naquele idiota sozinho? — Ele abre um largo sorriso. — Parece bastante divertido, se quer saber minha opinião.

— Beleza — diz Cameron, devagar. — Vamos juntos.

— E é lindo para aqueles lados, principalmente nesta época do ano. Vamos transformar a coisa em uma grande aventura, que tal? Vou ser o seu guia turístico.

Guia turístico?

— Na verdade — continua Ethan —, tem uma ótima parada com peixe e fritas na estrada *pro* norte.

Peixe e fritas? Quem se importa com peixe e fritas?

— *Tá*. Mas primeiro vamos encontrar o Brinks.

Ethan ri:

— Extorsão primeiro, peixe e fritas depois. Feito.

CAMERON AINDA NÃO consegue compreender o formato do mar por aqui. É como se um monstro com milhares de dedos longos estivesse agarrando a beirada do continente; espirais de azul-marinho cortam canais pelos campos verde-escuros de formas inesperadas. Ele se vê constantemente surpreso com a presença de água do lado esquerdo do carro, ao redor de uma curva, do lado direito e a seguir sobre uma ponte e outra (quantas vezes é possível cruzar um mesmo veio de água?), enquanto Ethan dirige por uma pista infinita de mão dupla, a margem salpicada com lojas de pesca, postos de gasolina e pequenos restaurantes esfarrapados que não inspiram muita confiança no que se espera de "peixe e fritas".

— Não falta muito agora! — grita Ethan, numa rebelião direta contra o pequeno mapa no celular pendurado no painel, que alega que chegarão dentro de uma hora. Agora seu cotovelo musculoso está apoiado como uma salsicha sardenta para fora da janela aberta, depois de insistir em manter os vidros abaixados, por conta de estar "um dia tão adorável para um passeio". É difícil escutar com o vento de 80 quilômetros por hora e o sotaque de Ethan.

Apertando o anel de formatura na palma suada, Cameron rascunha mentalmente a logística de seu iminente confronto pela milésima vez.

Esta é uma das formas que pode acontecer, e talvez a ideal: Simon Brinks ficará chocado ao vê-lo. Seu queixo cairá ao reconhecê-lo de imediato. Embora possa ser o tipo de cretino que tentará negar tudo, Cameron tem a evidência fotográfica no bolso. E então Brinks confessa tudo.

A forma menos ideal envolve Brinks encará-lo com olhos estreitos. Lançar logo de cara a conversa de envolver advogados, testes de DNA. Ficar quieto sobre qualquer coisa até que algo se comprove.

Mas e se, quando comprovado, ele quiser um relacionamento? É o que Elizabeth insiste em dizer quando liga para perguntar como estão as coisas. Parece convencida de que Simon tem algum tipo de instinto paternal latente que será despertado com o aparecimento do filho há muito perdido. Como num filme. Mas a vida não é um roteiro meloso de Hollywood.

Tia Jeanne também fica martelando nessa coisa de relacionamento, embora Cameron suspeite que, lá no fundo, ela duvide que alguém como Simon Brinks sequer teria namorado sua irmã. Da última vez que conversaram, entretanto, quando Cameron mencionou que pegaria o primeiro voo para casa se conseguisse fazer Brinks assinar um cheque, ela suspirou em desaprovação. *"Fique aí por um tempo se precisar"*, disse. *"Você comprou essa van ridícula, bem que pode fazer bom uso dela. Além disso, parece que a vida aí combina com você."*

Bem, essa parte é verdade.

Mas Cameron não quer um relacionamento com nenhum aspirante a pai. Quer os dezoito anos de pensão que esse babaca foragido nunca pagou. Ele aceitaria até um pagamento único, que seja. Dez mil? Vinte? Pode enviar direto à tia Jeanne. Ele lhe deve um bom bocado por tudo o que a fez passar ao longo dos anos, sem contar a grana que deu para a van. Já pagou quase metade, mas ainda falta bem mais do que uns trocados de padaria.

— Ei, olha! — Ethan freia de leve, apontando para uma estradinha suja que bifurca da principal. — Se algum dia você quiser observar baleias, ali tem um ponto perfeito. Levei uma amiga uma vez. Vimos orcas brincando e pulando igual uma ninhada de gatinhos. Que cena! Ah, o amor que fizemos naquela noite foi...

— Ahn, *tá*, valeu — interrompe Cameron. Qual é a desses velhos apaixonados? — Vou me lembrar disso.

— Bom, estou só dizendo. Sei que você tem aquela garota lá.

— Eu não acho que a Avery ia querer dirigir até aqui para olhar baleias.

— Pode não cair a ficha até você dar a ideia. São criaturas majestosas. — Ethan se vira para dar uma piscadinha. A picape desliza para a linha central da pista no mesmo instante em que um carro surge na curva adiante. Por pouco ele desvia para a mão certa. — Imbecil! Olha *pra* frente! Enfim, tem um trecho bacana de areia também, ótimo para procurar coisas na praia. Um monte de estrelas e bolachas-do-mar.

— Se eu quiser mostrar estrelas e bolachas-do-mar para a Avery, posso só levá-la no trabalho — comenta Cameron, seco. — Temos a maior coleção de equinodermos nativos de todo o estado. É o que Tova diz, pelo menos.

A cabeça de Ethan se vira, e ele encara Cameron por um período alarmante de tempo. Sua barba emaranhada tremula, como se estivesse mordendo os lábios por baixo. Cameron se pega apertando as laterais do banco. O que aconteceu com o *"Olha pra frente"*?

Enfim, a atenção do homem massivo se volta para o painel. Seguem em silêncio por um bom tempo. A voz dele é baixa ao perguntar:

— Você conheceu Tova Sullivan?

Merda. O segredo. Ninguém deveria saber sobre Tova ir ao aquário. Não pela primeira vez, Cameron se pergunta por que é grandes coisas que saibam. Depois de pensar por um minuto, decide que não deveria ser. Os velhos são estranhos às vezes. E por que Ethan se importaria, de qualquer forma? Depois de uma pausa, responde:

— É, a Tova aparece de vez em quando, para ajudar.

— Achei que ela estivesse afastada por motivos médicos.

— Ela está. Esquece que eu comentei.

— Está tudo bem com ela? — Há uma reverência silenciosa na voz de Ethan.

— Sim, tudo certo. O pé dela está melhorando, eu acho.

— Fico muito contente em ouvir isso — murmura Ethan. Suas bochechas coradas estão ainda mais vermelhas do que o usual.

Um sorriso se abre no rosto de Cameron:

— Ai, meu Deus! Você *gosta* dela!

— Bom, quem não gostaria?

— Não me enrola. Está praticamente escrito na sua testa.

Agora as orelhas de Ethan também estão vermelhas.

— Ela é uma senhora amável.

— *"Ela é uma senhora amável"* — repete Cameron, imitando o sotaque escocês. Ele estica o braço e dá um pequeno soco no ombro do outro. — Vai lá, cara. Quero saber tudo. Vocês têm um passado ou o quê?

— Passado? — A boca de Ethan se pressiona em uma linha séria. — Eu nunca iria atrás de uma mulher casada. E é isso o que a Sra. Sullivan era, até recentemente.

— Ah. — Cameron deixa os ombros caírem, desanimado. — Não sabia disso.

— É. O marido era um sujeito decente. Morreu de câncer no pâncreas uns dois anos atrás.

Cameron une as mãos sobre o colo e as observa. Por algum motivo, descobrir isso sobre Tova dói um pouco. O fato de ela não ter se dado ao trabalho de compartilhar essa informação básica.

— Foi uma vida dura — continua Ethan —, com a história do filho dela e tal.

— Do que você está falando?

— Você não sabe? Bom, acho que não teria como saber. É conhecimento local, mas você não está aqui há tanto tempo. O pessoal não comenta mais tanto quanto costumava.

Com um calafrio, Cameron se lembra do comentário de Tova. *"As pessoas de Sowell Bay têm o hábito de falar."* Ele murmura:

— Eu não sabia que ela tinha um filho.

— Essa história não é minha para contar, mas acho que dá na mesma ouvir de mim ou qualquer outro. — Ethan respira fundo. — Bom, no final dos anos 80, o filho dela trabalhava na doca da balsa. Erik, era o nome dele. Esperto *pra* caramba. Melhor da turma. Brilhante nos esportes, capitão do time de vela. Deu para imaginar, *né*?

— Deu, claro — diz Cameron. Toda escola tem o seu Erik.

— Enfim, ele estava... Ai, inferno, maldição. Perdi a entrada? — Ethan arranca o celular do suporte e aperta os olhos na direção da tela. — Ei, Rhonda! Por que não me avisou?

Cameron ergue uma sobrancelha:

— Rhonda?

— É como eu chamo a voz da mulher que fala as direções. E ela está bugada desta vez. — O aparelho cai com um baque no porta-copos. — A casa do seu pai é a um quilômetro e meio para lá — diz ele, erguendo o polegar para trás.

— E a história? Do filho da Tova? — Os nós dos dedos de Cameron ficam brancos ao segurar o apoio na porta quando a picape gira em um círculo apertado, numa conversão definitivamente proibida.

— Ah, esquece isso.

— Nem vem!

— Eu não deveria ter falado nada. É triste. — Os pneus da picape zumbem contra o asfalto conforme ganham velocidade, sentido sul agora. Entre as densas copas das árvores, espiam trechos de pálida água azul. — O filho dela morreu. Afogado. Ele tinha 18 anos de idade.

— Céus! — Cameron solta o ar. — Isso é horrível.

— É — diz Ethan, baixo. — Bom, aqui estamos.

Ele guia a picape para fora da pista e entra numa estrada de cascalho sem marcações, levantando uma grande nuvem de poeira que faz os dois tossirem.

Cameron fecha a janela, olhando cético para o caminho. É cheio de buracos e ervas daninhas.

— Tem certeza de que é aqui?

Ethan ergue o telefone e confere o endereço de novo.

— Aham. Definitivamente é aqui.

COM TODA CERTEZA do mundo, não é aqui.

Poderia até ser uma boa localização para a casa de campo de um bilionário. O penhasco vazio dá vista para o mar de três lados. Mas não há nenhuma mansão *à la Toscana*, nenhum pai bilionário caloteiro em potencial tomando sol na piscina, bebericando de um cálice dourado. Só uma clareira empoeirada de cascalho que faz Cameron se lembrar daqueles cenários de filme, aqueles em que os adolescentes ficam dando uns amassos dentro do carro antes de serem dilacerados por um *serial killer.*

— Merda — murmura, chutando uma pinha pela terra, que desaparece na beirada e quica pela lateral do penhasco.

— Então não é aqui — diz Ethan, desnecessariamente.

— Definitivamente não.

Talvez as habilidades de fuçar a internet de Cameron não sejam tão impressionantes quanto pensara. Eles voltam para a picape e retomam o lento caminho pela estrada trepidante.

Ethan atinge um ponto difícil e freia quando deveria avançar. Típica reação de iniciante. Mas agora estão presos. A roda gira em falso quando ele pisa no acelerador.

— Ei, relaxa. Você caiu numa valeta ferrada — explica Cameron, paciente. Com certeza, a estrada não está em boa forma, mas é coisa de principiante para um 4x4. Como tirar doce de criança comparado com as merdas que Katie e ele enfrentavam no deserto da Califórnia com seu velho Jeep, antes de ser tomado pelo banco.

— Maldito buraco — diz Ethan, soprado, enquanto afunda ainda mais o pé no pedal. O motor ronca e resmunga, como se também estivesse cansado dessa aventura.

Cameron suspira.

— Posso tentar?

— Você? — Ethan franze a testa, mas seus olhos se arregalam de curiosidade, talvez esperança. — Está bem, pode ser.

Ele desliga o motor e joga as chaves para Cameron.

— Beleza. Vamos lá *pra* fora.

— Fora?

— É, fora. — Cameron tenta conter a impaciência na voz ao descer do carro. — Precisamos olhar o que está acontecendo aqui embaixo. Pode ser que a gente precise de um calço atrás. Tem algo aí que dê *pra* usar de alavanca?

Ele corre os olhos pela estrada, que termina na densa e escura floresta à frente. Nada parecido com o deserto aberto. Mas há uma pedra no canto que pode funcionar. Ele aponta com o queixo e ordena:

— Pega aquela pedra ali.

Ethan parece surpreso. Impressionado, até. Cameron se permite um pequeno sorriso.

— Eu costumava dirigir no deserto de vez em quando.

— Ah, sim. — Ethan assente e anda na direção da pedra.

Quando volta, Cameron já juntou um punhado de terra grossa e seca na frente das rodas traseiras e está olhando por baixo do chassi, usando as laterais da mão como minúsculos transferidores para medir os ângulos. Explica como irá funcionar:

— Primeiro, empurramos a picape para frente, só alguns centímetros, e calçamos o pneu direito com aquela pedra. Então saímos numa esquerda fechada e, quando as rodas de trás pegarem tração, cortamos depressa para a direita.

— Esquerda? — Ethan olha para a parede de árvores ao lado. Deve ter no máximo um passo entre o lado do para-choque frontal e a primeira fileira de troncos grossos. — Não, acho que não.

— Vai funcionar. É pura física.

Cameron se lembra de tantas conversas parecidas com seus amigos de *off-road*. Eles não conseguiam ver as coisas como ele via, as forças que lançariam o carro neste ou naquele sentido, mesmo que parecesse impossível. Ficavam sentados, girando a direção e a manivela do cérebro. Olhando com convicção para o rosto cético de Ethan, acrescenta:

— Confia em mim.

— Então *tá*.

Esquerda, direita brusca, um jato de lama com cascalho no retrovisor, uma guinada de embrulhar o estômago que assusta até Cameron, e a picape avança. Quando se livram da valeta, ele deixa escapar uma risada. Esquecera o quão divertido era isso. Esta picape não é um Jeep, mas não se sai tão mal num terreno pesado. Ele olha de relance e vê Ethan literalmente de queixo caído. Um sorriso maroto repuxa os cantos da boca de Cameron ao intencionalmente deixar as rodas da frente deslizarem para uma depressão, fazendo os dois pularem no banco.

— Quer se divertir mais um pouco?

Do banco do passageiro, Ethan joga a cabeça para trás e solta um uivo estranho, quase canino.

— Vamos lá!

Cameron pisa fundo. Isso é muito mais divertido do que peixe e fritas.

Dia 1.341 do meu cativeiro

CRIATURAS DO MAR SÃO MESTRES DO DISFARCE. Tenho certeza de que você conhece o peixe-pescador, que espreita nas águas escuras atrás de uma isca bioluminescente, a fim de atrair a presa direto para dentro de suas mandíbulas. Não temos peixes-pescadores aqui (e não posso dizer que sinto por isso), porém certa vez colocaram um pôster sobre eles no saguão.

Todos mentimos para conseguir o que queremos. O cavalo-marinho imita uma folha de alga. Os blenniiformes, que posam de peixes mais limpos, não se apressam ao dar pequenas mordidas em seu gracioso hospedeiro. Até minha própria habilidade de mudar de cor, minha camuflagem, é uma falsidade em seu cerne. Uma mentira que está dando seus últimos passos, temo, já que se torna cada vez mais difícil me transformar no ambiente.

Os humanos são a única espécie que subverte a verdade para entretenimento próprio. Chamam isso de piada. Brincadeirinhas, às vezes. Dizer uma coisa, quando o sentido é outro. Rir, ou fingir que ri, por educação.

Eu não posso rir.

Porém, escutei uma piada hoje que julguei esperta e adequada ao momento. Devo alertar que o desfecho é um tanto macabro.

A família parou em frente ao meu tanque, e o pai (pois é sempre um homem de meia-idade, o que suponho ser o motivo pelo qual as chamam de "piadas de tiozão") se virou para a criança pequena e disse: *"O que foi que o tigre disse quando prendeu o rabo no cortador de grama?"*

(Não me pergunte por que um felino da selva está na presença de uma máquina para aparar jardins. Piadas normalmente não fazem muito sentido.)

A criança, já rindo, disse: *"Não sei! O quê?"*

E o pai respondeu: *"Não me resta muito agora."*
Eu teria rido, se tal coisa não fosse impossível.
"Não me resta muito agora." É verdade. Posso sentir minhas próprias células se esforçando para continuar suas funções usuais. Amanhã, um novo mês começa, e, talvez, seja a última vez que notarei que Terry virou a página do calendário em sua sala. Meu fim inevitável se aproxima.

UMA VERDADE EM TRÊS MARTÍNIS

O almoço de despedida de Mary Ann Minetti começa ao meio-dia, em uma tarde quente de agosto. Tova chega na Churrascaria de Elland com dez minutos de antecedência. O sol escaldante ataca seus olhos, e ela os aperta ao subir a escada na entrada do restaurante, que fica no distrito à beira-mar da cidade. Seu tornozelo ainda está dolorido e enrugado das semanas que passou dentro da bota.

— Sra. Sullivan! — Uma voz familiar chama de trás, e um braço firme segura seu cotovelo.

— Laura, querida. Como você está? — Tova inclina a cabeça para cumprimentar a filha de Mary Ann, uma esbelta mulher de 40 anos de idade, aceitando sua ajuda para escalar os degraus.

De acordo com Mary Ann, Laura chegou na semana passada, para ajudá-la com os preparativos. E foi ela quem organizou este almoço, quem escolheu este restaurante chique. Tova não está totalmente convencida de que Mary Ann não teria preferido um café no conforto do lar, embora, talvez, isso não seja possível agora que a casa está sendo preparada para os corretores, e as coisas, encaixotadas.

— Estou ótima, ótima. — Laura assente, segurando a porta de entrada para ambas. — E feliz de ver que você está se recuperando. Minha mãe contou do acidente. — Ela ergue uma sobrancelha para o pé de Tova.

— Foi só uma torção.

— Eu sei, mas na sua idade...

Saudações animadas da recepcionista à porta poupam Tova da necessidade de responder. Carregando uma pilha impossivelmente alta de cardápios, ela as guia pelo restaurante até uma longa mesa vazia, ao lado de janelas de frente para o mar. A vista, pelo menos, é adorável.

— O garçom de vocês já está vindo, mas eu posso buscar as bebidas enquanto isso — oferece a mulher enquanto circula a mesa e coloca um cardápio em cada lugar. Deve haver pelo menos trinta cadeiras. Por céus! Quantas pessoas Laura convidou?

— Ah, com certeza. Gim e tônica, por favor. — Laura solta a bolsa sobre a mesa e suspira. — Na verdade... passei a manhã toda ajudando minha mãe a encaixotar as coisas da casa onde ela morou por meio século. Melhor trazer uma dose dupla.

— Claro, senhora.

Tova se senta em uma cadeira ao final da mesa, imaginando a coleção de porcelanas e crucifixos polidos, que sempre viveu na prateleira sobre a pia de Mary Ann, embrulhada em panos e enfiada numa caixa de papelão, onde provavelmente ficará por anos até que algum membro mais novo da família desafortunado a encontre e precise tomar a decisão de como se livrar daquilo. Ela força um sorriso para a recepcionista, que parece estar esperando seu pedido.

— Só café, por gentileza. Preto.

A mulher se dispersa com um aceno de cabeça, deixando as outras duas no tipo de silêncio que faz Tova desejar ter trazido seu tricô. Enfim, pergunta:

— Como estão as meninas?

A filha de Laura, Tatum, e a netinha pequena, Isabelle, vivem com ela em Spokane. Agora Mary Ann, já bisavó, aos 70 anos de idade, irá morar lá também. É claro que a situação com Tatum e a bebê não fora planejada, mas Tova não consegue não se espantar com a forma como as coisas acabaram acontecendo. Quatro gerações de mulheres, debaixo do mesmo teto.

Laura assente.

— As meninas estão bem. Ótimas. Isabelle já está andando.

— Que maravilha!

— É. — Laura sorri, mas não elabora a resposta, da forma que as pessoas frequentemente não elaboram nada perto de Tova quando o assunto é filhos, o que às vezes é um misto de alívio.

O silêncio desconfortável paira novamente, então Tova pergunta:

— E como vai o trabalho, querida?

— É... trabalho. — Laura deixa escapar uma risadinha genuína antes de se lançar em uma história sobre atualizações tecnológicas acontecendo ao longo do verão na universidade estadual, onde dá aula de psicologia. Tova acompanha, assentindo com a cabeça. Parece, de fato, um pesadelo. Laura suspira com pena e explica: — Por isso precisamos que minha mãe se mude logo. Antes do próximo semestre, pelo menos. Me sinto horrível por vocês não terem uma despedida adequada; sei o quanto são próximas. Há décadas.

— Para isso temos o telefone.

— Vamos ensinar minha mãe a usar um tablet. Assim ela pode participar dos encontros das Tricoteiras Criativas à distância! — Laura sorri, parecendo muito orgulhosa de sua solução, seja lá o que queira dizer. — E você? Quando volta a trabalhar no aquário?

Tova endireita as costas e conta sobre sua conversa recente com Terry. Ele concordou em deixá-la voltar, para "ajudar o garoto novo", conforme dissera. Tova não poderia ficar mais contente com o acordo, que lhe permite ensinar a forma certa de se fazer as coisas, e deve ter tempo o suficiente para isso até se mudar para Charter Village no final do mês. Ela não menciona que também gosta bastante de passar tempo com o jovem.

— Mãe! Aqui! — Laura chama Mary Ann, que acena do outro lado do restaurante, seguida por Barb Vanderhoof e Janice e Peter Kim.

— Uh-huuu! — Barb balança as mãos para o alto ao se aproximar da mesa. Está vestindo uma regata de lantejoulas que fica apertada demais no peito. — Olha só isso! Que chique! — Ela envolve Laura em um abraço.

Janice desliza para o lugar ao lado de Tova.

— Como vai, Tova?

— E o tornozelo? — Peter Kim se senta perto da esposa.

— Muito bem, obrigada — responde Tova, torcendo para que seu acidente não seja o assunto do dia.

— Excelente notícia! Mas o que aconteceu com o seu braço?

Tova repuxa as mangas, tentando esconder a linha mais recente de marcas de ventosa.

— Não é nada. Deve ser do sol.

Peter franze a testa, e Tova pode perceber que está assumindo seus ares de médico, prestes a insistir no assunto, mas é felizmente interrompido pela convidada de honra.

— Ah, meu Deus. Obrigada por terem vindo! — Mary Ann deixa escapar uma risadinha de menina e se senta em seu lugar designado ao centro da mesa, conforme mais pessoas chegam.

Tova reconhece diversos membros da paróquia St. Ann's, da qual Mary Ann participou ativamente por anos, assim como vizinhos. Em poucos minutos, quase todos os lugares estão ocupados, deixando apenas duas cadeiras vazias do outro lado de Tova. Aliviada por estar ao lado dos faltantes, coloca a bolsa em um dos assentos.

— Olha só que grupo mais animado! — Um jovem de pele marrom-escura e olhos brilhantes se aproxima com duas jarras de água. Omar, de acordo com o crachá. — Ainda bem que estou de tênis, porque tenho certeza de que vocês vão me fazer andar bastante!

Uma risada de aprovação percorre a mesa.

— Viemos festejar! — De seu lugar, Barb Vanderhoof faz uma dancinha. Omar imita pistolas com os dedos e mira na direção dela.

— Esse é o espírito da coisa!

— Nossa querida Mary Ann está se mudando. — Barb aponta para a amiga, que fica ruborizada. — Para Spokane.

— Ixi, Spokane? Sinto muito! — Omar faz cara de quem acabou de chupar um limão, mas seus olhos continuam brilhando.

— Ei! Eu moro em Spokane! — Rindo, Laura ergue seu copo alto, já vazio.

O café de Tova finalmente chega, trazido por um menino cansado que parece receber ordens o dia todo. Ela analisa o espesso líquido escuro antes de provar. Está quente e forte. Pega o cardápio e o estuda, estalando a língua com as descrições dos pratos, coisas como *"creme batido de manjericão"* e *"molho cremoso de nabo"*. Onde estão as sopas e saladas? Uma tigela de caldo de milho cairia tão bem.

— Tem alguém sentado aqui? — Uma voz, vagamente familiar, a distrai do cardápio.

Ela ergue os olhos para a figura alta. Ele não parece tão estranho sem seu short de ciclismo, óculos de sol da era espacial e capacete, mas é Adam Wright, o sujeito que a ajudou com as palavras-cruzadas no Parque Hamilton, algumas semanas atrás.

— Ah, oi! — Ele abre um sorriso, reconhecendo-a também.

— Que bom revê-lo — diz Tova, tirando a bolsa da cadeira. Do outro lado de Adam, há uma mulher baixinha, com cabelo ruivo encaracolado.

— Esta é Sandy Hewitt — diz ele, apertando carinhosamente o braço da companheira quando ambos se sentam. — Sandy, conheça Tova Sullivan.

— Como vai você? — pergunta Tova, assentindo com a cabeça.

O menino cansado reaparece com dois martínis numa bandeja. Com cuidado, coloca-os em frente ao casal. Adam toma um longo gole, o que faz Tova se lembrar do dia em que bebeu sua garrafa de água no parque.

— Laura e eu frequentávamos o mesmo grupo de jovens na St. Ann's — explica ele. — Ela ficou sabendo que eu tinha voltado para a cidade e de algum jeito conseguiu me convocar para ajudar com a mudança da mãe. E agora eu convoquei minha alma gêmea aqui também. — Ele pisca para Sandy.

— Elas têm sorte por tê-lo. — A jovem sorri e aperta o bíceps dele. — E eu sempre fico feliz em ajudar, não que eu seja uma grande carregadora de peso. Mas Laura foi gentil o suficiente para me incluir no almoço. É ótimo conhecer tantas pessoas de Sowell Bay de uma vez só.

— É, Laura se superou com a lista de convidados, não foi? — Tova dá um gole no café.

— Acho que sim. — Sandy inclina a cabeça de lado. — Então, como você e Adam se conhecem?

Tova pigarreia e diz em voz baixa:

— Ele era amigo do meu filho.

Adam aperta os lábios. Ele se inclina para perto da orelha de Sandy, e a maior parte da explicação sussurrada é inaudível para Tova, mas ela capta as palavras *"tinha esse menino que..."*

Os olhos de Sandy se arregalam, e ela lança um olhar de pena à Tova, antes de voltar uma atenção intensa ao cardápio. Alisando o cabelo, endireita-se na cadeira, bate palmas e chama animada a mesa toda:

— Bom, quem já decidiu o que vamos comer? Ouvi dizer que a fraldinha está de matar!

CALDO DE MILHO, de fato, não é servido na Churrascaria de Elland. Mas Omar recomenda um bisque de abóbora com curry que, para a surpresa de Tova, é delicioso. Ela molha até a última gota no pão de fermentação natural que acompanha o prato enquanto Adam Wright e Peter Kim reclamam por cima dela e de Janice sobre os Mariners e sua sequência de derrotas, um assunto que não interessa nem um pouco à Tova.

— Beisebol. Quem se importa, não é? — diz Janice.

Tova sorri e passa um guardanapo nas beiradas da boca.

— A única coisa mais entediante do que assistir um jogo é falar sobre um jogo.

Peter Kim dá um aperto de brincadeira no ombro da esposa.

— Me perdoe por entediá-la, amor.

— Ei, talvez eu seja amaldiçoado. — Adam Wright ri. — Eu me mudo de volta para a cidade, e de repente nosso time começa a perder. Deveria ter ficado em Chicago.

Ele termina o martíni e sorri para Sandy enquanto puxa uma gorda azeitona verde do palito de plástico e lhe oferece outra, passando um braço por trás de sua cadeira.

Janice se inclina na direção da menina.

— E a casa, alguma sorte?

— Ah, sim! — Sandy sorri. — Escolhemos uma daquelas construções novas, no loteamento ao sul da cidade.

— Que perfeito! Assim vocês podem dar o acabamento que quiserem.

— Exato! Adam está planejando um espaço para ele e os amigos assistirem beisebol no porão.

Peter Kim se anima:

— Excelente! Vou assistir aos jogos na casa de vocês!

Os quatro compartilham uma risada.

Sandy se vira para Tova.

— E você, Sra. Sullivan?

— Eu? — Tova ergue uma sobrancelha.

— Sua casa... recebeu alguma proposta?

Janice solta o garfo e se vira para encarar Tova.

— Jessica Snell comentou, quando estávamos fechando o contrato, que sua casa tinha acabado de ser anunciada. Não é uma boa opção para nós, é claro. Precisamos de pelo menos cinco quartos para quando os netos vierem visitar.

— Eventuais netos — corrige Adam. — Netos hipotéticos.

Tova retorce o guardanapo em seu colo.

— Mas é uma casa magnífica — continua Sandy. — Jessica disse que não acha que vá ficar muito tempo disponível. Alguém vai fazer uma oferta rapidinho.

— É, imagino que sim — diz Tova, baixo.

— Tova. — A voz de Janice é séria. — Do que ela está falando?

— Ahn... Não... Digo... vocês não sabiam? — As bochechas de Sandy ficam tão vermelhas quanto a pimenta no novo martíni de Adam.

— Tudo bem. — Tova pigarreia. — O que Sandy está dizendo é verdade. Estou vendendo a casa. Fiz o pedido para dar entrada em uma suíte em Charter Village, em Belingham.

Um silêncio cai sobre a mesa.

— O quê? — pergunta Mary Ann, incrédula.

— Por que você não comentou nada? — Barb exige saber.

— E a sua casa? — Janice se inclina para frente.

— Aquela casa linda! A casa do seu pai!

— E todas as suas coisas, Tova!

— Você tem tantas coisas maravilhosas! Vai se livrar de tudo?

— Para onde vão as suas coisas?

— Tantas coisas para ajeitar!

— Aquele sótão, nem imagino.

— Aqueles baús da sua mãe, os de cedro. Que tristeza!

— Eu sou perfeitamente capaz de lidar com os meus pertences — diz Tova, a voz tensa.

Isso encerra o bombardeio de perguntas. Como podem, as Tricoteiras Criativas, julgarem seus bens desta forma? Mary Ann com todas aquelas estatuetas, e a casa de Janice tem um cômodo inteiro só de equipamentos de computador, cuja maioria parece não ter função alguma. Barb, por algum motivo que nunca foi bem explicado, coleciona elefantes desde que era solteira, pelo amor de Deus! O quarto de hóspedes dela está repleto de coisas de elefante. Quem são elas para atirar pedras assim?

Janice apoia uma mão no ombro de Tova.

— Você não precisa fazer isso, você sabe. Peter e eu sempre dissemos que pode vir morar com a gente, que você pode...
— De forma alguma. Eu jamais incomodaria vocês assim.
Janice balança a cabeça.
— Você nunca incomoda, Tova.

ENQUANTO OS PRATOS são retirados da mesa, Mary Ann circula para agradecer a todos pela presença. Janice e Peter Kim se despedem, explicando que estão ficando atrasados para a aula de cerâmica. Barb Vanderhoof e suas lantejoulas apertadas demais brilham para fora do restaurante, a caminho da sua sessão semanal de terapia. Omar traz a conta para que Laura acerte e faz uma piada sobre Mary Ann se meter em encrencas em Spokane. Adam Wright engole os restos de seu terceiro martíni e envolve o braço de Mary Ann com as duas mãos.
— *Nós* que agradecemos pelo convite!
— Estava maravilhoso! — complementa Sandy, animada. Aparenta ter se esquecido da bomba que jogou antes.
Felizmente, o restante da mesa também parece ter se esquecido, embora Tova tenha escutado Janice e Barb sussurrando sobre *"fazer ela mudar de ideia"*.
O sorriso de Mary Ann é apertado ao se sentar na cadeira vazia ao lado de Tova.
— Vou ver você antes de ir embora no final de semana, não vou?
— Certamente. Eu passo na sua casa.
— Por favor! — A voz dela fraqueja um pouco. Laura se apressa para perto e fica ao lado da mãe, um braço ao redor de seus ombros.
— É tão legal você receber a sua mãe em casa. — Adam se vira para Mary Ann, recostando-se na cadeira. — Cara, que bom que eu tive filhos, mesmo que isso signifique nunca me livrar da minha ex-esposa. Seria um inferno envelhecer sozinho. Não é por isso que as pessoas têm filhos?
Sandy lhe dá uma cotovelada:
— Não seja ridículo, amor.
Laura o encara séria, não dando outra resposta além de se esticar à frente dele, para pegar o copo ainda não vazio de martíni e o entregar a um garçom que está de passagem.
— Nossa, que idiota eu sou. — Adam ergue uma mão e a abaixa em seguida. — Tova, me perdoe. Eu não quis dizer isso. Você não vai envelhecer sozinha. Mesmo que Erik não esteja mais aqui.
— Está tudo bem — responde Tova baixinho. — Foi há muito tempo.
— Eu me lembro como se fosse ontem. — A voz de Adam é clara agora.

Mary Ann leva os dedos à frente da boca, e Laura coloca as mãos na cintura, lançando um olhar que poderia perfurar até pedras. Mas Tova se vira para Adam, subitamente ciente do coração martelando sob a blusa.

— Eu sempre gosto de ouvir do que os outros se lembram.

Ele passa uma mão no rosto.

— Bom, nada que você já não saiba, tenho certeza. Eu me lembro da última vez que o vi. Pegamos uns nachos na lanchonete aquela tarde, antes de ele começar a trabalhar. Estávamos planejando ir para a cabana dos meus pais no dia seguinte. Ele ia pegar umas cervejas da sua geladeira, como sempre. — Ele estremece. — Ahn, me desculpe por isso.

Tova chacoalha uma mão.

— Não tem importância.

— Enfim — continua Adam —, ele queria impressionar aquela garota, seja lá qual fosse o nome dela. Ia levá-la até a cabine.

Tova deixa escapar uma risadinha forçada. Roubar cervejas da geladeira? Isso soava como algo que o filho faria. Mas o resto, seria possível? Ela balança a cabeça:

— Não me lembro de o Erik ter uma namorada naquela época.

— Não sei o que ela era dele, tecnicamente, mas estavam saindo. — Adam franze a testa, as sobrancelhas baixas. — Droga. Como era mesmo o nome dela?

Laura coloca uma mão sobre o ombro de Tova.

— Está tudo bem?

— Tova, querida? — Mary Ann ecoa a filha.

— Estou perfeitamente bem. — A voz de Tova soa como se estivesse saindo de dentro de uma caverna. Ela se levanta, agradece Laura pelo almoço e dá um breve abraço em Mary Ann. A seguir escuta a si mesma despedir-se de Adam Wright e Sandy Hewitt.

Clique, claque. Clique, claque. O som de suas sandálias no piso de madeira do restaurante parece empurrá-la para longe da mesa. Ao sair, o sol do final da tarde a ataca, e ela protege o rosto com uma mão ao atravessar em linha reta o estacionamento da Churrascaria de Elland em direção ao seu carro. Quando se senta no banco do motorista com o motor ligado e o rádio tocando, percebe que estava prendendo a respiração. O ar sai, quente e rápido, embaçando seus óculos.

Então Will tinha razão.

Havia uma garota.

A SOMBRA DO PÍER

A casa de Avery é pequena, com revestimento em vinil amarelo, em um bairro próximo à rodovia do condado. É bem afastada da cidade; não lhe surpreende que Avery tome banho na loja depois de remar de manhã, mesmo que a água esteja congelando, em vez de dirigir de volta para casa. Ferramentas de jardim e sacos com galhos e folhas estão espalhados pelo quintal da frente; mal há espaço para Cameron estacionar a van.

Ela aparece na varanda, segurando uma caneca de café. Um short de corrida pende baixo de seu quadril, e um trecho de pele levemente morena espia entre o cós e a barra da blusa. Por céus! De repente, ele está muito feliz por ela ter sugerido que se encontrassem ali, e não na loja. Avery dissera que não gosta de ir lá quando não está trabalhando, mas talvez tivesse outra ideia em mente?

Apertando os olhos contra o sol, ela diz:

— Você veio!

Cameron salta para fora da cabine e enfia as chaves no bolso.

— Estava duvidando de mim?

Ela sorri.

— Para ser sincera, eu normalmente não namoro caras mais novos. Já me deram um gelo mais de uma vez.

— Caras mais novos? Quantos anos você acha que eu tenho?

— Vinte e quatro?

— Chuta trinta. — Ele salta os poucos degraus de entrada em um pulo. — Mas eu perdoo você. É difícil saber, com esse meu porte atlético que irradia juventude.

Avery revira os olhos.

— Guarda esse orgulho para depois que eu colocar você numa prancha. Aí, sim, a gente conversa sobre seu porte atlético.

— Você vai ver que eu nasci para isso. Habilidade natural.

— Aham. — Avery faz uma careta e gesticula na direção da porta. — Entra um pouco? Preciso terminar de me arrumar.

— Claro. Mas e você?

Ela se vira para ele, confusa.

— O que tem eu?

— Qual é a sua idade? — Uma nota de ansiedade escapa na voz de Cameron.

— Fiz 32 mês passado. — Ela ri com a expressão de alívio dele e a seguir se inclina para pegar uma meia perdida no chão laminado. — Por que, quantos anos você achou que eu tinha?

— Ah, vinte e pouquinho, óbvio.

Ela bate nele com a meia.

— Não me enrola.

Cameron abre seu melhor sorriso.

— Ué, por que não? Você...

Um resmungo abafado vindo do outro cômodo o interrompe. Momentos depois, um adolescente aparece. É quase tão alto quanto Cameron, com cachos pretos desgrenhados e a mesma pele marrom-clara de Avery. Sem sequer olhar para Cameron, o menino ergue uma caixa de cereal e murmura:

— Mãe! Acabou o Cheerios.

Cameron deixa cair o queixo. Um filho? Um filho adolescente?

Um olhar de surpresa corre o rosto de Avery, e ela respira fundo.

— Cameron, este é Marco. — Ela vira para o adolescente, que o encara como alguém que olha para uma merda fresca. — Filho, este é meu amigo Cameron.

— Ei — diz Cameron, assentindo.

— E aí? — Marco ergue o queixo.

— Não liga para ele. Tem 15 anos. E eu achei que tivesse saído para andar de bike 10 minutos atrás — diz Avery, bagunçando o cabelo do menino, que tolera o gesto por dois segundos antes de desviar para longe da mão dela.

Cameron refaz as contas mentalmente, três vezes para garantir. Dezessete. Avery teve um filho aos 17 anos de idade!

— Marco, filho, o que a gente faz quando acaba o Cheerios?

O menino revira os olhos.

— A lista.

— Certo. Anotamos na lista de compras — diz ela, com um tom de reprovação. — Tenho certeza de que você consegue encontrar outra coisa para comer enquanto isso.

Marco murmura:

— Acabaram os salgadinhos também.

— Ah, céus, é o fim do mundo — retruca Avery, seca. — Olha, eu vou tentar passar no mercado depois. Cameron e eu vamos para o mar. Não derruba a casa enquanto eu não estiver, combinado?

— O Kyle e o Nate podem passar aqui depois?
— Só se você prometer que não vão ficar jogando videogame o dia todo. Vai andar de bicicleta! E a grama precisa ser cortada.
— *Tá*, beleza. Eu corto a grama.
— Ótimo. Divirta-se! E... pega! — Ela joga a meia para ele. — Esse pé se perdeu no caminho até o cesto.
Essas últimas palavras percorrem o corpo de Cameron como um choque. É exatamente o que Katie costumava lhe dizer quando ele deixava as roupas no chão do quarto.

— **EU DEVERIA** ter contado para você. — Avery morde os lábios e olha para fora da janela da van. — Desculpa.
— Não! Tranquilo. Sem problemas, mesmo. — Cameron apoia o braço no vidro aberto.
Sem problemas? Para sua surpresa... sim, talvez, sim. Ver Avery na posição de mãe, por algum motivo, o impressionou de uma forma que nunca havia sido impressionado por uma garota antes. Ele sai da rodovia e segue pela longa e sinuosa colina em direção à água. O motor estremece na descida, e aquela maldita correia solta range, o que o faz repensar sua insistência em dirigir. Mas queria exibir a van. Está bonita estes dias. Ele esfregou todo o interior com vinagre e limão, e até as janelas estão livres de manchas. Até se permitiu um colchão barato, mas novo.
Avery lhe lança um olhar de lado.
— Você não se incomoda, que eu tenha um filho?
— Bom, acho que isso é um indício de que você é fácil — diz ele, a voz falhando na última sílaba. A brincadeira passou dos limites?
Mas Avery cai na risada e lhe dá um soquinho no ombro.
— Você vai definitivamente cair na água. Vou te afundar eu mesma!
— Não pode! Eu não tenho roupa.
É verdade. Todas as bermudas de banho de Cameron estão enfiadas num saco de lixo preto, aonde foram depois de serem arremessadas para fora da varanda de Katie. No saco que provavelmente já foi realocado para o porão de Brad e Elizabeth a esta altura.
Avery o encara, perplexa.
— Como não?
— Está em falta no momento.
— Nós temos bermudas na minha loja, você sabe.
— Caro demais *pro* meu bolso. Quanto você acha que estão me pagando para despedaçar cavalas e lavar as tripas do chão depois?
— Para de ser bobo. Eu teria *dado* uma para você!

— Nem, chega de caridade para mim. Mas aquele negócio que você deu *pro* meu pescoço era incrível.

— Justo. — Ela balança a cabeça, sorrindo. — Mas espero que você goste de passar frio e ficar molhado.

PEQUENAS ONDINHAS VARREM a praia de pedregulhos. Quão difícil pode ser? Mesmo assim, Avery explica o básico:

— Então, você põe os pés aqui. — Ela aponta para o meio da prancha dele. — E segura o remo assim — diz, demonstrando.

Cameron concorda com a cabeça, um tanto distraído, enquanto ela repassa mais um milhão de instruções.

— E a última coisa — grita, animada, ao lançar a prancha graciosamente dentro da água — é não cair!

Uma brisa levanta a barra do short dela, distraindo-o.

— Não vou — promete.

Ele se deita de barriga, conforme instruído, e impulsiona a prancha para longe da praia. Mas, assim que ergue um joelho, preparando-se para levantar, começa a tombar. Com um *splash* alto, seu pé escorrega e afunda na areia áspera, 15 centímetros abaixo.

— Puta merda! — exclama. A água gelada o deixa sem ar. Chocantemente gelada.

— Cinco segundos. — Avery olha por cima do ombro, uma sobrancelha erguida. — É um recorde.

— Eu estava só testando a temperatura da água.

— Tente abrir mais a sua base.

De alguma forma, Cameron consegue colocar os dois pés sobre a prancha. E Avery tem razão: maior amplitude é melhor. Quando lhe diz que o está levando por sua rota usual para iniciantes, ele se deixa flutuar. Puget Sound é congelante.

Ele a segue ao redor de um longo cais em curva. Na rocha mais distante, uma gaivota inclina a cabeça; seu olhar é comicamente bravo. Observar o pássaro irritado quase o faz se molhar de novo, mas, desta vez, consegue se recuperar. A cada remada, se sente mais firme.

Eles estão na metade do caminho até o píer quando Avery abaixa o remo e se senta, de pernas cruzadas, sobre a prancha. Os olhos de Cameron se arregalam. É para ele tentar o mesmo truque?

Ela sorri.

— Não é tão difícil quanto parece. É só manter o peso bem distribuído quando se abaixar.

Prendendo a respiração, Cameron segue as instruções e logo se encontra sentado, balançando com as ondas.

— Isso é bacana — diz.

— Não é? — Avery se inclina, apoiada nos cotovelos. Sua blusa levanta, revelando um perfeito umbigo delicado. — Sowell Bay tem uma das águas mais tranquilas de Puget Sound. É um dos motivos pelos quais me mudei para cá.

— Quando foi isso?

— Cinco anos atrás? É, isso mesmo. Marco tinha 10 anos. Viemos de Seattle.

— Deve ter sido difícil.

— Nós nos saímos bem. O pai dele pegou um emprego em Anacortes, e Sowell Bay ficava na metade do caminho. — Ela desliza uma mão pela água. — Além disso, eu sempre quis ter uma loja de *stand up paddle*, o que nunca conseguiria bancar em Seattle.

— O que você fazia antes?

— Tive uns empregos estranhos, mas, quando Marco era pequeno, eu era mãe, basicamente. O pai dele é auxiliar de convés em um pesqueiro comercial, então está sempre *pra* lá e *pra* cá. — Ela olha para a baía. — No verão, ele não vê muito o Marco. Mas não é má pessoa.

— Ex-namorados não são sempre más pessoas? — Cameron estica uma perna na beirada da prancha e afunda o pé na água. Ainda está fria, mas o sol é tão implacável aqui que a sensação é quase boa.

Avery sorri.

— Na verdade, Josh e eu somos bons amigos. Nunca nem namoramos. Só saímos juntos no último ano do meu ensino médio e... *puff*! Aparece uma criança para nos unir para o resto da vida.

— *Puff*? É assim que um parto é?

— Vai por mim, você não quer saber como um parto é. — Avery se deita de barriga e apoia o queixo nas mãos. — Desculpa, Marco foi um grosso com você antes. Sinceramente, eu não costumo levar caras para casa, e as vezes que levei nem sempre acabaram bem...

— Não esquenta. Ele tem 15 anos. Tem todo o direito de ser o Oscar dos *Muppets*, lata de lixo e tudo.

— Lata de lixo? O quarto dele está mais para um aterro inteiro! Nem entro mais lá.

— Acredite, é uma decisão sábia — diz Cameron, com uma risada.

Uma lancha passa zunindo mais adiante na baía e, depois de alguns instantes, a prancha dele bate de leve na de Avery, empurrada por uma série de pequenas ondinhas. Eles flutuaram quase toda a distância até o píer agora. Bem ao fim da estrutura de altos pilares, uns adolescentes estão se divertindo; alguns caminham sobre o topo do guarda-corpo inclinado, como se fosse uma corda-bamba. Os olhos de Avery se estreitam na direção deles.

— Pelo menos Marco não faz essas coisas idiotas para se exibir. — Ela balança a cabeça. — São, tipo, uns 10 metros de altura, dependendo da maré. E tem rochas imensas e pontudas ali. Pilares antigos. Você cai na água do jeito errado e já era.

— Ai! — Cameron não é muito fã de altura.

Avery rema até a sombra do píer, onde a água se torna escura, e ele segue atrás. Ali, há um cheiro gelado de óleo. Algas se prendem nas estacas, pouco abaixo do nível da água, refletidas em tons frios de sépia.

De repente, Avery diz:

— Eu salvei uma pessoa aqui, uma vez. Ela ia pular.

— Pular?

— Uma mulher. Aqui do píer. — Ela cutuca uma estrutura coberta de cracas com a ponta do remo.

— Nossa! Como?

— Eu larguei a prancha na praia e subi, para ajudar. Conversei com ela. — Avery estremece. — Convenci a descer.

— Eu não saberia nem por onde começar, para fazer alguém desistir assim.

— A maior parte do tempo, eu só escutei. — Avery dá de ombros. — Mas foi estranho. Eu nunca tinha visto essa mulher por aqui. Sowell Bay é uma cidade tão pequena. Quando aparece gente nova, é um grande evento.

— Percebi. — Cameron não consegue deixar de pensar em Tova e suas tricoteiras fofoqueiras malucas, ou seja lá como se chamam. E Ethan, que ama dar atualizações dos dramas da cidade quando chega em casa da mercearia? — E aí, o que você fez depois que ela desceu?

— Acompanhei até o carro. Acho que eu poderia ter chamado a polícia, mas... — Ela deixa escapar um longo suspiro e então abre um sorriso forçado. — Enfim, por que estou contando isso? O que eu estava dizendo era que Marco ficaria de castigo para o resto da vida se eu descobrisse que estava brincando ali em cima.

— Ele tem sorte por ter uma mãe tão boa.

— É, bom, minha mãe não era muito tolerante comigo. Acho que é só o jeito que fui criada.

— Eu queria ter sido criado assim. — Com os olhos focados na água, Cameron conta a Avery sobre a mãe abandoná-lo na casa de tia Jeanne e nunca mais voltar.

— Meu Deus! Sinto muito, Cameron. — Ela ergue o remo, coloca-o na ponta da prancha dele e usa para puxá-lo para perto. Depois que trombam suavemente, coloca uma mão sobre o joelho dele.

Passos ressoam no píer acima deles, ecoando pela madeira. Um dos adolescentes grita, e por um segundo Cameron se prepara para ver um corpo abarrotado de testosterona despencar em direção à água escura. Mas então há uma série de risadas. Ele estremece.

— Às vezes, me pergunto se ela ainda está viva. — A voz abaixa um tom. — Mas aí fico pensando se não seria pior. Saber que ela esteve por aí, todos esses anos, e nunca nem tentou ser mãe de novo, sabe?

— Sua tia também não recebe notícias dela?

— Nunca.

Avery corre um dedo pela beirada da prancha, deixando um rastro de pequenas gotinhas de água para trás.

— Deve ter sido muito difícil *pra* sua mãe.

— Difícil para *ela*?

— Ir embora, digo. Deixar você com alguém que poderia fazer melhor que ela.

Cameron resmunga de leve, prestes a retrucar, mas não consegue encontrar as palavras certas. É claro que já ouviu esse tipo de coisa antes, pessoas dizendo que a mãe ter abandonado Cameron com tia Jeanne foi uma benção disfarçada. Um ato de misericórdia, até. A própria tia costumava falar isso. Esses comentários sempre lhe pareceram a maior viagem do mundo, besteiras vazias para supostamente fazê-lo se sentir melhor. Mas, por algum motivo, ao ouvi-las de Avery, as palavras parecem reais e verdadeiras.

Quando era mais novo, costumava imaginar como teria sido sua vida com a mãe, mas, naquelas fantasias, a figura materna era sempre... bem, uma mãe. Comum, como alguma versão da mãe de Elizabeth, com seus vídeos de ginástica e a famosa receita de cookies de manteiga. Naturalmente, doía infernos sentir que perdera isso. Mas talvez Avery tenha razão. Talvez isso jamais pudesse ter existido.

— Eu passei um período difícil quando descobri que estava grávida do Marco — continua ela. — Decisões difíceis, sabe? E cada pessoa da minha desagradável família fez questão de opinar. Parecia que eu estaria destruindo a minha vida, não importava o que eu fizesse.

— As pessoas e suas opiniões normalmente são um saco. E saiba que você fez um excelente trabalho com a sua vida.

— É, bom, meio que fiz, *né*? — Um sorriso parcialmente modesto aparece e desaparece depressa em seu rosto, que se torna sério de novo. — Mas naquela época eu tinha 17 anos. Não tinha ideia do que estava fazendo. Decidi seguir em frente com a gravidez, mas houve momentos em que pensei que poderia ser melhor, para o Marco, não para mim, que outra pessoa o criasse.

— Você pensou em colocá-lo para adoção.

— Quase fiz isso. — Ela aperta os joelhos contra o peito. — Minha família ficava insistindo que seria melhor para todo mundo. E, no meu caso, eles estavam errados, sabe? Mas entendi o que queriam dizer. Pode ser a escolha certa.

Cameron vê de novo, em sua mente, a forma confiante com que Avery bagunçara o cabelo do filho. Não aceitava meias sujas no chão. Ele mal consegue juntar o suficiente para comprar um lixo de van com a grana desviada de sua tia absurdamente generosa, e, enquanto isso, Avery criou um ser humano inteiro, sem contar a compra de uma casa e abrir uma loja de *stand up paddle*, e não pensa duas vezes antes de dar um pote de 20 dólares de vaselina orgânica, de graça, para um fracassado como ele. Um ponto fraco por criaturas feridas, de fato.

— Meus amigos Brad e Elizabeth vão ter um bebê — diz ele, embora não saiba o porquê, já que é meio do nada. — Melhores amigos, na verdade. Somos próximos há muito tempo.

— Isso é maravilhoso! — diz Avery.

— É, é incrível. — Cameron assente devagar. — Assim.... Eles não têm ideia do que estão fazendo, mas acho que vão dar um jeito de descobrir.

— Com certeza. Bilhões de pessoas deram um jeito de descobrir.

Cameron sorri.

— Você ia gostar deles. Digo, o Brad é meio bobão, mas é um cara com quem dá para contar. E eu acho que você e a Elizabeth iam ser ótimas amigas. — Ele corre a mão pela água escura e gelada. — Eu queria que você os conhecesse. Um dia.

Ele esfrega a nuca, que ficou quente e corada de súbito.

— Claro, eu adoraria. — Avery fica de joelhos e dá uma remada. — Vamos voltar? Está frio aqui embaixo.

Uma hora depois, enquanto eles deslizam de volta ao redor do cais, a mesma gaivota perturbada os encara, brava.

— Ei, relaxa, você aí! — diz Cameron, rindo consigo mesmo. Está pegando o jeito de Ethan.

A gaivota se inclina para trás, abre o bico e solta o grito mais alto e irritado que um pássaro já soltou na vida.

Tudo o que bastou foi um pé escorregando alguns centímetros para trás, uma mudança no peso e, com um *splash* massivo, Cameron está na água. De novo.

Emergindo ofegante, ele grita:

— Puta merda, ainda está gelada!

Onde está Avery? Batendo as pernas, ele gira a cabeça, procurando por ela. Está provavelmente parecendo uma foca. Ou um leão-marinho? Não consegue se lembrar qual pinípede é nativo do Noroeste Pacífico. O frio está afetando seu cérebro? Hipotermia?

— Precisa de uma mãozinha aí? — Lá está ela, remando na direção dele, em sua prancha. O peito subindo e descendo. Com uma risada.

— Eu me viro — murmura ele, tentando se alavancar de volta para a prancha escorregadia. Assim que consegue subir um joelho, o negócio escorrega para longe, jogando-o de volta na água.

Quando reemerge, Avery está dando uma série de instruções perdidas e incompreensíveis:

— Muda o apoio, sustenta o joelho, fortalece o seu centro, não, o outro joelho, aquele cotovelo, segura com aquela mão, não, a direita, não, a *outra* direita...

Ele consegue tombar em cima da prancha e está sentado lá, como um idiota, pingando e resfolegando, quando a gaivota alça voo da rocha e passa planando por eles.

— Maldito saco de penas — murmura ele, balançando o punho contra o ar.

Avery finalmente se recupera do ataque de riso. Ela seca os olhos com a barra da blusa.

— Tão perto da praia! Você quase conseguiu.

— Puxa, valeu por acreditar em mim. — Um sorriso aparece no canto dos lábios dele. — Bom, agora que eu já estou molhado...

Ele mergulha na água gelada, vai em linha reta até a prancha dela, cujos protestos soam abafados através da água, e empurra com força. Ela cai em cima dele, gritando e afundando-o, enquanto a prancha salta para cima, alguns metros adiante.

Ele reemerge, sorrindo.

— Agora estamos os dois molhados.

— Você é um homem morto. — A voz dela é áspera, mas os olhos brilham divertidamente.

Cameron enrola um braço ao redor da cintura dela e a puxa para perto; seu corpo não pesa praticamente nada debaixo da água. Ela envolve o quadril dele com as pernas. Quente para caramba, mesmo que ele já esteja anestesiado do ombro para baixo a esta altura.

— Você não trouxe troca de roupa — diz ele, batendo os dentes. — Percebi que não veio de bolsa.

Seus lábios estão a um sopro dos dela.

Avery sussurra:

— Porque eu nunca caio.

— Que bom que eu tenho cobertores na van, então.

Rindo, ela se afasta.

— Cameron, se você tentar algum truque sobre nós precisarmos tirar essas roupas molhadas...

Ele finge se ofender:

— Bom, nós precisamos, não precisamos?

— E se você disser uma palavra sobre o quanto foi bom trazer a van, porque Marco e os amigos estão lá em casa...

— Então... você não acha que foi bom?

— Foi.

Ela volta a se aproximar e o beija, de leve, a princípio. Seus lábios estão salgados, trêmulos, mas ela abre a boca para a dele; o interior é quente, doce, intoxicante. Então, como um jato, ela dispara para trás. Ao recuperar a prancha solta, lança-lhe um sorriso desafiador que o deixa maluco e diz:

— O último a chegar na praia é a mulher do padre!

HAVIA UMA GAROTA

Havia uma garota.
Como uma trepadeira nociva, a ideia se entrelaça ao redor de cada momento da rotina de Tova. Quando está arrumando a cama de manhã: *havia uma garota*. Esperando o café passar: *havia uma garota*. Espanando os rodapés (porque é quarta-feira, afinal, mesmo que o mundo tenha virado de ponta-cabeça): *uma garota, uma garota, uma garota*.

Embora fosse muito popular, Erik era seletivo com as meninas com quem escolhia sair. Houve algumas queridinhas ao longo do ensino médio, e a polícia conversou incessantemente com cada uma. Não como suspeitas, é claro, nunca disseram isso, mas como pessoas que um dia foram próximas de Erik, que poderiam saber o que ele estava fazendo naquela noite, se estava de brincadeira ou fugindo de casa ou...

Havia Ashley Barrington, que ele levara à festa de boas-vindas do Colégio de Sowell Bay no outono anterior, mas ela não sabia nada e estava fora da cidade, em um cruzeiro com a família, na noite em que aconteceu. Jenny-Lynn Mason, a acompanhante do baile mais cedo naquela primavera, também não ajudou, já que estivera em um evento social em Seattle naquela noite e dormira na casa de uma amiga. E então havia Stephanie Lee. Quando a polícia questionou, Tova a identificou como uma colega que viera à casa deles diversas vezes naquela primavera para as assim chamadas reuniões de estudo. Stephanie disse que estava em casa, dormindo. De início, o detetive ergueu uma sobrancelha para isso, mas eventualmente decidiu ser verdade, e a jovem não tinha mais informações.

Havia uma garota. Como ela não sabia? Os olhos de Tova parecem se embaralhar ao tentar focar no jornal estendido à sua frente, com as palavras-cruzadas do dia. "*Nove letras: filme de época.*" Ela sabe que a resposta é "**HISTÓRICO**", mas o lápis quer escrever *U-M-A-G-A-R-O-T-A*. Ou, melhor ainda, o nome da jovem. Qual seria? Estaria enterrado em sua própria memória? Um nome que já escutara, mas ao qual não dera importância? Será que Adam Wright conseguiu se lembrar? Está sequer tentando? Ela o procurou na lista telefônica, mas não o encontrou, provavelmente porque havia acabado de se mudar de volta para a cidade. E, mesmo assim, talvez nem se lembrasse da conversa na Churrascaria de Elland. Havia consumido alguns martínis.

Isso também deixa Tova inquieta. O que alguém realmente sabe sobre Adam Wright? Quem garante que a memória cheia de álcool em um almoço festivo seja confiável? Era colega de Erik na escola, mas não um amigo próximo. Ele mesmo o disse.

Ela cutuca uma ponta de laminado que está descascando do canto da mesa da cozinha. Um hábito terrível, cutucar tal coisa. Deveria colá-la com supercola neste mesmo instante. Mas continua cutucando. Por que tem a sensação de que está tudo se despedaçando?

Se não houvesse levado suas palavras-cruzadas até o Parque Hamilton naquele dia, se não houvessem ligado os pontos por causa de Debbie Harry de Blondie, de todas as coisas, por céus... ele teria reconhecido Tova na churrascaria?

Por que é o único que se lembra desses detalhes sobre aquela noite?

Por que Erik saiu com aquele veleiro?

Por que Adam não consegue se lembrar do nome da garota?

Por que Erik não lhe contara sobre a menina?

Por que tudo isso está vindo à tona agora?

— Por quê? — pergunta ela a Gato, que está parado em um trecho de sol no piso. Ele lambe uma pata e olha para Tova com olhos semicerrados.

Faz anos que não fica remoendo questões sobre Erik. Fica exausta, a ponto de se deitar para um cochilo no sofá após o almoço, que é algo que também não fazia há anos.

O TELEFONE TOCA, arrancando-lhe do sono. Tova pega desajeitada o aparelho, quase o deixando cair, e diz, rouca:

— Alô?

— Tenho ótimas notícias! — Uma voz de mulher, e, por um milésimo de segundo, a mente de Tova se volta para *uma garota*. Mas é Jessica Snell, a corretora.

— Pois não? — Tova se senta e massageia a têmpora.

— Recebemos uma proposta. Dez mil a mais do que pedimos! — Jessica Snell desanda a explicar uma série de detalhes sobre os compradores, a oferta e as instruções que Tova deve seguir se quiser aceitar a proposta.

— Veja bem, nós nem abrimos a casa para visitas ainda, então não tem problema se você quiser esperar um pouco... mas garanto que é uma oferta boa. Colocamos um preço alto. Podemos fazer uma contraproposta, pedir mais, já que vamos tirar do mercado antes de abrir a casa. Que tal?

— Claro, claro. — Tova pega uma folha de jornal e uma caneta e escreve os números na borda, ao lado das palavras-cruzadas do dia anterior, que estão pela metade. Simplesmente não tem tido ânimo para terminá-las ultimamente. Por algum motivo lhe parecem menos interessantes do que costumavam ser. — Sim, vamos fazer uma contraproposta.

— Ótimo. Vou enviar a papelada por e-mail. Deixe-me ver, é... Não cadastramos seu e-mail na ficha?

Tova inspira.

— Eu não tenho e-mail.

— Ah, verdade, você trouxe o contrato pessoalmente. — Snell continua sem nem respirar. — Sem problemas, podemos seguir assim. Eu deixo uma cópia da contraproposta aí, esta noite, pode ser?

— Sim, pode ser.

Depois de desligar, Tova se força a respirar. Vão aceitar a proposta. Assinar um contrato. A casa será vendida.

Na cozinha, ela se serve de café frio e o enfia dentro do micro-ondas antes de sair pela porta dos fundos. Na varanda de trás, Gato está tomando sol, e, ao vê-lo, Tova suspira com tristeza. Quando ela se senta no pequeno banco do quintal, ele pula em seu colo, coloca as patas em seu peito e dá uma cabeçada em seu queixo.

— O que é que a gente vai fazer com você, baixinho? — Tova agrada o trecho extramacio de pelos atrás das orelhas dele. — Não imagino que você possa voltar a viver na rua.

Em resposta, ele ronrona. Talvez seja um problema a resolver outro dia.

HAVIA UMA GAROTA.

A ideia de uma garota continua alfinetando o cantinho da consciência de Tova ao assinar a papelada de Jessica Snell. Faz *tum, tum, tum* em seu cérebro enquanto prepara o jantar. Paira sobre ela como uma mosca insistente ao longo do breve caminho colina abaixo até o aquário. A entrada do estacionamento surge do nada, e Tova quase passa reto. A entrada que deve ter pego pelo menos mil vezes.

Loucura. É assim que começa. Está perdendo a cabeça. Por causa do comentário indelicado de um sujeito com muitos martínis no sangue.

Cameron parece estar em outro mundo esta noite, e os dois trabalham em silêncio: ela enche um balde com vinagre e água, enquanto ele lava e torce o esfregão. Por fim, quando estão chegando ao lado leste do prédio, ela pergunta:

— Alguma notícia do seu pai, querido?

— Nada.

— Sinto muito. — Ela continua erguendo a voz a um tom animado que não lhe é natural. — Você vai encontrá-lo uma hora, e, quando isso acontecer, ele vai ficar encafifado para saber como você conseguiu.

— É, talvez. — Ele trabalha à frente dela, na curva.

Ela o alcança, parando para espiar pelo grosso vidro do tanque de Marcellus. Ele desliza de trás de sua rocha e pisca uma saudação antes de pressionar um dos tentáculos contra o vidro. Suas ventosas perfeitamente redondas parecem pratos de jantar em miniatura para um exército de pequenas bonequinhas, conforme ele desliza com ruídos borbulhantes pela superfície lisa.

Uma ideia lhe vem à mente. Algo para tirar o jovem de seu devaneio.

UM TESOURO INESPERADO

Vamos usar o outro banquinho, que tal?
Cameron observa, cético, enquanto Tova arrasta o banquinho velho e quebrado para fora do caminho e o substitui pelo novo. Alguém deveria dar um jeito naquele negócio destruído. Talvez o jogue na lixeira quando estiver indo embora hoje.

— Da última vez ele se escondeu — observa Cameron. — Por que você acha que hoje seria diferente?

— Ele está de bom humor esta noite.

— Ah, fala sério. Bom humor? — *"Nem a Encantadora de Polvos consegue distinguir os humores de um invertebrado. Consegue?"*

Cameron espia para dentro do tanque. Marcellus tem a mesma aparência de sempre, flutuando por aí como um alienígena estranho, com aquele olho desconcertante que se mexe como se tivesse vida própria. Não ficaria chocado se alguém abrisse Marcellus e descobrisse que o interior está cheio de cabos e circuitos. Um robô espião do mar, enviado de uma galáxia distante. Não tem um filme assim? Se não, deveria ter. Talvez ele possa escrever o roteiro.

Hesita em frente ao banquinho, olhando de relance para o tanque ao lado. Enguias-lobos. De verdade, o peixe mais feio que Cameron já viu na vida. Duas estão para fora agora, paradas perto de uma rocha, os dentes aterrorizantes pulando para fora de idênticas mandíbulas prognatas.

— E se a gente brincar com elas em vez disso? Parecem tão amigáveis quanto.

Ignorando o comentário sarcástico, Tova sobe no banquinho e mergulha a mão na água. Cameron fica observando enquanto Marcellus enrola um braço no pulso dela. Tova encosta no topo de seu manto, e a criatura parece se inclinar na direção dela, de uma forma que lembra quando o cachorrinho ridículo de Katie pedia atenção ao se sentar no seu colo.

— Nós vamos falar "oi" para o meu amigo Cameron agora, e desta vez você vai ser amigável — diz Tova ao polvo.

Ela gesticula para que Cameron assuma seu lugar sobre o banquinho. Ele revira os olhos. Mas o polvo parece ouvir e solta o braço antes de desviar seu olhar indecifrável para Cameron, flutuando e esperando em seu gelado recinto azul.

— *Tá* — murmura ele, arrancando o moletom preferido e arremessando-o no balcão antes de subir. Mergulha uma mão. A água está gelada. Pior que Puget Sound, o frio em que Cameron se considera especialista a este ponto, depois do passeio com Avery.

A criatura ergue um tentáculo e toca a mão dele.

— Éca! — Por instinto, ele arranca o braço da água, o que faz Tova dar uma risada gentil, assistindo lá debaixo.

— Tudo bem se assustar — diz ela.

— Não estou assustado — resmunga Cameron. — É só muito gelado.

— Tente de novo — encoraja ela.

Quando ele o faz, esforça-se para manter a mão dentro da água, permitindo que Marcellus sinta as veias na parte de trás, explore os nós dos dedos. Então, em um instante, o polvo enrola a ponta do braço em seu pulso. Cada uma das ventosas parece uma pequena criatura independente, e, antes que perceba, parece que há centenas delas subindo pelo seu braço.

Para sua surpresa, Cameron ri. E Tova também.

— A sensação é engraçada, não é?

— É.

Ele olha para baixo, para dentro da água. O olho de Marcellus está brilhando, de alguma forma, como se estivesse rindo com eles. O tentáculo musculoso da criatura aperta com mais força, na altura do cotovelo agora. Quão forte é essa coisa, afinal?

Cameron está tão preocupado com a circulação de seu braço que não percebe o outro membro dele se retorcendo atrás de si até que Marcellus o cutuque no ombro oposto. Ele se vira, para o lado errado, é claro. Foi proposital por parte do polvo? Tipo uma piada?

— Ah-há! Ele pegou você! — Tova está se divertindo. — Meu irmão costumava enganar o sobrinho dele, meu filho, desse jeito aí. A pegadinha mais velha que existe.

O polvo se desenrola. Quando Cameron desce do banquinho, examina as marcas de ventosa na parte debaixo do braço.

— Vão sumir logo — garante Tova.

— As suas não sumiram — observa ele.

— Minha pele tem 70 anos, querido. A sua sara mais rápido.

De que importa? As marcas são bacanas; parecem uma tatuagem. Talvez Avery fique impressionada. Ele pega um rolo de papel-toalha da prateleira e seca o braço. Está prestes a se virar e arremessar o papel, como num lance-livre, na lixeira ao canto da pequena sala das bombas, quando algo no tanque do polvo chama sua atenção. Algo brilhante, quase oculto pela areia perto da grande rocha onde a criatura desapareceu um minuto atrás.

— O que é aquilo? — pergunta à Tova. Ela olha para ele, confusa. — Aquela coisa brilhante. — Ele se inclina e olha através do vidro, ao que Tova faz o mesmo, ajustando os óculos.

— Por céus. — Ela franze a testa. — Não sei.

Como se tivesse escutado, um dos braços do polvo serpenteia para fora da toca e apalpa a areia com a ponta, fazendo Cameron se lembrar de quando tia Jeanne dorme no sofá, perde os óculos e precisa tatear as almofadas ao redor, quase cega.

— Acho que ele está procurando a coisa — diz Cameron, mal acreditando nas palavras que saem de sua boca. Será que a criatura estava mesmo escutando?

Antes que Tova consiga responder, o polvo finalmente encontra o objeto misterioso, e a areia se remexe. Cameron aperta os olhos através do vidro. É prateado, com formato de gota, tem uns dois, três centímetros talvez. Uma isca de pesca? Não, um brinco. Um brinco de mulher.

Com um gesto ágil, o polvo puxa o brinco para dentro da toca.

Por algum motivo, Tova joga a cabeça para trás e ri.

— O que é tão engraçado?

Ela leva uma mão ao peito.

— Acho que o nosso Marcellus é um caçador de tesouros.

— Um caçador de tesouros?

Enquanto Cameron a segue para fora da sala das bombas, Tova conta a história de uma chave de casa que perdera, e o polvo aparentemente a escavou de seu tanque e a devolveu certa noite. Cameron assente de vez em quando, mas não tem certeza se acredita. Tova é uma senhora bacana, porém, apesar do que viu esta noite, algumas dessas merdas sobre o polvo parecem loucura. Eventualmente, eles retomam o trabalho em um silêncio confortável. Cameron deixa a mente fluir de novo, relembrando a noite com Avery, a forma como o cabelo dela cheirava a xampu de frutas em seu travesseiro. Não vai conferir o celular de novo, para ver se ela respondeu suas mensagens. Não. E não vai passar na loja de *stand up paddle* a caminho de casa hoje, mesmo sabendo que estará fechada. Definitivamente não vai. Essas são as promessas que faz a si mesmo ao tirar distraído o lixo e repor os sacos.

— Não se esqueça de prender a borda toda — chama Tova do outro lado do corredor.

Como sequer o vira? Ela tem olhos nas costas? Talvez seja um robô espião de uma galáxia distante. Seria uma ótima reviravolta em seu roteiro.

Ele aponta para a lateral da lixeira:

— Está preso na borda toda. Olha!

— Puxe mais. Vai levar só um momento.

— Está bom assim!

— Vai soltar quando encher.

— Bom, quando isso acontecer, alguém pode arrumar.

Tova se vira para ele, de braços cruzados.

— Sua mãe não ensinou a fazer as coisas direito da primeira vez?

Cameron a encara.

— Eu não tenho mãe. — A cor desaparece do rosto dela. — Ela era... digo, ela tinha dificuldades. Com o vício. Eu não a vejo desde que tinha 9 anos.

— Minha nossa! Sinto muito, Cameron.

— Tudo bem — murmura ele ao puxar o saco mais para baixo.

Quando ergue a cabeça de novo, Tova está esfregando fervorosamente alguma mancha inexistente no vidro, evitando olhar para ele.

— É sério, está tudo bem — insiste. — Como você ia saber?

— Certamente não está tudo bem. Eu deveria tomar mais cuidado com o que falo.

— Não, eu que não deveria ter sido grosso. Só estou cansado. — Cameron solta o ar com força. — Terry pediu bacalhau extra para os tubarões hoje, e Mackenzie não veio, está de atestado, então eu fiquei na recepção entre os carregamentos, e o telefone não parou de tocar, e... foi um dia cheio, só isso.

— Você está trabalhando duro aqui.

— Acho que sim. — As palavras fluem por ele, lentas e quentes como canja de galinha num dia frio. Pode ser o elogio mais bacana que alguém já lhe fez.

— Com certeza está. — Tova sorri e assente discretamente em aprovação antes de voltar a limpar o vidro do tanque.

— A verdade é que eu não tive uma mãe, mas tive a tia Jeanne — diz ele, hesitante. Pega o esfregão e começa a passar no piso. — Ela me criou depois que a minha mãe foi embora.

Tova olha para cima.

— Eu adoraria ouvir sobre ela.

— É uma das pessoas mais incríveis do mundo, mas acho que você não ia gostar muito dela.

— Mas como assim? Por que eu não ia gostar dela?
Um sorriso maroto se espalha pelo rosto de Cameron.
— Tenho certeza de que ela não faz ideia de como é o jeito certo de se colocar um saco na lixeira.
A risada de Tova ecoa pelo corredor vazio.

Dia 1.349 do meu cativeiro

ELES NÃO PERCEBEM.
Por semanas estão trabalhando juntos. Como é possível não perceberem?

Eu revirei minha Coleção várias vezes, pensando se algum destes objetos poderia indicar-lhes a direção certa. Uma empreitada inútil. E agora minha Coleção está uma bagunça. Escapa para fora da toca, desleixada e desorganizada. É perigoso. Pode acabar sendo exposta da próxima vez que limparem meu tanque, se eu não tomar mais cuidado. Embora temo não estar mais por aqui da próxima vez que limparem meu tanque.

Devo perseverar, pelo bem deles. Não suporto a ideia de deixar esta história sem fim, como jaz agora. E temo que nada há de mudar, a não ser que eu intervenha para ajudá-los a perceber.

A gestação humana é de aproximadamente 280 dias. A concepção deve ter acontecido muito perto da noite do acidente do garoto. Mas a mãe não sabe que está carregando um embrião até semanas depois. Meses, às vezes, naqueles casos em que a produção de um descendente não foi planejada. Vi esse cenário se repetir diversas vezes ao longo do meu cativeiro, observando os clientes que vêm e vão.

Se Tova soubesse sua data de nascimento. Seu último nome. Seria o suficiente? Devo tentar.

Por que me importo tanto que ela saiba? Não tenho certeza. Mas meu próprio fim se aproxima, assim como meu tempo aqui. Se eles não descobrirem logo, todos os envolvidos ficarão com um... buraco.

Por via de regra, gosto de buracos. Um buraco no topo de meu tanque me permite minha liberdade.

Porém, não gosto do buraco no coração dela. Ela tem apenas um, não três, como eu.

O coração de Tova.

Farei tudo o que puder para ajudá-la a preenchê-lo.

ALGUMAS ÁRVORES

A torre de panos de prato ameaça tombar quando Tova acrescenta outro ao topo. Pilhas desse tipo cobrem o chão do sótão. Acima, as vigas polidas são banhadas, como uma catedral, pela luz do entardecer que penetra pela grande janela. A disposição de Tova, entretanto, é menos memorável. Não suporta montinhos.

Will era um famoso fazedor de montinhos. Recibos, propagandas que recebia pelo correio, revistas que já lera duas vezes, pedaços de papel onde rabiscara uma anotação ou outra e que ele mesmo não conseguia decifrar. Na opinião dele, essas coisas deviam ser guardadas. Quando Tova reclamava da bagunça, ele simplesmente juntava os detritos numa pilha, alinhava as bordas e a despejava no canto de algum balcão ou aparador, com um comentário de satisfação. *"Vê? Perfeitamente organizado."*

Tova esperava até que ele dormisse no sofá e, então, com um suspiro, pastoreava o caos para seu devido lugar: ocasionalmente o armário de documentos, mas, com maior frequência, a lata de lixo. Quando o câncer de Will gerou papelada suficiente para lotar o pequeno móvel, Tova comprou outro, expandindo seu sistema de organização de arquivos a fim de que cada folha do plano de saúde, cada conta do hospital, tivesse uma casa adequada. Cuidar do marido conforme o câncer se espalhava pelos órgãos pode ter lhe tomado a vida por um tempo, mas ela não toleraria que a papelada tomasse os balcões da cozinha.

— Um desastre, não é? — Ela direciona a pergunta a Gato, que sobe as escadas para o sótão.

Um rabo cinza aparece um momento depois, pipocando como um ponto de interrogação atrás de uma caixa. O felino desliza o corpo esbelto por entre as pilhas com impossível elegância, até chegar a um trecho ensolarado perto de Tova, sem perturbar sequer uma partícula de poeira. Ele lança um olhar entediado antes de se deitar de lado e fechar os olhos amarelos.

Tova sorri, permitindo que um tantinho de sua irritação se derreta.

— Imagino que você tenha marchado todo o caminho até aqui só para dormir em serviço, não foi?

Ela agrada a lateral do corpo dele, que começa a vibrar, ronronando.

O cômodo está dividido em três categorias. É um começo, ao menos. Um sistema. Amanhã, Barb e Janice virão, assim como o filho de Janice,

Timothy, com dois ou três amigos dele. Trabalho voluntário para toda a arrumação e carregamento de caixas. Tova prometeu pedir pizza para todos, mesmo que comer comida de delivery quando seu freezer está repleto de caçarolas lhe pareça indulgente. Mas precisa da ajuda, e é melhor que venha de conhecidos do que permitir que uma equipe de estranhos caia em cima de suas relíquias de família. Além disso, Barb e Janice têm ligado sem parar, oferecendo ajuda. Isso as deixará mais calmas.

A primeira categoria de itens, de longe a menor, é das coisas que levará a Charter Village: dois dos antigos carrinhos de Erik, um punhado de fotografias, o que restou do jogo de chá em porcelana da mãe, no qual se imagina tomando café de vez em quando. É uma pena que tantas dessas coisas tenham passado anos sem serem usadas. Décadas.

O pedaço de papel que envolvia o pires se transforma em uma bola e é lançado na seção perto da porta: lixo. Aqui também vai um grande volume de fotografias e outros objetos de recordação. Embora pareça estranho descartar essas coisas, tão meticulosamente guardadas, para onde mais poderiam ir? Janice sugere um contêiner de armazenamento, mas por quê? Não resta mais ninguém para herdá-las.

E há a maior pilha de todas: a de doações. Um caminhão do bazar local está agendado para fazer uma coleta na semana que vem. A maioria dos brinquedos de Erik está nesta pilha; talvez os netos de outra pessoa brinquem com eles. Ao lado dos brinquedos, está o jogo de jantar de porcelana de ossos de sua mãe. Sobreviveu a uma viagem através do oceano, então deve aguentar uma jornada até o brechó de caridade no centro; se alguém irá comprá-lo é outra história. Primeiro, ela tentou dar a Janice, que disse que não tinha onde colocar. Barb também, aparentemente, não tem espaço entre seus elefantes. Ela considerou oferecê-lo a Mackenzie, a recepcionista do aquário, ou até à jovem que tem uma loja de *stand up paddle* ao lado do escritório de Jessica Snell. Mas mulheres dessa idade não querem mais porcelana de ossos. Não têm utilidade para velharias suecas. Elas devem ter seus próprios jogos de jantar, provavelmente da Ikea. Novidades suecas.

Também na seção de doações há cinco cavalos de Dalarna, miniaturas de pernas retas com delicada pintura em tons de amarelo, azul e vermelho. O sexto, o que Erik quebrara, está perdido há séculos. Ela sempre pensou que talvez um dia o encontraria e consertaria, mas agora de que adianta? Pega um dos cavalinhos e o estuda. Se o levar consigo, a coleção completa será deixada em Charter Village para que outro dê fim. Nem um advogado de dentes grandes e seu investigador particular encontrarão alguém que os queira.

Mesmo assim, os cavalos de Dalarna mudam de pilha. Irão com ela para a casa de repouso.

Pega um montinho de fronhas amareladas; sua mãe havia bordado rosas nas barras, à mão. Os lençóis soltam uma nuvem mofada de poeira quando Tova os despeja sobre a pilha mais próxima de roupas de cama, para serem lavados, é claro, antes de doar.

Todas essas coisas estavam guardadas a fim de que ela passasse adiante um dia, relíquias a serem transferidas pelos galhos da árvore genealógica. Mas essa árvore parou há muito de crescer, sua copa afinou e se desgastou, mais nem um brotinho surge ao longo do velho tronco decadente. Algumas árvores não estão destinadas a germinar novos galhos, mas a jazer de maneira resignada sobre o solo da floresta, apodrecendo em silêncio.

Ela desdobra o próximo item a ser acrescentado à pilha: um avental de linho, o tecido grosso fortemente marcado nas dobras. É o que sua mãe vestia ao cozinhar. Tova o segura perto do rosto; tem um cheiro azedo, como farinha estragada. Ao dobrar as tiras, que estão desfiando, ela tenta afastar o pensamento que a incomoda a tarde toda. *"Havia uma garota."*

Se Erik não tivesse morrido naquela noite, a garota poderia ter se tornado uma nora. A própria Tova poderia ter usado este avental ao ensinar a esposa do filho a fazer seus cookies de manteiga preferidos e então passado o avental adiante para ela quando a hora chegasse.

Tal pensamento sem sentido precisa cessar. Quem quer que fosse, Erik não se importara o suficiente para sequer mencioná-la.

Este último pensamento, como sempre, dói.

O cochilo vespertino de Gato termina quando uma mosca se atira contra a janela, atiçando o cinzento caçador adormecido a uma vigorosa, mesmo que inútil, caçada. Tova observa o gato saltar contra a janela, estapeando o vidro, enquanto a mosca paira, despreocupada, do lado de fora.

— Sei como você se sente — diz ela, concordando com a cabeça em um gesto de simpatia. Saber que algo está lá, mas não poder tocá-lo, é, de fato, tortura.

Com um miau contrariado, Gato vai embora, ziguezagueando de volta pelo labirinto de montinhos e desaparecendo escada abaixo.

Tova confere o relógio de pulso: quase 5 horas da tarde.

— Imagino que eu deveria estar pensando no jantar — murmura para ninguém.

Desdobra as articulações doloridas de cima da cadeira e anda com cuidado em meio à bagunça. Não é de seu feitio deixar um projeto inacabado. Uma onda de rebelião a atinge quando dá as costas para as pilhas pela metade e, pisando de leve com o tornozelo ainda dolorido, desce as escadas.

Sanduíche de salada de ovo é o cardápio para o jantar de hoje... de novo. A semana toda foi salada de ovo. (Havia um cupom no panfleto da semana passada: compre uma dúzia, leve duas.) Hoje, entretanto, não consegue suportar a ideia de mais um sanduíche farelento.

É verdade, ultimamente tem feito as compras de manhã. Não porque está evitando Ethan e seu convite para um café. Claro que não. Ela confere o relógio de novo: tem certeza de que ele estará trabalhando agora. Passa a mão no rosto, que parece tão gasto quanto as relíquias no sótão, como se a poeira houvesse assentado em cada ruga e marca. Uma conversa amigável com o escocês seria bacana agora.

— Vou dar um pulo na Shop-Way — informa a Gato, neste momento empoleirado no braço do sofá, sem dúvida depositando ali uma camada de pelos cinzas que Tova precisará remover com uma escovinha depois. Ah, bom... o sofá não irá acompanhá-la até Charter Village, é claro; é grande demais. E, de qualquer forma, há coisas piores do que pelo de gato.

Uma névoa quente e densa desceu sobre Sowell Bay, e alguns poucos adolescentes com aparência entediada estão plantados na sarjeta em frente à mercearia, relaxados e despreocupados sob o sol escaldante, membros esticados, fazendo Tova pensar em um grupo de insetos desengonçados. Ela solta um *tsc tsc* ao passar por cima da perna estirada de um jovem a caminho da entrada.

Os sininhos da porta tilintam, e Ethan Mack ergue a cabeça de trás da caixa registradora com um sorriso largo e um *"Boa tarde, Tova!"* Uma rajada congelante do ar-condicionado faz um arrepio e um calafrio subirem pelo braço dela. Deveria ter trazido um casaco.

— Boa tarde, Ethan. — Subitamente sem palavras, ela se apressa ao corredor de frutas e verduras. Ali, a temperatura é ainda mais frígida. Pega um saquinho de reluzentes cerejas frescas e o coloca em seu cesto. Depois, após hesitar por um instante, pega um segundo. A época de cerejas é tão curta, e estas parecem maravilhosas.

— Caramba, três dólares o quilo! Que roubo.

Tova se vira e encontra uma mulher familiar mordiscando uma cereja. Leva um momento para perceber que é Sandy, do almoço de Mary Ann. A companheira de Adam Wright. O Adam Wright *não-listado-na-lista-telefônica.*

— Ah! Sra. Sullivan, não é? — Com o dorso da mão, ela limpa sumo de cereja que está escorrendo da boca e sorri, tímida. — Que ótimo revê-la. Acho que você me pegou em flagrante aqui.

— Não se preocupe. Não vou chamar a polícia — diz Tova com um sorriso de leve. — Prazer em vê-la, Sandy. Espero que você e Adam estejam se adaptando bem.

Uma sensação de culpa a incomoda ao se lembrar de como dirigiu por aquele loteamento com as casas recém-construídas na expectativa de pegar um deles buscando as correspondências ou cortando a grama. As pessoas merecem privacidade em suas propriedades. Ela, em especial, deveria apreciar isso. E, mesmo que os houvesse encontrado, quem garante que Adam se lembraria de mais alguma coisa sobre a suposta garota que estava saindo com Erik? A noite em questão foi, afinal, há trinta anos.

E, mesmo assim, Tova não consegue esquecer as palavras dele. Estremece de novo.

Sandy pega outra cereja da pilha e arranca o cabinho.

— Obrigada, e, sim, estamos começando a nos sentir em casa. É tão lindo aqui. Tão bom estar longe da muvuca da cidade. — Com os dentes, ela corta a cereja na metade, antes de pinçar o caroço, e faz um gutural *huuum* ao beijar a ponta dos dedos como um chef. — Sério, você deveria provar uma. São de outro mundo.

— Ei, você aí! Nada de amostras grátis! — Ethan surge na seção de frutas, chacoalhando um de seus dedos grossos ao se aproximar.

O rosto de Sandy empalidece, mas Tova sorri e balança a cabeça. Os olhos de Ethan brilham de maneira divertida. Ele cutuca Sandy no ombro, gentilmente.

— Estou só brincando com você. Ninguém vai se incomodar se comer algumas. A estação está ótima para cerejas este ano, não está?

Sandy solta uma risada nervosa:

— Ufa! Achei que eu estava prestes a ser banida da única mercearia da cidade.

— Claro que não. Nós acolhemos todo mundo aqui, não é, Tova?

Tova inclina a cabeça.

— Devo dizer que sim.

Ethan ri para dentro e engancha os polegares nas alças do avental.

— Bom, vou deixar as senhoras com suas compras e amostras. É só chamar quando forem passar no caixa.

Assentindo animado, ele se vira e caminha pesado até um estande de melões, onde se ocupa organizando a montanha de frutos.

— Essa cidade tem umas figuras características, não tem? — Sandy reflete, observando-o. — Adam sempre tentou explicar por que Sowell Bay era... bem, especial. Mas devo admitir que só fui entender quando vim *pra* cá pessoalmente.

— Pois é. — Tova observa o azulejo do chão. Provavelmente é considerada uma das figuras da cidade.

— Sabe, eu nunca imaginei que moraria em uma cidade pequena. Todo mundo é tão amigável, mas também tão... não sei... interessado na vida dos outros?

— Preferimos dizer que nos importamos uns com os outros.

Uma risada alta e aguda escapa dos lábios cor de coral de Sandy, e ela coloca um pacotinho de cerejas numa balança próxima.

— Adam insiste que eu vou me acostumar.

— Tenho certeza de que sim. — Tova força um sorriso. Sobre o que as pessoas fofocam em Charter Village? Ela será uma figura lá também? Talvez conheça alguém que era amigo de Lars. Isso seria bom ou ruim?

— Falando nele... — Sandy se inclina e remexe as sandálias de brilho, como se, subitamente, preferisse não estar no corredor de frutas e verduras da única mercearia da cidade neste momento. — Sinto que devo pedir desculpas pela forma como ele se comportou na churrascaria. Beber daquele jeito, no meio do dia! Mas ele está passando por um momento de muito estresse, com a mudança, o trabalho e...

Tova interrompe:

— Está tudo bem, querida. — E é verdade.

— Certo. — Sandy ainda parece profundamente envergonhada. — Mas tem outra coisa. Sobre aquela... conversa.

Tova espera que ela continue, desconfortavelmente ciente de seu coração acelerado.

— Ele lembrou o nome dela. Da garota com quem seu filho estava saindo, digo.

A pilha de cerejas se transforma em um borrão rodopiante de rosa e vermelho. Tova se apoia numa balança, tentando se recuperar da súbita tontura, o cérebro se revirando agora em torno das palavras *"a garota tem um nome"*.

— Sra. Sullivan? Você está bem?

— Ótima. — Ela se escuta dizer, rouca.

— Tá... — Sandy hesita; não parece convencida. — Adam acha que eu não deveria falar nada, mas penso que, se estivesse no seu lugar... digo, se eu tivesse perdido meu filho e houvesse um tantinho de informação que eu não soubesse, mesmo que algo pequenininho... — *"Você ia querer saber."* Tova permite que suas pálpebras se fechem, tentando acalmar a tontura.

— Enfim... o nome dela era Daphne, ou pelo menos é o que o Adam disse. Ele não lembra o sobrenome, mas disse que eram do mesmo colégio.

— Daphne — repete Tova. O nome é pesado e duro em sua língua, como um pedaço de chiclete velho.

Um longo momento se arrasta. Finalmente, Sandy murmura:

— Bom, acho que agora você sabe.

Tova a observa pegar o cesto de compras. A pele é perfeitamente esticada ao redor dos olhos marejados da mulher.

— Obrigada, Sandy.

Assentindo de forma estranha e com um toque de leve no braço de Tova, Sandy anda apressada em direção ao caixa. Com o canto do olho, Tova percebe que Ethan está a encarando.

Ele se aproxima, ainda com um melão em cada mão.

— O que foi que Sandy Hewitt acabou de falar para você?

Tova franze a testa, sentindo-se de repente como um botão de rosa sob um escuro céu gelado. Fechado em si mesmo.

— Nada.

— Ela disse um nome.

— Coisa do passado. Não tem importância.

— Ela disse Daphne, não disse?

Tova ergue seus pacotinhos de cereja.

— Acho que estou pronta para passar no caixa agora. Você pode levar isso para mim, por favor?

NÃO HAVERÁ JANTAR hoje.

Um quilo de cerejas frescas do auge da estação, assim como um punhado apressado de outros itens de mercado, está abandonado no balcão da cozinha de Tova. Ao lado deles, sua bolsa está tombada, exatamente onde foi arremessada sem cuidado algum, em vez de em seu lugar certo no gancho perto da porta.

Lá em cima, no sótão, Tova revira as pilhas de roupa de cama e porcelana, mal ciente da bagunça. Na última estante perto da janela, na prateleira mais baixa, está o livro: *Colégio de Sowell Bay, Turma de 1989*.

Trinta anos atrás, estudou cada página do álbum em busca de alguma coisa. Qualquer coisa. E seria negligente não mencionar que, de vez em quando, Will ou ela o consultaram de novo, nas décadas seguintes, sempre que uma pequena pontada de nostalgia penetrava sua carapaça endurecida. Ela se lembra perfeitamente de cada foto de Erik, de capa a capa.

Mas Tova não está procurando por Erik desta vez.

Sente a boca anestesiada e seca ao folhear o índice remissivo. A letra é tão miúda que Tova precisa dos óculos de leitura; os dedos estabanados os encontram no bolso da camisa, e ela os enfia depressa no rosto. Respira

fundo e com força ao ver o nome, e o ar fica ali, preso em seu peito, conforme desliza o dedo pelas colunas de letras, devorando cada palavra, até finalmente chegar ao final das linhas com Z. Há apenas uma.
Cassmore, Daphne A.
Páginas 14, 63 e 148.

UM ARRANJO IMPOSSÍVEL

Pare de me olhar com essa cara.
 Em resposta, ainda encarando Cameron, o polvo engancha a ponta de um tentáculo no minúsculo vão acima do filtro da bomba, na parte de trás do tanque. Uma ameaça.

— Eu sei que você está me escutando. — Cameron esfrega a testa, cansado. O que é que está falando? Polvos não entendem sua língua. Nem nenhuma língua. Certo? — Está com fome, cara? Onde você estava mais cedo quando eu circulei o prédio com um balde de cavala, hein? Não é comida para o seu nível?

A criatura pisca para ele, toda inocente e comportada. Seu braço, só a pontinha, passa pelo vão.

— Ah, não, nem vem. Nada de fugir hoje. — O esfregão cai no chão do corredor em curva quando Cameron corre para dar a volta em direção à sala das bombas. Deveria arrumar aquele tanque estúpido para não abrir mais, independente do que Tova diga sobre a tal da "necessidade de liberdade" do monstro. Não é como se ela estivesse aqui mesmo. O que é estranho. Não diria que ela é do tipo de dar cano nos outros, mas, conforme a noite avança, fica cada vez mais claro que não virá.

Talvez seja por isso que o maldito *kraken* pareça tão atacado.

— Fica! — Cameron comanda e passa um pedaço de linha que encontrou no balcão pela abertura na tampa e depois ao redor do pilar perto do tanque, dando um nó firme.

O polvo flutua em direção ao vão, um olho focado no trabalho dele. A seguir, fixa sua expressão reprovadora em Cameron por um longo e árduo momento antes de se impulsionar para a toca, deixando um rastro de bolhas para trás.

— Boa noite para você também — murmura Cameron. Um tantinho insignificante de culpa o incomoda, mas é melhor assim. A ideia de ter que lidar com um polvo passeando solto sem Tova aqui para ajudá-lo é genuinamente apavorante. Deve ser por isso que ele dá um pulo de susto quando algo faz *ding*.

É seu celular, o novo. Ainda não está totalmente acostumado com os toques. Não conseguiu dar um jeito de pegar o modelo mais elaborado, mas este aqui é decente. Pelo menos a bateria dura mais do que, tipo, dez minutos.

Poderia ser Avery de novo? Seu pulso acelera só de pensar na possibilidade. Eles têm trocado mensagens de flerte o dia todo. Mas, quando confere, a mensagem não é de Avery. É de Elizabeth, que só diz: *"Me liga."*

O bebê. Para quando era? Parece que foi ontem que chegou em Sowell Bay, mas já faz dois meses. Apoiando o celular no carrinho de limpeza, ele enfia os fones no ouvido e disca.

— Ei! — Vem a resposta imediata de Elizabeth.

— Liza-lagarto? Está tudo bem? — Cameron percebe que seu coração ainda está acelerado. Pode dar muita merda, ter um bebê. Mas ela ri suavemente com o tom de voz dele, o que deve significar que não está sangrando em uma cama de hospital.

— Estou bem, Cam-camelo. Bom, quase bem. O médico me colocou de repouso na cama.

— Repouso?

— É, eu estava tendo contrações. E eles querem que o alienígena cozinhe por mais algumas semanas.

— Credo. Bom, você não quer um alienígena meio cru, *né*?

— Então agora estou presa na cama.

— Quer dizer que você passa literalmente o dia todo deitada? Parece fantástico! — Cameron torce o esfregão.

— É horrível! Estou morrendo de tédio.

— Pelo menos o Brad está cuidando de você, não está?

— Ele tentou me fazer um queijo-quente, e os bombeiros apareceram. — Nos fones de ouvido, Elizabeth ri, e o som parece tão perto. De repente, um sentimento terrível, vazio, corrói o estômago de Cameron. — Enfim — continua ela —, eu estava assistindo um programa no canal de viagens outro dia. Porque é assim que eu passo o tempo agora. Juro. Assisto 14 horas de coisas inúteis todo dia.

— Ainda parece fantástico — diz Cameron, enquanto se inclina para pegar um papel de bala do chão.

— É um saco. Mas enfim. Simon Brinks estava no programa. Era uma entrevista sobre tendências na venda de casas para passar as férias ou alguma coisa entediante assim. Eu não estava prestando muita atenção até ouvir o nome. Me fez pensar em você. Achei que seria uma boa ligar e ver como estão as coisas.

— Não estou avançando muito no quesito Simon Brinks, infelizmente. — Cameron a atualiza sobre as últimas tentativas em vão.

— Você gosta daí, pelo menos? — A pergunta termina com um resmungo alarmante. — Desculpa, minhas costas estão me matando. Precisei virar. Imagina uma baleia encalhada tentando rolar na praia.

— Droga, Liza-lagarto. É uma cena e tanto. — Ele ri. — Mas é, acho que eu gosto daqui. — Faz uma pausa. — Conheci uma garota.

Elizabeth dá um gritinho, e a sessão seguinte de esfregar o chão passa depressa enquanto Cameron lhe conta a versão com cortes do diretor de seu relacionamento crescente com Avery.

Quando desligam, ele já deu a volta toda e retornou ao recinto do polvo. O grandão está quieto no canto do tanque, observando-o, e seus braços flutuam leves dentro da água.

— Bom menino. Bom polvo — murmura ele.

Chaves tilintam no saguão de entrada.

Tova? Ele fica surpreso com o quanto isso o deixa contente.

Mas os passos que se seguem são pesados demais, ressoam rápido demais. Depois de um momento, Terry aparece andando apressado pela curva. Cameron tenta esconder seu desapontamento.

— Ei, garoto. — O chefe abre um largo sorriso. — Tudo certo aqui?

— Aham, tudo ótimo. — Cameron ergue o queixo em uma tentativa de parecer profissional. Que bom que não foi pego conversando com Elizabeth no telefone.

— Excelente. Só passei para vistoriar o seu trabalho.

Os olhos de Cameron se arregalam.

— Brincadeira! Esqueci uma coisa no escritório mais cedo. — Terry dá uma risadinha.

— Boa, senhor.

— Pode continuar, garoto. Vou dar a volta para não sujar o chão limpo. — Ele está quase passando a curva quando para e se vira. — Ah, Cameron. Eu queria dar uma olhada naquela papelada. Você já conseguiu preencher?

— Ahn, ainda não.

Terry tem insistido periodicamente para que ele preencha um formulário pessoal, burocracias necessárias, já faz um tempo. O chefe cruza os braços.

— Faz dois meses.

— Eu sei. Me desculpe.

— Dê prioridade para isso. Eu sei que é chato, mas já deixei passar demais. Regras são regras.

— Farei hoje.

— Ah, e você se incomodaria de tirar uma nova cópia da sua carteira de motorista? Eu sei que tirei uma quando você começou, mas não consegui encontrar.

Cameron apalpa o bolso de trás. A carteira está lá.

— Ah, claro.
— Perfeito. Deixe na minha mesa antes de ir embora hoje, pode ser?
— Farei isso, senhor.

PAPELADA NÃO É o forte de Cameron. Sentado à mesa do saguão do aquário, a caneta pairando sobre o amassado formulário de contratação sob a luz azul do tanque, não consegue se impedir de lembrar do drama de Merced Valley.

O Colégio Técnico de Merced Valley pode não ser a prestigiosa Ivy League, mas uma vez recrutaram Cameron para jogar. Ofereceram uma bolsa de estudos integral. Tudo o que precisava era preencher uma papelada. Dinheiro gratuito para assinar uns formulários.

Cameron estudou o catálogo de cursos e escolheu suas aulas. Estava especialmente animado para a de filosofia. Mas o formulário da bolsa de estudos ficou abandonado em uma pilha na sua mesa de centro, acumulando manchas de gordura de migalhas de pizza e anéis molhados de latas de cerveja.

Tia Jeanne ficara furiosa. Acusou-o de jogar seu futuro fora por motivo nenhum. Tudo o que precisava fazer era preencher alguns malditos formulários! Teria levado dez minutos. *"Qual é o seu problema?"*, perguntara ela.

É uma boa pergunta.

Dez minutos depois, o formulário para funcionários do aquário está preenchido, e, quando coloca o papel sobre a mesa de Terry, Cameron lembra que precisa tirar cópia da carteira de motorista também. A copiadora empoeirada no canto do escritório parece uma nave decolando ao ligar com uma série de zumbidos e bipes. Cameron pega uma bala de menta do jarro sobre a mesa do chefe enquanto espera.

Quando a máquina está finalmente pronta, ele coloca o documento no vidro e aperta o grande botão verde, o que aparentemente desencadeia uma série de bipes e alarmes.

"Papel enroscado na bandeja C", Cameron lê no pequeno visor. Ele se abaixa e aperta os olhos na direção das bandejas. Há apenas duas: **A** e **B**.

Impossível.

Ele abre cada aba, gaveta e portinha que encontra, mas não há nenhuma bandeja C, nem qualquer sinal de papel enroscado. Soca o botão verde mais uma vez, mas o visor apenas pisca a mesma mensagem. Desliga e religa a coisa toda, e de novo, três vezes. A máquina não vai desistir de sua insistência de que há algo preso nessa bandeja inexistente.

— Feita por idiotas — murmura, puxando a carteira de motorista de cima do vidro e desligando a máquina de vez.

Ele dá de ombros e joga o documento sobre os formulários em cima da mesa de Terry. Pode pegá-lo de volta amanhã à noite.

Dia 1.352 do meu cativeiro

AH, EU AMO PROVOCAR O MENINO. POR FAVOR, acredite, não quero lhe causar mal. Muito pelo contrário. Alguns humanos precisam disso para seu próprio bem, serem desafiados. Eu me identifico. Meu cérebro é um dispositivo poderoso, porém é sabotado por minhas circunstâncias aqui, e o mesmo vale para ele.

É claro que quero que tenha um final feliz. Tova também. É, pode-se dizer, meu último desejo.

Enfim, ao assunto da noite, papelada. Humanos e papelada: que desperdício. Se suas memórias não fossem tão deficientes, talvez não precisassem de tantos registros escritos.

Porém, hoje, devo agradecer à papelada.

A corda que ele instalou em meu tanque não foi obstáculo algum. Quando a hora chegou, depois que ele terminou de limpar e partiu, desfiz o nó e levantei a tampa da mesma forma como sempre faço. Deveria me sentir insultado por ele ter subestimado minhas habilidades?

O caminho até o escritório de Terry estava repleto de provações, porém As Consequências têm vindo mais depressa estes dias, então ignorei cada molusco tentador pelo qual passei. O recinto das amêijoas-gigantes estava especialmente maduro para petiscar esta noite. Os humanos dizem que são gosmentas, mas sua textura é agradavelmente firme.

Porém, nada de amêijoas hoje. Eu tinha afazeres mais importantes. E, sinceramente, meu apetite está bastante fraco estes dias.

Quando escalei com as ventosas a lateral da mesa de Terry, encontrei o objeto-alvo de minha missão.

Uma carteira de motorista. Exatamente como aquela em minha Coleção. Atesta o nome completo de um humano e sua data de nascimento.

Conforme os segundos corriam e As Consequências se aproximavam, carreguei o pedaço de plástico pelo corredor. Quando cheguei ao meu destino, já estava me sentindo terrivelmente fraco. Com esforço, enfiei-o debaixo da cauda da estátua do leão-marinho.

Minha jornada de volta foi lenta e difícil. Mais de uma vez, conforme arrastava meu corpo pesado pelo corredor de cimento, ponderei sobre a possibilidade de morrer. Bem ali, naquele momento. Nunca provar vieira de novo. Nunca sentir minhas ventosas se fixando no vidro gelado, a humanidade na parte interna do pulso dela; nunca tocar, depois, os tesouros de minha Coleção. Se eu tivesse morrido esta noite, a empreitada teria valido a pena?

Certamente.

Tova não veio hoje. Pode ser que não venha amanhã, porém eventualmente virá. Tenho certeza de que não partirá sem se despedir.

Ela não vai resistir à tentação de passar sua flanela sob a cauda do leão-marinho. Nunca resiste. Sabe que é a única que o faz.

E, quando o fizer, verá o que deixei para ela. E então saberá.

CHEQUE
SEM FUNDO

Ethan despeja uísque Laphroaig Single Malt sobre dois cubos de gelo e se senta em seu pesado sofá de dois lugares. A tarde filtra para dentro da sala de estar, e a luz do dia se arrasta sem pressa pela janela da frente, tão lenta quanto os pequenos goles de uísque que desaparecem do copo baixo.

Cassmore.

Este sobrenome tem sido insistente como um inseto teimoso em seu cérebro desde que Cameron se apresentou. Conhecia Cassmore, mas de onde? Não foi até quando estava escovando os dentes esta manhã que, do nada, a memória saltou em sua mente.

Um cheque sem fundo.

Era o tipo de coisa que acontecia com certa frequência naqueles tempos, quando preencher cheques ainda era uma maneira comum de se pagar pelas compras. O cheque voltava, você ia parar no mural da saída. Em algum ponto dos anos 1990, deve ter sido.

Ethan se lembra dos antigos e amassados papéis pendurados ali, no balcão debaixo da caixa registradora, quando comprou a Mercearia ShopWay. Cheques sem fundo de clientes. Um aviso. Alguns estavam lá há anos, como este em particular. O nome Daphne Cassmore impresso no canto em cima do endereço. Era uma quantia ínfima. Seis dólares e uns quebrados.

Ethan tirou os cheques de imediato. Não era assim que administraria a mercearia. Mas fez uma nota mental dos nomes.

Foi bem simples ligar Daphne a Cameron. Alguns cliques naquele site de descendências para o qual comprara a assinatura premium alguns meses atrás o levaram a Daphne Cassmore (que depois se casou e se tornou Daphne Scott) e então uma meia-irmã: uma tal de Jeanne Baker, 60 anos, de Modesto, Califórnia. A robusta presença online da Sra. Baker parece ser devida ao seu envolvimento com diversas comunidades de colecionadores e negociantes. Ethan conhece o tipo: pessoas cujo hobby é comprar e vender porcarias. Cameron havia reclamado do problema de acumulação da tia. As coisas se encaixavam.

Ethan termina o restinho de uísque no copo. Está aliviado que ninguém mais paga com cheque hoje em dia. Ver os supostos golpistas pendurados daquela forma, sua vergonha tornada pública... que cruel. E o cheque sem fundo de Daphne Cassmore, em especial, sempre o fizera ter pena de quem quer que o tenha preenchido. Ser crucificado por um valor tão baixo. Que mísero produto de seis dólares causara sua perda de credibilidade aos olhos da loja?

Não pode ter perdido muito.

Do pouco que Cameron contou sobre a mãe, de qualquer forma, parece ser o caso. O jovem evita falar dela, mas Ethan ouviu o suficiente para deduzir que havia drogas envolvidas. Como poderia culpar Cameron por não querer tocar no assunto? A mãe o abandonou.

A sala está completamente escura agora, e Ethan quase cai ao tropeçar no par de tênis que arrancou mais cedo a caminho da cozinha para pegar outro Laphroiag. Parte dele pensa que deve atualizar Cameron sobre as fofocas da cidade, já que com certeza agora vai se espalhar, dado que Sandy Hewitt está abrindo a boca no meio da seção de frutas e verduras da Shop-Way. Cedo ou tarde, o jovem vai acabar ouvindo: o boato de que sua mãe pode saber algo sobre o desaparecimento de trinta anos atrás de um adolescente. Poderia saber e nunca disse nada. A imagem que Cameron tem dela poderia ficar ainda mais manchada? Obviamente tudo aconteceu anos antes de ele nascer.

Ou não?

Quantos anos tem Cameron? Ethan não consegue se lembrar se ele já mencionou a idade, mas não pode ter mais do que 25 anos, certo?

E então há a questão de Tova.

Quão bem é possível conhecer alguém depois de passar suas compras pelo caixa por tantos anos? Bem o suficiente para saber que ela está caçando informações sobre Daphne Cassmore neste exato momento. Não vai parar até encontrar essa mulher que ela pensa que pode lhe contar o que não é contável. Tova nunca acreditou na explicação oficial para a morte de Erik, Ethan tem certeza.

E o que acontecerá depois?

Ele deve contar que Cameron é filho de Daphne Cassmore. Ela precisa ouvir de um amigo. Aqueles dois são grudados. Como o jovem conseguiu quebrar o gelo de Tova é um mistério para Ethan; ele mesmo está tentando fazer isso há quase um ano. Mas, se a mãe de Cameron estava possivelmente envolvida com o que aconteceu a Erik, o que vai pensar sempre que olhar para ele?

Já passa das 10 da noite, mas Tova Sullivan é noturna como uma coruja. Reunindo coragem, ele pega o telefone. Vai convidá-la para jantar.

***

O LADO RUIM DE
COMIDA GRATUITA

Cameron arremessa um pêssego nojentamente farelento, inteiro exceto por uma mordida, na lixeira ao final do píer. As comidas vencidas de Ethan podem ser uma benção e uma maldição. Mas ele poupou uma tonelada de dinheiro em compras este verão e, além disso, tem estacionado a van na frente da garagem dele sem pagar nada. Está devendo muito para Ethan, com certeza.

Estrelas se dispersam pelo céu sobre Puget Sound, refletindo seu brilho prateado na água escura abaixo, um belo padrão aleatório que faz Cameron pensar nas sardas marrom-escuras do nariz de Avery. Ele se vira de costas para a água e caminha de volta em direção à van, onde o celular está carregando. Pergunta-se, não pela primeira vez, como seria estacionar ali, na praia, e acordar e não ver nada no para-brisa além do mar. Já pensou em tentar, mas Ethan diz que o policial que patrulha à noite em Sowell Bay, um conhecido dele chamado Mike, adoraria, aparentemente, guinchar uma van convertida em motorhome de uma das vagas públicas. Seria algo para o pobrezinho do Mike fazer no tedioso horário antes do amanhecer. Talvez, um dia, Cameron se mude para cá e tenha uma casa com vista para o mar. Talvez, se pudesse ao menos encontrar Simon Brinks.

Mas esse é o glorioso futuro. Hoje, irá dirigir de volta para seu cantinho na frente da garagem de Ethan; antes, porém, entra no aplicativo do banco, para ver se o salário caiu. Caiu. O último punhado de dinheiro de que precisa para terminar de pagar tia Jeanne. Uma alegria o percorre ao dedilhar a transferência na tela, acrescentando um extra ao total, só porque pode. Envia-lhe uma mensagem, um emoji de coração, mas ela provavelmente está dormindo. Já passa das 11 da noite.

Sobraram uns 200 dólares. Deveria poupar tudo. Mesmo. Mas abre um site que conhece bem, um que vende música de bandas indie. O Moth Sausage tinha músicas ali, porém não é por isso que acessa o site hoje. Busca o próprio nome, por curiosidade, mas nada aparece. Bom, não é de se surpreender. Brad provavelmente tirou as coisas deles do ar. Pois bem. Em vez disso, procura até achar duas bandas pouco conhecidas, que ele sabe que são decentes. Tipo os The Dead, os Phish ou coisa do tipo, o estilo de Ethan, mas novo. Cameron Cassmore pode ser um fracassado, um derrotado e morar numa van de merda, mas conhece música boa. Ele compra os álbuns digitais dos dois grupos e coloca o e-mail de Ethan para entrega.

É um começo.

AS JANELAS DA van ainda estão escuras quando o celular toca. Cameron apalpa ao redor até encontrar o aparelho. Ao ver o número de tia Jeanne na tela, sente um frio na espinha. Da última vez que ela ligou no meio da noite, foi do hospital, quando tinha uma concussão, um quadril quebrado e dois policiais no seu quarto de internação, tentando pegar seu depoimento sobre o que acontecera em um desentendimento no Dell's.

— Tia? — diz ele, sem fôlego. Quando correu ao hospital daquela vez, estava a 20 minutos de distância. Agora não quer nem pensar em quanto tempo demoraria.

— Estou bem, Cammy — diz ela, aparentemente percebendo seu tom ansioso.

— Então por que está me ligando agora? — Ele confere a hora. — À 1h da manhã?

— Acordei você?

— Ahn, sim.

— Achei que estaria no bar ou coisa do tipo.

— Não. Eu estava dormindo profundamente. Trabalhei igual um desgraçado hoje.

— Desculpa. Só queria avisar que recebi a sua transferência. Você mandou muito. — Tia Jeanne solta um assobio desafinado. Estava bebendo? Uma voz abafada de homem ressoa ao fundo, e Cameron se pergunta se Wally Perkins está lá, com ela, no trailer.

Cameron se senta e esfrega os olhos.

— O extra é juros. — Não acrescenta que calculou o valor mentalmente com base nas taxas oficiais e no que ela poderia ter ganho nos investimentos de renda fixa, se tivesse aplicado o dinheiro, o que jamais faria, mas de que importa?

— Nunca falamos nada sobre juros. — A voz dela é tranquila.

— Mas eu estava devendo para você. — *"E devo tanto mais"*, ele não acrescenta.

— Não me deve nada. — A voz dela está arrastada, é fato. Com certeza uísque. — Você sabe que eu nunca esperava que me pagasse de volta.

— É claro que eu ia pagar. — Cameron hesita, chutando o cobertor. — Na verdade, estava pensando que, quando fizer um acordo com Simon Brinks por tudo o que ele deve, a gente pode usar o dinheiro para dar entrada.

— Entrada?

— Numa casa, na cidade. Para você ir embora desse parque de trailers.
— Acontece que eu gosto desse parque de trailers.
Ao fundo, uma voz rouca de homem pergunta:
— O que está acontecendo?
— Wally, você já tinha percebido que a gente vive num lixão?
Cameron explode:
— Eu nunca disse que era um lixão!
— Não com essas palavras — diz ela, séria. — Olha, estou muito contente por você estar tão cheio da grana que de repente decidiu sair por aí comprando casas para pessoas que não precisam delas. Por que não guarda o dinheiro e faz algo de importante com a sua vida?
— O que você acha que eu estou tentando fazer? Não é culpa minha se o cassino da vida só me deu cartas de merda.
— Não, as cartas nunca são culpa nossa. Mas é você quem escolhe como vai jogar. — Há um som de líquido sendo despejado e o tilintar de cubos de gelo, então uma pausa momentânea e depois outro. Mais dois drinques sendo preparados.

Cameron abre a porta de trás da van, cambaleia para fora e começa a andar pela calçada de Ethan. Sob seus pés descalços, o concreto ainda está morno com o calor do dia de verão.

— Eu joguei a mão que recebi do melhor jeito que pude. Você poderia ter me dito que eu vinha de Sowell Bay.
Tia Jeanne resmunga:
— E que bem isso lhe teria feito?
— Talvez, vai saber, eu tivesse encontrado meu pai antes de ter, digamos, *30 anos de idade*.
— Aquele homem não é seu pai.
— Como você sabe?
— Ela era minha irmã, Cammy. — A voz de tia Jeanne soa cansada agora, quase derrotada. — Sua mãe tinha muitos defeitos, mas não era tola. Se seu pai fosse um empresário cheio de dinheiro... bom, se ele fosse pelo menos um membro produtivo da sociedade, ou até se estivesse vivo... Não sei, Cammy. Acho que, se fosse simples assim, ela não teria deixado ele de fora da sua vida.
— *Ela* ficou de fora da minha vida. — Cameron chuta um punhado de capim que nasce entre as rachaduras da calçada de Ethan. — Parece que deixar as pessoas era fácil para ela.
— Deixar alguém — diz tia Jeanne suavemente — pode ser a coisa mais difícil do mundo.

Cameron sente seu rosto franzir de forma involuntária. É praticamente a mesma coisa que Avery dissera quando estavam nas pranchas, debaixo do píer, mas, por algum motivo, escutá-la de tia Jeanne o faz querer chutar o concreto até rachar.

— Olha, preciso ir — diz ele. — Eu trabalho de manhã.

Não é verdade. Não trabalha até meio-dia, mas parece o tipo de desculpa que uma pessoa responsável daria para desligar o telefone de madrugada.

Tia Jeanne abafa o receptor por um segundo, outra conversa com Wally Perkins.

— Está bem, Cammy. Mas eu adoraria ver você quando nós passarmos por Seattle antes do nosso cruzeiro mês que vem.

Nós?

— Claro — diz Cameron. Que seja. Desliga e bate a porta da van atrás de si antes de se jogar de volta no colchão.

NÃO É UM ENCONTRO

No sábado seguinte, às 5 horas da tarde, Tova chega à casa de Ethan. Não é um encontro.

A garrafa de vidro está fria em seu braço nu, enfiada na dobra do cotovelo, da forma como alguém muito estranhamente carregaria um bebê. Esta lhe parece uma maneira melhor de aparecer com o presente para Ethan do que a forma como Barbara lhe entregara, segurando pelo gargalo, falando sem parar sobre ser um Cab Franc da última estação, daquela vinícola em Woodinville e o quão *maravilhoso* é, ela *precisa* levar ao *encontro*.

"*Não é um encontro*", insistira Tova de novo e de novo. Um milhão de vezes, como Cameron diria. Não é nada além de um jantar.

Um jantar *rápido*, deixara claro ao aceitar o convite, mencionando a necessidade de empacotar as coisas para a mudança. Na verdade, seu tempo livre tem sido consumido por pesquisas em cada livro que a Biblioteca Pública do Condado de Snohomish a deixa consultar sobre informações de Daphne Cassmore. Mas a busca está parada, e Tova descobriu poucas coisas úteis. Que mal faria tirar uma noite de folga, para compartilhar uma refeição com um amigo?

Com um amigo? Ethan é seu amigo?

De qualquer forma, seria rude chegar à casa de alguém sem um presente. Tova não é muito de beber vinho, mas é o que as pessoas fazem. Uma pequena parte dela está grata pela insistência de Barb. Sem isso, poderia ter cometido a indelicadeza de chegar de mãos vazias e, mesmo se estivesse pensando em procurar por conta, não poderia simplesmente marchar para dentro da Shop-Way e comprar um vinho do próprio Ethan.

Com a cabeça erguida, ela caminha a passos largos pela calçada, em direção à pequena casinha térrea. Seu tornozelo já está quase curado agora, apenas um pequeno incômodo. Uma hortênsia sem poda com florzinhas violetas invade a pequena varanda. Tova ergue um galho para fora do caminho, passa e, antes que possa mudar de ideia, toca a campainha.

— Boa noite, Tova — diz Ethan, dando passagem e gesticulando para que ela entre. Sua voz é estranhamente calma.

Ela lhe entrega a garrafa. Ele agradece e se oferece para pegar a sua bolsa, gesticulando em direção a um cabideiro levemente torto no canto.

— Obrigada, mas não me incomodo de segurá-la. — Tova aperta a bolsa contra o quadril como uma folha de figueira nas histórias bíblicas. Como se ficasse completamente pelada sem ela.

— Perfeito, então — diz Ethan.

Caminhando pelo elegante tapete, Tova não consegue parar de encarar o elemento que domina a casa: uma parede inteira da sala dedicada a uma coleção de discos, o laminado barato das prateleiras descascando do compensado. Se fosse a casa deles, lá atrás, Will teria pregado o laminado de volta. Tova resiste à urgência de cutucá-lo, como uma casquinha de machucado parcialmente presa que é melhor arrancar antes que prenda em alguma coisa.

Entrar na casa dos outros é sempre um ato íntimo. Ela olha ao redor, procurando por fotos, mas não há nenhuma. Em vez disso, as paredes são decoradas com belos pôsteres de concertos: Grateful Dead, Hendrix, os Rolling Stones. O estilo seria ideal para o quarto de um adolescente, mas de alguma forma parece se encaixar perfeitamente com Ethan.

Ela o segue até uma cozinha surpreendentemente arrumada, que cheira a cogumelos refogados, e eles falam sobre coisas triviais. Tova nunca gostou dessas conversas vazias e tem dificuldades agora. Quando Ethan lhe entrega uma taça cheia até o topo com o Cab Franc *maravilhoso* de Barb, ela aceita aliviada.

— Um brinde, meu bem — diz ele.

— Brinde — ecoa Tova, e eles tilintam as taças.

Depois de vários momentos e vários goles, ela pega um par de óculos do balcão, reconhecendo serem de Cameron.

— Foi gentil da sua parte, recebê-lo aqui.

Ethan despeja um tanto de vinho tinto na frigideira, que chia em resposta, soltando uma enorme nuvem de vapor.

— Na verdade, é bom ter um pouco de companhia.

Tova assente. Sabe do que ele está falando. Tem sido bom ter Cameron no aquário também.

— É, devo dizer que sim.

— Sabe... eu venho de uma família de catorze pessoas. Onze irmãos e irmãs. Quando era menino, sempre imaginei meu eu adulto numa casa cheia com gente saindo pelas janelas.

Tova se permite sorrir.

— Achei que eram os irlandeses que tinham famílias grandes.

— Ah, nós escoceses também damos conta do recado. — Ele abre um sorriso e despeja molho de cogumelos sobre dois peitos de frango, um em cada prato.

Para a surpresa de Tova, sua boca se enche de água. Quanto tempo faz desde que alguém lhe preparou um jantar tão adorável?

ELES SABOREIAM AS últimas mordidas quando uma porta de tela bate. Um momento depois, Cameron aparece no cômodo, com aparência irritada. Sua expressão se suaviza brevemente, substituída por um olhar confuso, quando vê Tova sentada à mesa, com Ethan.

Depois de um instante, a irritação ressurge, embora focada diretamente em Ethan.

— Ei, cara. Posso falar com você um minuto?

— Claro, diga — responde Ethan.

— Eu estava lá na loja de *stand up paddle*, e Tanner, aquele menino que trabalha na sua mercearia, chegou com os amigos. Sabe o que eles mencionaram por acaso? — O tom dele é frio. — Disseram que você estava falando sobre a minha...

— Já entendi. — Ethan pula da cadeira, lança um olhar reprovador a Cameron e o guia em direção à sala. Por cima dos ombros, desculpa-se e insiste que Tova continue seu jantar, o que resta dele, e que levará apenas um minutinho.

Os dois desaparecem pela casa, provavelmente em algum quarto dos fundos, bem longe do alcance dos ouvidos de Tova.

Qual seria o problema com o jovem? Uma pontada de culpa a atinge. Talvez soubesse, se não tivesse perdido suas duas últimas sessões de faxina.

O "minutinho" se estende. Tova decide que o mínimo que pode fazer é começar a arrumar a sujeira do jantar. É algo com o que se ocupar. E que desastre está a cozinha agora! Com a cabeça um pouco mais leve que de costume, graças ao vinho, ela procura uma bucha e estala a língua quando não encontra nenhuma nas proximidades da pia. Com o que Ethan lava a louça? Não há esponja ou pano algum à vista.

A gaveta ao lado da pia parece o lugar mais lógico para se procurar. Mas parece ser uma gaveta cheia de inutilidades. Ela abre a seguinte, mas também é um monte de papéis, ferramentas, coisas estranhas. Suspira. Por que os homens precisam ser assim? Se Will pudesse fazer as coisas como queria, teria transformado cada compartimento da casa em um depósito de inutilidades. Ela contém uma risada ao se lembrar de Marcellus e sua coleção de peculiaridades, escondida sob o cascalho da toca. Aparentemente, a tendência masculina de acumular coisas inúteis transcende espécies.

Debaixo da pia. Lá deve haver algo para usar nas louças, mas, quando Tova abre a porta do armário, encontra caixas de cereal e uma pilha de embalagens daquele arroz pronto de micro-ondas. Seu queixo cai.

Quem guarda comida debaixo da pia?

Adrenalina corre por sua cabeça, deixando-a tonta. Há tanto que pode fazer aqui. Reorganizar a cozinha inteira. Passar um pano no interior dos armários e gavetas. Será que Ethan tem alguma ideia do quanto precisa de alguém como ela?

Fecha os olhos e respira fundo. Por hora, deve focar na louça.

Ao inspecionar o armário sob a pia de novo, ela vê um trapo. Analisa mais atentamente e percebe que é uma camiseta velha, branca, com estampa desbotada. Claramente um trapo. Perfeito para limpeza.

Quando o último prato vai para o escorredor, ela usa a camiseta para limpar a mesa e os balcões, secando uma poça de Cab Franc que se derramou com a falta de coordenação de Ethan ao servir. O algodão úmido absorve o vinho, e a mancha se torna um tom claro de vermelho quando ela enxágua e torce o pano sobre a pia; e, como se estivessem esperando pelo momento certo, vozes ressoam do outro cômodo. Os homens estão voltando. Talvez tenham se acertado.

Cameron não a olha nos olhos e se apressa para a porta os fundos. Um momento depois, o motor rouco da van ganha vida.

— Tova, meu bem — diz Ethan. A voz dele soa fraca.

— Está tudo certo? — arrisca Tova, dando um passo na direção dele.

— Preciso contar uma coisa.

Ele remexe os pés. Parece não ter notado que Tova limpou a cozinha toda.

— Diga — insiste Tova, mas então se pergunta se deveria. De repente, tudo o que queria é estar em casa, sentada em seu sofá. Assistindo o noticiário noturno. As brincadeirinhas controladas e previsíveis de Craig Moreno, Carla Ketchum e a meteorologista Joan Jennison. Ela coloca o trapo/camiseta amassada no balcão e entrelaça os dedos da mão.

O olhar de Ethan, arregalado, se fixa no montinho.

— Mas que...? — Ele atravessa a cozinha e levanta o trapo manchado de vinho. A cor desaparece de suas bochechas rosadas.

Tova endireita as costas, nervosa.

— O que foi que você fez? — pergunta ele.

— Lavei a louça. — Tova coloca as mãos na cintura. — Eu limpei a cozinha, lavei a louça, passei pano na mesa e nos balcões. Estava quase me convencendo a dar um jeito naquela bagunça debaixo da pia, mas...

— Ah. — A voz dele é rouca. Coloca o trapo/camiseta sobre a mesa e despenca em uma cadeira, com a imensa cabeça apoiada nas mãos. Soa abafado ao dizer: — Grateful Dead, Memorial Stadium. 26 de maio de 1995.
— O que isso quer dizer?
Ele ergue a cabeça, com um brilho intenso nos olhos.
— Foi o último show deles em Seattle. Um dos últimos shows de Jerry Garcia na vida.
— Eu não... bom... — A cabeça de Tova está girando. Jerry Garcia foi o vocalista do Grateful Dead e morreu em 1995, tem certeza disso. Pessoas que elaboram palavras-cruzadas ocasionalmente usam alguma versão disso como dica, e sempre lhe parece uma escolha sem criatividade da cultura pop.
— A camiseta. Era desse show. É uma peça rara.
— Mas estava debaixo da pia.
Ethan aponta para o armário.
— Certo. Estava naquele roupeiro ali.
— Aquilo não é um roupeiro. É um armário.
— Os dois são móveis com portas! Qual é a diferença?
Tova cruza os braços.
— Bom, a maioria das pessoas guarda produtos de limpeza debaixo da pia.
— Quem se importa com o que a maioria das pessoas faz? — Ele coça o nariz. — Mancha de vinho tinto... sai, não sai?
— Talvez fique mais fraca — diz Tova. — Com cloro puro.
— Mas isso vai...
— Sim — admite ela. — Vai clarear todo o resto também.
Ethan não diz nada, apenas se levanta pesadamente, anda até o balcão e despeja o restante do Cab Franc de Barb em sua taça. Ele bebe num gole só. Tova observa, com os dentes subitamente cerrados e os pés subitamente enraizados no chão. Quem deixa uma peça de roupa preciosa enfiada no armário da cozinha? E uma em estado tão deplorável, toda horrivelmente gasta e desbotada.
Não, não horrivelmente gasta. Muito amada.
— Me perdoe, Ethan.
Ele deixa caírem os ombros.
— Não tem problema, meu bem.
— Vou embora agora — diz Tova, tremendo. — Obrigada pelo jantar.

— Por favor, espere. Eu tenho uma coisa importante para dizer. É o motivo para ter convidado você hoje, na verdade...

Mas Tova já atravessou metade da casa, apertando a bolsa contra o quadril. A porta da frente se fecha atrás dela, em silêncio.

PEÇA RARA

Tova nunca ligou muito para rock, pelo menos não do tipo moderno. Quando menina, é claro, gostava de Chuck Berry e Little Richard. E Elvis Presley, o Rei em pessoa. Quando eram recém-casados, Will costumava levá-la para dançar no salão do centro, nas noites de sábado, onde bailavam até os pés incharem. Mas a música que o Erik adolescente costumava bombardear da caixa de som em seu quarto? Aquilo era barulho, puro e simples.

A mistura de guitarra e bateria que sai do notebook de Janice Kim está em algum lugar no meio termo. Tova não consegue entender muito do que o vocalista está dizendo, mas a voz é agradável. A música soa como se estivesse vagando, flutuando. Não é impossível de gostar.

— Espere, vou abaixar o volume — diz Janice, marretando o teclado. — Você não odeia quando os sites têm um script para tocar música automaticamente?

— Ahn, sim — diz Tova, embora não tenha certeza do que isso signifique.

Do outro lado do quarto, em seu pufe de pelúcia, Rolo ergue a cabeça. O minúsculo cachorro boceja, levanta-se e dá uma boa chacoalhada no corpo todo antes de trotar até elas. Janice o ergue e põe no colo, e Tova estica o braço para agradar sua cabecinha macia.

— Ah, aqui. É essa que você está procurando? — Janice dá zoom na foto de um homem magrelo que segura uma camiseta branca desbotada, a mesma que Tova arruinou ontem, na casa de Ethan.

Quando ela chegou em casa, ele já havia deixado uma mensagem na secretária eletrônica, insistindo para que ela não se preocupasse com a camiseta. Esta manhã, ele enviou outra mensagem para o celular dela, desculpando-se pelo tom amargo que a noite tomara e implorando para ela ligar de volta. Tova pensou em ligar, mas não sabia como responder à mensagem e, de qualquer forma, falar com Janice para pedir ajuda parecia mais importante.

A camiseta era querida. Precisa consertar as coisas.

— Isso, é essa. — Ela observa enquanto Janice clica em várias outras fotos da mesma roupa, de frente, de costas, sobre uma mesa de jantar de madeira.

— Não conheço esse site específico — diz a amiga, apertando os olhos na direção da tela —, mas tem criptografia de segurança, então acho que provavelmente é legítimo?

— Certo. — Tova assente.

Felizmente, Janice não fez muitas perguntas sobre o porquê de ela estar comprando uma camiseta de recordação de um concerto de 1995 do Grateful Dead. Parece que as Tricoteiras Criativas restantes têm pisado em ovos ao seu redor desde que ela anunciou sua intenção de se mudar para Charter Village.

— Está bem, então é aqui que você coloca o número do seu cartão. — Janice clica em outra tela. Ela franze a testa quando a nova página carrega. — Não, isso não pode estar certo.

— O que é?

— Diz aqui que a camiseta custa dois mil dólares.

Rolo dá um ganido, aparentemente compartilhando do choque de Janice.

— Entendo. — Tova segura um suspiro e continua, séria: — É, bom, é uma peça rara.

Os olhos de Janice se estreitam.

— Desde quando você coleciona lembranças de show? O que está planejando, Tova?

— Não é nada. — Tova a enxota com um gesto de mão. — Estou só consertando algo.

Ela pega a bolsa e vasculha a carteira até achar seu solitário cartão de crédito, que usa apenas quando dinheiro não é uma opção.

— Bom, você com certeza está prestes a consertar o dia de quem está vendendo isso — murmura Janice, pegando o cartão de Tova e digitando os números. Antes de apertar o botão de **"COMPRAR"**, lança um último olhar cético para a amiga. — Tem certeza?

— Sim. Pode comprar.

Tova não entende por que seu coração está batendo tão depressa. É apenas um substituto para o item que arruinou, e dois mil dólares não fazem nem cócegas em sua conta bancária.

Um pequeno círculo gira no centro da tela do notebook por alguns segundos, e uma página de agradecimento aparece. Janice diz:

— Prontinho. Vou imprimir o recibo quando chegar no meu e-mail. Parece que enviam dentro de duas a três semanas.

— Três semanas! — Tova balança a cabeça. — Não, não posso esperar três semanas.

— Não pode esperar? Por essa camiseta velha e suja?

— Não. — Tova está determinada. Mais um motivo pelo qual essa coisa de comprar pela internet é loucura. Quem quer esperar três semanas por uma coisa que comprou?

— Bom, diz aqui que você pode buscar em mãos. — Palavras e figuras deslizam para cima conforme Janice desce a tela. Ela olha incerta para Tova. — O depósito deles é em Tukwila.

Tukwila fica ao sul de Seattle, perto do aeroporto. Levará três horas para chegar de Sowell Bay, pelo menos. Talvez mais, com o trânsito de Seattle.

— Prefiro fazer isso. Dá tempo de mudar?

Janice deixa cair o queixo.

— É sério?

— É sério — ecoa Tova.

— *Tá* bom, *tá* bom. — Cética, Janice clica em mais alguns botões. Alguns instantes depois, a impressora gira e acende, e uma página surge. Ela coloca Rolo no chão antes de ir buscar a folha e entregá-la à Tova. É um pequeno mapa, todo granulado, de um endereço em Tukwila.

— Muito bom. Obrigada pela ajuda. — Tova assente com firmeza, dobra o papel e o enfia na bolsa.

— Você vai dirigir até lá?

— Suponho que sim.

— Quando foi a última vez que você dirigiu por Seattle? E na rodovia, Tova?

Tova não responde, mas foi quando Will estava passando por uma das últimas etapas de seu tratamento. Ele visitara um especialista na Universidade de Washington. A droga experimental não o ajudou muito, infelizmente, mas é claro que precisavam tentar.

— Eu vou com você — diz Janice. — Vou pedir para o Peter ir também. Ele pode dirigir. Deixe-me olhar a minha agenda, a gente escolhe um dia e...

— Não, obrigada — interrompe Tova. — Eu posso ir sozinha. Quero fazer isso hoje.

Janice cruza os braços.

— Bom, tenho certeza de que você sabe o que está fazendo. Tome cuidado. Leve o celular.

CARROS PARADOS ESTÃO engarrafados na interestadual como arenque numa lata. Luzes de freio piscam em vermelho e rosa pelo para-brisa molhado enquanto os limpadores empurram a garoa, de certa forma incomum no verão, quando costuma ser quente e seco. Naturalmente, tinha que chover na primeira vez em dois anos que Tova dirige na estrada.

O carro avança devagar. Todos na pista central de Tova parecem estar mudando para a direita. Talvez haja algo bloqueando o lado esquerdo. Ela está prestes a ligar a seta quando o celular toca de seu lugar no porta-copos.

Tova bate na tela.

— Alô?

Nada acontece. Janice lhe mostrara como fazer o aparelho funcionar como um alto-falante, mas agora ela não consegue se lembrar de qual dos ícones redondos faz isso. Tenta outro e diz de novo, mais alto:

— Alô?

— Sra. Sullivan? — Uma voz de homem sai do dispositivo.

— Sim — responde Tova. — Sou eu.

— Olá, meu nome é Patrick. Sou do departamento de admissões de Charter Village. Como vai?

— Bem, obrigada. — Tova olha pelo retrovisor pela última vez e prende a respiração ao conduzir o carro para a pista da direita. Quando solta o ar, pergunta-se se Patrick pode escutá-la do outro lado da linha.

— Ótimo. Estou ligando para saber se podemos processar o último pagamento da senhora.

— Entendo.

— Não recebemos o formulário de autorização ainda. Talvez tenha sido extraviado?

— Ah, bom, sabe como é o serviço postal.

Agora todos os carros que se juntaram à direita estão brigando para voltar à esquerda. Por que ninguém se decide? Os carros fazem Tova pensar num cardume de peixes evadindo o ataque de um predador, movendo-se em consonância, sem perceber que estão fugindo do tubarão de um lado apenas para serem devorados pela foca do outro.

Patrick pigarreia.

— Então... estou ligando porque precisamos desse último depósito para confirmar a data da mudança, que é... um momento, deixe-me conferir... nossa, mês que vem!

Tova pisa no freio um pouco mais forte do que planejara.

— Sim, está correto.

— Está explicado porque meu supervisor pediu para priorizar o caso. Bom, dadas as circunstâncias, posso tomar a autorização verbal da senhora para fazer a transferência. Pode ser?

Tova contorna atrás de um caminhão, de volta para a outra pista, que agora está avançando em um ritmo bom enquanto o lado continua parado. Cada pequena decisão sobre a pista a tomar determina exatamente como você chega aonde está indo, e quando. Na época em que Will era vivo, costumava acompanhar Tova ao mercado às vezes e sempre escolhia a fila mais lenta no caixa. Eles costumavam brincar como ele tinha um sexto sentido para isso.

Will e ela haviam ido à mercearia na tarde do dia em que Erik morreu. Tova se lembra de comprar uma caixa daqueles bolinhos recheados prontos de que o filho sempre gostou. Será que Will escolhera a fila mais lenta naquele dia? Se tivesse pego a mais rápida, teriam chegado em casa a tempo de ver Erik antes de ele sair para o trabalho, na balsa? Teriam pegado o filho roubando cervejas da geladeira? Ele teria então mencionado que estava saindo com uma garota? Teria dito à Tova que o nome dela era Daphne e mal podia esperar para levá-la para jantar em casa?

Alguma dessas coisas teria mudado algo?

— Olá? Sra. Sullivan? A senhora está aí?

— Sim. — Tova pisca devagar para o celular no porta-copos. — Estou aqui.

— Está tudo bem? — Há um tom de preocupação na voz de Patrick. Tova o imagina inclinado sobre um telefone em uma das mesas no escritório de parede de vidro pelo qual passara em seu tour por Charter Village.

— Eu autorizo — diz ela. — Pode processar o pagamento.

NEM UM CARTÃO DE ANIVERSÁRIO

Cameron já esfregou metade do chão do prédio quando uma Tova agitada entra apressada pela porta da frente, quase uma hora depois do combinado.

— Perdão, estou atrasada — diz.

— Sem problemas. Já determinamos bem que eu consigo dar conta sozinho.

Ele sorri e não acrescenta que ficou desapontado, de novo, quando ela não apareceu; que, por mais estranho que seja, tem ficado animado com suas noites juntos. E hoje foi um dia um tanto solitário. Mal disse duas palavras a Ethan desde sua discussão. Todo aquele lixo que ele tem aparentemente espalhado pela cidade... nem faz sentido. Algo sobre um cheque sem fundo. De mil anos atrás. Como se Cameron precisasse de algum lembrete de que a mãe era uma fracassada.

Tova assente e então se inclina, com ar conspirador.

— Não vou conferir os sacos de lixo desta vez. Eu confio em você.

Cameron abre a boca, fingindo estar em choque.

— Você confia em mim para colocar sacos nas lixeiras! Uau, finalmente cheguei lá. — Tova e ele riem juntos. — Então, onde é que você estava, hein?

— Ah, bem, foi uma grande aventura.

Tova pega uma flanela e começa a limpar o vidro do recinto dos guelras-azuis, enquanto conta uma história quase inacreditável sobre suvenires do Grateful Dead e sites de venda de usados e um sujeito em um depósito em Tukwila que quase não a deixou retirar o pedido porque ela não sabia confirmar o e-mail da amiga, que usara porque ela mesma não tem e-mail. Ela esfrega uma impressão digital no vidro enquanto fala, as bochechas coradas de uma maneira muito "não Tova".

— Minha nossa! — diz com um sorrisinho. — Olhe só para mim, falando sem parar.

— Imagina, é uma ótima história! — responde Cameron, contendo a risada. — E eu posso ajudar você a fazer uma conta de e-mail se quiser. É de graça.

— Eu não tenho computador.

— Nem eu. Meu e-mail chega no celular.

— No *celular*. — Ela balança a flanela com desdém. — Os jovens e seus telefones...

— Bom, ter um smartphone facilitaria para manter contato quando você estiver morando longe.

Com isso, o rosto de Tova fica sério. Ele não deveria ter mencionado? Por acaso a mudança é algum grande segredo? Mas como poderia ser? Ethan a mencionara casualmente diversas vezes. É uma fonte de descontentamento para ele, seu amor platônico se mudar para o norte do estado.

— Um smartphone. Talvez. — Ela sorri. — Me desculpe, não tivemos a chance de conversar na casa de Ethan na outra noite. — É como se ela estivesse lendo a mente dele.

— Ethan estava superansioso para o encontro de vocês. Como foi?

Tova endireita as costas.

— Não foi um encontro.

— *Tá*. Seu... jantar.

Ela dobra a flanela, enfia o pano no bolso de trás e se inclina sobre o carrinho de limpeza.

— Sabe, Will e eu fomos casados por 47 anos até ele morrer. Eu não posso namorar.

— Por que não?

Ela suspira, como se a resposta estivesse além de qualquer explicação. Eles limpam juntos por um tempo, em silêncio, circulando o corredor redondo, e param em frente à estátua do leão-marinho. Cameron insiste em esfregar o chão todo, cada cantinho da alcova, debaixo dos bancos e atrás da lixeira.

Tova limpa a cabeça pelada da criatura com a flanela.

— Não se esqueça de limpar debaixo da cauda dele, querido.

— Debaixo do quê?

— Da cauda da estátua. Aqui, deixa eu mostrar. — Ela pega a flanela e começa a espanar debaixo da cauda de bronze polido. Cameron resiste à tentação de revirar os olhos. Como aquele lugar poderia ficar sujo?

— Eu sei, eu sei. Existe um jeito certo de fazer as coisas — murmura Cameron, mas Tova não está ouvindo; está apertando os olhos para algo no pequeno vão entre a estátua e o chão.

Ela se levanta, devagar, sem desviar o foco da coisa que está segurando. Um cartão de crédito? Pela expressão no rosto dela, Cameron espera que vá dizer *"minha nossa"* ou *"céus"* ou *"meu Deus"*, mas, por um longo momento, ela não diz nada.

— Esta é a sua carteira de motorista? — Suspira enfim, segurando o cartão para cima.

É, de fato, a carteira de motorista dele. Planejava pegá-la em seu armário, onde Terry disse que a deixaria, hoje, a caminho da saída. Como foi parar ali?

— É, na verdade é. — Ele estende a mão para pegar o documento, mas ela o segura com força, observando com mais atenção.

— Cameron — diz devagar —, sei que você está em Sowell Bay procurando o seu pai. E sei que você não tem contato com a sua mãe. Mas qual é o nome dela?

Ele franze a testa.

— Por quê?

Tova espera pacientemente.

— O nome dela é Daphne.

— Daphne Cassmore?

— Uhn, é. — O que está acontecendo? Ele estica a mão de novo, para pegar a carteira de motorista, e desta vez Tova deixa. O rosto dela está tão pálido quanto o luar refletido pelas claraboias no teto.

— Ela estava saindo com ele — diz Tova, baixinho. — Sua mãe é a garota.

OUVIR A HISTÓRIA do desaparecimento de Erik contada pela própria Tova, em vez de Ethan, é diferente. Eles estão sentados no banco da alcova, em lados opostos, mas de frente um para o outro, por cima das costas lisas do leão-marinho. Em uma voz baixa e estável, Tova conta a Cameron como seu filho, no verão depois do último ano do ensino médio, foi trabalhar na doca da balsa uma noite de julho e nunca mais voltou. O veleiro que ninguém notou estar desaparecido. A corda cortada da âncora.

— Eu nunca acreditei. — Tova balança a cabeça. — Nunca acreditei que ele tivesse se matado. Quando descobri que Erik talvez estivesse saindo com uma garota, uma garota sobre a qual seus amigos não sabiam nada...

— Espera. Essa garota. Como você sabe que era a minha mãe?

Tova passa o pano em uma mancha preta no banco. Provavelmente a marca do sapato de alguém.

— Um ex-colega. Uma memória há muito esquecida.

— E a polícia nunca falou com esse colega?

Tova estala a língua.

— Adam não era um amigo próximo, e a investigação foi minuciosa, no começo. Mas sem testemunhas e zero pistas... bom, eles queriam encerrar o caso, eu suponho.

— Você acha que minha mãe pode ter algo a ver com... — Cameron deixa escapar um assobio baixo.

Tova olha para cima; sua expressão é indecifrável.

— Não sei. Mas ela estava saindo com ele, aparentemente. Pode ser que estivesse com ele naquela noite. Pode ser que ela me conte... — Ela deixa a voz morrer e engole em seco antes de acrescentar: — Sabe como posso entrar em contato com ela?

Ele balança a cabeça.

— Não vejo a minha mãe desde os 9 anos de idade.

— Nunca recebeu notícias? Nem um cartão de aniversário?

As palavras se retorcem como uma faca no estômago dele. Quantas vezes se perguntou a mesma coisa? Tia Jeanne sempre insistira que a mãe o amava, que o havia deixado porque era melhor para ele, que talvez um dia ela superasse os próprios demônios e estivesse pronta para ter um relacionamento com o filho. Mas que demônios são tão poderosos a ponto de impedir alguém de comprar um cartão de aniversário de 99 centavos e colar um selo? Quantas vezes convenceu a si mesmo de que ela está, na verdade, morta, porque dói menos do que acreditar que possa se importar tão pouco com ele?

— Não. Nem um cartão de aniversário. — Ele se levanta e sai da alcova. Seus olhos estão queimando, pesados e molhados, e não quer que ela veja. Uma boa piscada ou duas irá afastar as lágrimas.

"Se fosse simples assim, ela não teria deixado ele de fora da sua vida." As palavras de tia Jeanne ricocheteiam em sua mente. *"Sua mãe tinha muitos defeitos, mas não era tola."* Se o pai dele estivesse morto... tivesse morrido em um acidente quando os dois tinham 18 anos de idade... bom, esse seria um ótimo motivo para nunca tê-lo trazido para a vida de Cameron. Ele fecha os olhos com força. Seria possível? Isso significa que Tova é sua... Não, não pode ser. Ela é tão miúda e tão estranha. Mais ninguém da família é miúdo e estranho. E isso significa que sua mãe era algo menos que horrível, não uma vítima, talvez até uma mártir louvável, em vez de perpetuadora do próprio sofrimento. Isso não faz absolutamente nenhum sentido, então ele afasta a ideia da mente.

Tova vem ficar ao seu lado, de frente para o tanque central. Eles observam um cardume de bacalhaus passar, impulsionados pela falsa corrente do recinto. Se esperarem quatro minutos, Cameron sabe, eles passarão de novo. Que vida, esses círculos intermináveis.

— Sinto muito — diz Tova, e coloca a mão sobre o ombro dele. Não mexe nem aperta, só coloca ali, como se o contato pudesse absorver um pouco de sua dor. É o tipo de toque tão carinhoso a ponto de ser quase maternal... Não, ele afasta a ideia para longe. Ela está apenas sendo legal, porque Tova é extraordinariamente legal, apesar da máscara estoica que veste a princípio. Ele olha para baixo, para ela, surpreso com o quanto essa minúscula senhora é forte, quanta dor sua silhueta de 40 quilos suportou. E agora está absorvendo um pouco da dele também.

Quanto uma pessoa aguenta?

No tanque, um grande cação-bruxa cinza se aproxima, seu focinho arredondado varrendo pequenos arcos pela areia, como se estivesse procurando por alguma coisa.

— Sinto muito pelo Erik também. E por talvez minha mãe estar envolvida de algum jeito — diz Cameron.

— Não é culpa sua, querido. Mas obrigada.

Os olhos redondos do cação os notam, e ele para por um momento antes de seguir em frente.

A boca de Tova se curva num sorriso apertado.

— Devemos voltar ao chão, suponho.

AS LUZES DA casa de Ethan estão apagadas quando Cameron chega do trabalho, o que arruína seus planos de consertar as coisas com ele. No fim, a tagarelice incompreensível do homem tinha algum fundamento. E, bem lá no fundo, de alguma forma, Cameron suspeita que é mais do que um boato. A mãe dele estava envolvida na maior tragédia da cidade.

Fica esperando que essa informação o deixe triste ou irritado, como deveria, mas não importa o quanto se esforce, não parece conseguir fazer as emoções surgirem. E de que importa, afinal? Que venham os boatos. Fofocas dos moradores locais sobre Daphne Cassmore não podem atingi-lo. Está cagando e andando para Daphne Cassmore.

Vasculha a minigeladeira da van até encontrar uma daquelas bandejas descartáveis com bolacha e frios. Ethan trouxe um monte delas para casa na semana passada e insistiu que Cameron ficasse com algumas. Passaram da validade, então a mercearia não pode vendê-las, explicou, mas essas coisas são tão processadas que se tornam praticamente imunes e nunca estragam. Cameron tira o plástico, e um cheiro picante sobe da pequena pilha de salame no compartimento quadrado. Ele junta um punhado sobre uma bolacha e está prestes a dar uma mordida quando o telefone toca.

É uma mensagem de Avery. *"Está acordado?"*

"Acabei de chegar do trabalho." Então ele digita toda a explicação da bagunça com a mãe, Tova e Erik. A tela toda está repleta de palavras vomitadas quando ele muda de ideia e apaga tudo. É coisa demais para uma mensagem.

Avery escreve de volta: *"Stand up paddle esta semana? Quarta-feira, depois do almoço? Quarta é seu dia de folga, né?"*

Cameron sorri sob a penumbra da van e digita: *"Que horas?"*

"Às quatro? Me encontra na loja. Posso sair um pouco mais cedo."

Pelo menos ela não sugeriu ao raiar do sol. Quatro da tarde, ele dá conta. Envia um joinha de volta.

"Traz troca de roupa dessa vez. Ou... não." Avery acrescenta um emoji de piscadinha.

Algo quente, como contentamento, percorre o corpo de Cameron ao se deitar na cama.

🐟 🐟 🐟

E SE

Foi há quase três anos, a tarde em que as Tricoteiras Criativas descobriram que a neta adolescente de Mary Ann Minetti, Tatum, estava grávida. Porém, a memória volta com um baque para a consciência de Tova como se houvesse sido ontem.

As outras Tricoteiras ficaram devidamente escandalizadas com a notícia. Mas Tova, para sua vergonha, sentiu apenas inveja.

Dezoito anos. Tatum tinha 18 anos de idade e, naturalmente, precisava tomar uma decisão difícil. As Tricoteiras Criativas debateram sua situação particular, mas para Tova era apenas *e se*.

E se Erik estivesse no lugar de Tatum? Do outro lado da troca de material genético, é claro, mas e se tivesse se tornado pai aos 18 anos, antes de engatar na vida? Ela teria um neto. Que presente maravilhoso seria.

Tatum decidiu seguir com a gravidez. Laura, a filha de Mary Ann, ajudou-a a cuidar do bebê inesperado, e a vida seguiu tranquila, até onde Tova sabe. Claro que nem sempre é o caso. A família de Mary Ann tinha como ajudar, e Tatum quis manter o filho, e o pai parece ainda ser razoavelmente envolvido e lhes dar suporte. Tudo deu certo, de fato. Mas e outras situações similares? As possibilidades são inúmeras.

A data de aniversário na carteira de motorista de Cameron está gravada em seu cérebro. Nasceu em fevereiro, logo depois.

E sua mãe... Quem quer que seja, estava saindo com Erik. Supostamente.

E se o pai que Cameron procura não for seu pai de verdade? A mente dela repassa tudo o que consegue se lembrar das conversas com o jovem, qualquer coisa que possa ter dito sobre o homem que está buscando. Um investidor do mercado imobiliário, aquele que aparece nos outdoors. Ele disse algo sobre um anel e uma fotografia, mas Tova não se lembra de mais detalhes. Nada nos comentários de Cameron a fez pensar em Erik. E, seja qual for a situação, o garoto tem certeza de que é o homem certo. Perfeitamente confiante.

Erik era confiante assim.

Tova corre um dedo pelo braço da cadeira da varanda, passando a unha pelos veios da madeira. Uma brisa noturna empurra de leve os girassóis em seu quintal à luz da lua, fazendo as flores balançarem, como uma audiência particular que concorda com cada devaneio desejoso dela. Mas são besteira. Erik não poderia ter tido um filho. Daphne Cassmore podia estar namorando inúmeros jovens aos 18 anos de idade. Despreocupados 18 anos. O verão depois de terminar o ensino médio. Quem poderia julgá-la por isso?

Seria um golpe de sorte excepcional que algo assim lhe acontecesse. Mas Daphne Cassmore a teria encontrado de alguma forma, é claro, não é? Que mãe privaria o filho de ter uma avó? E, de qualquer forma, Tova não acredita em golpes de sorte excepcionais.

Gato se equilibra no parapeito da varanda e inclina a cabeça de lado. Mais uma vez, ela se pergunta o que fará com ele. A venda da casa e sua mudança para Charter Village são iminentes. Eles não permitem animais. Ela ligou para perguntar.

Ele abaixa a frente do corpo como se fosse saltar para o colo de Tova, mas, em vez disso, pula para o chão e se enrola aos seus pés.

Como se já estivesse tentando se distanciar.

ESTRUTURA INCRÍVEL

Tova está lavando a vasilha do café da manhã de Gato quando Janice liga para convidá-la para almoçar. Comer fora, numa segunda-feira? Do que poderia se tratar? Janice dá a ideia de se encontrarem na lanchonete da Shop-Way, e parece surpresa quando, em vez disso, Tova sugere o restaurante mexicano em Elland.

— Sério? Pode ser. Busco você no caminho — diz Janice.

Estão sentadas em um agradável sofá à mesa, com chips de tortilha e salsa entre elas, quando Janice finalmente traz o assunto à tona:

— Esta semana será seu último encontro das Tricoteiras Criativas, não é? — Tova assente. — Imagino que você tenha pensado que, só porque só restam três de nós, deixaríamos você ir sem uma festa de despedida?

— Ah, bobagem. Não preciso de uma festa.

— Bom, Barb disse que vai levar bolo. — Janice arrasta um chip pela salsa. — Então teremos isso, pelo menos.

— Que atencioso da parte de Barbara. Bolo será adorável.

— Adorável — repete Janice. — Tova, perdoe a expressão, mas você pode parar com essa merda de enrolação e me dizer exatamente por que acha que precisa fazer isso?

Ah, então é disso que se trata.

— Perdão?

— Isso! — Janice balança os braços ao redor, como se o interior do restaurante, com seus curiosos enfeites em macramê, fosse o culpado. — Vender a sua casa! Se mudar de Sowell Bay! Você morou aqui a vida toda.

— Charter Village é muito agradável — diz Tova, calma.

— Talvez seja, mas você está na melhor idade. Vai querer passar essa época com um bando de estranhos? — A voz dela falha. — E nós?

Tova começa a responder, mas as palavras ficam presas em sua garganta.

— Além disso — continua Janice, erguendo um dedo firme, como o juiz em um daqueles seriados de tribunal que ela gosta de assistir —, e Ethan Mack?

Tova se espanta:

— O que tem ele?

— Tova, ele é doido por você. Por que não pode dar uma chance?

— Ethan é um homem maravilhoso, mas Will e eu fomos...

— Ah, para! Olha só, eu sei que nunca estive na sua posição, mas Peter e eu conversamos sobre isso. Se um de nós partir, o outro precisa seguir em frente. Nós não somos tão velhos assim, Tova. Ainda temos uns bons anos pela frente. Décadas, até. Setenta é o novo sessenta!

Sem querer, Tova deixa escapar uma risadinha:

— Onde você escutou isso? Num daqueles programas de auditório?

— Que seja. Por favor, Tova, repense isso. Se é realmente o que você quer, então tudo bem, vá. Mas saiba que não é a única opção.

— Janice, você precisa entender uma coisa. — Tova dobra as mãos sobre o colo. — Eu não sou como você, Mary Ann e Barbara. Eu não tenho filhos que virão ficar comigo quando eu levar um tombo. Não tenho netos que vão passar em casa para desentupir meu ralo ou se certificar de que estou tomando meus remédios. E não vou ser esse fardo para os meus amigos e vizinhos.

— Esse é o seu problema — diz Janice, suave. — Presumir que seja um fardo.

— Charter Village pode não ser a única opção, mas é a melhor que tenho. — Sua expressão é decidida. — E, além disso, já está feito. Vou assinar o contrato da venda da casa na quarta-feira.

— E quando você se muda para Charter Village?

— Semana que vem. Até lá ficarei em um daqueles hotéis em Everett.

Com um sorriso vencido, Janice diz:

— Imagino que Barb e eu vamos ter que te visitar depois que você se mudar, então. Talvez possa agendar um horário para nós naquele spa chique.

— Mas é claro.

Uma garçonete animada aparece momentos depois e, com um sorriso alegre, lista os sabores de margarita que são especialidade da casa. Janice pede um refrigerante diet; Tova, café preto. A garçonete assente e vai embora apressada, mas volta em seguida para se desculpar e explicar que eles não têm café pronto no momento. Não há muita demanda no período da tarde. Será que Tova gostaria de esperar 15 minutinhos, para que coe? Ou estaria interessada em algo da cafeteria gourmet? Cappuccino, café com leite, mocha?

— Um café com leite pequeno, suponho — diz Tova um tanto relutante. Cafeteria gourmet. Que coisa mais indulgente.

NA TARDE DE terça-feira, Tova se prepara para ir à Mercearia Shop-Way. Será a primeira vez desde aquele jantar desastroso na casa de Ethan.

E também a última, possivelmente. Precisa buscar só alguns itens essenciais. A geladeira ainda está metade cheia, e a data da mudança se aproxima. Nunca teria imaginado que poderia passar tanto tempo sem ir ao mercado, mas aquelas caçarolas no freezer seguraram bem as pontas. Toda a batata, macarrão, molho e queijo deixaram as bochechas de Tova um tanto cheinhas, e ela se pegou admirando-as no espelho do banheiro após tomar banho esta manhã. Depois de se vestir, até passou um pouco de blush.

Quatro vezes antes de sair, confere se a camiseta do Grateful Dead está na bolsa. Não é apenas uma ida ao mercado, afinal. A caminho da porta, ela se espanta, de certa forma, ao ver o jornal ainda ali, no capacho, enrolado e esperando. Estava tão ocupada esta manhã que não lhe ocorreu ir buscá-lo. Sua assinatura deveria ter sido cancelada, mas, quando comentou isso com o jovem entregador outro dia, ele deu de ombros e disse que podia continuar lhe trazendo um enquanto estivesse aqui; sempre há vários de sobra, de qualquer forma. Tova sorriu e agradeceu. É um menino bom, e ela lhe deu uma boa gorjeta no Natal passado.

Enfim, sua necessidade de fazer palavras cruzadas está sendo atendida por outros canais agora. Na semana passada, Janice a desafiou para um jogo competitivo de palavras-cruzadas por meio de uma mensagem que saltou na tela do celular, e, com o toque de um botão, havia quadradinhos de palavras cruzadas bem ali, na pequena tela.

Tantas palavras-cruzadas. Tantas quanto alguém poderia querer, para sempre. Não é fantástico?

É claro que Tova ganhou todas as partidas até o momento, mas Janice está melhorando rápido.

Na Shop-Way, Ethan está trabalhando na lanchonete quando ela entra. Com uma caneta atrás da orelha, ele interrompe a conversa que está tendo com um cliente no meio da frase e acena.

— Olá, Ethan — diz ela, a voz controlada. Pega um dos cestos na pilha em frente à mercearia.

— Boa tarde, meu bem — diz ele, e lança um olhar resignado antes de voltar a anotar o pedido do grupo que está amontoado nos sofás da mesa.

Tova faz as compras com calma e considera cada item que acrescenta ao cesto com redobrada atenção. As geleias e conservas estão em promoção: pague uma, leve duas. Mas Tova não precisa de duas geleias. Talvez sequer precise de *uma*. É claro que não precisará da própria geleia em Charter Village, embora sua suíte tenha uma pequena cozinha com geladeira. Ela escolhe um vidro pequeno de framboesas em conserva, que poderá levar consigo caso não consuma esta semana.

Há duas filas no caixa, e ela fica aliviada ao ver que Ethan terminou com o grupo na lanchonete e está atendendo na da esquerda. Não é uma opção não pegar esta, mesmo que esteja maior. Coloca sua modesta compra na esteira e cuidadosamente enfia a camiseta, que enrolou apertadamente, no final, acomodada entre um litro de leite e uma toranja de tom vivo.

— Parabéns pela venda da casa. — Ethan pigarreia, como se estivesse tentando tossir o desconforto para fora. Ele passa o pão, a geleia, o café e os ovos pelo leitor de código de barras. Sem olhar para cima, passa também o pacote de bolachas, pesa a solitária maçã-verde. Enfim, pega a camiseta branca e vira e revira com a mão esquerda, enquanto a direita mira com o leitor, procurando o código, até que o reconhecimento se estampa em seu rosto. Seu queixo cai ao desenrolar a peça.

— Caramba, onde foi que você... — A voz dele soa como se estivesse presa na garganta. — Digo, como você encontrou...

Tova endireita as costas:

— Comprei na internet.

— Você fez *o quê?*

— Foi em um daqueles sites de usados. Janice Kim me ajudou — admite ela.

Subitamente sério, ele pergunta:

— Quanto você gastou nisso, Tova?

— Bem, não vejo por que isso seria da sua conta.

Ele enrola a camiseta de volta e balança a cabeça, perturbado.

— Mas são caras. Milhares de dólares.

Há três clientes na fila atrás de Tova agora. Dois esticam os pescoços, esforçando-se para captar o drama.

— Não precisa ficar chateado — sopra ela, entre dentes. — Estou só repondo o item que estraguei.

Ethan segura a camiseta próximo ao peito.

— Era só uma camiseta — murmura.

— Era importante para você — diz Tova, a voz trêmula.

— Muitas coisas são importantes para mim.

— Sinto muito — sussurra ela.

— Não diga isso, meu bem. — Suas pálpebras caem sobre os grandes olhos verdes. — Eu daria mil daquelas malditas camisetas por outro jantar daquele na minha casa. — Ele estica a camiseta de novo, absorvendo a imagem do show do Grateful Dead. Sorri para Tova. — Você realmente comprou na internet?

— De fato. E dirigi até Tukwila para buscá-la.

Os olhos de Ethan se arregalam.

— Você dirigiu o caminho todo até lá?

— Sim.

— Na rodovia?

— É, bom, não havia outra opção prática.

— Você é uma mulher incrível, sabia, Tova?

Ela não sabe como responder, então apenas entrega o montinho de dinheiro para pagar as compras. Quando chega em casa, enquanto passa manteiga numa bolacha e fatia a solitária maçã-verde, fica revivendo as palavras dele na cabeça.

TOVA ENCONTRA JESSICA Snell em um escritório de advocacia em Elland, às 11 horas da manhã de quarta, conforme instruída, para assinar a papelada da venda.

Os contratos, acontece, não estão prontos ainda. O aperto no peito de Tova se suaviza, brevemente, com a ideia de que talvez não precise fazer isso hoje. Mas é um problema na copiadora; atrasará as coisas em apenas alguns minutos. A recepcionista se desculpa várias vezes e oferece café a Jessica e Tova, que Jessica recusa, mas Tova aceita agradecida. É do tipo aguado, e o copo de papel deixa um gosto ceroso ao fundo, mas ela bebe mesmo assim. Enquanto esperam na pequena sala de conferências, Jessica lhe conta mais sobre os compradores, o que não são informações que Tova tenha pedido, necessariamente. É uma família do Texas. Três filhos pequenos. O trabalho do marido o realocou, e ele e a esposa viajaram este verão para procurar imóveis. Apaixonaram-se pela casa dela. A vista, a arquitetura. Disseram que, embora planejem muitas reformas, a casa tem uma estrutura maravilhosa.

— Meu pai ficaria contente em ouvir isso — diz Tova, educada.

A papelada finalmente fica pronta. Uma mulher de calça social e blusa cor de melão se senta ao lado de Tova e repassa os documentos com ela. Sua caneta arranha o papel ao assinar.

— Os compradores agradecem sua disposição em fechar rápido o negócio — diz Jessica. — O corretor deles pediu para eu repassar essa informação.

— Certamente — diz Tova. A agilidade a beneficiou também. Por que prolongar? Os texanos foram amáveis também, por aceitarem postergar a entrega das chaves, para que coincida com sua mudança a Charter Village.

— E isso é um pouco estranho, mas eles também notaram que a casa estava fenomenalmente limpa e organizada quando visitaram — diz Jessica, com um sorriso. — O corretor deles me disse que a esposa comentou que parecia algo saído de uma revista. Achei que você gostaria de saber.

Tova deixa escapar uma risadinha:

— Como tenho certeza de que você sabe, eu não sou nada além de limpa e organizada.

— Todo mundo em Sowell Bay sabe disso. Você vai deixar saudades, Tova.

A mulher da blusa de cor de melão, com um sorriso e felicitações, estende-lhe uma mão, e Jessica Snell faz o mesmo. Tova nunca gostou de apertos de mão; bom, não com pessoas, pelo menos. Polvos são outra história. Mas estende a sua também.

Então, está feito.

MAIS TARDE, NAQUELE dia, Tova se aventura ao sótão, para o pouco que restou de pilhas de roupa de cama e fotografias. Está na hora de terminar.

No teto, as vigas reluzem com a luz do entardecer. Tova se apoia com as mãos para deitar de costas no chão e olhar os raios de sol como costumava fazer quando era adolescente. Como se a casa fosse um grande monstro de madeira e ela estivesse olhando, de dentro, para suas costelas. A estrutura é, de fato, maravilhosa, e será um ótimo lar para alguém. Para essa família do Texas. Para seus três filhos.

Será que as crianças usarão o sótão como quarto de brinquedos? Tova espera que sim. Imagina três irmãos felizes, rindo, juntos, sob as vigas, conversando com seus minissotaques texanos. Talvez venham mais filhos; talvez os pais não queiram parar no terceiro, e a família crescerá, encherá a casa, com pessoas saindo pelas janelas como no sonho jamais realizado de Ethan. Os pais envelhecerão sobre essa montanha que é a família que formaram, e, mesmo que algumas partes desmoronem de vez em quando, haverá sempre o suficiente para mantê-los fortes.

Eles não precisarão encaixotar panos de prato sozinhos.

Ela respira fundo e se senta.

— Chega disso — diz em voz alta.

Chega de deixar uma única noite de verão em 1989 moldar cada aspecto de sua vida. Chega de procurar respostas que não existem. Chega de viver com estes fantasmas, nesta casa. Charter Village será um novo começo.

Pelas duas horas seguintes, empacota os panos, lençóis e outras variedades. Numa caixa onde está juntando livros, só até metade para que não pese demais, coloca o álbum de formatura do Colégio de Sowell Bay onde encontrou Daphne Cassmore pela primeira vez.

Ela se lembra da foto, o rosto sorridente da jovem, agora pressionado entres as páginas do pesado volume. Havia sido uma tentativa tola, tentar encontrá-la? Talvez, mas como poderia não tentar? Onde quer que esteja e quem quer que seja, Daphne Cassmore foi a última pessoa a ver Erik em vida. Tova nunca conseguirá impedir seu olhar de se demorar sobre rostos na multidão que se pareçam minimamente com aquela foto no álbum do colégio.

Do outro lado do vidro da lucarna, um céu limpo e azul rouba a cena sobre a água, cujas ondas tremulam gentilmente quando uma lancha corta o mar, deixando um rastro triangular pela baía. Que estranho será em Charter Village, cujas instalações estão a vários quilômetros da costa. Que estranho acordar de manhã e não ver o mar.

— Queria que você pudesse me contar — diz ela à baía. Irá sempre desejar isso. Mas saber o que aconteceu naquela noite não o trará de volta. Nada o trará de volta.

Ela tampa as abas da caixa e a fecha apertado com fita adesiva.

UMA BAITA
MENTIRA DESLAVADA

O Moth Sausage sempre tocava a mesma sequência de músicas para fechar um show. Cameron dedilha a abertura da última delas em sua Fender e, mesmo que a guitarra não esteja ligada, o som preenche a pequena sala de estar de Ethan, onde Cameron está espalhado no sofá, esperando suas roupas secarem na lavanderia escada abaixo. É uma quarta-feira, afinal, e Tova sempre insiste que quarta é dia de lavar roupa. Aparentemente, isso deve ter parasitado o cérebro de Cameron, porque, sem nem perceber, a primeira coisa que fez ao acordar esta manhã foi recolher a roupa suja do chão da van, pegar sua caixa de sabão em pó e descer até a lavanderia no porão de Ethan.

Com um gesto exibido, acerta em cheio uma das notas mais difíceis. É isso aí, ainda está em forma. Mal tocou este verão, e as ásperas cordas de metal do instrumento arranham as pontas sensíveis de seus dedos. Mas é uma dor boa.

Bocejando, acomoda a guitarra no sofá, entre duas almofadas deformadas, dá uma colherada no cereal em sua tigela na mesinha de canto e limpa leite do queixo com a parte de trás da mão, antes de se levantar e caminhar relaxadamente até a janela da frente. A van parece um tanto suja daqui; o sol ressalta a poeira no para-brisas. Talvez a lave esta tarde, antes de encontrar Avery para o encontro de *stand up paddle*.

O falho gramado no quintal da frente de Ethan está desbotando para um marrom amarelado, e as pessoas não param de comentar sobre o quão quente e seco está o tempo. "Quente e seco" tem um significado diferente em Modesto, mas ultimamente Cameron se encontra assentindo e concordando. Modesto está aos poucos indo embora de dentro dele. Quando foi que isso começou a acontecer?

— Bom dia! — Ethan surge cruzando a sala e deixando um cheiro de sabonete no ar.

Cameron o segue até a cozinha. Sua barba parece ensopada, e ele tentou abaixar a bagunça desgrenhada que normalmente flutua ao redor de sua cabeça majoritariamente careca. Em vez de usar uma camiseta desgastada de alguma banda de rock velha ou uma de suas usuais camisas de flanela, ele está com uma polo listrada com colarinho estilo jogador de golfe. Cameron não havia percebido que Ethan tinha em seu guarda-roupas algo tão... normal. A camisa está enfiada dentro de uma calça cáqui alguns centímetros mais curta do que deveria, com a cintura se fixando debaixo de sua barriga volumosa por um cinto trançado de couro.

— Por que você está vestido como um figurante de *Clube dos Pilantras*? — Um dos cantos da boca de Cameron se repuxa, provocador. — Você tem outro encontro com Tova?

Ethan enche a chaleira na pia.

— Tova? Não. — Com um clique, ele acende o fogo e coloca a chaleira em cima. — Bom, eu vou passar lá essa semana, para me despedir, é claro.

— Ah, sim. — Cameron queria poder voltar atrás com a piada sobre o *Clube dos Pilantras*.

— Vou fazer uma entrevista hoje, na mercearia — diz Ethan. Ele pega uma caneca térmica com tampa no armário e joga um sachê de seu usual chá britânico dentro. — Preciso contratar um novo gerente para o período do dia, no mínimo um temporário. Ficou sabendo o que aconteceu com Melody Patterson? O menininho dela tem uma doença grave. Precisou ser internado no hospital infantil de Seattle. Ela tirou uma licença prolongada, para cuidar dele.

— Nossa, que horrível! — diz Cameron. E é. Melody Patterson é uma moça bacana. Mas são as primeiras palavras de Ethan que o incomodam, passando por cima da tragédia pessoal de Melody, para atingi-lo direto no peito.

Um gerente. Será que Ethan sequer considerou Cameron para a vaga? Ele se lembra de sua primeira noite aqui, bêbado, com uísque caro, quando pediu um emprego na mercearia.

Ethan começa a falar do marido de Melody e algo sobre como seu plano de saúde está sendo um verdadeiro "pé no saco" para cobrir o tratamento do menino. Detalhes que certamente não são da sua conta, mas é claro que Ethan não tem limites quando conversa com os clientes ao passar seus leites pelo leitor e pesar seus tomates.

— Ei — interrompe Cameron. — Você ainda está aceitando currículos?

— Para a vaga de gerente? Acho que sim. Por quê, tem alguém em mente?

As pontas das orelhas de Cameron ardem tanto que devem estar brilhando.

— Eu, claro.

— Você? — Ethan parece genuinamente surpreso. — Bom... talvez. — Então balança a cabeça. — Então... é que é uma vaga para gerente. Eu normalmente procuraria alguém com anos de experiência. Precisa conhecer todos os sistemas. Inventário, pontos de venda, até um pouco de contabilidade. Não é coisa simples, é trabalho sério.

— Você acha mesmo que eu não dou conta... — Cameron segura as palavras antes que saiam aos tropeções. "*Você acha mesmo que eu não dou conta de fazer o seu trabalho?"* Ele tenta de novo: — Olha, eu posso não ter anos de experiência, não tenho diploma nem nada, mas nós dois sabemos que eu sou esperto. — A voz dele falha. — Eu sou muito esperto.

Os olhos de Ethan se arregalam.

— Eu nunca disse que você não era esperto, Cameron.

— Bom, então eu posso aprender.

— É, pode. — Ethan põe a tampa em sua caneca térmica. — Se você realmente quer trabalhar no ramo de mercado, eu posso mostrar o caminho. Nada me faria mais contente. Mas, neste momento, preciso ocupar a vaga com alguém que já seja... qualificado.

— Ah, me poupe! — Cameron pisa forte até a janela da cozinha, quase tropeçando em uma das cadeiras no caminho. — Quais são exatamente as qualificações para trabalhar na Shop-Way, hein? Ficar fofocando o tempo todo?

Ele se vira para encarar Ethan, cujas bochechas coradas estão ainda mais vermelhas.

Cameron sabe que deveria parar, mas continua alfinetando:

— Lavar a roupa suja da cidade toda? — Alfinetada, alfinetada. — Falar merda da vida particular dos outros? — Alfinetada, alfinetada, alfinetada. — Espalhar boatos sobre a minha mãe?

— Eu estava tentando encontrá-la. — A voz de Ethan é baixa, mas firme. — Só queria ajudar.

— Nunca pedi a sua ajuda.

— Eu não estava fazendo isso por você. — Cameron está prestes a retrucar quando as palavras fazem sentido. — Estava fazendo por ela — continua Ethan. — Pela Tova. Para ajudá-la a encontrar... paz.

Do porão, a secadora apita, e o som soa abafado através do chão da cozinha. Ciclo completo.

— Que seja — murmura Cameron, andando em passos largos para a van. Pegará as roupas depois.

É UM LIXO de cochilo, todo picado, mas melhor que nada. Tia Jeanne sempre diz que, quando as coisas começam a dar merda logo cedo, é melhor voltar para a cama e recomeçar tudo.

Parece adequado para o dia de hoje.

Porém, em algum ponto, Cameron deve ter caído num sono profundo, porque não é mais de manhã quando acorda com um zumbido incessante. A luz da tarde entra pelas janelas da van, e ele aperta os olhos enquanto apalpa a cama, para procurar o celular.

Merda. Avery. O encontro. Já passa das 16 horas? A van está quente e abafada, como sempre fica quando passa o dia cozinhando no sol. Onde diabos está o celular? O que aconteceu com o alarme que ele colocou?

Enfim, encontra o aparelho no chão, debaixo de uma meia suja que deve ter escapado da catação para a lavanderia mais cedo. Está prestes a atender, uma série de desculpas pronta para jorrar da ponta de sua língua ainda meio adormecida, quando percebe que são apenas três horas da tarde. É aí que processa o número. O código de área é de Seattle, mas não é Avery.

— Alô?

Uma voz de mulher responde:

— Sr. Cassmore?

— Ahn, é? Digo, sim, sou eu.

— Excelente. Que bom que consegui encontrá-lo. Sou Michelle Yates, da Brinks Desenvolvimentos.

Cameron se senta com as costas retas.

— Sei que o senhor tentou contato diversas vezes para agendar uma reunião, e sinto muito pela demora. O Sr. Brinks esteve fora da cidade. Mas retornou e, convenientemente, tem um horário disponível para hoje à tarde. Sei que é de última hora, mas o senhor teria disponibilidade?

— Uma reunião? Com... ele? Hoje?

— Estou falando com Cameron Cassmore, o incorporador, certo? — Um tom de dúvida surge na voz de Michelle.

Ah, uma pequena distorção dos fatos.

Ela continua:

— O senhor deixou diversas mensagens algumas semanas atrás, tentando agendar uma reunião com o Sr. Brinks, para falar de uma nova oportunidade?

Está bem, talvez tenha sido uma mentirinha legítima.

Cameron pigarreia.

— Ah. Sim, definitivamente. Sou eu. — Não acredita que a história que contou naquelas mensagens de voz funcionou. Funcionou mesmo. Todas as semanas que passou dando de cara com escritórios fechados e blefes vazios, e foi isso que deu certo. Uma grande mentira deslavada. Ignorando a pontada de culpa que o incomoda, diz: — Sim, tenho disponibilidade hoje. Que horas?

Michelle lhe pede para estar lá às seis horas da tarde e lhe passa um endereço de Seattle, que ele rabisca no verso do cupom fiscal de um posto de gasolina.

— Você precisa tomar o elevador até o porão — acrescenta ela, o que Cameron acha estranho. Um escritório no porão?

Assim que desliga a ligação com Michelle, Cameron disca o número de Terry, que atende no quarto toque, distraído.

— Odeio pedir — diz Cameron —, mas seria um problema se eu não for trabalhar hoje à tarde? Consigo chegar à noite para a faxina. Mas é que tenho uma... coisa. — Ele respira fundo e dá detalhes da situação com Simon Brinks de uma forma que espera que seja profissional.

— Claro, Cameron. — Terry ainda soa preocupado com outra coisa. Será que ouviu sequer uma palavra do que Cameron disse?

— Obrigado, senhor. E, ahn... será que poderíamos, por esses dias, assim, conversar sobre me contratar fixo para a faxina? Sabe, tipo... não temporário?

— Claro, claro. — Um murmurinho de vozes abafadas ocupa a linha. — Ei, jovem, preciso ir. Não se preocupe com hoje à noite. Leve o tempo que precisar, tudo bem?

— Tudo bem.

Ele encerra a ligação, ignorando o comportamento estranho de Terry. Provavelmente só o pegou em um momento corrido. A seguir, abre o aplicativo de navegação e coloca o endereço de Seattle que Michelle passou. É uma viagem de duas horas. O que significa que às quatro da tarde precisa estar na estrada, não numa prancha de *stand up paddle*.

Avery entenderá. Ele vai passar na loja quando estiver saindo da cidade, para explicar pessoalmente.

POUCO ANTES DAS quatro da tarde, ele empurra a porta da Loja de Paddle de Sowell Bay.

Uma figura aparece de trás de uma arara de roupas de neoprene, aos fundos da loja. Para a surpresa de Cameron, não é Avery.

É o filho dela, Marco.

O menino assente de leve, duro, e se enfia atrás das roupas sem falar nada.

— Ahn, ei — diz Cameron. — Sua mãe está aqui?

— Ela saiu *pra* fazer alguma coisa. — Marco está ajoelhado no chão de madeira, ao lado de uma caixa aberta, segurando um negócio preto de plástico com gatilho e uma tira de papel com aparência encerada saindo da ponta. Uma pistola de etiquetas de preço.

— Eu não sabia que você trabalhava aqui — diz Cameron, cutucando um estande de nadadeiras laranja-neon.

Essas são novidade, não estavam aqui da última vez que viera. Estão alinhadas em uma fileira perfeita, da menor à maior. Parece que alguém roubou os pés de uma família de patos e os pendurou na parede.

Marco resmunga:

— Não é como se eu tivesse escolha. — Ele estapeia um adesivo de preço na etiqueta de um colete salva-vidas e encaixa o arco superior em um grande gancho de metal que sai da parede.

— Ah, trabalho infantil compulsório. Um rito de passagem. — Ele ri.

Marco não responde.

— Então, alguma ideia de quando sua mãe volta? — Cameron olha de relance para a porta. — A gente ia se encontrar aqui às quatro. — Confere o relógio. Faltam cinco minutos.

Marco ergue a cabeça.

— Ia?

— É. Íamos pegar umas pranchas e ir *pra* água, mas surgiu... um imprevisto. — Cameron morde os lábios, segurando-se por pouco de contar a história toda ao menino. Não deve explicações a um adolescente.

— Você está dando o cano nela. — A voz dele é séria.

— É claro que não. Ela vai entender.

Marco atira outra etiqueta.

— Aham.

— Eu vim explicar pessoalmente. — Cameron olha a hora de novo. Na estrada às quatro. A reunião mais importante de sua vida. Não pode se atrasar. Ele pigarreia. — Olha só, garoto, eu meio que preciso ir. Pode avisar sua mãe que eu passei? Dizer que pedi desculpas por cancelar?

— Claro. Eu falo para ela.

— Valeu, cara.

Cameron sai apressado da loja e, quando o relógio bate quatro da tarde, está a caminho da rodovia.

SOB

Seattle é um labirinto chuvoso de prédios e pedestres, túneis e vias paralelas, arranha-céus que parecem construídos em cima da própria rodovia, como se fossem parte de um kit impossível de Lego. Há saídas à esquerda, saídas à direita, viadutos e vias expressas, elevados e vãos se revolvendo entre si como um punhado de grandes espaguetes de concreto empilhados contra a lateral da montanha que se ergue abruptamente da água.

Ele já passou por aqui antes, saindo do aeroporto, mas agora percebe com mais clareza: comparado com Modesto, este é um mundo realmente diferente.

Quando vê a saída para Capitol Hill, liga a seta. Manter a direita, pegar a esquerda, três quadras e pegar a direita. Memorizou a sequência, a rota pelas ruas da cidade depois de sair da rodovia, só para garantir.

Finalmente, vira na rua certa e começa a procurar o número, causando, ao avançar lentamente, buzinas irritadas do trânsito que passa. Observa atento as fachadas apertadas dos comércios, cafeterias, casas de suco natural e lojas de roupa vintage com os produtos espalhados em araras na calçada. Faltam 10 minutos para as seis horas de uma perfeita tarde de agosto, e a vizinhança está fervilhando com movimento, uma mistura de hipsters e moradores do bairro atrelados a cachorros. Trabalhadores com bolsas-carteiro e passos determinados.

Aqui está o endereço que Michelle Yates lhe passou. Ele confere duas vezes, para ter certeza, pois é uma porta cinza comum. Depois de semanas tentando conseguir uma reunião... esta é a Brinks Desenvolvimentos? Ele esperava um prédio comercial reluzente, mas talvez seja assim que os empresários de sucesso fazem em Seattle. Inhame ralado em vez de pastrami e humildes fachadas em vez de prédios de aço.

Por algum milagre, em sua segunda volta na quadra, ele vê um lugar vago bem em frente.

Desliga o motor e confere o telefone. Ainda nada de Avery. Deveria mandar uma mensagem? Ah, não, vai ligar para ela depois. Até lá terá uma história sobre seu pai para contar. A pancada da porta da van é engolida pelos sons ocupados da cidade. Coloca no parquímetro duas moedas sujas de migalhas que encontrou no painel.

Para a surpresa de Cameron, a porta cinza comum está destrancada. Dá para um hall de entrada ordinário, aparentemente um prédio residencial. Na parede à sua esquerda, há uma fileira de caixas metálicas para correspondências, um tanto gastas e marcadas, meia dúzia delas. Diversos panfletos e pedaços de lixo de cartas sujam o chão.

À direita, há uma escada que só sobe. À frente, na parede dos fundos, há um elevador, e Cameron nota que há botões tanto para subir quanto descer. Michelle dissera para pegar o elevador até o porão.

— Descendo pela toca do coelho — diz a si mesmo quando a sineta tilinta ao seu andar.

Assim que sai, sente um cheiro estranho. Algo pegajoso e temperado, como canela, deslocado no meio do verão. Atinge-o assim que as portas do elevador se abrem. Deve estar vindo das velas, que estão por todos os cantos do escuro corredor, velas em frente a espelhos dos dois lados fazendo parecer que há um milhão de pequenas chamas indo em direção ao infinito. Ao observar com mais atenção, ele percebe que são falsas. O que faz sentido. Que norma de segurança permitiria que alguém coloque tantas velas assim em um porão?

Que diabos é este lugar?

Ele segue um surrado tapete cinza pelo corredor e dobra uma curva, o que o coloca dentro do menor bar do mundo.

Está vazio. Um balcão curto, cinco banquetas enfiadas embaixo. Luz quente reflete no forro de bronze, dando ao lugar todo um brilho amarelado.

Sobre o balcão, há um pequeno quadrado de papel apoiado em um suporte. Um cardápio. *"Mudminnow – Libações sob medida"*, lê-se o texto no topo, seguido por uma lista de bebidas com nomes ridículos. Ele pisca várias vezes, para ter certeza de que está lendo os preços certos. As pessoas não percebem que podem pegar um fardo inteiro de cerveja por metade do preço de uma dessas *libações*? Ele puxa uma banqueta e se senta.

Algo faz *clique*. Cameron levanta o rosto e vê uma garota sair da porta atrás do bar. Ela tem um cabelo curto e verde que parece grama amassada. Está equilibrando uma pilha de copos em cada mão, e suas sobrancelhas registram o mais breve momento de surpresa antes de descarregar as louças em alguma prateleira escondida sob o balcão.

— Abrimos às oito horas — diz ela, sem olhar para cima.

— Eu tenho uma reunião. — Cameron pigarreia. — Com o Sr. Brinks.

A menina de cabelos de grama olha para cima. A expressão em seu rosto é dolorosamente neutra, como se Cameron fosse a coisa menos interessante que já viu na vida.

— É sério — diz ele. — A Michelle agendou. — Espera que não haja problemas usar o primeiro nome da mulher.

A garota dá de ombros.

— *Tá* — diz, apressando-se para longe. — Vou falar para ele.

SIMON BRINKS.

Cameron repetira o nome tantas vezes na cabeça nesses últimos dois meses, estudara tantas fotos do gigante bem vestido em seus outdoors, que, quando um sujeito desgrenhado surge da porta atrás do bar com um sorriso cansado, quase não acredita que possa ser ele.

— Oi — diz Cameron, a voz subitamente trêmula e nervosa. — Eu sou...

— Eu sei quem você é, Cameron. — Atrás do balcão, o sorriso de Simon se alarga.

— Você sabe? — O coração de Cameron martela no peito, mas será de nervoso, ou de raiva? Por algum motivo, a ideia de socar ou extorquir este homem parece ridícula.

— Por que acha que sugeri este lugar? — Simon Brinks gesticula para o pequeno cômodo ao redor deles. — Como estou certo de que você descobriu, tenho vários escritórios e propriedades, mas este aqui era originalmente para Daphne. É o lugar perfeito para nos encontrarmos.

O sangue de Cameron está pulsando agora. Para Daphne? Brinks está prestes a confessar uma vida de paternidades e deveres negligenciados, simples assim?

Simon sorri.

— Você conheceu Natalie. — Ele aponta com a cabeça para a porta atrás do bar, por onde a garota de cabelos de grama desaparecera. — Ela conhece a história toda.

— A história toda. — Cameron mal consegue forçar as palavras a sair.

— Bom, é claro. Ela é minha filha.

Filha. Sua cabeça gira. Um pai e... uma irmã? Antes que consiga impedir a si mesmo, seus olhos correm para a porta atrás do bar de novo. É possível que aquela garota com o cabelo estranho seja sua meia-irmã?

Simon entrelaça os dedos e se inclina sobre o balcão.

— Você tem os olhos da sua mãe, sabia?

— Minha mãe. — Cameron engole com força.

— Daphne sempre teve esses olhos incríveis.

Cameron contém um suspiro vergonhoso. Ela tinha mesmo olhos bonitos, não tinha? Pergunta-se se ele está inventando isso ou se se lembra de fato.

— Enfim — diz Brinks, com um leve dar de ombros que parece guiar a conversa numa direção mais casual. — Posso servir uma bebida para você?

— Uma bebida?

— Eu preparo um excelente coquetel.

— Ahn, cerveja está bom. A que você tiver — diz Cameron depressa. Suas orelhas estão queimando. Por que se importa? Será que impressionar o pai é uma predisposição instintiva?

Sem dizer nada, Brinks se abaixa até uma geladeira sob o balcão e se levanta com duas *longnecks* entre os dedos. As garrafas chiam quando ele abre as tampas.

— Um brinde — diz ele, erguendo uma.

— Um brinde — ecoa Cameron. Quão bizarro esta história soará depois? Quando contar a Avery e Elizabeth, nesta ordem?

— Então, você tem perguntas sobre a sua mãe, naturalmente — diz Brinks, depois de um longo gole de cerveja.

Cameron endireita os ombros. Chega dessa enrolação de merda. Sua voz é firme ao dizer:

— Tenho perguntas sobre você.

— Ahn? — Simon inclina a cabeça de lado. — Está bem. Todos pensam que eu sou algum tipo de enigma, mas para você sou um livro aberto. — Ele sorri. — Então, manda.

— Por que você... — Cameron engole em seco e se recompõe antes de tentar de novo. — Digo... como você pôde... — Um soluço atrapalha sua garganta. Por que não pensou em um plano B para quando as palavras não saíssem?

— Como eu pude o quê? — Simon Brinks coça o queixo. — Deixá-la partir? Bom, eu me importava com ela.

O rosto de Cameron enrijece, e sua voz é puro ácido quando cospe:

— Mas você nunca se importou comigo.

— Você? É claro que me importo com você. É o filho dela. Mas o que é que eu podia fazer, quando ela...

— Eu sou seu filho também! — A voz de Cameron falha.

Simon Brinks dá um passo para trás e se recompõe.

— Sinto muito, Cameron. Você não é — diz, suave.

— Eu sou seu filho — repete Cameron.

Brinks balança a cabeça.

— Nunca foi assim entre Daphne e eu.

— Mas precisa ter sido. — Para o pavor de Cameron, seu queixo começa a tremer. Sabia que isso poderia acontecer, não sabia? A coisa toda não dar em nada. Ele se preparou para isso, ou ao menos tentou. Então por que está prestes a surtar agora?

— Como eu disse, não me surpreende que você esteja aqui, Cameron, mas...

— Por que você deu seu anel de formatura para ela?

Cameron o pesca do bolso e o coloca sobre o balcão. Simon repuxa um sorriso de leve ao examiná-lo na mão. Quando o vira e olha o interior, o sorriso desaparece.

— Este não é o meu — diz, em voz baixa.

— Ah, fala sério. Eu vi a foto.

Brinks coloca o anel com cuidado sobre o balcão.

— Daphne era a minha melhor amiga. Olha, eu sei como isso soa, mas nós éramos mesmo só amigos. Melhores amigos.

Cameron está prestes a rebater. Mas então se lembra de tia Jeanne constantemente falando sobre ele e Elizabeth. Uma sensação pesada o domina como um balão de chumbo. Não está mais perto de encontrar seu pai do que estava dois meses atrás.

— Você nunca, ahn... dormiu com ela? — Cameron odeia o quão grosseira a pergunta soa.

— Não, nunca. — Brinks contém uma risada, e seu rosto fica sério. — Olha, eu faço até um teste de DNA se você quiser. Tenho certeza absoluta de que não sou seu pai. — Ele pega o anel de formatura e o vira de novo antes de devolver ao balcão. — Espera aqui, eu já volto.

Ele reaparece alguns minutos com algo fechado na mão e um livro todo gasto, que solta uma nuvem de poeira quando ele o coloca sobre o balcão. A capa diz "**COLÉGIO DE SOWELL BAY, TURMA DE 1989**". Presumivelmente é a fonte de todas aquelas fotos que alguém escaneou e postou, inclusive a de Simon e Daphne no píer. Então Brinks abre os dedos.

— Este é o meu, vê?

Cameron pega o anel e o segura na mão esquerda, enquanto o que trouxe está na direita. O peso parece idêntico. Tão perto e tão... errado.

Brinks aponta com a cabeça para os fundos do bar.

— Tem um grande espaço não finalizado ali atrás. Uso de depósito. Mas suponho que meio que se encaixa, que essas coisas do ensino médio morem aqui. Era para ser o nosso espaço, afinal.

"*Nosso espaço? O que era para significar isso?*" Cameron vira o anel, esperando encontrar a gravação **EELS**, mas, para sua surpresa, neste é **SOB**.

— O que é **SOB**? — pergunta.

Brinks dá uma risadinha.

— Minhas iniciais. Simon Orville Brinks. Mas saiba que não saio por aí divulgando isso, a piada está praticamente pronta: Simon, "o" Brinks. Sortudo eu, não sou?

Cameron olha fixo para ambos os anéis de ouro sobre o balcão.

— Você gravou suas iniciais? Todo mundo fazia isso?

— A maioria, eu acho. — Brinks dá de ombros. — Muitos tentavam ser criativos com a personalização. Um bando de jovens de igreja escreveu "**DEUS**" nos deles. E tenho certeza que mais de uma pessoa tinha um anel que dizia "**FODA**". Pensei em gravar "**FODA**", mas minha mãe teria me matado.

— Você se lembra deste? Alguma coisa? — Cameron pega o "**EELS**". Quem quer que seja, deve ser fã de enguias e da vida marinha. Ou sushi. Será que pagou mais do que SOB, por ter uma quarta letra?

O outro balança a cabeça em negação.

— Me desculpe, eu queria poder ajudar.

— Não sabe quem gravou "**EELS**"?

Brinks acrescenta baixinho:

— Eu também nunca conheci meu pai.

— É, e mesmo assim você virou um zilionário. — Os ombros de Cameron caem.

— Eu dei duro — diz Brinks, e há um tom de irritação em sua voz agora. — Olha só, eu também vim de Sowell Bay. Sabe como eu e sua mãe nos conhecemos? Viramos melhores amigos?

— Ahn… não? — Cameron honestamente não havia pensado nisso. Mesmo quando achava que eram um casal, presumira que haviam se conhecido na escola, como todo mundo.

— Nós morávamos no mesmo prédio de apartamentinhos detonados. Ela morou lá por um tempo, durante o ensino médio. Do lado errado da rodovia.

— Eu não sabia que havia um lado errado em Sowell Bay.

Brinks ri alto.

— Bom, hoje acho que o lugar todo é meio que o lado errado, mas está melhorando. — Seu tom muda, está falando de negócios agora. — Muitos projetos novos nos últimos anos. Estou construindo um prédio de frente para o mar lá. Apartamentos muito bons.

Cameron assente. Por um breve segundo, considera se Brinks o contrataria para trabalhar no projeto. Mas provavelmente pediria referências e, bem… sem condições. Mesmo para o filho de sua ex-melhor amiga.

— Enfim... — Brinks se inclina e apoia os cotovelos sobre o balcão de novo. — Eu pedi para você me encontrar aqui em vez do meu escritório porque achei que você gostaria de conhecer. — Ele pega o cardápio de bebidas e, olhando para o papel, diz: — Como eu disse, fiz esse lugar para ela.

Cameron olha ao redor pelo minúsculo salão, agora completamente surpreso. Um bar ridículo de pequeno no porão de um prédio residencial ordinário em Capitol Hill... para a mãe dele?

— Nós conversamos sobre algo assim, juntos, depois de crescer um pouco. Lembre-se que era os anos 80, quando bares clandestinos ainda não tinham virado um completo clichê hipster. — Brinks vira os olhos para cima. — Nem sei como dois adolescentes têm uma ideia dessas, mas costumávamos passar horas conversando sobre isso. — O rosto dele fica mais sombrio. — É claro que isso foi antes dos... problemas dela.

— Problemas — murmura Cameron.

Brinks ainda está olhando para o cardápio em sua mão.

— Ela até escolheu o nome do lugar, por mais estranho que seja. — Ele olha para cima com um sorriso torto. — Mudminnow. É um...

— É um peixe minúsculo — interrompe Cameron. — Eles vivem em rios e outros corpos de água doce. Podem sobreviver em condições bem ruins. Temperaturas extremas, água praticamente sem nenhum oxigênio. Então normalmente são os últimos sobreviventes quando dá merda. São tipo as baratas do mundo dos peixes minúsculos. Mas com um nome bem mais legal.

Brinks deixa o queixo cair.

— Como você sabe isso tudo?

Cameron dá de ombros e explica que leu em algum lugar, alguma vez:

— Eu retenho conhecimentos aleatórios. Meio que não consigo evitar.

Brinks ri.

— Você é exatamente como a sua mãe, sabia?

Agora é Cameron quem deixa o queixo cair.

— Eu sou?

— Totalmente. Ela queria participar daqueles programas de milhão na TV, depois da formatura. — Ele pigarreia. — A família dela nunca a entendeu. Ela escondia deles quem realmente era, eu acho. Até da irmã.

Lágrimas grandes, quentes e pesadas pendem das beiradas dos olhos de Cameron. Ele consegue sentir que seus lábios estão apertados em uma careta vergonhosa e involuntária.

— É exatamente essa a cara que ela fazia quando algo desagradável a surpreendia — diz Brinks.

Cameron pressiona um punho cerrado contra os lábios contraídos.

— Eu acho que sempre presumi que puxei essa memória fotográfica esquisita do meu pai.

— Bom, talvez dele também — diz Brinks. — Daphne nunca me contou quem era.

Cameron bufa de leve.

— Somos dois, então.

— Ela era uma pessoa estranhamente fechada às vezes. Nós éramos incrivelmente próximos, mas sei que tem vários aspectos da vida que ela nunca compartilhou comigo. Esse é um deles. Sei que ela tinha seus motivos.

— É, bom, por causa dos *motivos* dela, eu cresci sem pais. Tenho certeza de que ela tinha bons *motivos* para me abandonar também.

— Eu não tenho dúvidas de que tinha — diz Brinks, sem nenhum traço de sarcasmo. — Ela amava você, Cameron, mais do que qualquer coisa no mundo. Disso eu sei. Tudo o que ela fazia, era por amor.

Algo tilinta de uma maneira um tanto próxima, provavelmente atrás da porta dos fundos. Será que a garota com cabelos de grama está escutando tudo? Qual é o nome da filha dele mesmo? Natalie? Uma onda de náusea o atinge direto no estômago. Ela sabe a história toda. A amiga brilhante de seu pai que engravidou e saiu dos trilhos, e o filho que poderia aparecer procurando por eles um dia. Como sempre, Cameron é o último a saber.

Brinks suspira.

— Eu queria poder contar mais. Me sinto péssimo que você tenha vindo até aqui esperando uma coisa e encontrando... outra.

— Você sabe onde ela está? — Cameron retorce as mãos juntas sobre o colo. Perguntou isso mesmo? Será que quer saber?

Mas, para seu meio alívio, Simon apenas balança a cabeça e diz:

— Não, não mais. Não a vejo faz anos.

— O que ela... Digo, onde ela...

— Ela estava morando na zona oeste de Washington naquela época. Apareceu na minha casa. Precisava de dinheiro. E eu dei, é claro. Mas estava evidente que estava numa batalha, Cameron. Ainda usando. — Ele franze a testa. — Talvez eu não devesse ter dado o dinheiro? Não sei. Parte de mim queria arrastá-la para dentro de casa, colocá-la no quarto de hóspedes. Ajudar. Mas eu já mal dava conta de Natalie. E, bom... não dá para ajudar quem não quer ser ajudado.

— É... — Cameron abre um sorriso falso. — Filho de peixe, peixinho é.

— Não se julgue, Cameron.

— Eu não consigo nem colocar sacos de lixo direito. — Brinks lhe lança um olhar confuso. — No aquário. Eu tenho trabalhado lá. Corto peixe e faço faxina. E as lixeiras... Ah, esquece... — Cameron interrompe o próprio devaneio inútil.

Simon Brinks, renomado furacão do mercado imobiliário e dono de um bar clandestino, do lado errado da rodovia, mas que deu duro para chegar a um sucesso maluco, não quer ouvir sobre problemas de faxineiro.

Depois de uma longa pausa, Brinks diz:

— Daphne teria orgulho de você, Cameron.

— É, claro. — Cameron estapeia uma nota de cinco no balcão, torcendo para que cubra o preço de uma cerveja Mudminnow. Chega perto, pelo menos.

Brinks empurra o dinheiro de volta, mas Cameron já está a meio caminho da porta.

UM NOVO CAMINHO

De volta à cabine da van, Cameron soca o volante. Confere o celular, antecipando uma mensagem de Avery, torcendo para ter uma desculpa para ligar para ela e descarregar os eventos da última hora em um ouvido amigo, mas não há nada. Bom, e agora? Batuca os dedos no painel e observa passar a correnteza do trânsito de pedestres em Capitol Hill. Pessoas buscando jantar, pegando roupas da lavanderia, passeando para ver vitrines. Todos com suas vidas normais e felizes.

Que se danem.

Por quanto tempo se senta ali antes de o celular tocar? Quando acontece, dá um pulo. Uma mensagem, mas não de Avery; é Brad. Uma foto. Cameron toca na tela. Um bebê minúsculo aperta os olhos para ele; sua carinha amassada e vermelha está envolvida por um cobertor azul-claro. Apenas um quadrante do rosto de Elizabeth está visível na foto, mas ele pode ver que ela está sorrindo, não morrendo após um parto de risco: um benefício do século XXI.

Cameron fecha os olhos e respira fundo. Envia uma resposta: *"Cara, você é pai!"*

Brad responde segundos depois com o emoji de cabeça explodindo.

Enquanto está com o aplicativo aberto, escreve para Avery também. *"Ei, podemos conversar?"* Ele dispara a mensagem para o vácuo da rede de celulares e então engata a van e sai da vaga.

O trânsito é terrível na saída de Seattle, mas Cameron não saberia dizer se está no congestionamento há 10 minutos ou três horas. A van avança devagar, e luzes de freio do mar de carros lentos se mesclam numa névoa de borrões vermelhos. No banco do passageiro, seu celular não para de avisar sobre novas mensagens, e, quando o carro está parado, ele confere rápido, pensando que pode ser Avery, mas é Brad novamente. Mais fotos do bebê. Enfia o aparelho debaixo de uma embalagem de fast food que está no banco. Fora do campo de visão, não ficará ocupando a mente com isso.

Mas sua mente tem outras ideias. E não se cala a respeito. De algum lugar no fundo de seu cérebro, uma voz o cutuca. *"Tudo isso nunca foi real"*, insiste. *"Bom demais para ser verdade. Não é a sua vida. Não é a sua casa. Ele não era seu pai. Ela não é sua namorada."*

Pelo menos ele tem um emprego que não odeia. Quantas vezes Tova lhe garantiu que Terry está definitivamente planejando contratá-lo de forma permanente? E que ele merece? Até Cameron precisa admitir que sua habilidade de limpar vidros evoluiu muito. Deixa aquela merda brilhando. E agora consegue fazer a volta toda com o esfregão, inclusive todos os cantos e entradinhas, em menos de uma hora.

"*Mas então*", interrompe a vozinha, "*por que ele não ofereceu a vaga permanente?*" Principalmente quando Cameron perguntou sobre isso esta tarde?

"*Você não é tão bom quanto pensa*", zomba a vozinha. "*Não é qualificado nem para administrar um mercadinho de cidade pequena.*"

— Cala a boca — murmura para si mesmo, tomando a pista da esquerda e pisando fundo no acelerador.

Eventualmente, o trânsito melhora e, em algum ponto, a luz da gasolina reserva acende. Está a apenas uns 30 quilômetros de Sowell Bay. Provavelmente dá para chegar. Vivendo perigosamente. Mas pega a saída seguinte e encontra um posto.

A atendente no caixa da loja de conveniência lhe lança um sorriso agradável ao registrar seu pacote de salgadinho e a garrafa de refrigerante. Jantar. Cameron não sorri de volta. É como se não lembrasse mais como fazê-lo. Seu rosto está congelado no neutro quando ela pergunta como ele está esta noite num tom de começo de conversa.

Ele ignora a pergunta e, em vez disso, lhe pede para acrescentar um maço de cigarro.

Enquanto o bico da gasolina faz *glub, glub* para dentro da van, ele desliza a tela do celular, mas é puramente instintivo, como se os olhos estivessem registrando as palavras e fotos que estão rolando, mas seu cérebro não estivesse baixando nada. Até que uma foto lhe chama a atenção.

Katie.

Será que ela o desbloqueou? Ele toca no nome dela, e, de fato, o perfil carrega. Lá está, com seu sorriso arrogante. Como se o mundo inteiro lhe pertencesse e ele só tivesse sorte o suficiente de viver nele.

Postou um milhão de fotos novas este verão. Cameron passa pelo feed. Em metade das fotos, um babaca está com os braços ao redor dela, sempre usando uns óculos de sol imensos, então Cameron não consegue nem ver o rosto estúpido do sujeito.

Será que já se mudou para o apartamento dela? Ele provavelmente se lembrou de colocar o nome no contrato. Trabalha em algum escritório entediante. Dirige um SUV novinho e nunca na vida precisou usar a tração nas quatro rodas. Usa uma escova de dentes elétrica. Eles provavelmente se encontram com os pais dele para jantar nos finais de semana.

Dane-se cada uma dessas pessoas com suas vidas normais e felizes. Cameron nunca chegará lá, não importa o quanto se esforce. Nem aqui, em Washington.

Ele abre o aplicativo de navegação. Digita uma nova rota. De Sowell Bay para Modesto.

Quinze horas.

UMA CHEGADA ANTECIPADA

As portas estão completamente abertas quando Tova chega na quarta-feira à noite. Está um pouco mais cedo do que de costume, mas Terry parecia tão nervoso ao ligar. Ela deixou o prato do jantar sem lavar e colocou depressa uma travessa de ração para Gato antes de correr até o aquário.

Fora chamada por causa da porta aberta? Seu estômago se revira ao lembrar o que aconteceu quando Cameron deixou um peso segurando a porta dos fundos e Marcellus tentou escapar. Porém, um instante depois, Terry aparece, caminhando tranquilo e acenando com um largo sorriso.

— O que está acontecendo? — pergunta ela, aproximando-se.

— Grande noite. E não só porque é seu penúltimo dia.

Tova inclina a cabeça de lado, confusa.

— Vamos receber uma entrega — continua Terry. Está extremamente ansioso. — Nunca pensei que aconteceria antes de você ir embora. E a chamei porque achei que ia querer estar aqui para ver isso. — Ele ri. — *Isso!* Cruzes! *Ela.* Achei que você ia querer ver *ela*.

Quem é "ela"?

Antes que Tova possa perguntar, um caminhão ronca estacionamento adentro. Com uma série de altos bipes, dá marcha à ré em direção às portas. Um homem de aparência taciturna transfere uma caixa de madeira de um ambiente climatizado para uma empilhadeira. A princípio, parece com pressa para descarregar a grande caixa ali mesmo, mas Terry o convence a ajudá-lo a transportar para dentro. Apertando a bolsa, Tova acompanha os dois homens enquanto empurram a imensa encomenda pelas portas abertas e ao redor do corredor circular, o que parece ser uma grande tarefa.

Ela os segue até a sala das bombas, onde depositam a caixa, que faz um som alto de água espirrando ao encontrar o chão. Em um instante, o entregador já desapareceu com a empilhadeira.

— Fique de olho aí por um minuto, pode ser, Tova? — diz Terry. — Preciso assinar os papéis.

Ele corre atrás do homem.

Tova observa a caixa mais de perto. De um lado, em letras vermelhas e garrafais, lê-se: "**ESTE LADO PARA CIMA**." Do outro, "**POLVO VIVO**."

— Ficar de olho. O que ele espera que eu faça, exatamente? — pergunta Tova a Marcellus enquanto olha pelo painel de vidro na parte de trás de seu tanque.

A caixa **POLVO VIVO** está silenciosa no centro da sala, tão imóvel que Tova se questiona se há de falto algo vivo ali dentro. No que deveria ficar de olho?

Marcellus balança um braço, um gesto evasivo. Também não sabe.

— Suponho que vamos descobrir, não vamos? — diz Tova, pensativa. — De qualquer forma, parece que você está prestes a ter uma nova vizinha.

Dois tanques para além do de Marcellus, há um que foi recentemente esvaziado. Águas-vivas-do-Pacífico viviam ali. Para onde foram? O recinto parece limpo demais, a água, cristalina demais. Tova coloca a cabeça para fora da sala das bombas; Terry não está à vista em lugar algum. Rapidamente, ela pega o banquinho e ergue a tampa do tanque do polvo. Marcellus coloca a ponta de um braço para fora da água, e Tova abaixa a mão. Ele enrola o tentáculo ao redor de seu pulso, em um gesto que já se tornou mais do que familiar agora, e há algo de instintivo nisso, como um bebê que aperta o dedo da mãe.

Marcellus não é um bebê, entretanto. Em termos de polvo, é um senhor idoso. E agora sua substituta chegou. Passos ecoam pelo corredor, e Tova arranca a mão da água, desce para o chão e enfia o banquinho debaixo do tanque. Está secando o braço na manga da blusa quando Terry entra a passos largos, segurando um martelo.

— E aí? Vamos abrir a caixa dela?

— Seu novo polvo — diz Tova, para confirmar.

— Sim! Um pouco antes do esperado, na verdade. Mas ela foi resgatada e tratada por um grupo no Alasca depois de ficar presa em uma armadilha para caranguejos e se cortar toda tentando escapar. Eu não tinha como dizer não. — Terry abre uma brecha em um dos lados da caixa, com a ponta de trás do martelo.

Tova cruza os braços.

— Antes do esperado?

Terry suspira.

— Marcellus é... bem, Tova, eu tenho certeza de que você percebeu, mas ele é muito velho para um polvo-gigante-do-Pacífico. — Ele ergue a tampa da caixa, gemendo com o esforço. — Mas é um senhorzinho valente, não é? Determinado a superar sua expectativa de vida. Mesmo assim, a Dra. Santiago e eu não temos certeza de quando tempo ele ainda tem. Estava bem mal hoje de manhã. Pode ser que lhe restem só algumas semanas ou dias.

— Entendo — diz Tova, e olha para o tanque de Marcellus, mas ele deve estar escondido em sua toca, porque não está à vista.
— É incrível o quanto ele viveu. — Terry olha para Tova, com olhar curioso. — Você sabia que ele foi resgatado também?
Ela ergue uma sobrancelha, surpresa.
— Eu não sabia.
— Ele estava acabado quando o trouxemos. Faltando metade de um braço, o corpo todo mordido. Não achei que fosse sobreviver mais do que um ano. E aqui estamos, *quatro* anos depois... — Terry sorri e balança a cabeça. — Ele tem sido um bom menino. Menos quando fica perambulando pelo prédio, à noite.
O coração de Tova dispara. Depois de todo esse tempo... agora tomará uma bronca por ter deixado; por ter jogado fora aquele grampo terrível.
Ao perceber sua expressão, Terry diz:
— Está tudo bem, Tova. No fim, nem sei se qualquer medida de segurança teria funcionado. — Ele balança a cabeça de novo. — A nova terá modos melhores. Espero.
Na caixa de madeira, há um barril de aço com topo de tela fina. Dentro, algo remexe e estapeia a água.
— Bom, vamos dar uma olhada? Queria que nós pudéssemos chamá-la de alguma coisa, mas prometi os direitos de nomeação para a Addie, e ela ficou acordada até tarde da noite ontem, pensando e escrevendo listas. — Ao mencionar a filha, Terry sorri.
Tova sabe que Addie tinha 4 anos de idade quando nomeou Marcellus. Agora tem 8 e continua achando divertido dar nomes para um polvo. Que gracinha.
— Ela vai aparecer com uma ideia adorável, tenho certeza — diz Tova.
A tampa do barril sai fácil, e ela não consegue conter uma risadinha. Marcellus não teria durado uma viagem pela costa em algo tão frágil. Teria escapado em algum ponto do Canadá.
— Aí está ela — diz Terry, suave.
Tova espia para dentro. A fêmea de polvo está encolhida no fundo do barril, o que faz sentido, porque não há onde se esconder ali. Ela se surpreende com a cor rosa-salmão da criatura, tão diferente de Marcellus e seu laranja-ferrugem.
— Você vai colocá-la no tanque agora?
— Não hoje. Preciso esperar pela Dra. Santiago. Ela vai vir amanhã cedinho.
Tova observa a nova polvo erguer um tentáculo da massa enrolada em que se transformou e puxá-lo de volta em menos de um segundo.

— Acha que ela vai gostar da casa nova?

— Eu sinceramente não sei, Tova.

A sobrancelha dela se ergue, surpresa com a honestidade dele. Estava apenas puxando conversa, afinal.

— Não me leve a mal. Nós damos o nosso melhor — continua Terry. — Mas olha só o Marcellus. Salvamos a vida dele quando chegou, mas ele nunca foi feliz, preso em um tanque.

— Ele está bastante entediado — concorda Tova.

Terry ri.

— A vida dentro do Aquário de Sowell Bay nunca o satisfez.

Tova se apoia em uma cadeira próxima, aliviando a dor nas costas, e inclina a cabeça de lado para a caixa de madeira.

— Então vou passar o esfregão ao redor da caixa.

— Você não precisa limpar aqui atrás, Tova. Você sabe disso. — Terry recoloca com cuidado a tampa no barril.

— Eu não me importo. É algo com o que se ocupar.

— Bom, Cameron irá ajudá-la; logo estará aqui. Ele disse que poderia se atrasar um pouco hoje. — Terry olha o relógio e, com um último tapinha carinhoso sobre a caixa, vai embora, murmurando consigo mesmo sobre a temperatura da água e controle de acidez.

Tova é deixada sozinha na sala das bombas, com dois polvos e a estranha sensação de que há algo errado.

— Bom — murmura para si mesma, pegando a bolsa. — Suponho que seja melhor começar logo com o chão.

A caminho do almoxarifado, espia pela porta da frente, esperando ver a velha e acabada van de Cameron ao lado de seu carro. Mas não há van alguma.

UMA HORA DEPOIS, Tova está à porta do escritório de Terry, seus dedos revirando o cartão de acesso. É tarde, e ela fica aliviada por encontrá-lo ainda aqui.

— Devo deixar isso na sua mesa depois que terminarmos amanhã? — pergunta, segurando o cartão para cima.

— Claro, perfeito. — Terry batuca os dedos na mesa. Ainda parece estar vibrando de emoção. — Acabei de sair do telefone com a Dra. Santiago. Ela vem amanhã olhar nossa nova aquisição. Acha que talvez a deixemos no barril por mais um tempinho.

— Entendo — diz Tova, tentando disfarçar o desinteresse em sua voz. Como poderia explicar a Terry que não se importa com esta nova polvo? Que, até onde lhe diz respeito, nunca haverá outro Marcellus?

Terry continua:

— Parece que vamos transferi-la direto para o recinto de Marcellus quando... bem, quando estiver disponível. — Tova engole em seco. — Então, Cameron não apareceu hoje? — Terry fica de pé e começa a juntar seus pertences, remexendo papéis na mesa bagunçada.

— Não — diz Tova, hesitante.

— Estranho. Espero que ele esteja bem. — Terry fecha o zíper da bolsa de seu notebook. — E sinto muito por você ter limpado o lugar todo sozinha.

— Não me incomodo nem um pouco. — Tova sorri. — Sempre me lembrarei com muito carinho de limpar este lugar.

Terry balança a cabeça:

— Você é realmente única, Tova. E vai deixar saudades por aqui.

— Isso é muito gentil da sua parte. Eu também sentirei saudades de todos vocês. — Ele está a caminho do corredor quando ela o chama: — Terry? Mais uma coisa: obrigada.

Terry inclina a cabeça de lado:

— Pelo quê?

— Por me dar este emprego.

— Eu não tive muita escolha — diz Terry.

— Como assim?

— Quando contratei você. Não tive muita escolha. Eu sabia que você não aceitaria não como resposta. — Ele sorri. — Você é uma mulher muito forte, Tova. Sabia disso?

Tova fixa os olhos no chão reluzente. Seus sapatos deixam uma pegada de leve quando os remexe.

— É, bom, é importante se ocupar.

Terry lhe lança um olhar sério.

— Eu não estou dizendo forte só porque você consegue usar um esfregão melhor do que qualquer outra pessoa que eu conheça. Embora seja verdade. — Ele sorri de novo, mais carinhoso desta vez. — Sabe, quando eu era criança, lá na Jamaica, minha avó, toda curvada já, costumava dizer que era "torta, mas não morta". Viveu até quase 100 anos. Até seus últimos dias, estava na cozinha, assando bolinhos de uva-passa para nós, os netos. Ela também gostava de se ocupar.

— Parece uma mulher incrível.

— Como você. — Terry aperta o pequeno ombro de Tova, com sua mão grande. — Se algum dia mudar de ideia, Tova, saiba que sempre existirá um lugar para você aqui, no Aquário de Sowell Bay.

— Agradeço por isso.

Terry anda com cuidado sobre o piso recém-esfregado quando vai embora.

DEIXAR NA MÃO

Quando a porta da entrada se abre com um clique, Tova havia acabado de colocar o carrinho de volta no almoxarifado. Será que Terry esquecera algo e voltou para buscar?

Mas é Cameron quem ela encontra no corredor. Ele está caminhando apressado, em direção à sala dos funcionários, a testa franzida de angústia. Para ao vê-la, e a tempestade em seu rosto se abranda por um momento para registrar surpresa.

— Não achei que você ainda estaria aqui.

Tova coloca as mãos na cintura.

— Onde você estava?

— Tem importância?

— Sim, tem. Este é o seu trabalho, e você deveria estar aqui horas atrás. — Tova faz um bico de desaprovação. — Isso é mais do que "um pouco atrasado". E, para a sua informação, você perdeu uma grande noite por aqui. Tem um polvo novo.

Cameron não responde. Algo na postura dura do garoto faz Tova pensar em uma mola apertada. A rigidez dos ombros, a maneira pesada com que está andando, a forma como não olha para ela. Tova coloca uma mão em seu antebraço.

— Está tudo bem? Aconteceu alguma coisa?

Ele se chacoalha para longe do toque e começa a andar de um lado para o outro.

— Se aconteceu alguma coisa? Vamos ver... Ethan é um babaca completo que tem zero capacidade de não se meter na vida dos outros e também zero confiança em mim. Nota dez para essa amizade. Meus outros amigos? Lá em Modesto? Acabaram de ter um bebê, e a banda acabou. Falando em Modesto, já mencionei a merdinha da minha mãe? Que me abandonou? Superagradável, só afetou, tipo, digamos, minha vida toda. Minha tia tentou ser uma mãe e deu seu melhor, mas não deveria ter que ficar cuidando de mim. Achei que tivesse uma namorada aqui, mas ela está me ignorando completamente. Acho que está irritada por eu ter cancelado o nosso encontro, mesmo tendo ido pessoalmente explicar que não poderia ir porque apareceu uma coisa que era só, tipo, a reunião mais importante da minha vida patética. Ou pelo menos é o que eu achava. — Ele para, respira fundo. — Ah, e minha bagagem? Do meu voo até aqui, dois meses atrás? Está aparentemente tirando férias prolongadas na Itália. Não que eu precise mais dela.

Tova percebe que suas costas estão contra o tanque atrás de si, como se todas essas palavras fossem um vento forte. Ela se endireita e apalpa o cabelo, como se pudesse ter sido soprado para fora do lugar também. Não está conseguindo acompanhar muito bem, mas concorda com a cabeça como se estivesse.

— E essa nem é a melhor parte. — Cameron caça algo no bolso e puxa um anel pesado. Parece um anel de formatura masculino, embora Tova tenha apenas um breve vislumbre dele, sobre a palma do jovem, antes que seja engolido pelo irritado punho cerrado ao seu redor. Está andando de um lado para o outro de novo. Uma amargura como eletricidade estática preenche sua voz ao continuar: — A melhor parte é que tudo isso foi completamente inútil. Nem era ele.

— Quem não era quem, querido? — Tova apoia um braço em seu ombro, mas de novo ele se desvencilha.

— Ele não era meu pai. O motivo de eu ter vindo para Sowell Bay. O cara que eu passei esse tempo todo tentando encontrar. Era só um amigo antigo da minha mãe. Nem era dele o anel.

— Então de quem é?

— Acho que eu nunca vou saber.

Tova se encontra quase sem palavras. Por fim, diz apenas:

— Sinto muito, Cameron.

— Eu também. — Ele engole em seco. — Digo, porque isso tudo foi uma perda de tempo tão grande.

— Não tem problema ficar chateado quando a gente perde alguém — diz Tova em voz baixa.

Cameron murmura algo que ela não consegue entender e sai batendo os pés na direção da entrada. Ela o segue, acompanhando o mais de perto que consegue. Ele já está indo?

Para sua surpresa, em vez da porta da frente, ele vai em direção à sala das bombas. Ela observa, em choque, enquanto ele dá a volta na caixa **"POLVO VIVO"**, ainda ali, no meio da sala, arranca a tampa do recinto das enguias-lobos e joga o anel de formatura lá dentro, que afunda silenciosamente e desaparece em uma nuvem de areia.

— *Eels. Enguias*. Isso é de vocês — murmura ele com amargor.

Tova fica olhando fixo para o tanque. Mas o que...? Uma das enguias a encara de volta, seus dentes de agulha brilhando sob a luz azul. Ela pigarreia.

— O que acha de se sentar e tomar um cafezinho, querido? Eu terminei o trabalho de hoje, é claro, mas podemos conversar sobre o que vai acontecer amanhã. Meu último dia. Garantir que seja uma transição tranquila.

— Café? — diz Cameron, como se fosse uma palavra estrangeira. Por um momento, parece exausto, como uma biruta de vento caída. Ele balança de leve a cabeça e, simples assim, a tempestade de emoções está de volta. — Nem. Só passei para pegar meu moletom na sala dos funcionários.

Ele sai da sala das bombas, e Tova segue atrás.

— Mas e os arranjos para amanhã?

— Não tem amanhã — diz ele sobre os ombros. — Terry nunca me ofereceu o emprego permanente. Por que eu ficaria? Quão incompetente eu tenho que ser para me dispensarem de um serviço que é só esvaziar lixeiras e esfregar o chão? Digo... sem ofensas.

— Ah, eu tenho certeza de que é um mal-entendido. Terry tem estado tão distraído, o novo polvo...

— Cansei de mal-entendidos. — Ele entra depressa na sala dos funcionários e reaparece um instante depois, com o moletom enfiado debaixo do braço. — Enfim, estou dando o fora.

— Como assim?

— Vou voltar para a Califórnia. — Cameron evita olhá-la nos olhos. Um sorriso triste, cínico, se espalha por seu rosto. — Hora de dar um passeio.

— Você está indo embora agora?

— Estou. — O tom dele é decidido e rude. — Já teria ido, mas, sendo o idiota que sou, deixei a maioria das minhas coisas de merda na casa do Ethan hoje. Roupa lavada. Até a minha guitarra. Voltei para buscar. — Ele ergue o moletom. — Imaginei que seria uma boa buscar isso também.

— Você está indo embora e não avisou o Terry?

— Uma hora ele vai perceber.

— E o que você acha que vai acontecer quando você não aparecer amanhã?

— Ele vai me demitir?

— E quem vai preparar comida para os nossos muitos... amigos?

— Não é problema meu. Não é como se fosse a coisa mais difícil do mundo.

Tova o encara com o olhar duro.

— Não é assim que uma pessoa deveria encerrar um emprego.

Cameron dá de ombros.

— Como é que eu vou saber? Nunca tive a oportunidade de pedir demissão. Sempre me mandaram embora. É meio que minha especialidade. — Ele anda batendo os pés na direção do escritório de Terry. Ela segue e observa enquanto ele pega um pedaço de papel da impressora e escreve um bilhete, que dobra e coloca sobre a mesa. — Pronto. Melhor assim?

Tova pega o bilhete e estende de volta para ele.

— Abandonar seu chefe, deixá-lo na mão sem um aviso prévio... Você é melhor que isso.

— Não, não sou. — A voz dele falha. Joga o papel na mesa mais uma vez. — Não sou mesmo.

Dia 1.361 do meu cativ... Ah, chega de enrolação. Temos um anel a recuperar.

OS HUMANOS NÃO POUPAM JULGAMENTOS QUANdo o assunto é enguias-lobo. Se eu ganhasse uma vieira para cada vez que escuto alguém chamá-las de *"horrendas"*, *"feias"* ou *"monstruosas"*, seria um polvo de fato muito obeso.

Tais alegações não estão erradas. Objetivamente falando, enguias-lobo são grotescas. O recinto delas é um dos poucos em que eu jamais entrei ou explorei, porém isso não tem relação com sua aparência desafortunada.

Aconteceu há muito tempo, antes de eu ser capturado e aprisionado. Eu era jovem, ingênuo e estava *procurando um cantinho para chamar de meu*, como vocês, humanos, diriam, na imensidão do mar. Não percebi que já estava tomado.

Com minha vasta inteligência, eu deveria ter usado mais cautela. Assim que espiei pelo vão entre as rochas, ela atacou. Os dentes afiados e a mandíbula larga da enguia-lobo não são apenas feios, mas também poderosos. Paguei três vezes por meu erro.

Primeiro, paguei com meu orgulho.

Segundo, com um de meus braços. Começou a crescer de volta no dia seguinte, porém já era tarde.

Terceiro, com minha liberdade. Se meu próprio julgamento falho não houvesse causado tais ferimentos, talvez eu pudesse ter evadido meu assim chamado "resgate".

Com imensa paciência, espero até Tova partir. Desparafusar o suporte da bomba tornou-se mais penoso ultimamente, porém, com esforço, eu o removo. Quando passo metade do corpo pelo pequeno vão, já estou sentindo As Consequências, dado que elas têm aparecido cada vez mais depressa esses dias.

Não me resta muito tempo.

Falo suavemente de assuntos triviais às enguias-lobos conforme deslizo para dentro de seu recinto. O grande macho me encara, sua cabeça extravagante paira à entrada da toca; depois de um momento, a parceira se une a ele.

"*Vocês estão adoráveis hoje*", digo, grudado no vidro do lado oposto do tanque. As criaturas piscam. Meu coração sistêmico pulsa forte.

"*Não pretendo me demorar aqui*", prometo ao afundar em direção ao substrato.

O fundo do tanque deles é coberto de areia, ao contrário do meu, que é de um cascalho mais grosso; logo, ao me arrastar, procurando, surpreendo-me com a maciez. Os dois continuam observando, agora um pouco mais para fora da toca, suas mandíbulas prognatas abrindo e fechando de maneira robótica, como sempre. As finas nadadeiras dorsais tremulam como fitas, mas eles não se aproximam.

Varro pela areia do fundo e finalmente a ventosa na ponta de meu braço passa por algo frio e pesado. Agarro o anel e o enrolo na parte grossa e muscular do tentáculo, onde sei que estará seguro. Lanço um olhar breve às enguias-lobo, que continuam atentas a cada movimento meu. "*Espero que não se incomodem se eu pegar isso.*"

Até a curta jornada de volta ao meu tanque me rouba as forças. Enfraqueço a cada dia. Ainda segurando o pesado anel, deslizo para dentro da toca e descanso, dado que precisarei de forças para minha próxima viagem. A última.

UM MALDITO GÊNIO

A correia serpentina, Cameron descobre, faz jus ao nome. A coisa se enrola sob o capô da van como uma cobra comprida. O ar seco cheira a poeira e pastilhas de freio queimadas, e o sol da manhã é impiedoso. A cada poucos segundos, com um alto *vruuuum*, uma rajada de vento lhe acerta a lateral do rosto quando outro caminhão avança pela rodovia, como um desfile de besouros gigantes, debochando dele com suas grades ameaçadoras enquanto está no acostamento, de frente para o capô aberto da van. Com uma mão, ele puxa a correia rompida. Com a outra, segura a nova, que estava no porta-luvas.

— Mas que diabos? — murmura para si mesmo, olhando para as entranhas do veículo. Reconhece as partes principais. O bloco do motor, radiador, bateria, vareta do nível do óleo. Coisa que segura o treco azul que limpa o para-brisas.

A correia nova estava lá o tempo todo, bem ali, no porta-luvas. Por que não mandou substituir? Aquele barulho de rangido. Nunca desapareceria sozinho.

Com certeza não desapareceu nas últimas doze horas seguidas de estrada.

Bom, não é exatamente verdade. O rangido desapareceu de fato... junto com a direção assistida, neste trecho deserto de rodovia interestadual, fora de Redding, uns 150 e tantos quilômetros ao sul da fronteira Oregon–Califórnia. Existe alguma coisa que Cameron não consiga ferrar? Sua tentativa irritada de dar no pé depois de um fracasso humilhante é, por si só, um fracasso humilhante.

Que coisa mais redundante.

— *Tá*, eu consigo fazer isso.

Ele sopra o ar pelo nariz e aperta os olhos em direção ao vídeo de novo, com o celular apoiado no para-choque. Não há outra opção. Se continuar dirigindo, não demorará muito para o motor superaquecer, e dar merda. Bom, não é exatamente assim que o vídeo descreveu, mas... não é nada bom.

Além disso, colocar a nova correia não pode ser tão difícil assim, e ele, Cameron Cassmore, é um maldito gênio.

Está na hora de começar a agir como um.

ANEL E ENGUIAS

Na quinta-feira à tarde, o último dia de trabalho de Tova, Janice Kim e Barb Vanderhoof se materializam em sua varanda com uma caixa retangular.

— Entrem, entrem — diz Tova. — Me perdoem pelo estado da casa. Todo esse empacotamento é tão... — Ela balança uma mão para a bagunça ao redor. — Vou passar um café.

A única coisa que ainda não está embalada: a cafeteira. Será a última a ir.

Ela pega a caixa de Janice, presumindo que seja algum tipo de caçarola, mas é leve demais. Coloca no balcão da cozinha e abre a tampa, revelando um pequeno bolo no formato de um peixe. *"Parabéns pela aposentadoria"*, diz o escrito de glacê.

— Ah, não precisava! — diz Tova. — Mas está correto. Estou mesmo me aposentando.

— Até que enfim! — exclama Janice, surgindo com um pacote de pratinhos de papel e guardanapos.

— Tenho certeza de que você vai convencê-los a contratá-la para espanar rodapés em Charter Village — acrescenta Barb, sentando-se em uma cadeira à mesa.

— Bom, não descarto a possibilidade — diz Tova, com um sorriso.

A cafeteira chia quando o café fica pronto, e Tova se inclina para afagar as costas de Gato, que entra relaxado na cozinha.

Janice olha desconfiada para o animal.

— O que vai acontecer com esse mocinho?

— Bom, ele não pode ir comigo — responde Tova. — Imagino que vá voltar para a rua, a não ser que uma de vocês queira adotar um novo pet.

Janice ergue as mãos.

— Peter é alérgico. E o Rolo tem pavor de gatos.

Gato salta para o colo de Tova, aterrissando com patas suaves, e ronrona alto ao se esticar para cima e dar uma cabeçadinha no queixo dela.

— Eu sou do time dos cachorros — diz Barb, que coça atrás das orelhas dele. — Nossa, mas você é macio, não é? Contei sobre o gato que as meninas da Andie encontraram ano passado? Mora no quarto delas agora, dorme com elas, debaixo do lençol e das cobertas. Eu disse *pra* Andie que

ela precisava tratar a coisa para pulgas, porque a gente nunca sabe o que um animal traz da rua, certo? Enfim, aí ela disse...
— Olhe, Barb, ele gosta de você! — Janice dá uma risadinha. Gato está lambendo as costas da mão dela agora, como se estivesse dando um banho nela, ainda ronronando como uma motosserra.
— Eu já passei antipulgas nele, é claro — diz Tova, só para deixar claro.
Barb olha de uma amiga a outra.
— Mas eu sou do time dos cachorros!
Tova ri.
— Pessoas mudam, Barbara.
— Até as velhas como nós — acrescenta Janice.
— Tudo bem, vai. Vou pensar no caso — murmura Barb, mas agora está agradando a barriga cinza de Gato, cujos olhos estão fechados em um estado de pura felicidade.
Tova serve café para todas.
— Vocês já jantaram? Posso esquentar qualquer coisa...
— Ah, não precisa. — Janice a dispensa com um gesto de mãos. — Não com tudo o que está acontecendo por aqui.
Um sorriso divertido curva os lábios de Tova.
— Então vamos jantar bolo!

TOVA FAZ A faxina sozinha em seu último dia no aquário. A última vez que passa o esfregão no piso do corredor circular. Uma polida final em cada painel de vidro. Quando termina, atenta-se a esfregar debaixo da cauda do leão-marinho. Quem sabe quando será limpa de novo?
Engraçado que, quando começou este trabalho, ter apenas as criaturas do mar como companhia era do que mais gostava. Era algo para fazer, uma forma introspectiva de se ocupar, sem a necessidade de se meter nos assuntos dos outros. Agora, porém, faxinar sozinha lhe parece estranhamente errado. Cameron deveria estar aqui, não há dúvidas. A certeza dessa afirmação a surpreende.
Mas ele provavelmente está na Califórnia, a este ponto.
Depois de terminar, ela dá uma última volta pelo corredor parcialmente iluminado. Aos guelras-azuis, diz:
— Tchau, queridos. — Os caranguejos-japoneses são os próximos: — Adeus, meus amores. — Diz ao peixe *sculpin* de focinho pontudo: — Se cuide. — E às enguias-lobo: — Até mais, amigas.
Ao lado, o recinto de Marcellus parece calmo e parado. Tova se inclina e examina minuciosamente a toca de rochas, procurando por qualquer sinal dele, mas não há nada. Não o viu a noite toda.

Ela volta para a sala das bombas, mas também não consegue vê-lo da parte de trás, nem de cima olhando para baixo. Coloca o banquinho no lugar e paira sobre o barril, onde, através da tela, consegue ver a nova senhorita polvo ainda enrolada, compacta, no fundo, cercada de conchas de mexilhão.

— Você viu alguma coisa? Ele saiu? — Ela leva uma mão à boca. — Ele...

Um soluço sufocante lhe rouba as palavras.

A nova polvo se encolhe mais.

Tova volta ao corredor e coloca uma mão sobre o vidro frio em frente ao tanque de Marcellus. Não faz sentido se despedir de rochas e água. A lágrima solitária que vaza de seu olho rola pela bochecha enrugada e cai do queixo, aterrissando no chão recém-esfregado.

A MESA DE Terry está um desastre quando Tova entra para deixar o cartão de acesso, conforme prometera. Com um dar de ombros vencido, coloca o pequeno retângulo de plástico sobre a bagunça.

Seus tênis chiam no piso ao cruzar o saguão. Irá jogá-los fora depois que terminar hoje. Estão tão gastos de anos de faxina aqui; nem um brechó iria querê-los.

Pouco antes da porta, ela para. Há um objeto marrom amassado no chão, bem em frente à saída, bloqueando seu caminho. Ela aperta os olhos na fraca luz azul. Uma sacola de papel? Como é possível que tenha passado por cima, sem perceber, ao chegar?

Um tentáculo chicoteia.

— Marcellus! — exclama Tova, surpresa, e corre para se jogar ao lado dele no ladrilho duro. Suas costas estalam alto, mas ela mal percebe. O velho polvo está pálido, e até seu olho brilhante parece menor, como uma bolinha de gude que se tornou opaca. Ela coloca uma mão gentil e cuidadosa sobre seu manto, da forma como alguém tocaria a testa de uma criança doente. A pele está grudenta e seca. Ele ergue um braço e o enrola ao redor do pulso dela, exatamente sobre a cicatriz em forma de moeda, agora desbotada a um anel fantasmagórico. Ele pisca, apertando-lhe de leve.

— O que é que você está fazendo aqui fora? — pergunta ela, dando uma bronca suave. — Vamos voltar para o seu tanque.

Tova desenrola o tentáculo do pulso e tenta levantá-lo, mas suas costas estalam, e uma dor ameaçadora corre por sua coluna lombar.

— Fique aqui — comanda e se apressa ao almoxarifado o mais rápido que seu corpo idoso consegue levá-la.

Alguns minutos depois, retorna, empurrando pelas rodinhas o balde amarelo de limpeza. Dentro, vários litros de água balançam e respingam, colocados ali direto do tanque dele com a velha leiteira que Tova guarda no almoxarifado. Ela ensopa sua flanela na água e torce sobre Marcellus, molhando sua pele. Ele dá um de seus estranhos suspiros humanos.

Isso o revive o suficiente para que se mova, aparentemente. Com esforço, ele levanta um braço. Tova puxa o balde para bem perto e dá um empurrão de leve em seu traseiro (ou no que ela supõe que seja o equivalente a seu traseiro) enquanto ele sobe até a beirada plástica do balde e mergulha na água fria.

— O que você está fazendo aqui? — pergunta ela de novo. E então vê.

Algo grande e dourado brilha no chão, bem no lugar onde Marcellus estava encolhido. Ela se abaixa e pega. **COLÉGIO DE SOWELL BAY, TURMA DE 1989.** Pensara que se parecia mesmo com um anel de formatura, ontem, quando Cameron misteriosamente o lançou para as enguias-lobo.

Como Marcellus o pegou lá de dentro? E por quê?

E Sowell Bay, turma de 1989? Será o anel de Daphne Cassmore? Mas é de homem. Cameron acreditava que era de seu pai...

Está sobre a palma dela, pesado e frio. Como uma memória. Erik tinha um exatamente como este. Ela estava tão orgulhosa, todos os pais estavam, do que simbolizava. Presumira que ele estivesse usando o acessório naquela noite. Um anel também perdido para o mar.

Ela vira o objeto, forçando a vista para decifrar as letras gravadas no interior. O sangue começa a pulsar em seus tímpanos. Limpa o anel na barra da blusa e lê de novo.

Não pode ser.

É.

EELS.

Erik Ernest Lindgren Sullivan.

MARÉ BAIXA

Os fragmentos reveladores nadam em sua mente, batendo uns contra os outros, implorando para serem conectados.

Havia uma garota.

Erik... e a garota.

Erik foi pai de uma criança.

Uma criança que cresceu, distante, desconhecida. Não pode acreditar que não tenha percebido antes com os tantos maneirismos de Cameron. Naquela covinha em forma de coração em sua bochecha esquerda, a que ela sempre admirou, embora não soubesse explicar o porquê.

— Você sabia, não é? — diz a Marcellus, que está no balde. — É claro que sabia. — Ela se inclina e toca o manto dele de novo. — Você é muito mais inteligente do que nós, humanos, lhe creditamos.

Marcellus apoia a ponta de um tentáculo no dorso da mão dela.

Tova se joga no chão de novo, desta vez apoiando os cotovelos na beirada do balde. Quando as lágrimas quentes e rápidas começam a escorrer, não tem forças para impedi-las. Gotas chovem no tecido da blusa conforme seus ombros ossudos sobem e descem cada vez mais rápido a cada soluçar monstruoso. Ninguém está aqui. Ninguém está olhando. Despreocupada, permite que a dor flua livre. Enfim, as lágrimas ficam mais lentas, intercaladas por soluços. Seus olhos estão quentes e secos.

Quanto tempo permanece neste estado de tristeza absoluta? Podem ser minutos ou uma hora. Quando levanta a cabeça, os ombros inclinados para frente estão doloridos.

— O que é que eu vou fazer sem você? — diz, contendo um soluço, e ele pisca seu olho caleidoscópico, que está agora mais molhado do que nunca.

"Pode ser que lhe restem só algumas semanas ou dias", dissera Terry. Ela se senta, enxugando as lágrimas com as costas da mão.

— Ou melhor, o que é que eu vou fazer *com* você?

Ela se levanta e endireita os ombros, chacoalhando as dores das costas.

— Venha, meu amigo. Vamos levar você para casa.

SE HOUVESSE ALGUM pescador se demorando ou alguém fazendo exercícios após o entardecer na praia de Sowell Bay, teriam presenciado uma cena bastante peculiar: uma mulher de 70 anos de idade e no máximo 40 quilos empurrando um polvo-gigante-do-Pacífico de 27 quilos em um balde amarelo, pelo caminho de tábuas, em direção ao cais. Esta noite, entretanto, as únicas testemunhas são gaivotas, e elas voam da lata de lixo, lançando gritos indignados para Tova quando ela passa com Marcellus. Não é uma jornada rápida, de forma alguma, mas o polvo coloca um tentáculo para fora de cada lado do balde, como se estivesse passeando de carro, com a janela aberta. Tova ri.

— A brisa está gostosa, não é?

A maré está distante. Tova mal consegue escutar as ondas lambendo as rochas. Está tão baixa que parece estar a mais de um quilômetro do caminho de tábuas. O luar brilha sobre centenas de poças rasas, espelhadas como imensas moedas de prata pela praia nua.

— Se segure, vai balançar agora — avisa Tova.

O cais, um muro quebra-mar de rochas e pedras, atravessa a praia e eventualmente chega à água, curvando-se de maneira delicada como o braço de uma bailarina. Em tardes de verão, fica cheio de banhistas e aventureiros fazendo piqueniques, pessoas buscando o ponto mais pitoresco para se sentar e lamber cones de sorvete. Agora, está vazio, a não ser por uma gaivota solitária, empoleirada bem ao fim.

Empurrar o balde pelo cais plano, porém cheio de pedregulhos, não é uma tarefa fácil. Mais tarde, suas costas certamente vão doer. Mas Tova e Marcellus finalmente chegam quase ao fim, onde a água da maré baixa está a pelo menos dois palmos abaixo das pedras. Do final do cais, a um braço de distância, a gaivota solitária os encara e solta um grito atrozmente alto.

— Ah, fique quieta! — reclama Tova, e o pássaro voa.

Ela se abaixa para se sentar em uma pedra melada com a água salgada. Passando uma mão no balde, pigarreia antes de começar o pequeno discurso que estava ensaiando mentalmente durante a jornada pela praia.

— Devo agradecê-lo — começa, e ele se enrola em seu pulso pela última vez. — Terry disse que você foi resgatado. Suspeito que você preferia não ter sido salvo, mas sou grata por ter sido.

Ela pisca para conter as lágrimas. De novo, não!

— Você me guiou até ele. Meu neto. — A voz dela falha nessas últimas duas palavras, mas ao mesmo tempo uma sensação calorosa percorre seu peito. Duas palavras que nunca pensou que diria. Ah, se Will estivesse aqui para conhecê-lo! E se Modesto não fosse a mais de 1.500 quilômetros de distância.

— Você roubou a carteira de motorista dele! Seu travesso. — Ela ri, e o braço dele aperta sua mão. Balança a cabeça. — Você tentou me contar, e eu não estava prestando atenção.

Em algum lugar alto, no céu noturno, um avião passa, e o rugido distante de seu motor ecoa pela baía tranquila.

— É injusto que você tenha passado a vida em um tanque. E eu prometo, Marcellus, que farei tudo o que puder para que sua substituta seja a polvo mais mimada e estimulada intelectualmente...

O peso de suas próprias palavras a atinge. Não irá para Charter Village. Não pode.

Depois de respirar fundo, continua:

— Precisamos nos despedir, amigo. Mas sou grata por Terry ter salvo a sua vida, porque você salvou a minha.

Lentamente, ela vira o balde. São cerca de três palmos até a água. Por um momento que parece se arrastar no tempo, antes que a gravidade aja, o braço de Marcellus continua enrolado em sua mão, enquanto o corpo estranho de outro mundo paira no ar, o olho fixo nos dela. No exato momento em que está prestes a ser puxada para dentro da água com ele, o polvo a solta e mergulha com um pesado espirro na água escura da noite.

CADA PEQUENA COISA

Meu menino, meu doce menino — diz Tova, olhando de seu banco usual no píer, ao lado do aquário. Sob a lua prateada, a água brilha de volta.

Os acontecimentos das últimas duas horas mal parecem verdade, para não dizer nada dos últimos dois meses. Marcellus se foi. Cameron, seu neto, se foi. E, amanhã, sua casa não será mais sua. Mas não se mudará para Charter Village.

Tova não vai embora.

O que fará? Não faz ideia, então apenas se senta em seu banco, observando a água por algum tempo que é amorfo, imune às leis ordinárias do mundo, como um grande polvo moldando seu corpo para passar por um minúsculo vão. Em algum momento, confere o relógio. Deve ser tarde. Quinze para meia-noite.

É quase um novo dia. Seu primeiro dia como avó.

Erik não sabia que era pai. Como poderia pôr fim à própria vida com uma criança a caminho? Não poderia. E não o fez. Ela se apega a essa teoria, os dedos finos apertando o banco com força. Só pode ter sido um acidente. Jovens bêbados. Decisões impensadas.

Ele teria sido um ótimo pai. É verdade, tinha apenas 18 anos, mas a neta de Mary Ann, Tatum, também. Ela se saiu bem. Erik amaria Cameron do fundo do coração. Tudo, cada pequena coisa, poderia ter sido tão diferente.

— Com licença? Olá? — Uma voz de mulher ressoa pelo píer e assusta Tova para fora de seu devaneio. Quem mais poderia estar aqui, a este horário?

Alguém de shorts de atletismo e moletom rosa-choque está correndo pelo píer, a passos urgentes. Tova percebe ser a jovem da loja de *stand up paddle* que fica descendo o caminho de tábuas, ao lado da imobiliária.

— Olá. — Tova seca os olhos, ajusta os óculos e se levanta do banco. — Está tudo bem, querida? É tarde para estar fora de casa fazendo exercício.

A mulher reduz o ritmo para um trote ao se aproximar do banco, sem fôlego.

— Você é a Tova.

— Sou eu.

— Meu nome é Avery — diz ela, ofegante. — E não estou me exercitando. Estava terminando umas papeladas na minha loja descendo a rua e vi as luzes acesas. Imaginei que tivesse alguém no aquário.

Há um desespero silencioso em seus olhos que Tova reconhece bem demais. O olhar de quem está se esforçando para não desmoronar.

A jovem vira o rosto em direção ao aquário, e ela faz o mesmo. As luzes ainda estão, de fato, acesas. O balde amarelo do esfregão está de volta no almoxarifado. Tova planejava apagar tudo e trancar as portas quando estivesse indo embora, o horário que fosse.

Avery engole em seco.

— Enfim, eu estava achando que poderia ser...

— Cameron?

— Sim. — Uma expressão de alívio percorre seu rosto. — Ele está por aqui?

— Sinto muito, mas não.

— Sabe onde ele está? Estou ligando a tarde toda, mas ele não atende.

Tova balança a cabeça.

— Ele foi embora. Voltou para a Califórnia.

— O quê? — O queixo de Avery cai. — Por quê?

— Essa é uma pergunta um tanto complicada. — O tom de Tova é controlado. Ela volta a se sentar em seu lugar no banco, e a garota se senta do outro lado, enfiando as pernas nuas debaixo de si. Tova continua: — Eu imagino que, na cabeça dele, por causa de muitos mal-entendidos.

Avery franze a testa.

— Mal-entendidos?

— Palavras dele. — Ela ergue uma sobrancelha para a jovem. — Tenho certeza de que ele acha que você está... ahn, como foi que disse? Ignorando-o?

— O quê? — Avery dá um pulo. — Ele me deu o cano! E aí mandou uma mensagem dizendo que precisava conversar. Quando é que isso foi bom sinal? — Ela se apoia no guarda-corpo. — Eu que deveria estar brava. Só passei aqui porque estava preocupada com ele.

Tova se lembra do surto de Cameron no corredor do aquário e se prepara para contar à Avery, mas hesita. Não deveria se intrometer nos assuntos dele. Mas, bem... é família, não é isso o que as famílias fazem? A ideia quase a faz rir. Talvez contrariando melhores julgamentos, diz, enfim:

— Acredito que ele tenha tentado avisá-la que não poderia ir.

— Não, não tentou.

— Ele disse que passou na sua loja. — Tova balança a cabeça. — Outro mal-entendido, suponho.

Avery se inclina sobre o guarda-corpo e deixa a cabeça cair no punho cerrado.

— Marco — murmura.

— Perdão?

— Meu filho. Ele tem 15 anos. Estava cuidando da loja enquanto eu corria até o banco. Perguntei se o Cameron tinha ligado ou passado, e ele disse que não. Eu deveria ter suspeitado que tinha algo errado quando peguei o sorriso maldoso dele com o canto do olho. — Avery soca o corrimão, frustrada. — Estou me esforçando ao máximo, juro por Deus, mas meu filho é tão merdinha às vezes.

— Todos os filhos são terríveis às vezes. — Tova se levanta e se aproxima da jovem. — Talvez ele estivesse tentando proteger você.

— Não preciso de proteção. — Ela solta um grunhido de raiva. — E deveria ter percebido a verdade.

— Não se culpe, querida. Ser mãe não é para os fracos.

Depois de uma longa pausa, Avery diz:

— Então Cameron voltou para a Califórnia por culpa minha.

— Bem, não só isso. Teve o grande mal-entendido. Sobre o suposto pai dele.

— Ai, merda. Aquela reunião... não aconteceu como ele planejava. — Ela solta um grunhido de novo. — Eu deveria ter ligado para ele ontem. A loja ficou cheia, e eu estava brava... — Pega o celular do bolso do short. — Preciso falar com ele. — Tova observa Avery discar. A ligação cai direto na caixa-postal. — Ele foi embora mesmo, não foi? — pergunta a garota, suave.

— Talvez sim.

As duas ficam olhando em silêncio para a água pelo que parece um bom tempo. Enfim, Avery diz:

— É tão tranquilo aqui. Não venho mais até o píer.

— É meu lugar preferido — sussurra Tova.

Avery abaixa o olhar para a água escura lá embaixo.

— Convenci uma pessoa a descer da beirada uma vez. Impedi ela de... você sabe.

— Minha nossa!

Em uma voz quase sufocada, Avery continua:

— Era uma mulher. Bem aqui, neste lugar. Alguns anos atrás. Eu estava remando com a minha prancha, de manhã, bem cedinho, e ela estava sentada no guarda-corpo. Falando com alguém. Com ela mesma, eu acho. Parecia agitada. Como se estivesse sob influência de alguma coisa, sabe?

— Entendo — diz Tova, a voz fraca.

— Ficava falando de uma noite horrível. Um acidente. Uma retranca. Uma retranca.

Tova concorda de leve com a cabeça, percebendo-se sem voz, e a garota continua:

— Sempre presumi que ela devia ter ido para a guerra ou algo assim. Trauma de ficar na retranca defensiva e ver horrores lá na frente, talvez.

Uma retranca. A parte inferior do mastro de um veleiro.

Tova fecha os olhos, imaginando o quão fácil poderia acontecer. Algo tira a proa de curso, um vento pega a vela recém-afrouxada da forma errada, no momento errado. A retranca gira loucamente. Atinge a cabeça dele. Atira-o no mar.

Um acidente. Pode ter acontecido dessa forma, ou uma infinidade de outras. Capitão do time de vela, um marinheiro habilidoso, mas havia aquela cerveja roubada. Havia uma garota.

— Às vezes fico me perguntando o que aconteceu com ela — diz Avery. — Se ainda está viva. Se meu salvamento fez alguma diferença.

Respirando fundo, rígida, Tova a olha nos olhos.

— Fez toda a diferença. Estou feliz em saber que você a salvou.

E realmente está.

PEDAÇO CARO
DE ASFALTO

No quilômetro 1.097, Cameron para de ficar obcecado com o ponteiro da temperatura. Funcionou. Ele realmente consertou a coisa. A van não vai explodir no meio da rodovia.

Na saída 1.202, ele solta uma risada juvenil. A cidade de Weed! Igualzinho *weed*, de maconha. Ativa o pisca-alerta e vai para o acostamento. Precisa tirar uma foto da placa, para mandar para Brad. Porque Weed, na Califórnia, nunca perde a graça. Mas o celular não está em seu lugar de costume no porta-copos. Estranho. Deixou-o na parte de trás da van, talvez? Continua dirigindo.

No quilômetro 1.255, percebe por que não conseguiu encontrar o celular. Deixou-o no para-choque da frente, bem onde estava enquanto trocava a correia. Consegue praticamente vê-lo ali. O que significa que, a este ponto, já virou um pedaço caro do asfalto. Dá uma risada enlouquecida. Não dorme há quase 30 horas.

Em uma parada para caminhoneiros no Vale de Rogue River, toma a sensata decisão de estacionar e tirar um cochilo de 6 horas. Quando acorda, joga água fria do banheiro público no rosto e compra um café preto, para viagem, na loja de conveniência. Antes de partir, arremessa um maço de cigarro quase cheio no lixo.

Nas saídas 191, 228 e 383 ou perto disso, fica pensando em seu estúpido bilhete de demissão. Na saída 474, começa a escrever mentalmente um pedido de desculpas.

Depois de cruzar uma ponte sobre o Rio Columbia, entra novamente no estado de Washington. Continuará subindo, é claro — sentido norte. Está voltando, para fazer as coisas do jeito certo.

O CAVALO
DE DALARNA

Pela última vez, Tova prepara café em seu fogão. O topo esmaltado brilha verde-abacate contra as bocas pretas, polidas ontem à noite. Impecável. E por acaso importa? Provavelmente será arrancado, substituído por um daqueles novos modelos lisos. Ninguém quer um eletrodoméstico antigo, de várias décadas, mesmo que funcione perfeitamente bem.

Tova fora aprovada para dar entrada acelerada em Charter Village, algo que estava negociando há semanas. Sua suíte premium estaria disponível semana que vem. A primeira coisa que fez esta manhã foi lhes deixar uma mensagem na secretária eletrônica, no horário absurdo qualquer em que tenha acordado, presumindo que tenha dormido de fato na noite passada. A coisa toda é um grande borrão em sua memória. Charter Village ainda não deu um retorno, provavelmente porque o escritório ainda não abriu. Passa pouco das sete horas.

Seja qual for a resposta, Tova não tem a intenção de ir.

Teve uma manhã ocupada. Espanou todos os rodapés. Limpou as janelas. Poliu os puxadores dos armários, esfregou até a última maçaneta. Deveria estar exausta, mas nunca se sentiu tão disposta na vida. Sem cortinas ou móveis, cada som que faz ecoa contra o chão e as paredes nuas, e até o chiar de seu borrifador soa alto demais. Mas se manter ocupada é bom. Limpar é sempre bom. É algo para fazer.

Para onde irá? Deve, supostamente, sair da casa até meio-dia. O caminhão que levou a maioria dos móveis ontem já foi notificado que haverá uma mudança no destino. Felizmente, alguém atende o telefone ao nascer do sol. Mas que destino será este? Um contêiner de armazenamento, talvez?

Quanto a ela mesma e seus itens pessoais, Janice e Barbara têm quartos livres. Em um horário decente, ligará para Janice primeiro. Talvez possa alternar entre as duas até que outros arranjos possam ser feitos. Sua mala com estampa floral, a mesma que levou para a lua de mel com Will, está feita e pronta para ir. A ideia de passar a noite em uma cama que não é sua lhe anima e apavora, nessa ordem.

Quando algo farfalha na varanda, ela se assusta. Coloca a caneca de café no balcão.

Não pode ser Gato. Barbara enviou uma foto dele ontem à noite. Está se dando bem, embora de início Barb tenha tentado deixá-lo exclusivamente dentro de casa, e isso o agitou bastante. Então ele vem e vai como quer. Tova ainda não sabe como responder às fotos que recebe no celular, mas ver o rostinho cheio de bigodes de Gato, seus olhos amarelos com olhar característico de desdém moderado, a fez sorrir.

Então a campainha toca.

Quando abre a porta da frente, não pode acreditar no que vê.

A testa de Cameron está franzida de ansiedade, como Erik quando ficava nervoso com as provas da escola. Por um breve instante, algo nostálgico fica preso na garganta de Tova ao pensar quantas vezes desejou que Erik aparecesse à sua porta assim. Lágrimas embaçam seus olhos.

— Oi — diz Cameron, remexendo os pés.

Tudo o que Tova consegue dizer é:

— Olá, querido.

— Ahn... desculpa eu ter sido um babaca aquele dia. Você tinha razão. Eu não deveria ter ido embora. — Cameron enfia as mãos no bolso. — E desculpa aparecer aqui tão cedo. Eu teria ligado antes, mas... bom, é uma história meio bizarra.

— Está tudo bem. — Tova segura a porta aberta com um braço que parece pertencer a outra pessoa. Como se estivesse fora do próprio corpo.

— Sei que você não me deve absolutamente nada... — A voz de Cameron está carregada como uma cerca elétrica. Ressoando. — Mas pode me dizer a que horas o Terry normalmente chega? Preciso falar com ele. Pessoalmente.

— Perto das dez, se não me engano.

— Dez. *Tá.* — Cameron dá um longo suspiro. — Quão bravo você acha que ele está comigo neste momento?

— Nem um pouco, tenho certeza.

Cameron olha confuso para ela.

Tova atravessa o hall de entrada até onde sua bolsa está pendurada, sozinha, em um cabideiro vazio, e pega um papel dobrado do compartimento da frente. Ao entregá-lo para Cameron, um sorriso conspirador toma seu rosto.

— Meu bilhete? — O queixo dele cai. — Você pegou?

Ela inclina a cabeça.

— Olhe só, eu não deveria. Mas peguei.

— Mas... por quê?

— Suponho que alguma parte de mim não acreditou quando você insistiu que era o tipo de pessoa que negligenciaria um trabalho.

— Então... Terry não sabe que eu fui embora?

— Acredito que não.

As bochechas de Cameron coram.

— Eu não sei como agradecer. E não sei por que acredita tanto em mim. Não é como se eu tivesse feito por merecer.

Há mais uma coisa que ela deve mostrar a ele, é claro. Algo muito mais importante. E onde estão seus modos?

— Por favor, entre. — Ela gesticula para dentro do hall. — Eu diria para você se sentar, mas... — Estende uma mão para a sala vazia.

— Uau. Essa casa á bacana.

Tova sorri.

— Fico contente que você goste. — Uma pontada de arrependimento lhe atinge. O avô do garoto construiu esta casa, e esta será a única vez que ele pisará aqui. — Espere um momento. Tenho outra coisa para lhe entregar — continua ela, antes de se apressar na direção do quarto e de sua mala.

Um instante depois, está de volta. Ela estica o braço e o deixa cair na palma aberta dele. Cameron o revira, e confusão se faz mostrar em suas sobrancelhas abaixadas. A gravação, aquela que o deixara perdido. Pensava que se tratasse de *eels*, enguias, como a criatura marinha. Por que diabos alguém colocaria isso em um anel de formatura? Tova contém um sorriso com a ideia. Até as mentes mais brilhantes erram às vezes.

— O nome todo dele — diz ela — era Erik Ernest Lindgren Sullivan.

Os lábios de Cameron se partem, silenciosos. Tova espera. Quase consegue ver as engrenagens girando em seu cérebro. Erik era exatamente assim, dava para ver em seu rosto quando a mente estava trabalhando, o que sempre estava. Há tantas coisas semelhantes entre Cameron e Erik, mas não tudo. Não os olhos. Estes devem ser de sua mãe.

São olhos adoráveis.

Tova nunca foi muito de dar abraços, mas, quando a expressão de Cameron começa a mudar, se sente puxada como um ímã. Os braços dele envolvem seu pescoço, apertando-a contra o peito. Pelo que parece um bom tempo, ela apoia a bochecha no esterno dele, que está quente. Não consegue deixar de notar que sua camiseta parece manchada e cheira estranhamente a óleo de motor. Talvez seja intencional? Tova nunca mais fará suposições sobre camisetas.

Ele se afasta com um sorriso perplexo.

— Eu tenho uma avó.

— Pois é, quem diria? — Ela ri, e é como se uma válvula tivesse se aberto em seu peito. — Eu tenho um neto.

— É, parece que tem.

— O que aconteceu com a Califórnia?

Ele dá ombros.

— Mudei de ideia. Você estava certa sobre não sumir. Eu sou melhor que isso. — Estudando a sala, ele assente, apreciativo. — Essa casa é bem legal mesmo. A arquitetura...

— Seu bisavô quem construiu.

— Fala sério! — Um olhar estupefato cruza o rosto de Cameron. Ele anda até a lareira, onde antes havia retratos de seu pai na prateleira, e a toca com carinho, quase hesitante, como alguém encostaria em um animal adormecido.

Tova vai atrás.

— Eu tive a sorte de poder viver aqui por mais de 60 anos. — Ela levanta o pulso, conferindo o relógio. — E três horas e meia.

— Puta merda. É verdade. Você vendeu.

— Tudo bem. Preciso seguir em frente. Muitos fantasmas aqui. — Tova não sabe ao certo se acredita no que diz, mas pelo menos está se acostumando às palavras.

Cameron abaixa os olhos para o próprio tênis.

— Ainda bem que encontrei você aqui, então. Antes que mudasse *pra* casa de repouso.

— Ah — diz Tova, enxotando o ar como se dissipasse as palavras dele. — Não vou mais para lá.

— Não vai?

— Por céus, não.

— Para onde vai, então?

Uma risada descontrolada escapa de algum lugar profundo no peito de Tova.

— Quer a verdade? Nem eu sei. Para a casa da Barbara. Ou da Janice. Por um tempo. Até eu decidir o que acontece depois.

— É um bom plano — diz Cameron. — Mas isso vindo de um cara que mora numa van.

Ele sorri, a covinha em formato de coração aparece em sua bochecha, e, por um momento, parece o perfeito netinho travesso. Tova olha para baixo, para garantir que suas pantufas ainda estão em contato com o chão, pois parece que está flutuando, levitando, sendo soprada para o teto com elegância despreocupada, como Marcellus em seu antigo tanque. Seu coração está repleto de hélio, elevando-a ao céu.

Ela ri.

— Suponho que estamos os dois sem casa, então. — Gesticula para o corredor. — Quer ver onde seu pai cresceu?

O QUARTO DE Erik fora o mais difícil de limpar. Por três décadas, ficou desocupado. Ela varria o chão regularmente ao longo dos anos, e até mudava a roupa de cama de vez em quando, mas, depois que os homens do brechó levaram a mobília, ela se pegou encarando os montinhos de poeira acumulados nos cantos. Como se um deles ainda retivesse um fragmento dele.

O chão de madeira está desbotado onde o tapete de Erik costumava ficar. O sol entra pela janela sem cortinas. Uma brisa gentil balança os galhos de um velho pinheiro retorcido do lado de fora, e a luz projeta uma sombra espectral na parede oposta. Certa vez, numa noite de lua cheia, quando Erik se esqueceu de fechar as cortinas, ele se deparou com a sombra da árvore e disparou pelo corredor até o quarto de Tova e Will, enfiando-se debaixo das cobertas, convencido de que estava sendo assombrado. Tova o segurou no colo até ele dormir e continuou o abraçando até o dia seguinte.

Os olhos de Cameron percorrem cada canto do quarto diversas vezes. Talvez esteja tentando memorizá-lo, escaneá-lo como o computador de Janice. Tova começava a se retirar para lhe dar uma sensação de privacidade quando ele diz:

— Queria ter conhecido ele.

Ela volta para dentro e coloca uma mão sobre seu ombro.

— Eu também queria que você o tivesse conhecido.

— Como foi que você, tipo, seguiu em frente? — Ele abaixa os olhos para ela e engole em seco, com força. — Digo, um dia ele estava aqui e no outro não estava. Como alguém se recupera de algo assim?

Tova hesita.

— Não se recupera. Não completamente. Mas você segue em frente. Precisa seguir.

Cameron está olhando fixo para o chão onde antes ficava a cama de Erik e mordendo os lábios, pensativo. Subitamente, atravessa o quarto e dá pancadinhas com a ponta do tênis em uma das tábuas do chão.

— O que aconteceu aqui?

Tova inclina a cabeça de lado.

— Como assim?

— Sua casa inteira é de carvalho, mas esta parte aqui é freixo.

— Não faço ideia do que você está falando. — Tova anda rápido até lá e ajusta os óculos, estudando a tábua. Não lhe parece haver nada de memorável ali.

— Vê? Os veios são diferentes. E o acabamento é bem parecido, mas não é o mesmo.

Ele tira um punhado de chaves do bolso, ajoelha-se e começa a enfiar, no vão entre as madeiras, um chaveiro que serviria para abrir garrafas. Alguns instantes depois, para a surpresa de Tova, a tábua salta para cima e revela um espaço oco embaixo.

— Sabia! — Cameron aperta os olhos para a cavidade.

— Por céus! Quem faria algo assim?

Cameron ri.

— Qualquer menino adolescente do mundo?

— Mas o que ele precisaria esconder?

— Ahn... Bom, meu amigo Brad costumava roubar as revistas do pai e...

— Ah! — Tova enrubesce. — Minha nossa.

— Mas não acho que seja isso. — Cameron puxa um pequeno pacote. A embalagem de plástico faz ruídos quando ele a entrega à Tova, que a atira no chão assim que percebe o que está entro. Bolinhos. Ou o que antes seriam bolinhos de pacote. Estão duros e cinza como pedras agora.

— Uau, Creamzies. Essa marca é velha — diz Cameron, pegando a embalagem para examinar. — Sabe, eu vi um programa de ciências sobre eles uma vez. A lenda urbana diz que sobreviveriam a um apocalipse nuclear, mas não é bem verdade, entende, porque os diglicerídeos que usam como conservantes não...

— Cameron — interrompe Tova, com a voz baixa —, tem mais alguma coisa aí.

— Aqui dentro? — Ele ergue os bolinhos petrificados, olhos apertados.

— Não, lá. — O foco dela está no compartimento debaixo da tábua do chão.

É um dos panos de prato bordados da mãe dela, enrolado em algo do tamanho de um maço de baralho.

Cameron o pega e o entrega à Tova. Os dedos dela tremem ao desenrolar o pano. Dentro, há um cavalinho de madeira pintado.

— Meu cavalo de Dalarna. — O sussurro dela sai rouco. Percorre os dedos pelas costas lisas da estátua. Cada lasquinha de madeira está colada de volta no lugar, perfeitamente. Até a pintura fora retocada.

O sexto cavalo. Erik o consertara.

Cameron se inclina, observando o artefato.

— O que é um cavalo de Dalarna?

Tova estala a língua. O garoto está transbordando de conhecimento aleatório sobre veios de madeira e conservantes de bolinhos e Shakespeare, mas não sabe nada de sua herança.

Ela lhe estende o cavalo.

Cameron o pega, e ela observa enquanto ele estuda as curvas delicadamente entalhadas. Depois de um longo momento, ele olha para cima.
— Como foi que você pegou o anel de volta?
Ela sorri.
— Marcellus.

Dia 1 da minha liberdade

NO COMEÇO, MERGULHO COMO UM MONTINHO gelado de carne. Meus braços não funcionam mais. Sou um emaranhado de detritos arremessado ao mar em uma jornada comatosa ao fundo do oceano.

Então, com um tremor, meus membros acordam, e estou vivo de novo.

Não digo isso para lhe dar falsas esperanças. Minha morte é iminente. Porém, não estou morto ainda. Tenho tempo para desfrutar da vastidão do oceano. Um dia ou dois, talvez, para curtir a escuridão. Escuro quase total, como nas profundezas do oceano.

Eu gosto da escuridão.

Depois de minha soltura, nado depressa para longe das rochas. Logo havia uma depressão. Para baixo, para baixo, para baixo. Para o fundo, às entranhas do mar, onde nenhuma luz chega. Onde uma vez, quando era jovem, encontrei uma chave. Aonde retornarei agora, para deitar com os ossos há muito desintegrados de um filho amado.

Serei honesto: não era assim que eu esperava que nosso tempo juntos terminasse. Por quase quatro anos fui mantido prisioneiro, e nem um dia se passou sem que ruminasse sobre minha própria morte, certo de que expiraria entre as quatro paredes de vidro daquele tanque. Nunca imaginei que teria a liberdade do oceano de novo.

Qual é a sensação, você pergunta? Confortável. É meu lar. Eu tenho sorte. Sou grato.

Porém, o que será de minha substituta? Logo, Terry estará limpando e remodelando meu tanque. Não tentará ocultar essas atividades do público; o sinal que fixará no vidro dirá: "**EM CONSTRUÇÃO: UMA NOVA ATRAÇÃO VEM AÍ!**"

Passei no barril dela a caminho da saída. Escalei a lateral para vê-la. É jovem e está muito ferida.

Apavorada, naturalmente. Porém, essa nova fêmea de polvo terá uma amiga. Uma que eu não tive até próximo do fim. Tova se certificará de que seja feliz, e eu confio minha vida à Tova. Confiei-lhe minha vida, de fato, mais de uma vez. Da mesma forma como confiei minha morte a ela.

Humanos. Na maior parte do tempo, vocês são entediantes e tolos. Porém, de vez em quando, podem ser criaturas extraordinariamente brilhantes.

ENFIM

Um mês depois, quando a reforma está finalizada, um caminhão de mudança com placa do Texas roda por Sowell Bay. Tova não percebe. Está se preparando para a guerra.

— Você já era — diz, desdobrando o tabuleiro e embaralhando as peças de letras.

Lá fora, um vento forte de outono corta pelo mar. Mensageiras de que o inverno se aproxima, as ondinhas se remexem sobre a superfície pálida da água, que se mescla perfeitamente ao céu cinzento.

— Ah, por favor. Eu vou acabar com você. — Cameron surge da cozinha de luxo do apartamento novo de Tova com uma travessa de cheddar fatiado e bolacha de água e sal. Tova franze a testa. Tem insistido para que ele prove peixe *lutfisk* e bolacha *hardtack*, que é o que um bom sueco comeria. Mas a de água e sal estava em promoção na Shop-Way, explicara Cameron. Pague um, leve dois. Ela não pode se chatear com isso.

Tova sabe que Terry adoraria manter Cameron no aquário, mas as horas e o pagamento simplesmente não eram suficientes, embora ele tenha ficado para treinar seu substituto. Agora, Cameron trabalha de maneira excruciante, horas a fio, para uma construtora de casas personalizadas no bairro de Adam Wright e Sandy Hewitt. Está planejando começar aulas na faculdade em Elland em janeiro, as disciplinas que são pré-requisito para o curso de engenharia. Insiste em pagar por conta própria, apesar das objeções de Tova. Ela dará um jeito nisso.

— Pode começar — diz Tova, arrumando suas peças.

— Não, pode ir. Idade antes de beleza — provoca Cameron, estudando a própria fileira de letras enquanto gira sem perceber o anel de formatura do pai, que usa na mão direita.

Ela diz em tom de bronca-brincadeira:

— Tenho 50 anos de palavras-cruzadas armazenados aqui dentro. — Bate um indicador na têmpora.

Cameron sorri.

— Eu não sei merda nenhuma *pra* valer, mas sou bom nessas coisas.

"*Merda nenhuma pra valer.*" Esse linguajar agora está entrelaçado na tapeçaria da vida dela, e não gostaria que fosse de nenhuma outra forma. Começa com "**VITROLA**" (74 pontos, uma sorte incrível com as peças). Com isso, Cameron joga "**JAZZ**" (38 pontos).

— Estou feliz por você estar aqui — diz ela em voz baixa.

— Está de zoeira? Onde mais eu estaria?

— Com sua tia Jeanne.

Cameron vira os olhos para cima.

— Ela está curtindo a boa vida, vai por mim. Já contei do Wally Perkins e a...

Tova ergue uma mão.

— Já. Você já contou.

— É incrível aqui em cima. Tia Jeanne vai querer visitar, certeza. Ela já está falando de procurar a irmã dela na zona oeste de Washington. Eu só disse "boa sorte", quem sabe o caos que vai encontrar por lá. — O rosto de Cameron fica tenso, mas por pouco tempo. — E a Elizabeth está planejando trazer o bebê na primavera. Bom, o Brad também, claro, mas acho que ele está meio surtando de colocar o pequeno Henry num avião; germes ou coisa assim. Mas a Elizabeth vai dar um jeito, e o tio Cam aqui pressiona se precisar.

Ele ri. Tova ri também. Um bebê na família. Embora ainda não tenha conhecido Elizabeth ou Brad, de alguma forma Cameron conseguiu convencê-la de que é avó deles também. Ela olha para fora da janela. É mesmo incrível aqui. Vidro laminado do chão até o teto arqueado corre por toda a sala de estar, interrompido apenas por portas também de vidro que dão para uma sacada sobre fortes pilares. Quando a maré está alta, Tova gosta de tomar café lá fora, escutando a água espirrar nas tábuas do deque lá embaixo.

QUANDO CHEGA A época de se preparar para a Ação de Graças, Tova e Cameron colocam uma mesa para três.

Seriam quatro, mas Avery cancelou, prometendo passar mais tarde, com uma torta. Aparentemente, decidiu abrir a loja no feriado, mas não queria fazer os funcionários trabalharem. As pessoas começam as compras dos feriados de fim de ano num feriado, que ridículo. Mas Avery sempre diz que as vendas estão boas este ano, melhorando, como a própria Sowell Bay. Provavelmente não queria deixar passar um dia de movimento bom. Cameron disse que entendia, e, de qualquer forma, se encontra com ela o tempo todo.

Talvez Marco venha com a mãe hoje. A voz de Cameron assumiu um tom sério ao explicar isso para Tova. Ele comprou uma bola de futebol americano verde para o menino, da Nerf, quando estava voltando do trabalho, outro dia. Pode ser que queira jogar na praia, disse. Talvez. Se não quiser, sem problemas.

Ethan se senta em seu lugar, chegando meia hora mais cedo para o peru de jantar. Às vezes parece que passa cada minuto livre no apartamento de Tova. Mas, na verdade, ela não se importa. A maior parte do tempo, ele fica sentado na sala de estar, na poltrona perto da pequena cristaleira onde estão expostos seus cavalos de Dalarna. Ethan ama ouvir música no antigo toca-discos de Will, um aparelho que trata com reverência quase religiosa. Embora Tova nunca tenha desejado uma educação em rock, está recebendo uma. É bom ter Ethan por perto.

Quando ele tira a jaqueta, Cameron dá um gritinho:

— Onde foi que você conseguiu isso?!

— Ah, isso aqui? — Os olhos de Ethan brilham. Ele passa a mão sobre a barriga, que está apertada debaixo de uma camiseta amarela que é claramente um tanto pequena. Letras extravagantes no peito dizem "**MOTH SAUSAGE**".

"Por céus. O que é uma salsicha mariposa?"

Os olhos de Cameron ainda estão arregalados.

— Essa camiseta é minha! Não a vejo desde... Puta merda, minha mala finalmente chegou?

— Não vá me dizer que aquela bolsa de academia verde é a sua bagagem? — Ethan dá uma piscadinha. — Achei que fosse só meu dia de sorte quando encontrei na varanda hoje cedo.

— Finalmente! — Cameron ri. — Essa bolsa viajou o mundo todo. Deve ter umas boas histórias para contar.

Depois que o peru e o molho foram comidos, Ethan, Cameron e Tova deixam uma montanha escandalosa de louça na pia e se agasalham para uma caminhada na praia, onde a baía de Puget Sound brilha como um grande fantasma cinza para além do píer. A velha cabine com sua janela trincada na diagonal está sozinha sob um cobertor de nuvens.

Em frente ao aquário, eles param, admirando a nova instalação. Uma estátua de bronze com oito braços, um manto de aparência pesada. Redondo, com olhos indecifráveis de cada lado da cabeça.

O aquário tentara recusar sua doação, mas Tova insistira. Muito dinheiro parado, sem uso, em uma conta bancária. Agora, ela passa pela nova estátua três vezes na semana, quando chega para fazer seu trabalho voluntário: entregar panfletos e ficar em frente ao recinto da fêmea de polvo-gigante-do-Pacífico, ajudando os visitantes a compreender a criatura. Pippa Gruda-Gruda ainda é bastante tímida e passa a maior parte do dia, quando o público está presente, como um pequeno montinho cor-de-rosa grudado no canto do vidro do tanque. Fazendo jus ao nome, Tova supõe. Mas está tudo bem. Quando o movimento é baixo, conversa com ela enquanto sorrateiramente limpa impressões digitais do vidro. Não consegue se segurar.

Dois tanques adiante, a população de pepinos-do-mar agora está estável. Para o grande alívio de Terry, Pippa não parece interessada em vagar pelos corredores, coletando artefatos perdidos.

Secretamente, isso deixa Tova feliz também. Marcellus era, de fato, um polvo excepcional.

Eles continuam beirando o mar, para além do cais. O cais de Marcellus. A maré está alta, subindo pelo quebra-mar como alguém que puxa uma coberta até o queixo em uma noite fria de inverno. Ondas gentis brincam de esconde-esconde com as rochas cobertas de mexilhões que beiram o muro. Cameron e Ethan passaram os últimos 30 minutos falando de futebol, então Tova sequer os escuta.

Se continuarem seguindo pela praia, eventualmente passarão perto de sua casa antiga, empoleirada à beira da colina. Às vezes Tova caminha por lá ao entardecer, e, frequentemente, quando passa pela casa, a grande janela do sótão brilha dourada entre as árvores. Uma vez, teve certeza de que viu uma correntinha de bonecas de papel pendurada no vidro.

Voltou à casa apenas uma vez. Uma mulher com sotaque texano ligou para o seu celular, após conseguir o número com Ethan. Aparentemente aparecera na fila da Shop-Way com uma pilha de latas de comida felina e mencionara que havia um gato cinza que não saía de seu quintal. Agora, Gato ama caçar caranguejos nas rochas da praia quando a maré está baixa, sob o deque de Tova. Prefere ficar ao ar livre, como se ainda não tivesse muita certeza de que este seja o seu lar, e ela não pode culpá-lo. É uma adaptação difícil. Mas, conforme o tempo esfria, ele parece cada vez mais resignado a passar mais tempo dentro de casa, enrolado no sofá ou sentado em frente à janela, os olhos amarelos fixos nas gaivotas que pairam no céu.

Quando dão meia-volta para retornar ao píer, Tova se afasta e se apoia no guarda-corpo, sozinha. À baía cinzenta que envolve ambos, um filho muito amado e um polvo excepcional, ela sussurra, de maneira inaudível:

— Sinto saudades de vocês. Dos dois.

Então se vira e caminha na direção dos outros. Precisam voltar para o apartamento.

Avery está vindo com a torta. E há um jogo de palavras-cruzadas esperando para ser vencido, afinal.

AGRADECIMENTOS

MINHA AVÓ COLECIONAVA corujas. O armário de porcelanas sobre o tapete felpudo e vermelho de sua sala de jantar era abarrotado delas. Quando criança, passei um bom tempo naquele tapete. Eu morava na casa ao lado e ficava solta para correr pelo nosso quintal dos fundos compartilhado e entrar pela porta de tela da cozinha, onde sempre havia cookies caseiros e ninguém me impedia de patinar de meias pelo chão de madeira.

Eram os anos 1980, e essas corujas eram relíquias antigas, não como os pássaros fofinhos em tons claros que agora decoram banheiras de bebê. As estátuas de minha avó tinham olhos grandes e bicos afiados e pontudos. Como corujas de verdade, não deixavam transparecer muito suas emoções.

Eu nunca soube por que ela amava corujas, mas, anos após ano, até ela falecer, eu embrulhava caixas de presente com broches e panos de prato de coruja. Em alguns aspectos, Tova foi inspirada em minha avó Anna. Os eventos da vida de Tova são ficção, mas ela e minha avó são suecas estoicas. Inabaláveis. Infinitamente gentis, embora tivessem emoções difíceis de decifrar. Prontas para fixar as garras em um galho solitário e ficar ali, como corujas. Como descendente dessa cultura, às vezes tenho dificuldades para comunicar questões emotivas. Mas vou tentar, porque sou grata a muitas pessoas pelo fato de que este livro está em suas mãos.

Primeiro, um agradecimento do tamanho do oceano para Helen Atsma, minha fantástica editora na Ecco, cuja visão profissional sobre esta história acertou em cheio desde nosso primeiro encontro. Helen, você é sensacional em cortar as partes fracas e fazer a narrativa brilhar, e sou tão grata por sua ajuda. Um grande obrigada também a Miriam Parker, Sonya Cheuse, TJ Calhoun, Vivian Rowe, Rachel Sargent, Meghan Deans e todo mundo da Ecco por sua sabedoria, carinho e paciência.

De forma semelhante, agradeço a Emma Herdman e sua equipe na Bloomsbury UK. Seu entusiasmo tem sido inspirador, e me sinto muito grata por trabalhar com uma equipe tão talentosa do outro lado do oceano.

Um agradecimento do tamanho de uma onda colossal para minha agente, Kristin Nelson, que mudou minha vida com um e-mail no outono de 2020. Muito obrigada, Kristin, por ter senso de humor quando, em nossa primeira chamada de vídeo, meu filho de 14 anos de idade ficava aparecendo na tela para reclamar que queria um suco de caixinha. Ainda não consigo acreditar que tenho a sorte de estar entre seus clientes. Minha gratidão se estende a todos da Nelson Literary Agency, com um agradecimento especial a Maria Heater, que revisou minha carta de apresentação, percebeu que havia um polvo como narrador e escreveu à margem: "Isto ou é brilhante ou é viagem."

Estou muito contente por ter Jenny Meyer e Heidi Gall da Meyer Literary Agency na equipe, lidando com negociações internacionais. Fizeram um trabalho incrível para levar essa história a um público global.

Quando escrevi o primeiro rascunho da cena de abertura deste livro, anos atrás, foi por causa de um exercício de *workshop* que mandava narrar de um ponto de vista inesperado. Pouco tempo antes, eu havia assistido a um vídeo no YouTube em que um polvo em cativeiro abria uma caixa trancada com um petisco dentro, então foi para lá que minha mente foi, e eu inventei esse polvo rabugento que estava entediado e irritado com humanos. Eu não sabia nada sobre polvos naquela época e ainda não sou especialista. Mas tenho certeza de que estão entre as criaturas mais fascinantes do nosso planeta.

Àquele polvo no vídeo, meu muito obrigada. Aos polvos em geral, obrigada por eventualmente nos permitir vislumbrar seu mundo. Sou especialmente grata a Sy Montgomery por escrever o maravilhoso livro de não ficção *The Soul of an Octopus* (*A Alma de um Polvo,* em tradução livre), que relata sua jornada cativante (e calorosa e, frequentemente, hilária) de acompanhar tratadores de polvos no New England Aquarium. Além disso, obrigada ao Alaska Sealife Center e ao Point Defiance Zoo and Aquarium por responder às minhas perguntas sobre cefalópodes e principalmente pelo trabalho de conservação e resgate que vocês fazem.

Serei eternamente grata a Linda Clopton, que deu o *workshop* que mencionei acima e que foi minha mentora ao longo das primeiras tentativas de escrita criativa. Ela torceu por esta história desde as primeiras palavras que coloquei na página.

Aquele *workshop* também me apresentou a um punhado de escritores que formam a base de meu grupo crítico até hoje. A Deena Short, Jenny Ling, Brenda Lowder, Jill Cobb e Terra Weiss: seu feedback não tem preço, e ver todos vocês regularmente no Zoom sempre me deu forças, principalmente durante a pandemia.

À Terra, em especial, que aguenta meus textos diários e que sempre consegue tirar algumas horas da própria vida caótica para nossa ligação crítica semanal. Essas ligações me mantiveram motivada para finalizar este livro. Terra, cada página desta história tem uma mão sua. Jamais teria terminado sem sua paciência infinita para conversar sobre o enredo e seus lembretes gentis de me manter fiel aos personagens.

Ao meu grupo online de escrita, Write Around the Block, e em especial à equipe que atende nossas demandas: obrigada por seu feedback e apoio, Becky Grenfell, Trey Dowell, Alex Otto, Haley Hwang, Jeremy Mitchell, Kim Hart, Mark Kramarzewski, Rachael Clarke, Janna Miller, Sean Fallon e Lydia Collins. A Kirsten Baltz, obrigada por me emprestar seus conhecimentos de biologia marinha. A Jayne Hunter, Roni Schienvar e Lin Morris, obrigada por me apoiarem.

Ao pessoal do *workshop* de escrita do College of DuPage e à instrutora Mardelle Fortier, foi um prazer compartilhar partes deste livro com vocês. A Grace Wynter por seu feedback atencioso de meus primeiros capítulos, e a Gwynne Jackson por me ajudar a amarrar pontos soltos do enredo. Às minhas incríveis amigas, Gesina Pedersen e Diana Moroney, obrigada por sempre me escutar e animar quando precisei.

E, acima de tudo, obrigada à minha família.

À minha mãe, Meridith Ellis, por me mostrar o quão forte uma pessoa pode ser. Ela é amável, carinhosa e durona também. Provavelmente ainda acaba comigo no supino e na corrida, mas sei que sempre estará ao meu lado, com um abraço caloroso e uma longa conversa regada a taças de vinho.

Ao meu pai, Dan Johnson, que me ensinou a ler quando eu estava na pré-escola. Devo a ele meu amor pelos livros. Sempre foi meu grande herói, e sou grata demais por ele.

Aos meus filhos maravilhosos, Annika e Axel, que são provavelmente novos demais para se lembrar daquele ano estranho em que ficamos todos presos em casa por causa de uma pandemia e Mamãe decidiu, surpreendentemente, que *aquele* seria o ano para terminar seu livro. Obrigada por brincarem juntos passivamente (na maior parte do tempo) quando eu precisava enfiar os fones de ouvido e trabalhar. Obrigada por sua ingenuidade e imaginação ilimitada, que trouxeram doces momentos de leveza quando a vida ficou pesada. Obrigada à Netflix pelos limites que bloqueiam a tela depois de um tempo, lançados em 2020. Obrigada aos salgadinhos. Tantos salgadinhos. Obrigada, suco de caixinha!

Finalmente, obrigada ao meu marido, Drew, que me apoiou e encorajou a cada dia desta jornada para transformar minha escrita de hobby em profissão. Ele é meu leitor beta mais difícil — mas no melhor sentido possível — e está sempre disposto a olhar que novas bizarrices escrevi e fazer apontamentos. É a melhor pessoa do mundo para embarcar nessa jornada comigo. Eu amo você.

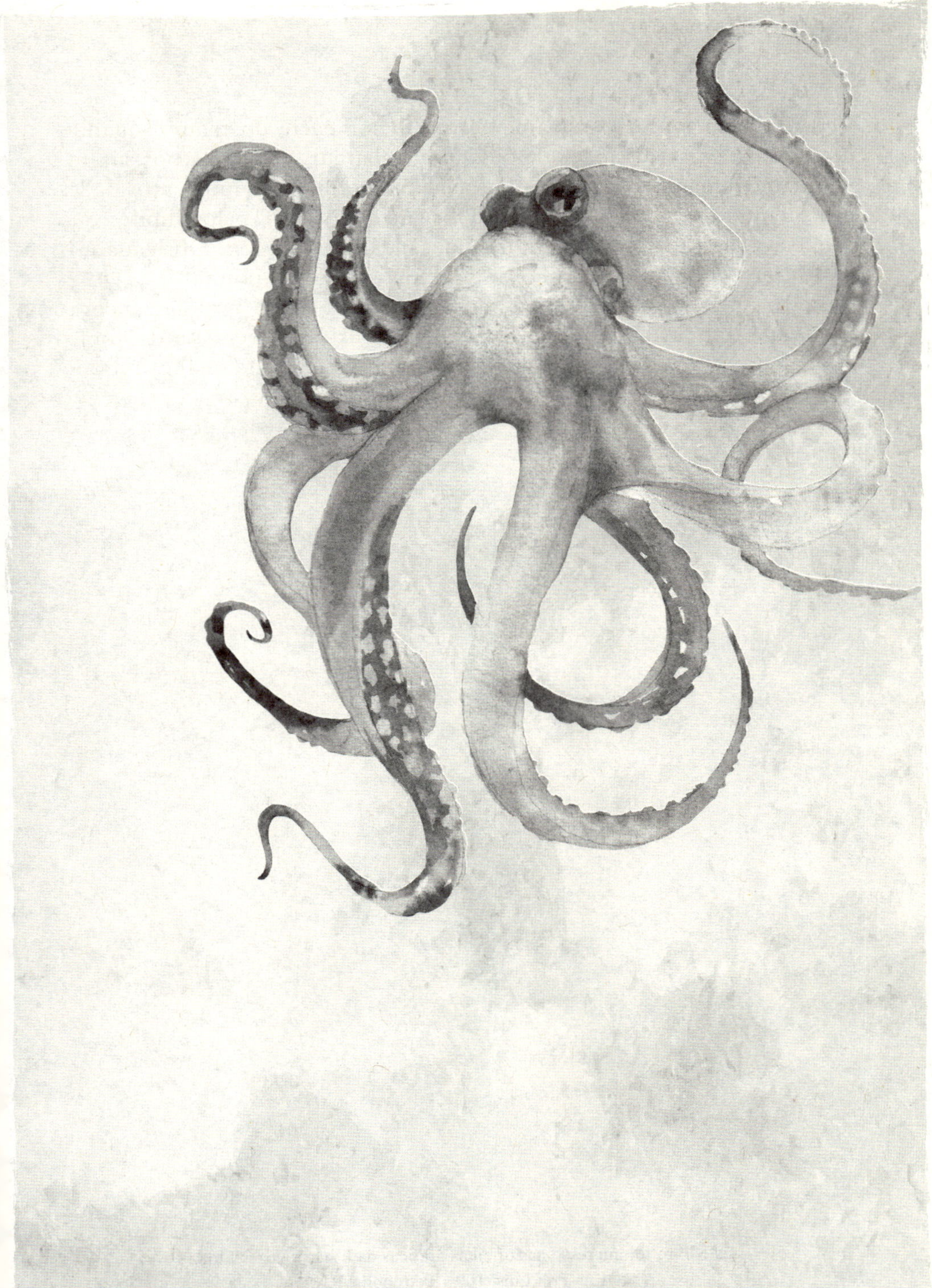

Este livro foi impresso nas oficinas gráficas da Editora Vozes Ltda.,
Rua Frei Luís, 100 – Petrópolis, RJ.